Paul Zifferer

Die Kaiserstadt

Paul Zifferer

Die Kaiserstadt

Roman

RECLAM

2023 Philipp Reclam jun. Verlag GmbH,
Siemensstraße 32, 71254 Ditzingen
Druck und buchbinderische Verarbeitung:
GGP Media GmbH,
Karl-Marx-Straße 24, 07381 Pößneck
Printed in Germany 2023
RECLAM ist eine eingetragene Marke
der Philipp Reclam jun. GmbH & Co. KG, Stuttgart
ISBN 978-3-15-011443-8

Auch als E-Book erhältlich

www.reclam.de

Erstes Buch

Lauretta

Toni Muhr erinnerte sich später nicht mehr, wie er vom Westbahnhof auf den Neuen Markt geraten war. Er fühlte Müdigkeit und Schwere in allen Gliedern und hatte nur den einen Wunsch, so schnell als möglich nach Hause zu gelangen.

Auf der Ringstraße war jeder Wagenverkehr eingestellt, und erst hier erfuhr er, dass der alte Kaiser heute begraben wurde. Die Todesnachricht hatte ihn wohl erreicht, als er, aus der Kriegsgefangenschaft heimkehrend, in einer Linzer Cholerabaracke zur Quarantäne lag. Aber seither war eine Woche verstrichen, vielleicht noch darüber: Alles Zeitmaß schien ausgelöscht. Toni Muhr hätte kaum den Tag seiner Abreise von der Insel Elba bestimmen können, noch die Dauer seines Aufenthaltes in der Cholerabaracke. Er wusste nur, dass seine Beurlaubung zweimal verzögert worden war, weil sich gerade an dem Tage, da er freigelassen werden sollte, ein neuer Krankheitsfall ereignet hatte.

Nun blickte er bestürzt auf den Menschenstrom, der, als ein letztes, unerwartetes Hindernis, seinen Weg versperrte. Allmählich aber gelang es ihm doch, trotz der vielen Wachposten, bis zur inneren Stadt vorzudringen. Er wies Urlaubszettel und Marschroute vor; so ließ man ihn ziehen.

Unwillkürlich bog Toni Muhr seine Schultern, machte sich klein. Er sah kläglich aus in seiner fleckigen, arg zerknitterten Uniform, die nach Formalin roch. Nur das Sternchen eines Gefreiten hatte er am Kragen, und sogar die gelben Einjährigenstreifen fehlten ihm, obgleich er Doktor der Chemie war und sich in Fachkreisen eines gewissen Rufes erfreute.

Ehedem, nach Vollendung seiner Studien, hatte es Toni Muhr als Glück betrachtet, nicht sein ganzes Militärjahr abdienen zu müssen wie die anderen, sondern als Ersatzreservist schon nach wenigen Wochen entlassen zu werden. Sein Vater, der Weinbauer in Grinzing war, drang auf schnelles Geldverdienen, und in der Katlein'schen Fabrik gab es gerade eine freie Stelle. Als dann der Krieg ausbrach, hatte man ihn ohne viel Umstände ins Feld geschickt; nicht einmal die notwendigen Gewehrgriffe waren ihm geläufig gewesen.

Nun kehrte er heim. »Ich wohne in der Stallburggasse«, wiederholte er immer wieder tonlos den Posten, die ihn anhielten, und warf die Gurten seines Rucksackes von der einen Schulter auf die andere; kopfschüttelnd blickte man ihm nach. So kam er bis zum Neuen Markt, zwischen den Menschenmassen sich scheu hindurchwindend, den Blick im Leeren. Hier aber fand er sich bald so fest eingekeilt, dass nach vorne wie nach rückwärts der Weg gleichermaßen abgeschnitten war.

Von allen Seiten regneten Schimpfworte. »So a Druckeberger«, hieß es, »so a Tachanierer.« Und man lachte.

Ein berittener Wachmann wurde aufmerksam und sprengte herbei. Der Kies, der über das Pflaster gestreut war, knirschte unter den Hufen des tänzelnden Pferdes. Toni Muhr gab nun jeden Widerstand auf und wartete. Wenn er es recht bedachte, hatte er in den letzten zwei Jahren nichts anderes getan als gewartet, in vielen schlimmen Lebenslagen immer wieder gewartet. Und nun, zwei Straßenbiegungen von Ziel und Zuflucht getrennt, galt es noch einmal: stillestehen und warten.

Von einem Turm schlug es drei Uhr. Toni Muhr hatte noch nichts gegessen. Manchmal fühlte er, wie sein Herz aussetzte und dann wieder schnell zu laufen begann, als wollte es das Versäumte nachholen. Auch daran war er nun schon gewohnt, seit jenem Tage am Ochridasee, wo ihn zum ersten Male die große Schwäche befallen hatte.

Es war ein heller, sonniger Frühwintertag, die leichtbewegte kühle Luft tat wohl. Deputationen der einzelnen Regimenter nahmen ihre Plätze ein; gertenschlanke junge Leute mit harten, von der Sonne gebräunten Antlitzen. Trotz ihrer feldgrauen Uniformen schienen sie irgendwie zur Parade herausgeputzt, und auch ihre goldenen und silbernen Ehrenzeichen waren hier, in solcher Anhäufung, der inneren Kostbarkeit beraubt und hatten etwas Paradehaftes.

Toni Muhr bedachte, dass ihm selbst niemals der Sieg begegnet war. Denn als die verbündeten Heere in Serbien eindrangen, hatte er doch wieder das Schicksal der Fliehenden, der aus ihrem eigenen Lande Verjagten, geteilt. Plötzlich sah er das Bild vor sich, wie er damals bei Schabatz gefangen genommen worden war. »Sie sind ein Chemiker«, hatte sein Hauptmann zu ihm gesagt, »da müssen S' auch was von der höheren Technik verstehen.« Und so war er beauftragt worden, auf einer Saveinsel an Schanzarbeiten teilzunehmen, während schon die Serben in den Ausläufern des Rudnikberges ihren Vorstoß begonnen hatten. Nach langem, mühseligem Verbergen war die kleine Abteilung endlich aufgegriffen worden. Toni Muhr empfand noch jetzt das Beschämende dieses Hervorkriechens und Sichertappenlassens; wie Strolche hatten sie alle ausgesehen.

Eine Halbeskadron der Kaiserdragoner ritt feierlich vorüber, strahlend und glänzend im Sonnenlicht. Die schwarz ausgeschlagenen Pforten der Kapuzinerkirche taten sich auf. Man blickte in eine dunkle Tiefe, ganz ferne flimmerte Kerzenlicht. Ein weißbärtiger Mönch in brauner Kutte, den Geißelstrick um die Lenden, trat hervor und lehnte nun, Gebete lispelnd, am Eingang; neben ihm eine hagere Gestalt im Bischofsornat, mit Krummstab und Mitra.

Toni Muhr geriet wieder ins Träumen. Er stand vor dem Donnerbrunnen, und das leise Plätschern des Wassers in der feierlichen Stille trug seine Gedanken auf und nieder. Sein Blick fiel auf die nackten weiblichen Figuren, die sich über den Rand des Brunnenbeckens schwangen. Er wusste, dass sie österreichische Flüsse darstellten; eine aber trug das Antlitz der »schönen Lebzelterin«, die einst hier auf dem Platze ihren Laden hatte, dicht an der grauen Kirche. Der junge Rafael Donner, der gegenüber in einer Mansarde wohnte, hatte sie geliebt, wenngleich sie leichtfertig war, als das Kind eines französischen Coiffeurs, und es mit den Kavalieren des Prinzen Eugen hielt. Toni Muhr überlegte, welche von den Figuren wohl die schöne Lebzelterin sein mochte.

Und da musste er an Lauretta denken.

Lauretta war seine Frau, aber es schien ihm noch immer wunderbar genug, dass sie gerade ihn geheiratet hatte. Sie entstammte einer alten italienischen Familie, ihr Vater, Ermete de Saluzzo, leitete seinen Namen von einer jüngeren Linie des berühmten Markgrafengeschlechtes her. Manchmal auch sprach er von der Dichterin Diodata Saluzzo, einer entfernten Verwandten, die er noch als ein altes Mütterchen ihre zierlichen und galanten Verse habe vortragen hören.

Sein Vater, ein einflussreicher Verwaltungsbeamter in österreichischen Diensten, hatte in Mailand großes Haus geführt. Ermete de Saluzzo aber, der ein seltsam verwelschtes Wienerisch sprach und als ein Wohlleber auch die Wiener Küche – mit leichter Betonung der italienischen Elemente in ihr – zu schätzen verstand, übte keinen bestimmten Beruf aus, sondern begnügte sich mit losen Beziehungen zu einer Versicherungsgesellschaft.

Bis zum Derby trug Herr von Saluzzo einen hohen Zylinder mit schmaler, flacher Krempe, den »Stößer«, dazu lichte Gamaschen. Er freute sich, wenn die Fiaker an der Straßenecke ihn mit Hutschwenken und tiefem Verneigen beim Namen riefen. Hager und stelzbeinig schritt er einher, winkte den wohlhabenden Bekannten, die er gelegentlich eine Polizze hatte unterschreiben lassen, von weitem gönnerhaft zu oder reichte ihnen vorsichtig zwei Finger seiner schmalen, ringgeschmückten Hand.

Lauretta war sein jüngstes Kind, ihr älterer Bruder Gino hatte bei Görz einen kleinen Besitz, von dem er alljährlich ein Fässchen Öl nach Wien sandte. Der zweite, Rudi, war schon auf gut Wiener Boden, im sogenannten Freihaus, geboren, gerade hundert Jahre nach der »Zauberflöte«, die, gleich ihm italienisch-wienerischen Geblütes, an der nämlichen Stätte das Licht der Welt erblickt hatte. Von Papageno mochte Rudi Saluzzo die quecksilberne Beweglichkeit geerbt haben. Dem Beispiel seines Vaters folgend, vermied er jede festverankerte Tätigkeit, war jedoch stets in tausend Geschäfte verwickelt, die ihn nichts angingen und die er nur aus Liebhaberei für andere besorgte; man nannte ihn allgemein »das Freunderl«.

Übrigens waren Rudi Saluzzo und seine Geschwister noch durch festere Blutbande mit dem Wiener Theater verknüpft, und zwar durch ihre Mutter, Frau Johanna, die dereinst, als Tochter eines kunstsinnigen Hofrats und mit einer kleinen deklamatorischen Begabung ausgestattet, an der Burg ihr schauspielerisches Unterkommen gefunden hatte. Herr Ermete de Saluzzo, der zu jener Zeit regelmäßig die Premieren besuchte und für Hallenstein schwärmte, verliebte sich in sie und glaubte eine Jugendtorheit zu begehen, indem er ihr seine Hand anbot.

Bald jedoch erkannte er, wie vorsichtig und klug seine Wahl gewesen war. Erst in der Ehe schien Frau Johanna, die sich schnell zu bürgerlicher Rundlichkeit entwickelte, ihr wahres Rollenfach entdeckt zu haben. Das ganze Haus wäre sicherlich auseinandergefallen, wenn sie es nicht zusammengehalten hätte. Wer immer in der Familie etwas verschuldete – und es gab noch eine ganze Reihe von Onkeln und Tanten und Vettern und Neffen und Nichten, die ewig etwas auf dem Kerbholz hatten –, sogleich wurde Frau Johanna gerufen, die alles Krumme wieder geradebiegen musste.

Lauretta war ihr Liebling; vielleicht, weil sie ihr die meisten Sorgen bereitete. »Lauretta ist ein schwieriges Kind«, erklärte sie oft, »ihre Schönheit steht ihr im Wege.«

Als Lauretta noch in die Schule ging, stürzte sich ein Gymnasiast, der sie in der Tanzstunde kennen gelernt hatte, ihretwegen aus dem Fenster. Wenn die Familie Saluzzo in die Sommerfrische reiste, folgte immer ein Schwarm von Anbetern hinterdrein, und sobald einer in Ungnade gefallen war, musste Signor Ermete mit ihm spazieren gehen.

Lauretta ließ sich von allen bewundern und liebte keinen; die Männer und die ganze Welt schienen nur Spiegel ihrer Schönheit. So geriet sie in manchen Verdruss. Einer der beleidigten Werber hatte Herrn von Saluzzo – des Spazierengehens in seiner Gesellschaft überdrüssig – sogar zum Duell gefordert. Das musste ein Ende nehmen. Herr von Saluzzo bestand darauf, dass Lauretta heiraten sollte, und er dachte dabei natürlich an eine Heirat nach seinem Geschmack: vornehmes Haus, Monatsfiaker, wie es sich eigentlich bei Lauretta von selbst verstand.

Zuerst aber wurde sie noch strafweise mit ihrer Mutter in einen winzigen Ort an der dalmatinischen Küste, nahe von Spalato, verschickt, wo einige Mitglieder der so weitverzweigten Familie Saluzzo in alten, halbzerfallenen Kastellen saßen. Eisenbahnverkehr gab es nicht; nur jede Woche einmal ein Schiff. Hier nun lernte Lauretta den Toni Muhr kennen, der eine romantische Ferienreise auf einem Frachtdampfer unternommen hatte und für kurze Zeit in Spalato ans Land ging.

Er gefiel Lauretta auf den ersten Blick, gerade weil er so wortkarg war und ihr gar keine Komplimente machte. Sie fand, dass ihn sein schwermütiges Wesen vorzüglich kleide, und heimlich hatte sie es darauf abgesehen, ihn doch zu einer Huldigung zu bringen wie die anderen, wobei es indessen geschah, dass sie sich selbst über beide Ohren in ihn verliebte – und Frau Johanna mit ihr.

Herr von Saluzzo, der in seiner zierlichen Schrift lange Briefe schrieb, voll weitausholender Zukunftspläne, musste sich mit einem Schwiegersohn abfinden, der in einer chemischen Fabrik ein anständiges, doch keineswegs ungewöhnliches Jahresgehalt bezog und dessen Vater ein einfacher Weinbauer in Grinzing war.

Toni Muhr und seine junge Frau hatten sich in einer kleinen Atelierwohnung eingerichtet; sie lebten da wie die Turteltauben, wenngleich nicht in der stillen Zurückgezogenheit, die dem Geschmack Toni Muhrs entsprochen hätte. Es meldeten sich eine Reihe alter Bekannter Laurettas, füllten die kleine, behagliche Wohnung und fanden es sehr gemütlich.

Allmählich gewöhnte sich Toni Muhr daran, immer fremde Leute anzutreffen, wenn er aus dem Bureau nach Hause kam, und später fand er es sogar begreiflich, dass er auch im Bureau zum Telefon gerufen wurde, um für seine junge Frau kleine Bestellungen entgegenzunehmen. Man beglückwünschte ihn Laurettas wegen, man sagte ihm, er habe die schönste Frau Wiens heimgeführt, und da ihm selbst dergleichen Anerkennung willkommen war, konnte es ihn nicht wundernehmen, dass Lauretta sich von gesellschaftlichem Glanze angezogen fühlte und ringsum, wie Blumen zu einem Strauß, alle die huldigenden Worte pflückte, deren sie nun einmal bedurfte und die er ihr nicht zu bieten vermochte.

Dann war der Krieg gekommen. Während des furchtbaren Zuges durch Albanien war Toni Muhr ohne Nachricht geblieben, und erst auf Elba hatte ihn jener schlimme Brief erreicht, in dem Lauretta, schmeichelnd und treuherzig, wie es ihre Art war, auseinandersetzte, sie bringe es nicht über sich, ihn zu betrügen, und sie liebe jetzt einen anderen. Lange habe sie mit sich gekämpft, ob sie ihm die volle Wahrheit mitteilen solle, aber hässliches Versteckenspielen müsste die Erinnerung an eine Vergangenheit beschmutzen, die sie rein und makellos zu erhalten wünsche. Zum Zeichen, dass er sie verstehe, erbitte sie von ihm ein gutes Wort; er solle sie trösten, wie er es oft vorher getan.

Als Toni Muhr diesen Brief zu Ende gelesen hatte, war es ihm eingefallen, dass Lauretta einmal, gleich in den ersten Tagen ihrer Ehe, zu ihm gesagt hatte: »Du musst mich so fest liebhaben, dass ich dir alles erzählen kann.« Und da sah er sie nun vor sich sitzen, zum Greifen nahe. Im Plauderton berichtete sie von ihrer Untreue: »Warum bist du so fern«, hörte er sie sagen, »es ist deine Schuld.«

Und Toni hatte Lauretta das gute und tröstende Wort gesandt, nach dem sie verlangte.

Von der nahen Stephanskirche begannen die Glocken zu läuten. Das riss Toni Muhr aus seinen Gedanken. »Endlich«, sagte ein dicker Herr, der ein grünes Steirerhütel trug – derselbe, der ihn vorher einen »Tachanierer« gescholten hatte –, und hob seinen kleinen Sohn, der unter Tränen gierig ein Stück Backwerk verzehrte, auf seine Schulter. Er schien jetzt umgänglich und geneigt, mit Toni Muhr ein Gespräch anzuknüpfen. Den Schimpf, den er ihm vorher zugefügt, hatte er vergessen. »Da kommen s' schon«, sagte er und schwitzte vor Aufregung.

Aber es verging noch eine Viertelstunde, bis mit einem Male, unerwartet, an der Ecke der Kupferschmiedgasse, die mächtige Kuppel des Leichenwagens auftauchte. Zwischen den Leibgarden und Edelknaben zogen tänzelnd acht Rappen die riesenhafte federnde Karosse. Zwischen den blitzenden Lanzen, den nickenden Reiherfedern erkannte Toni Muhr den greisen Leibkutscher, der auf dem Bocke saß.

Wie oft war er doch als Kind diesem Kutscher begegnet, wenn der Wagen des Kaisers mit den goldenen Rädern durch die Mariahilferstraße surrte; dem Kutscher zur Seite der Leibjäger, mit dem flatternden Federbusch.

Sobald das Gefährt zur Ringstraße einbog, hörte man

schon den langgezogenen, gellenden Ruf des Schnarrpostens vor dem äußeren Burgtor: »Gewehr heraus« und den dumpfen Wirbel der Trommeln. Die Soldaten, die Nachtdienst taten, stürzten sich auf ihre Gewehre, der Offizier grüßte mit dem Säbel. Und schon tönte auch vom inneren Burghof her derselbe Ruf, derselbe Trommelwirbel, jedem Wiener wohlvertraut, ein Schaustück für viele Generationen von Knaben.

Nun war auch dieser Kutscher uralt geworden, wie alles rings um den Kaiser, den man da zu Grabe trug, weißhaarig alles, umsponnen von silbernen Fäden, als etwas Unwirkliches und Vergangenes.

Der Wagen stand: Einen Augenblick lang schwebte der Sarg des Kaisers, schwarz in goldenem Rahmen, hoch über den Stufen, im dunklen Schacht der Kirchentür, dem fernen Licht entgegen. Silberne Trompeten bliesen den Generalmarsch.

Der dicke Herr mit dem Steirerhütel begann sogleich zu schwätzen. Er hatte seinen Sohn wieder auf den Boden gestellt und schnäuzte ihm mit einem rotkarierten Tuch die Nase. »Haben S' schon g'hört, Kimpolung ist eing'nommen«, sagte er zu Toni Muhr. »Die Rumänen hat's derwischt. Nachher kommen die Katzelmacher dran. Der Bagaschi vergunn i's.«

Toni Muhrs Gedanken folgten dem Sarge, der im Dunkel der Kirche verschwunden war. Nun besann er sich, dass er vor acht Tagen schon irgendwo die ganze Zeremonie beschrieben gelesen hatte. Alles, was sich da zutrug, war nach uralten Vorschriften genau vorherbestimmt: alle Feierlichkeit und Trauer, vielleicht sogar die Tränen. Als der Kaiser geboren wurde, wusste man schon, wie man ihn begraben würde. Es war Toni Muhr, als hörte er im Innern der Kirche, gegen das metallene Tor der Gruft, in althergebrachter Weise, den Stab des Obersthofmeisters pochen, der Einlass begehrte für den Kaiser und König, worauf die ferne Stimme des Priors aus der noch immer verschlossenen Gruft emporklang: »Nicht Kaisern und Königen werde hier aufgetan, sondern nur sündigen Menschen.«

Der dicke Herr neben Toni Muhr sprach emsig weiter fort: »Alsdann, i sag's, wie's is. In vier Wochen betteln s' um Frieden.« Und da Toni Muhr nichts erwiderte, schloss er mit einem spöttischen Seitenblick: »Da müssen S' Ihna scho tummeln, wann S' no ins Feld zurechtkommen wollen.«

2

Der erste Bekannte, den Toni Muhr in der Stallburggasse antraf, war sein Feind, der Hausbesorger, Herr Bela Nagy, der eine Dienerstelle im ungarischen Ministerium bekleidete und erst nach Bureauschluss seine Frau, mit der er in steter Zwietracht lebte, in der Portierloge ablöste; das Haus war das Band, das sie zusammenhielt.

Herr Bela Nagy war ein schöner Mann; man konnte sich keinen prächtigeren Heiducken vorstellen: In dem krebsroten Gesicht hing der gewaltige schwarze Schnurrbart, der immer wie lackiert aussah. Den Toni Muhr mochte er nicht leiden, weil dieser einmal seine Frau vor besonders harter Züchtigung geschützt und mit dem Wachmanne gedroht hatte. Er vermied indessen, seine Abneigung merken zu lassen, sondern begrüßte den Heimkehrenden laut und überschwänglich, öffnete ihm auch sogleich den Aufzug mit der ungarischen Einladung: »*tessék*«, die ihm vornehmer dünkte als das einfache deutsche »Bitte!«, und streckte die Hand zum Empfang des Trinkgeldes aus, mit einer Geläufigkeit, wie sie nur langjährige Übung verleiht.

Da stand also Toni Muhr vor seiner eigenen Wohnungstür und las seinen Namen auf dem kleinen Bronzeschild über dem Briefkasten. Er hatte das Schild schmaler in Erinnerung gehabt, und auch der Name, den er da las, kam ihm seltsam fremd vor: Doktor Anton Muhr! Er hatte sich niemals anders rufen hören als »Toni«. Es war ihm zumute, als sollte er sich selbst, nach langer Trennung, einen förmlichen Antrittsbesuch abstatten.

Die Glocke schrillte. Ein fremdes Stubenmädchen öffnete die Tür, musterte argwöhnisch den Einlassbegehrenden und rief dann, nicht eben freundlich: »Es ist niemand zu Hause!«

»Ich bin der Doktor Muhr«, erklärte Toni, und da das Mädchen noch immer nicht gewillt schien, ihm den Weg freizugeben, zog er seine Marschroute hervor. »Es ist ja wahr«, sagte er lächelnd, »ich muss mich legitimieren. Vielleicht fragen Sie auch den Hausbesorger, der kennt mich.«

Nun wurde ihm aufgetan.

»Verzeihen der gnä' Herr«, stammelte das Mädchen verwirrt, und Toni Muhr konnte feststellen, wie merkwürdig sie ihrer Herrin in allem Äußeren glich. Sie trug eine Bluse, die er selbst einmal Lauretta geschenkt hatte, ihr Haar war genauso gesteckt, wie vor Zeiten das Haar Laurettas, und sie schien sogar dasselbe Parfüm zu gebrauchen.

»Wie heißen Sie?«, fragte Toni Muhr.

»Poldi«, antwortete die Zofe.

»Also bitte, Poldi, schauen Sie, dass ich bald etwas zu essen bekomme. Ich sterbe vor Hunger.« Er reichte ihr den Rucksack und machte ein paar Schritte zum Badezimmer. Dann hielt er inne und rief das Mädchen zurück: »Wissen Sie nicht, wann die gnädige Frau nach Hause kommt?«

Nein, Poldi wusste es nicht. Die gnädige Frau hatte nur vorhin telefoniert, man solle ihretwegen nicht mit dem Nachtmahl warten.

Toni Muhr besann sich einen Augenblick, ehe er noch eine zweite Frage stellte: »Ob denn die gnädige Frau nichts davon gesprochen habe, dass sie ihn dieser Tage erwarte?«

Nein, die gnädige Frau hatte nichts davon gesprochen.

Nun zog Toni Muhr die Türe hinter sich zu. Er hörte, wie das Stubenmädchen die Köchin herbeirief und wie beide angelegentlich im Flüsterton etwas berieten. Als er dann im Bade saß, vernahm er noch die Stimme einer dritten Frauensperson, die man »Fräulein Klara« ansprach, Toni Muhr vermutete, dass es sich um eine Hausschneiderin handelte. Auch ihre Stimme klang bestürzt und spottend zugleich.

Ich habe es sicherlich sehr dumm angestellt, überlegte Toni, ich hätte die Mädchen zusammenrufen und ihnen ein paar nette Worte zur Begrüßung sagen sollen. Wäre Lauretta zu Hause gewesen, hätte sie mich einen Bauern gescholten.

Toni Muhr hatte in seinem Kleiderkasten eine Uniform gefunden, die vom Schneider seinerzeit zu spät abgeliefert worden war. Nun kam sie ihm wohl zustatten. Toni Muhr fand, dass er ordentlich kriegerisch aussah, seit er nicht mehr das schmutzige Zeug aus dem Felde auf dem Leibe trug, und er besann sich des überraschenden Eindruckes, als er, beim Rückzug aus Serbien, einen Tagmarsch vor Valona, zum ersten Mal funkelnagelneu herausgeputzten italienischen Truppen begegnet war.

Die Gefangenen – nicht anders als die serbische Begleitmannschaft – trugen Fetzen voll Ungeziefer am Leibe, die notdürftig mit Bindfäden an Nacken und Lenden befestigt waren. Die ganze Erscheinung der schattenhaft hinwankenden Gestalten mit ihren ausgehöhlten erdfarbenen Antlitzen musste sehr schrecklich gewesen sein, denn die jungen italienischen Truppen, die, eben erst ins Feld entsandt, ihrer ansichtig wurden, brachen in wilde Verwünschungen gegen den Krieg aus. Den Gefangenen aber war diese Begegnung nicht minder sonderbar erschienen. Ein italienischer Oberst trabte da auf einer wohlgenährten Irländer Stute über einen gepflegten Gartenweg, und die ganze Menschheit, der sie hier begegneten, war wohlgepflegt; rosenrot die Wangen der jungen Leute, ihre Uniformen nach dem neuesten Schnitt.

Das Stubenmädchen Poldi schien die Veränderung, die mit Toni Muhr vorgegangen war, wohlgefällig anzumerken. Sie betrachtete ihn jetzt viel freundlicher, während sie ihm das Essen auf den Tisch stellte. Ihre Augen glitten zufrieden über sein volles aschblondes Haar und sein kleines Schnurrbärtchen. Auch der leidende Ausdruck seines Gesichtes schien ihr zu gefallen.

»Der gnä' Herr wird sehr strapaziert sein«, sagte sie mitleidig, und da Toni schwieg, fügte sie hinzu: »Der gnä' Herr muss schon entschuldigen, die Marie hat net g'wusst, ob der gnä' Herr die Eierspeis' lieber fest haben will oder locker, aber die Topfenhaluschken sind delikat; die Marie hat sie von z' Mittag aufgehoben.«

Toni Muhr gab sich ganz der animalischen Freude des Essens hin. Er kaute langsam und bedächtig. Damals, in Valona, hatten sich die Leute wie Tiere auf das Essen gestürzt, und auf dem Schiff, das sie nach Asinara brachte, waren viele von ihnen, wie vom Blitz getroffen, tot hingefallen. Die Ärmsten hatten die reichliche Speise nicht mehr vertragen.

Poldi hatte den Tisch im Atelier gedeckt, und Toni Muhr fand alles prächtig und wunderbar, das blank geputzte Silber, die kristallene Karaffe, die schönen Teller mit dem Altwiener Blumenmuster; er streichelte das Tischtuch, und es war ihm, als sei er in einem sehr vornehmen Hause zu Gast geladen.

Als Poldi den Kaffee brachte, glaubte er sich irgendwie dankbar erweisen zu müssen. »Es war alles ausgezeichnet«, sagte er, »besonders die Haluschken.«

»Ja, die sind eine Spezialität von der Marie«, betonte das Mädchen zufrieden und räumte den Tisch ab.

Toni Muhr sah sich im Zimmer um. Alles schien ihm viel stattlicher und prächtiger, als er es verlassen hatte, die Vorhänge, die Wandbespannung und die Teppiche. Er schritt auf

und nieder und freute sich der Lautlosigkeit dieses Hin-
schreitens.

Plötzlich blieb er vor dem Kamin stehen. Da hing ein großes Bild Laurettas, das er nicht kannte.

Die künstlerische Wirkung war durchaus zu loben, das
musste sich Toni Muhr sogleich eingestehen – und doch gab
es da einen Zug, der ihn unangenehm berührte. Etwas Fremdes schob sich zwischen das Bild und seine Erinnerung, so
dass Toni Muhr zu diesem dunklen Erinnern wie zu einer
Beschwichtigung seine Zuflucht nahm.

Jenem ersten schlimmen Briefe Laurettas nach Elba waren
andere gute gefolgt, in denen niemals wieder von dem spukhaften Unbekannten die Rede war, dem sie ihre Liebe zugewendet hatte. Sie schien voll teilnehmender Sorge, sie sprach
davon, wie schwer ihr die Trennung sei, und ihr Vater hatte
es durch seine Florentiner Verwandtschaft durchgesetzt,
dass Toni Muhr als Austauschinvalide heimkehren durfte.

Auf dem Bilde aber saß Lauretta in einem goldenen Arm-
stuhl und »regierte«. So hatte er ehedem die sichere Haltung
genannt, die sie annahm, wenn sie in Gesellschaft ging und
Konversation führte. Er hatte dann immer die Empfindung
gehabt, als entgleite sie ihm. Sie konnte stundenlang so fort
reden, wie eine ganz andere, über alle möglichen Dinge, von
denen sie zu Hause niemals sprach und die sie innerlich
nichts angingen. In Gesellschaft aber sprach sie von ihnen,
mühelos und geläufig.

Sie war dann in einer Art klug, die Toni erstaunen machte
und betrübte in einem. Er stand abseits und hörte zu: Worte,
die er selbst gesagt, aber nicht ganz so, wie Lauretta sie jetzt
vorbrachte, Worte, die er in einem Buch unterstrichen gefunden hatte, das auf ihrem Toilettentisch gelegen war; Zitate, die sein Schwiegervater Ermete de Saluzzo, der sich auf
seine Belesenheit etwas zugute tat, im Munde führte – und
auch diese Zitate nicht immer richtig, sondern dem Zweck

angepasst. Lauretta hatte es niemals leiden mögen, wenn er ihr so zuhörte. »Du machst mich unsicher«, sagte sie, und es war Toni jedes Mal gewesen, als ob eine ungemein präzise Mechanik ins Stocken geriete.

Dieses also war Lauretta, wie sie Toni aus dem Bilde entgegentrat, in tief ausgeschnittenem, kostbarem Abendkleid, eine große Perle an einer dünnen Platinkette, die um den Hals geschlungen war. Toni Muhr kannte diese Perle nicht. Angst schnürte ihm die Kehle zu ... Aber vielleicht war das Schmuckstück nur für den besonderen Anlass geborgt oder vom Maler auf Laurettas Wunsch hinzugefügt worden ...

Toni Muhr öffnete die Glastür, die zu einem schmalen Balkon führte, der in einem scharfen Winkel um die Hausecke lief und so nach zwei Richtungen hin Aussicht bot. Um dieser Aussicht willen hatte Toni vormals die Wohnung gemietet.

Auf der einen Seite blickte man in das Gassengevierte hinab, wie in tiefe Schachte und Abgründe, die sich hier auftaten und kreuzten. Darüber sprengte ein steinernes Viergespann in schnaubendem Anstürmen, die Quadriga der Hofbibliothek, von der Göttin Minerva gelenkt, riesenhaft vergrößert, unheimlich nahe.

Auf der anderen Seite aber stand im Abendglanz der untergehenden Sonne die Stephanskirche; nicht so, wie man ihr sonst begegnete, wenn man durch die Stadt schritt, sondern wunderbar verwandelt. Da unten konnte man immer nur ein winziges Stück von ihr erhaschen, einen Bogen, ein Tor, und auf dem kleinen Platze vor der Kirche musste man vollends steilauf blicken, wollte das liebende Auge den Turm betrachten.

Hier aber war der Dom gleichsam über die Dachfirste all der Häuser ringsum von der Faust Gottes emporgehoben und stand einsam wie auf einem Bergrücken. Die bunten glasierten Ziegel des Daches leuchteten in ihrem flammenden und blitzenden Zackenmuster. Und jenseits dieses vielfältigen Glanzes stieg – selbst farblos, doch in einen Glorienschein goldig leuchtender, klarer Winterluft getaucht – der Turm zur Höhe. Die steinernen Figuren und Spitzen, die ihn umgaben, schienen nur Weggenossen, die irgendein Unnennbares, Körperloses aufwärts und immer weiter aufwärts begleiteten. Immer spärlicher wird das Gefolge, immer steiler der Weg. Der Stein wird durchsichtig, vermählt sich der Luft, ist nur noch Sehnsucht und Aufschwung; hoch oben der Knauf wie eine goldene Weltkugel, darüber ein Adler als Wetterfahne – Himmelsweite.

Über die niedrigen Dächer in der Tiefe hatte sich indessen Nebel gesenkt, der feierlich hinwallte, und es war, als setzte sich der Dom in Bewegung, wie ein Schiff im Meer. Wohin ging die Fahrt? Heidnisch glitzerte noch immer das Dach, übersät von Edelsteinen, und Toni musste denken: »Orient … Orient!« Das lockte und zog. Einsam aber griff der Turm in die Luft, Schiffmast und Wegweiser. Im goldgelben Hauch zitterte ein Stern.

Toni Muhr fühlte ein großes Glück in seinem Herzen aufsteigen. Er trat ins Atelier zurück und schloss die gläserne Türe; Dämmerung erfüllte den Raum. Er musste an seine Kindheit zurückdenken. Da war manchmal die Welt wie mit schweren Eisentoren verriegelt erschienen, nirgends ein Weg, nur schleichende Angst, diese furchtbare Kinderangst, die keine Rettung sieht. Und dann war plötzlich doch die befreiende Wendung gekommen, irgendein überraschendes Verzeihen, eine unverdiente Gnade. Die eisernen Tore sprangen auf, die Welt stand wieder offen. Man brauchte vergangene Schuld nicht weiter zu sühnen; man hatte nichts verwirkt.

Und Toni Muhr dachte: »Vielleicht wird auch jetzt wieder alles gut, vielleicht liebt Lauretta gar nicht den andern, den Unbekannten. Vielleicht gibt es diesen Unbekannten überhaupt nicht, und sie hat mich nur mit ihm geschreckt. Vielleicht ist auch mein Herz nicht so arg mitgenommen, wie die Militärärzte es behaupten.« Schon früher einmal war er ja von ähnlichen Beschwerden geplagt worden; doch ein paar Tage Urlaub, ein Ausflug auf die Rax machte den Schaden wieder gut.

Vielleicht war auch diesmal sein Herz nur »nervös«, und es gab nichts Unwiederbringliches in seinem Leben, nichts, wofür sich keine Verzeihung fand. Er war doch so jung, trotz der zwei schweren Kriegsjahre. Er fing eben erst zu leben an; die Studienzeit zählte doch nicht.

»Arbeiten«, dachte Toni, »nur schnell hingehen und arbeiten!« Der Müßiggang des Krieges mit all seiner zerfahrenen Geschäftigkeit hatte ihn schmerzlicher getroffen als andere. Von Kindheit auf war er es gewöhnt gewesen, die Zeit rechtschaffen eingeteilt zu sehen, wie ein Stück Brot, mit dem man sein Auslangen finden muss einen ganzen Werktag lang. Und der Werktag seines Vaters begann früh am Morgen, und er endete erst bei Sonnenuntergang. Die schwere Weinbauerarbeit krümmte die Schultern nieder, spannte sich eisern ums Jahr.

Zu Ostern gab's das Fastenhauen, mit dem man nie fertig wurde wegen des ewigen Leutemangels und der Witterung. Und Mitte Mai folgte schon das Jathauen. Der Weinstock hatte zu treiben begonnen; man musste ihm Luft verschaffen, sonst blieb er sitzen. Es war die wichtigste Verrichtung. Wer das Jathauen versäumt, hat das Lesen verkauft, sagten die Leute. Und so gab's Arbeit ohne Ende bis zur Weinlese, die um Theresia begann. Nun endlich wurden die Trauben abgeschnitten, in die Butten getan und von dort in den Maischbottich und von dem Maischbottich auf die Presse. Der Most rann von der Bürden in die Rinne, und die Körner fingen sich im Sieb.

Bis zu Weihnachten blieb der Most im Fasse, und während der ersten Gärung durfte man sich nicht in den Keller wagen.

Der Stickstoff löschte das Licht aus, und man verlor die Besinnung. So war Tonis Mutter gestorben. Sie hatte einen Korb mit Äpfeln holen wollen, die im Keller eingelagert waren; der Weindunst riss sie um. Mit einem nassen Schwamm im Munde war der Vater ihr nachgeeilt, sie zu retten. Er kam zu spät.

Von seiner Mutter hatte Toni Muhr nicht viel mehr im Gedächtnis behalten als dieses eine schreckensvolle Bild, wie man sie aus dem Keller trug, blass und leblos und eingehüllt in den schweren, betäubenden Weindunst. Oft, wenn die anderen tranken und Lieder sangen, hatte er dieses Bild vor Augen, wie sie die tote Mutter aus dem Keller brachten; und das Frohsein der anderen schien ihm teuer erkauft.

Toni Muhr streckte die Glieder, bis sie knackten. Er brauchte seine Gesundheit, er wollte arbeiten, nach zwei verlorenen Jahren endlich wieder arbeiten. Er konnte sich jetzt gar keine Erholung gönnen, er musste sogleich ans Werk gehen. Nach der Superarbitrierung wollte er gelegentlich wegen seines Herzens einen Spezialisten befragen.

Aber vielleicht war es am besten, sich um all dies gar nicht zu kümmern. Warum immer das Schlimmste annehmen? Vielleicht war der Krieg nun wirklich zu Ende. Nur schnell hingehen und arbeiten! Und als wollte Toni Muhr seinen Vorsatz gleich zur Tat werden lassen, schritt er auf die kleine Kammer zu, die im Winkel zwischen Atelier und Schlafzimmer gelegen war, aber eigentlich schon einen Teil des Dachbodens bildete, und die ihm seinerzeit als privates Laboratorium gedient hatte. Erstaunt tat er einen Schritt zurück, als die elektrische Birne an der Decke den völlig verwandelten Raum beleuchtete.

Auf den Regalen rings an der Wand sah er statt der alten Gläser und Retorten einen ganzen Berg kunstvoll getürmter Schachteln in allen Größen und Formen; runder und eckiger Schachteln und ganz schmaler, langer; blaugestreifter Schachteln und rosenroter und heliotropfarbener mit weißen Schlingen und Schleifen, wie sich die großen Modewarengeschäfte ihrer bedienen, alle viel zu geräumig für ihren nichtigen Inhalt an Seide, Spitzen und Federn. Sie füllten das kleine Gemach, hielten es besetzt. Auf den marmornen Experimentiertisch hatte Lauretta eine dreiteilige Psyche schrauben lassen.

Toni Muhr war zumute, als sei er gestorben und käme seine eigene Erbschaft besichtigen. Sein Laboratorium war nun ein Ankleidezimmer. Er läutete dem Mädchen. »Wissen Sie nicht, wo die gnädige Frau die Schriften hingetan hat, die ich hier aufzubewahren pflegte?«

Poldi wies auf einen Karton, den sie unter ein paar Hutschachteln hervorzog. »Hier«, sagte sie und wischte mit einem Tuche den Staub ab. Ihre Handbewegung war genau die Laurettas.

Toni Muhr begann sogleich zu suchen; er hatte kurze Zeit vor dem Kriege im Laboratorium der Katlein'schen Fabrik einige Versuche mit Blutkohle durchgeführt, wie sie von einem Prager Gelehrten angeregt worden waren. Es handelte sich da um ganz neue Wege. Die besondere Eigenschaft der Tierkohle, verschiedene Stoffe an der Oberfläche festzuhalten, war allerdings längst bekannt, und man verwendete solche Kohle schon seit geraumer Zeit in den Zuckerfabriken, um den Rübensaft zu entfärben.

Aber nun kam es darauf an, die Kohle auch für die Behandlung von Cholera und Ruhr, kurz all der Darmerkrankungen nutzbar zu machen, die im Kriege so zahlreiche Opfer forderten. Um diese schädlichen Keime wirksam zu bekämpfen, musste es gelingen, eine ganz leichte und auf das Feinste zerstückelte Tierkohle herzustellen, von organischen Substanzen vollkommen befreit. Mit dem alten Verfahren war da nichts auszurichten.

Deutlich entsann sich Toni Muhr des Nachmittags, als er, ins Laboratorium eingeschlossen, die letzten entscheidenden Proben angestellt hatte. Das neue Präparat wurde hintereinander mit Lauge, dann mit verdünnter Salzsäure gekocht. Zitternden Herzens hatte Toni die Retorte in Händen gehalten. Seine Kohle gab keinen Farbstoff mehr ab; der Versuch war geglückt.

Toni Muhr hatte die Aufzeichnung seiner Arbeit mit allen nötigen Tabellen und Analysen damals sogleich der Fabriksleitung angeboten. Aber zu jener Zeit schien der Krieg noch so ferne, die Verwertung der Muhr'schen Experimente versprach wenig Erfolg, man kümmerte sich nicht um sie.

Nun hatte sich all dies verändert. Toni Muhr wollte nicht mehr in die Katlein'sche Fabrik zurückkehren. Die Heeresverwaltung war sicher froh, ein verlässliches Mittel erwerben zu können, das den schrecklichen Seuchen Einhalt gebot; nun erst recht, wenn die vielen Gefangenen heimkehrten.

Toni Muhr sah sich an der Spitze eines mächtigen, vom Staate eingerichteten Unternehmens, ungeheure Geldmassen rollten ihm zu. Er fühlte sich von einem wahren Fieber ergriffen, Geld, viel Geld zu verdienen. Und er dachte wieder an Lauretta.

Aber die Aufzeichnungen waren nicht zu finden. Den ganzen Inhalt des Kartons wühlte er durch, wendete jedes Blatt einmal, zweimal, dreimal – vergebens.

3

Es war schon recht spät, als Toni Muhr enttäuscht den braunen Karton zur Seite schob. Einmal hatte die Poldi ihren Kopf zur Türe hereingesteckt und gefragt, für welche Zeit der gnädige Herr das Abendessen wünsche, er aber hatte nur kurz abgewinkt.

Nun schritt er wieder im Atelier auf und nieder. Wie seltsam, dass gerade diese wichtigen Papiere fehlten! Er musste

Lauretta fragen ... Lauretta ... Wo blieb sie nur! Das Schlimmste war dieses ewige Warten, das alle Kraft verzehrte.

Toni Muhr entsann sich eines fernen Abends, da er gleichfalls Lauretta zu Hause erwartet hatte. Sie war bei Bekannten eingeladen gewesen, während ihn eine dringende Arbeit am Schreibtisch festhielt. Und obgleich er damals genau gewusst hatte, dass sie unmöglich vor Mitternacht zurück sein konnte – eine Freundin sollte sie um diese Zeit heimbegleiten –, war er doch allmählich in eine so törichte Besorgnis geraten, dass es ihn auf die Straße hinuntertrieb.

Er bildete sich ein, Laurettas Weg genau zu kennen, aber in seiner Hast war er schon in wenigen Minuten bis zu dem Hause der befreundeten Familie gelangt, ohne Lauretta begegnet zu sein. Eine halbe Stunde lang hatte er dann noch an der Straßenecke gewartet, jeden einzelnen Gast, der mit hochgestelltem Kragen vorüberkam, misstrauisch bespähend, bis es ihn auch hier nicht mehr länger hielt und er, einem plötzlichen Entschlusse folgend, ins Haus eindrang. Denn so musste man wohl sein wildes Überrennen des schlaftrunkenen Portiers bezeichnen.

Mit wenigen Sätzen war er die Treppe emporgestürmt. Die Hausleute hatten sich schon zurückgezogen; ein alter Diener, in Hemdärmeln, löschte gerade die Achter im Salon und berichtete Toni Muhr in der steifen Lakaienart, hinter der man doch verhaltenen Spott merken konnte, »die gnädige Frau sei längst fortgegangen«.

Richtig fand er sie auch zu Hause im Bett und schon nahe dem Einschlafen. Als er ihr sein Abenteuer erzählte, brach sie in ein so lautes und übermütiges Lachen aus, dass Toni Muhr, trotz seines Verdrusses, mit einstimmen musste. Um ganz Wien hatte während der nächsten Wochen diese Geschichte die Runde gemacht. Und jedes Mal, wenn man sie in Gegenwart Laurettas erzählte, war diese von neuem ins Lachen geraten und hatte Toni Muhr in ihrer Ausgelassenheit mit fortgerissen. Aber eigentlich schien ihm der Vorfall gar nicht so lustig. Er kam sich selbst unsäglich albern vor und hatte dabei die Empfindung, als sei ihm irgendwie Unrecht geschehen.

Nun lief er wieder durch die Wohnung, rastlos von einem Zimmer ins andere. Er riss die Glastüre zum Balkon auf, als hätte Lauretta den Weg von der Stephanskirche durch die Luft zurücklegen können, aber er sah nur die Sterne in der klaren, lautlosen Nacht. Dann wollte er die Zofe herbeirufen, um sie irgendetwas zu fragen, aber er entsann sich rechtzeitig wieder des Dieners in Hemdärmeln, der ihn damals in dem befreundeten Hause mit seiner höhnischen Korrektheit zurechtgewiesen hatte.

Was konnte er denn von dem Mädchen erfahren, was wollte er von ihr erfahren? Er war froh, dass sie sich nicht mehr blicken ließ. Die Uhr auf dem Kamin schlug eins, glasdünn, geisterhaft. Sein Kopf brannte.

Mit einem Male vernahm er, vom Vorzimmer her, das knarrende Geräusch eines Schlüssels, der sich zurechttastete. Und als er hinauslief, sah er gerade, wie auch der Riegel des Doseschlosses sich gespenstig zurückschob. Der Hausflur war erleuchtet, hinter der Glasfüllung der Wohnungstür stand ein Schatten.

Toni Muhr fühlte sein Herz in wuchtigen Schlägen gegen das Gehäuse von Brust und Rücken klopfen; es war so, als wollte es von Stund ab seine Freiheit haben. Ein unbeschreiblicher Schmerz erfüllte ihn ganz und gar.

Lauretta stand vor ihm, genau so, wie auf dem Bilde im Atelier; eine große Dame, die Besuch macht. Dann aber wurde sie seiner ansichtig, stieß einen Schrei aus – einen leisen Schrei, einen Kehllaut des Entzückens, verwandelte sich, war Lauretta und flog in seine Arme.

Das Täschchen, das sie in der Hand gehalten hatte, glitt zur Erde nieder, der Hut schob sich in den Nacken und löste die Haare auf. Sie achtete dessen nicht. »Liebling!«, rief sie,

»Liebling! Der Hausbesorger hat's mir gesagt, aber ich hab's gar nicht glauben wollen. Da bist du ja, Liebling!«

Tränen standen in ihren Augen. Sie schob ihren Arm unter den Tonis und hielt ihn fest. »Wie schön, dass du nun wieder da bist, Toni, Liebling. Versprich mir, dass du nie mehr von mir fortgehen wirst, dass du mich nie mehr verlassen wirst! Sag: Ich schwöre – wie beim Fahneneid!« Und sie lachte. »Toni, Liebling, wie hast du's nur fertig gebracht, mich so lange allein zu lassen.«

Ihre Augen hatten die Fähigkeit, in der Freude groß zu werden und zu leuchten wie Kerzen.

»Du hast noch immer die langen Wimpern, Lauretta«, stotterte Toni Muhr, nur um etwas zu sagen.

»Gefallen sie dir noch?«, fragte Lauretta. »Erinnerst dich, wie du mir einmal zwei rote Zündhölzel auf die Wimpern gelegt hast: zum Balancieren. Ach, wie verliebt waren wir doch, Toni, Liebling! Ich bitte und beschwöre dich, du musst auch jetzt wieder in mich verliebt sein. Nicht wahr, du willst. Nicht wahr, ich gefalle dir noch! Und wenn ich dir nicht mehr gefalle, lass mich's um Himmels willen nicht merken, ich könnte es nicht überleben. Du musst mich immer lieb haben, Toni, verstehst du! Bedingungslos lieb haben, auf Gnade und Ungnade.«

Ihr zwitscherndes Lachen erfüllte den Raum. Die ganze Wohnung, die vorher dem Heimkehrenden kalt und fremd erschienen war, hatte nun mit einem Schlage Leben und Bewegung erhalten, kam ihm nahe, war ihm vertraut.

Lauretta hatte den Hut abgelegt und wandte sich ihm wieder zu: »Hat man dir nur ordentlich zu essen gegeben, Liebling? Hast du genachtmahlt? Nein, so was, niemand kümmert sich um den armen Mann. Du musst ja schrecklich hungrig sein!«

Sie schleppte alle möglichen guten Sächelchen herbei, öffnete eine Sardinenbüchse, schob ihm Schokoladebonbons in den Mund: »Echte Kugler mit harter Füllung. Du weißt, so wie ich sie gern habe; die sind rar geworden, Liebling. Wenn ich nur geahnt hätte, dass du heute ankommst. Warum hast du mir nicht telegrafiert?«

»Nun freilich«, beantwortete sie gleich wieder selbst ihre Frage, »die Telegramme sind jetzt so lange unterwegs; denk dir, manchmal habe ich vier Briefe von dir auf einmal bekommen und dann monatelang nicht das geringste Lebenszeichen.«

»Wie lieb du bist«, sagte Toni Muhr und streichelte Laurettas Wange.

Sie saß nun beruhigt auf seinen Knien, schlenkerte ein wenig mit den Beinen und begann zu erzählen: »Um deine Freilassung hat sich Tante Carlotta bemüht. Du weißt, die in Florenz, deren Tochter ins Kloster gegangen ist, und dann die Fürstin Lubecka. Wir müssen sie gleich morgen besuchen oder übermorgen, denn morgen gönne ich dich niemandem; morgen gehörst du mir allein, nicht wahr, Liebling, mir ganz allein.«

»Dir allein«, wiederholte Toni Muhr.

Lauretta nickte befriedigt. »Hast du noch etwas von dem Leichenbegängnis gesehen?«, fragte sie. »Denk dir, ich war von den Katleins eingeladen, das heißt vom Alexander Katlein, der macht mir jetzt den Hof, der alte Narr, mit seinem zerquetschten Mund, der könnt' mir gefallen! Aber er ist doch dein Chef, wie der andere, der Theodor, der keine Frau anschaut, nicht wahr? So hab ich halt die Einladung angenommen. Weißt du, Liebling, mit den Katleins muss man sich jetzt vertragen. Die sind hochgekommen im Krieg. Sie sollen schon über hundert Millionen verdient haben.«

»Die Leute schwätzen«, verwies Toni, aber eigentlich hatte er etwas ganz anderes sagen wollen. Er hielt den Mund geöffnet, besann sich und schwieg.

»Hast dich verschluckt«, fragte Lauretta und lachte. »Wo bin ich denn nur stehen geblieben? Also richtig: Beim ›Chic Parisien‹ in der Kärntnerstraße hat der Alexander Katlein ein Fenster gemietet. Wir waren unser zehn. Und denk dir, wie das Leichenbegängnis vorüber war, haben wir uns Modelle angeschaut, die neuesten Pariser Modelle. Sie werden aus der Schweiz geschmuggelt. Und da ist die Trauerstimmung verflogen gewesen, man hat nur noch von den Kleidern gesprochen. Was sagst du dazu, Liebling? Nun ja, Gelegenheit macht Diebe. Man soll sich eben in einem Modehaus kein Leichenbegängnis anschauen. Und denk dir, dann hat uns der Katlein zum Tee eingeladen, alle zehn. Und aus dem Tee ist ein Nachtmahl geworden und aus dem Nachtmahl eine Abendunterhaltung. Man hat den Kaiser ganz vergessen gehabt und auch das Begräbnis, weißt du. Es war eine so merkwürdige Stimmung, Liebling. Der Katlein hat einen Toast gesprochen auf die Zukunft und auf den Sieg und dass in vier Wochen der Krieg aus ist, und darauf mussten wir alle anstoßen. Dann hat sich einer zum Klavier gesetzt und hat zuerst so feierliche Sachen gespielt; später aber einen Ragtime. Da haben wir getanzt. Denk dir, Liebling … Aber ich bitte dich, sprich mit keinem Menschen davon, sonst werden wir am Ende noch eingesperrt. Es ist ja eigentlich eine Majestätsbeleidigung gewesen oder so etwas, nicht? Aber ich kann nichts dafür, und ich bin auch viel zeitlicher fortgegangen als die anderen. Und da hab ich nun dich gefunden, Toni, Liebling.« Sie umarmte ihn stürmisch.

Mit einem Male fiel es ihr ein, dass sie die ganze Zeit gesprochen und Toni noch gar nicht hatte zu Worte kommen lassen. Nun schämte sie sich. »Das sind doch lauter Nichtigkeiten. Jetzt musst du mir erzählen, du hast so Großes erlebt, alles musst du mir erzählen.«

Es erwies sich indessen, dass Toni, sobald man ihn befragte, nichts Bestimmtes zu erzählen wusste. Da war eine Mauer hinter ihm, kalt und steil, ohne Griff. Wo man nur anrührte, tat es weh.

31

»Hast du nie an mich gedacht?«, fragte Lauretta.

Natürlich hatte er an sie gedacht.

»Oft?«, fragte Lauretta.

»Sehr oft«, sagte Toni langsam und senkte den Kopf.

Lauretta bemerkte sein Innehalten nicht. »Gab es keinen Augenblick«, forschte sie weiter, »wo du mich in deiner Nähe fühltest, Liebling, über alle Ferne hinweg, dir nahe?«

Ja, es gab in der Tat solch einen Augenblick: damals, wie er die Orangenschale gefunden hatte.

Und nun begann Toni lächelnd zu erzählen: Es war in einer albanischen Dzamija – einer Moschee mit anschließendem Gehöft –, da habe man für eine Nacht das Lager aufgeschlagen. Eine ganze Kolonne Gefangener und der Major, der sie begleitete, ein wilder Gesell, der es mit seinen Leuten noch ärger hielt als mit den Gefangenen, die sie bewachen sollten.

Alle Zeit vorher, drei Wochen lang, habe es unaufhörlich geregnet; eine Kotpfütze habe zumeist als Liegestatt gedient. An Schlafen war kaum zu denken. In der Dzamija aber sei ihm ein Platz auf einer Veranda angewiesen worden, ziemlich geschützt vor Regen und Wind. Da habe er sich zum ersten Mal wieder, in ein Leintuch gehüllt, ausstrecken können. Seine Decke nämlich sei ihm gleich zu Beginn des Rückzuges, nahe bei Nisch, gestohlen worden. Er habe den Marsch in jämmerlicher Ausrüstung unternommen; mit einem Polsterüberzug statt eines Rucksackes, einem Porzellanteller als Kochgerät und einer gläsernen Flasche, die ihm oft genug als Kopfkissen gedient hatte. Das Bettlaken aber, sein kostbarster Besitz, sei ihm wie ein Leichentuch erschienen.

Und wie ein Toter habe er wahrhaftig damals in der Dzamija geschlafen; bis gegen vier Uhr morgens. Und als er nun aufgesprungen sei, habe er in der Ferne einen roten Streifen am Horizont erblickt. Kein Tröpfchen Regen sei mehr niedergefallen. Lauretta könne sich nicht vorstellen, welches

Glücksgefühl sich da seiner bemächtigt habe. Es sei entsetzlich kalt gewesen; alle Glieder schmerzten. Aber er habe sich gesagt: »In wenigen Stunden geht die Sonne auf, in wenigen Stunden wird es warm sein; vielleicht um neun Uhr, vielleicht erst um elf Uhr. So lange hältst du es bestimmt noch aus. Du wirst leben.«

Im Überschwang seiner Freude habe er sogar seinen dünnen Überzieher ausgezogen, der mit Wasser vollgesogen war wie ein Schwamm und ihm seit Wochen klatschnass am Körper hing. Den habe er nun zum Trocknen über ein Geländer gebreitet, eine Übereiltheit, die er bald bereuen sollte. Denn das nasse Zeug sei sofort vereist gewesen statt zu trocknen, und er habe in den nächsten Marschstunden den hartgefrorenen Überzieher vor sich hertragen müssen wie einen Ofenschirm.

Seine gute Laune aber sei doch nicht zu zerstören gewesen, und die Sonne sei wirklich aufgegangen, und es sei wirklich warm geworden an diesem Tage; beinahe erträglich.

Und da habe er plötzlich auf einem Hügelrücken eine frische Orangenschale gefunden, mitten in der Wildnis, wo es nichts Lebendiges gab, nicht Tier, noch Pflanze, noch Frucht. Er habe die Orangenschale aufgehoben und sich an ihrem Duft gefreut, viele Tage lang, und es sei ihm gewesen, als begleite ihn irgendein Warmes und Leuchtendes, von der Sonne goldig Gefärbtes durch das fremde, unwegsame Land. Und das Fluchen des serbischen Majors habe ihn nicht mehr schrecken können und auch die Kolbenstöße der Soldaten nicht; er habe sich immer vorgesagt: »Alles wird gut, alles wird wieder gut!« Und Lauretta sei neben ihm einhergeschritten.

»Du armer, lieber Mann«, sagte Lauretta mit gedrosselter Stimme. Und nach einer Pause: »Wie schön du erzählen kannst! Du musst der Fürstin Lubecka von deinen Abenteuern erzählen. Ich bin so stolz auf dich, Liebling. Alles musst du erzählen, damit sie mich beneiden, und ich will nichts tun als still dasitzen und dir zuhören.«

Sie hatte ihn wieder untergefasst und schritt mit ihm durch die Wohnung. Als sie zu dem kleinen Raum kamen, der früher seiner Arbeit gedient hatte, errötete sie: »Ich wusste ja nicht, Liebling, wann du wiederkehren würdest.«

»Was ist denn mit den Papieren geschehen«, fragte Toni, »die hier in der Schublade gelegen sind?«

»Die Papiere?«, wiederholte Lauretta überrascht; sie musste erst nachdenken. »Richtig, Liebling, die liegen alle zusammen in einer braunen Schachtel, damit ja nichts verloren geht.«

»Ich hab in der Schachtel schon nachgesucht«, sagte Toni, »ein Teil der Papiere fehlt und gerade der wichtigste.«

»Das kann nicht sein«, meinte lächelnd Lauretta. »Du bist noch immer der Alte. Erinnerst du dich, wie du unser erstes Mädchen, die Anna, immer beschuldigt hast, es sei ein ganz wichtiges Papier beim Aufräumen verloren gegangen, und dann stellte es sich heraus, dass es brav an seiner Stelle lag. Ich musste dir suchen helfen. Ich will es wieder tun, du weißt, ich habe eine glückliche Hand.«

Plötzlich besann sie sich. »Waren es Papiere in einer blauen Mappe?«, fragte sie.

Toni bestätigte eifrig.

»Die hat man von der Fabrik abgeholt, kurz, nachdem du ins Feld gegangen warst. Der Wessely kam sie holen. Ich ließ ihn selbst nachsuchen, weil er sich doch besser auskennt. Aber ich erinnere mich, dass er eine blaue Mappe mitgenommen hat.«

Toni Muhr blickte verstört vor sich hin.

»Du wirst doch jetzt nicht an Geschäfte denken, Liebling«, flehte Lauretta, und als Toni noch immer schwieg, beschwichtigte sie: »Du kannst ja mit dem Wessely sprechen, der hat deine Papiere gewiss nicht ins Feuer geworfen. Du weißt, wie genau der ist.«

»Natürlich«, sagte Toni Muhr, »natürlich«, mit dem gedrückten Tonfall, den Lauretta einstmals »verbindlich« genannt hatte und den er annahm, wenn er an etwas ganz anderes dachte, als wovon man zu ihm sprach. Lauretta hatte ihm oft gesagt, er solle sie lieber schlagen, als so verbindlich zu reden und zu lächeln.

Nun standen ihr wieder die Tränen in den Augen. Er sah es. Gleich war er nahe. »Lauretta, verzeih mir.«

Er schaltete das elektrische Licht aus, Mondlicht flutete ins Zimmer. »Ah!«, sagte Lauretta und streckte ihm die Arme entgegen. Draußen in der klaren Winterluft ragte ein dunkler spitzer Schatten zur Höhe, darüber ein Stern.

Toni Muhr stellte keine Frage mehr. Noch wohnte in seinem Herzen dumpf und quälend der Zweifel: Wie ist's mit dem andern, dem deine Liebe zuflog, als ich ferne war? Aber ihre heißen Lippen schienen die Antwort zu geben: »Nun bist du mir nahe – nun bin ich dir nahe. Fühlst du nicht, dass ich nur dich liebe, dich allein!«

4

Während Toni Muhr sich am nächsten Tage ankleidete, hörte er, wie Lauretta alle Verwandten und Freunde von seiner Ankunft telefonisch in Kenntnis setzte. Der Apparat stand in Laurettas Ankleidezimmer, das früher sein Laboratorium gewesen war. Lauretta hatte ihn während seiner Abwesenheit dort anbringen lassen; das war ihm gestern entgangen.

Nicht nur aus Sparsamkeit hatte Toni Muhr ehedem kein Telefon im Hause dulden wollen. Es war ihm der Gedanke verhasst, dass jeder Fremde, wann immer es ihm beliebte, eine unsichtbare Türe aufreißen und mitten ins Zimmer treten konnte. Das laute Glockensignal, sagte er, zerstöre die besten Gedanken, das Telefon verderbe den Charakter der

Menschen, wie es ihre Stimme verändere; die Gutmütigsten würden unerträglich. Laurettas Gesicht aber verklärte sich, wenn sie die Hörmuschel zur Hand nahm. Sie konnte auch in einem fremden Haus ganz aufgeregt werden, sobald die Telefonglocke schrillte.

Klatschnass saß sie nun im Bademantel da, Tropfen perlten über den vorgestreckten Arm, und ihre Stimme lief durch die Stadt, treppauf, treppab, klingelte hier und dort an den Türen, rief andere Stimmen herbei, begann mit ihnen ausführliche Gespräche, die plötzlich um neuer Gespräche willen abgebrochen wurden, deren unermüdliche Lebhaftigkeit stets als Beginn und stets als Fortsetzung gelten konnte.

Toni Muhr brauchte des Morgens immer erst Sammlung. Da war so vieles zu überdenken, von dem letzten Tage noch und von dem bevorstehenden, viel Dumpfes zu lösen, jeder Tag war neu, sonderbar, unheimlich, man musste sich erst zurechttasten, sich wieder zur Welt in Beziehung bringen. Er brauchte eine ganze Weile, ehe er reden konnte, Lauretta aber war, sobald sie nur die Augen aufschlug, mitten in die Gegenwart verstrickt. Sie sprang mit beiden Füßen zugleich aus dem Bett, und so war sie auch heute vor der Wortkargheit Tonis mit lautem Hallo zum Telefon geflüchtet.

Er hörte sie nach allen Seiten hin Verabredungen treffen, mehr als man in den nächsten zehn Jahren einhalten konnte, so dünkte es ihm. Allen erzählte sie von der großen Überraschung: wie sie gestern heimgekehrt war und Toni angetroffen hatte. Immer fand sie neue Worte zur Beschreibung ihres Glückes, kramte auch gleich Erlebnisse des »wilden Kriegers« aus, wie sie ihn nannte, und pries ihn mit den entzückten Worten eines jungen Mädchens nach dem ersten Ball.

»Er ist bildhübsch geworden«, rief sie, »ihr werdet es sehen!«

Um elf Uhr kam die Familie Saluzzo; beinahe vollzählig. Nur Gino fehlte.

»Brav, mein Junge«, sagte der alte Herr von Saluzzo und tätschelte mit zwei vorsichtig ausgestreckten Fingern Tonis Wange.

Frau Johanna fiel ihrem Schwiegersohn um den Hals, ihre Küsse knallten. »Prächtig siehst du aus, prächtig!«, sagte sie und rollte das »R« – eine ferne Erinnerung an das Theater. Das ganze Zimmer war voll Lärmens, als ob ein Dutzend Menschen zu gleicher Zeit von verschiedenen Dingen gesprochen hätten.

Nun erst fand Frau Johanna Zeit, Toni wirklich anzublicken. Sie bemerkte, wie ausgehöhlt sein Antlitz war, und sah zwei tiefe Furchen, die von der Nase zum Munde liefen.

»Ein wenig müde bist du gewiss. Ja, das bist du«, sagte sie. »Aber wir werden dich schnell wieder dick füttern. Komm nur in mein Spital auf dem Stubenring. Da haben wir vor ein paar Wochen einen Fall gehabt, den alle für verloren hielten: Sepsis. Ein Bub von zwanzig Jahren, der aussah wie ein Greis, gelb und vertrocknet. Nahrung wollte er keine mehr zu sich nehmen, nur rauchen. Er hatte schon das Bewusstsein verloren, aber er rauchte noch immer. Sie sagten, es sei Agonie. Während der Geistliche ihn mit den Sterbesakramenten versah, führte er die Zigarette immerfort zum Munde, in ruckweisen Absätzen, wie ein Automat. Die Augen waren gläsern zur Decke gerichtet. So ging es die ganze Nacht und den folgenden Tag. Wenn eine Zigarette zu Ende war, tastete er unruhig die Decke entlang, bis man ihm wieder eine neue zwischen die Finger klemmte … Was wollte ich nur sagen! Richtig: Auch dieser junge Mensch lebt. Wir haben ihn über das Schlimmste hinweggebracht. Jetzt raucht er schon seine Zigarette aufrecht im Bette sitzend.«

Sie unterbrach sich, als sie gewahr wurde, dass niemand ihr zuhörte. Scheltend wandte sie sich an Lauretta: »Dich habe ich wieder einen ganzen Monat nicht im Spital gesehen, kein Funken Pflichttreue ist in dir!«

»Die Lauretta möcht' halt immer nur die Fee Cheristane spielen«, warf Rudi lachend ein. – Eigentlich sagte er »spülln«, seine Aussprache fiel leicht ins Wienerische. – »Immer nur die Händ' auflegen, freundlich zureden, ein ›Lichtblick‹ sein. Das passt ihr halt. ›O, Cheristane! Dich erblicke ich auf dieser Erde wieder, du Himmelsbild aus meiner Rosenzeit! Kaum wagt mein welkes Aug' den Blick zu heben zur Morgenröte deiner ew'gen Jugend. O, zieh nicht fort, verweile noch!‹«, deklamierte er in mühsamem Hochdeutsch.

»Da passen wir ja gut zusammen«, rief Lauretta, »ich die Cheristane und du der Verschwender.«

Herr von Saluzzo mahnte zur Ruhe. »Bitte keinen Streit«, sagte er, »das riecht nach Gesindestube.«

Toni Muhr wollte von Gino hören; der war noch immer in Galizien bei seinem Erzherzog.

»Mich nennt er einen Austriacante«, seufzte der alte Herr von Saluzzo. »Was weiß der Gino von der Irredenta! Als Bauer ist er auf seinem Gut gesessen und hat denen sein Öl verkauft, die es kaufen wollten.«

»Welches ist denn jetzt deine Beschäftigung?«, fragte Toni Muhr seinen Schwager Rudi Saluzzo.

»Er hat ja gar keine«, antwortete Lauretta für ihn.

»Der Rudi ist eine Familienschande«, seufzte der alte Herr von Saluzzo.

»Nur weil ich enthoben bin«, verteidigte sich Rudi.

»Wofür bist du denn eigentlich enthoben?«, fragte von obenher der Vater. »Für welches Unternehmen? Du hast keine feste Anstellung. Ein gesunder Mensch – in dieser Zeit.«

Lachend erwiderte Rudi: »Ich hab kein Unternehmen, und ich will auch keins haben. Wozu Geld verdienen? Der Krieg frisst das Geld, es bleibt nichts übrig. Du, lieber Papa, mühst dich mit deinen Geschäften und triffst es am End' doch nicht so gut wie der Katlein, der Millionen zusammenscharrt. Und auch von seinen Millionen wird nichts übrig bleiben, gar nichts; der Krieg frisst alles auf.«

»Vortreffliche Ausrede für Müßiggänger«, rief Herr von Saluzzo erbost.

»Ich widerlege den Krieg«, erklärte Rudi mit gespieltem Ernst. »Das ist sehr wichtig, vielleicht wichtiger, als ihr glaubt.«

»*Fammi piacere*[1]«, sagte Herr von Saluzzo frostig, um dem Gespräch ein Ende zu bereiten. Ungeduldig blickte er auf die Uhr, denn er wurde zum Mittagessen im Klub erwartet; es waren teils geschäftliche, teils Repräsentationspflichten, die ihn riefen.

Auch Frau Johanna hatte es eilig; denn am Nachmittag gab es Spitalsinspektion. Toni Muhr hatte sie in eine Ecke gezogen. Er wollte bestimmte Fragen an sie richten, aber es war so schwer, einen passenden Übergang zu finden. »Lauretta …«, begann er endlich.

»Sie ist ein so liebes Kind«, setzte Frau Johanna fort. »Ein wenig schwierig war sie immer; aber so lieb, nicht wahr? Wie sie sich über deine Heimkehr gefreut hat! Wie sie dich anblickt! Immer mit Tränen in den Augen, vor lauter Freude. Ein so gutes Kind!« Sie umarmte Toni noch einmal stürmisch, nötigte ihm das Versprechen ab, sie schon am nächsten Tage bei der Ausspeisung zu besuchen, und wirbelte zur Türe hinaus.

Hoheitsvoll, stelzbeinig folgte Herr von Saluzzo nach.

Rudi blieb allein zurück und lud sich zum Mittagessen ein. »Wenn ihr erlaubt«, sagte er, »ich esse zumeist bei Freunden und überlasse es fast immer dem Zufall, wo mein Rindfleisch gekocht wird. So was wie Häuslichkeit gibt es ja nicht mehr für mich, seit dieser verwünschte Krieg ausgebrochen ist. Mama ist stets unterwegs und Papa auch.«

Als die drei jungen Leute zusammen bei Tische saßen, brachen sie, wie auf ein gegebenes Zeichen, in ein fröhliches

Lachen aus. Lauretta, weil sie sich innerlich freute, dass Rudi der steifen Gemessenheit des Vaters, vor der sie Scheu empfand, so unverschämt zuleibe ging. Rudi Saluzzo lachte, weil ihm die stille, verlässliche Art Tonis, rein als Schauspiel genommen, Vergnügen bereitete. Und Toni Muhr lachte, von der Lebensfreude der beiden Geschwister mit fortgerissen, wie jemand, der aus einem dunklen Schacht ans Licht kommt, und das Herz wird ihm leicht, weil er die Sonne wieder scheinen sieht.

»Ist das nicht merkwürdig«, stellte Rudi Saluzzo fest, »jetzt hat man sich die ganze Zeit nur mit mir beschäftigt: was ich wohl unternehme oder nicht unternehme, obgleich da verdammt wenig zu erwarten ist. Aber was du zu unternehmen gedenkst, Toni, darnach hat niemand gefragt.«

»Vor allem muss er sich jetzt erholen«, erklärte Lauretta, und auf ihren Wink wurde eine verstaubte Flasche Wein aus dem Keller geholt, eine von dem Dutzend, das Tonis Vater für den Friedensschluss und die siegreiche Heimkehr der Truppen bestimmt hatte.

Dies brachte das Gespräch auf den Alten, und es erwies sich, dass Lauretta ihn schon längere Zeit nicht gesehen hatte. Doch Rudi Saluzzo war ihm bei einer Heurigenfahrt in Grinzing begegnet und versicherte, dass er blühend aussehe; so trank man auf das Wohl des Vaters Muhr.

Als die Gläser wieder auf dem Tische standen, sagte Toni: »Deine Frage, lieber Rudi, was ich jetzt zu tun gedenke, ist leicht zu beantworten. Ich sehe meine Arbeit vor mir, und ich habe sie immer vor mir gesehen. Das Schmerzlichste in diesen Kriegsjahren war vielleicht, dass sie mich von der Arbeit abdrängten. Ihr könnt euch nicht verstellen, was das heißt, Pläne übereinander getürmt zu wissen, zur Ausführung reife und andere im Werden begriffene und andere noch verschleiert und fern und doch so anziehend, wie eben die Ferne ist; und man weiß nicht, werde ich dahin gelangen, ist mir noch die Zeit gegönnt, und man hat nur den einen Gedanken: Arbeiten, wie einer, der einen hohen Berg besteigen will, nur den einen Gedanken hat: Wandern.«

»Bravo!«, rief Lauretta und blickte triumphierend um sich.

»Du wirst doch wieder in die Katlein'sche Fabrik eintreten?«, fragte Rudi Saluzzo nach einer Pause.

»Nein«, erwiderte Toni zögernd, »die Fabrik, die mir das tägliche Brot bringen sollte, hat von mir mehr gefordert, als sie mir geben konnte. Damals vor dem Kriege glaubte ich noch Zeit verschwenden zu können, als käme es gar nicht auf ein paar Jahre an. Ich war ja so jung, wir alle waren so jung, nicht wahr? Doch jetzt kommt es auf die Zeit an, auf jedes Jahr, auf jeden Tag. Und vielleicht ist es nicht nur ein erbärmliches, sondern auch ein sehr schlechtes Geschäft, wenn man sich um des täglichen Brotes willen Stück für Stück ausgibt, statt geduldig zu warten, bis ein Werk gelingt.«

»Und wie gedenkst du es dir bis dahin einzurichten? ... Mit dem täglichen Brot, meine ich«, warf Lauretta ein, fühlte jedoch, dass sie etwas Dummes gefragt hatte, und brach ab.

Toni Muhr erwiderte ruhig: »Ich habe kurz vor Ausbruch des Krieges eine Erfindung gemacht, die zu jener Zeit wenig praktischen Nutzen versprach, aber jetzt wohl einiges Geld ins Haus bringen muss; vielleicht sogar viel Geld. Es handelt sich um ein Verfahren zur Gewinnung von Tierkohle für Heilzwecke.«

Rudi Saluzzo fuhr mit einem Sprung in die Höhe: »Tierkohle für Heilzwecke? Das ist ja schon erfunden.«

»Du irrst«, sagte Toni ein wenig pedantisch wie immer, wenn er von beruflichen Dingen sprach. »Ich meine ein ganz neues Verfahren, das niemand kennt außer mir und dem Katlein, und der hat es seinerzeit nicht einmal zum Patent anmelden wollen, als ich es ihm verschlug.«

Rudi Saluzzo wurde immer erregter. »Was fällt dir ein, Toni. Denk nach. Der Katlein erzeugt schon zwei Jahre lang solche Tierkohle in seiner Fabrik. Damit hat doch sein großes Geldverdienen angefangen und seine Verbindung mit dem Ärar. Jetzt fabriziert er alles, was der gute Krieg braucht, seit ein paar Wochen auch giftige Gase; neulich sind zwölf Arbeiter in seiner Fabrik umgekommen.«

Toni Muhr wurde unsicher. »Weißt du's bestimmt«, fragte er stockend, »dass der Katlein Tierkohle herstellt?«, und zu Lauretta gewendet: »Der Wessely hat die blaue Mappe geholt?«

»Ich sagte dir's doch, Liebling, der Wessely«, bestätigte Lauretta, und Rudi Saluzzo zog ein Fläschchen aus der Tasche. »Da hab ich zufällig das schwarze Zeug. Es war mir nämlich gestern nicht ganz richtig im Magen. Der Kari Bräuner, du kennst ihn ja, der mit einer Levantinerin verheiratet ist, hat Kaviar aus Rumänien kommen lassen, aber weiß Gott, wie lang der Pantsch jetzt unterwegs ist.«

Toni nahm das Fläschchen und las »Katlein'sche Tierkohle«. Er schüttelte ein paar Stäubchen ins Wasser, das vor ihm stand, rührte um und hielt das Glas gegen das Licht. Dann streute er ein wenig von der Kohle auf die Zunge und schmeckte sie.

Rudi und Lauretta folgten gespannt seinen Bewegungen.

»Meine Kohle«, sagte Toni und stand auf.

»Das ist ja schrecklich«, rief Lauretta und war dem Weinen nahe. »So ein Lump, dieser Katlein, so ein Lump! Du musst ihn bei Gericht verklagen, Liebling. Das ganze Geld muss er herausgeben, der Lump, und man wird ihn noch obendrein einsperren.«

Rudi Saluzzo war sogleich Feuer und Flamme: »Wenn du mich brauchen kannst, Toni, zähl auf mich. So eine Sache gibt immer schrecklich viel Schererei und Lauferei. Für dich ist das nichts, aber ich hab kaum etwas Besseres zu tun. Mich möcht's freuen, wenn du dem Katlein beikämst. Leicht wird's nicht sein, Toni, wenn du auch Beweise in Händen hast. Der Katlein ist stark, so stark beinah wie der Krieg. Da sind unterirdische Zusammenhänge.«

Toni Muhr erklärte: »Ich hatte mir schon vorgenommen, heute in sein Bureau zu gehen; er wird mir wohl Rede stehen müssen. Und alle Papiere hat der Wessely nicht finden können. Die ersten Entwürfe liegen in meinem Schreibtisch. Als Beweis dürften sie wohl genügen.«

Er sprach dies alles ruhig vor sich hin, ohne die Stimme merklich zu erheben, so wie jemand, der seines Weges sicher ist.

5

Die Bureaux der Albumin-Werke, deren alleinige Eigentümer die beiden Brüder Katlein waren, befanden sich in der Prinz-Eugen-Straße, gegenüber dem Belvedere. Und im gleichen Hause wohnten sie auch, Alexander Katlein, der Witwer war, mit seinen drei Söhnen Hans, Walter und Karl, und dann Theodor, ein Junggeselle, der seine Wohnung nur betrat, wenn er schlafen ging; sogar das Essen ließ er sich auf seinem Schreibtisch im Bureau servieren.

Theodor war der eigentliche Leiter des Unternehmens, alle Fäden liefen bei ihm zusammen, alle Befehle gingen von ihm aus, alle Angestellten wandten sich an ihn um Rat. Man wusste, dass er, wenn es sich um das Unternehmen handelte, jederzeit in seinem Bureau zu finden war.

Das große Eckzimmer, in dem er arbeitete, war seine ganze Welt. Manche meinten, er sitze da wie in seinem Königreiche, andere wieder, wie in einem Gefängnis. Wer mit ihm sprechen wollte, musste ihn hier aufsuchen, hier war er jedem überlegen. Wenn man ihn bei seinen morgendlichen Spaziergängen antraf, die er, als ein unwilliges Zugeständnis an die Natur, zu einer Zeit unternahm, da die übrige Menschheit noch im Schlafe lag, fühlte er sich hilflos und schüchtern, wie auf frischer Tat ertappt. In seinem Arbeitszimmer war er der Herr, umworben und gefürchtet.

Seit der Krieg begonnen hatte, wurde er mit seinen Spaziergängen noch sparsamer und noch vorsichtiger in der Auswahl der Menschen, die sein Arbeitszimmer betreten durften. Man sprach in Wien viel über Theodor Katlein, und man spürte die Macht, die von ihm ausging, aber nur wenige hatten ihn wirklich gesehen. Er war zur Legende geworden.

Alexander Katlein hingegen liebte die Geselligkeit, er führte großes Haus und »sah das Geld nicht an«, wie es in Wien heißt, insbesondere wenn es sich um Frauen handelte. Den Frauen war er wehrlos preisgegeben; alle gefielen ihm, und von allen war er geneigt anzunehmen, dass er ihnen gefalle.

Die beiden so sehr verschiedenen Brüder hassten sich im Grunde ihres Herzens, aber sie waren aneinander geschmiedet durch ein gemeinsames Schicksal nicht minder als durch die Bande des Blutes. Alexander Katlein war der ältere, der eigentliche Gründer der Albumin-Werke. Während das Leben Theodors immerdar beharrlich einem bestimmten Ziele zugestrebt hatte, lag hinter Alexander ein geheimnisvolles und bewegtes Dasein.

Die Katleins stammten aus einer kleinen mährischen Judengemeinde. Ihr Vater war Schächter gewesen, für die Erziehung seiner Söhne konnte er nicht viel Geld aufwenden. Alexander, der eigentlich Aron hieß, hatte es auch nicht lange in der Schule ausgehalten, sondern sich bald auf verschiedenen Gebieten des Handels umgetan. Ein jugendlicher Fehltritt, der ihn hätte verderben können, brachte die glückliche Wendung seines Lebens. Er hatte sich als Kommis in einem Konfektionsgeschäft zu Unterschlagungen verleiten lassen, um die Liebe eines käuflichen Mädchens zu gewinnen, das von ihm nichts wissen wollte; auch um Geld nicht. Sie selbst denunzierte ihn bei seinem Prinzipal. Dieser aber, nachdem er den Schaden berechnet hatte, der nicht allzu beträchtlich war, verzichtete auf die Anzeige, er ließ sich nur von Alexander Katlein für alle Fälle eine Schrift aufsetzen, in der die Tat eingestanden und Besserung angelobt wurde.

Dieses Erlebnis veranlasste Alexander Katlein, seinen Heimatsort zu verlassen, und so lernte er, der immer lebhaft und betriebsam war, in einem anderen mährischen Flecken am Fuße der Karpaten die Tochter des wohlhabenden Grundbesitzers Josef Grabner kennen, wusste sie zu beschwatzen und erhielt das Brauhaus, das mit zum Grabner'schen Besitz gehörte – und wo er sich zunächst als Verwalter unentbehrlich zu machen verstanden hatte –, als sehnlich erwartetes Heiratsgut. Sein frühes Vergehen war damals schon vergessen, der geschädigte Prinzipal hatte, wohl um den jungen Mann oder besser noch dessen Eltern, die auf öffentliche Mildtätigkeit angewiesen waren, zu schonen, niemandem von dem Vorfall Mitteilung gemacht.

Alexander Katlein aber fühlte sich auch im geruhsamen Kreise der Familie Grabner keineswegs am Ziele seiner Wünsche. Mit seiner Frau, der ewig leidenden und Schonung bedürftigen Veronika, verstand er sich ganz und gar nicht. Sein derb sinnliches Wesen fahndete nach immer neuem und leichtem Genusse; jede Magd war ihm recht, wenn sie sich nur seinem schmatzenden Werben preisgab. Es entstand mancherlei Hader im Orte, und schließlich verkaufte Alexander Katlein vorteilhaft die Brauerei, ließ der armen Veronika nicht einmal Zeit, daheim zu sterben, sondern zog in den nächsten Jahren mit ihr und den Kindern – er hatte doch irgendwie Familiensinn – ruhelos von Stadt zu Stadt, ein Unternehmen um das andere beginnend und wieder auflösend, bis er sich nach dem Tode seiner Frau in Wien niederließ und die Albumin-Werke begründete.

Theodor Katlein hatte indessen zu Hause als Kostgänger wohlhabender Bürgersfamilien die Realklassen absolviert, auch noch während einiger Semester an der Technischen Hochschule Vorlesungen gehört, mit Lektionen kärglich sein Brot beschaffend, als sein Bruder ihn plötzlich zu sich rief.

Schon nach einem kurzen Gespräch hatten Alexander und Theodor erkannt, wie vortrefflich sie einander ergänzten und dass sie zusammen wohl zu vollbringen vermöchten, was der eine ohne den andern niemals zu leisten imstande gewesen wäre. Dieses Gespräch bildete die Grundlage ihres gemeinsamen Unternehmens wie ihres Hasses; beide wussten, dass sie einander nicht mehr entbehren konnten.

Man erzählte sich aus den Anfängen der beiden Brüder, dass sie einmal zusammen über Land gefahren waren, schweigsam und grollend. Plötzlich, wie auf Verabredung, hatten sie dem Kutscher zu halten befohlen, waren aus dem Wagen gesprungen und hatten in erbittertem Kampfe gegeneinander die Stöcke erhoben. Kein Wort war zwischen ihnen gewechselt worden, nur Hieb war in stummer Erbitterung auf Hieb gefolgt, bis die Stöcke zerbrachen. Dann stiegen die Brüder wieder in den Wegen und fuhren einträchtig weiter.

Später natürlich kamen diese Gegensätze nicht mehr so elementar zum Ausdruck. Der gesellschaftliche Verkehr in der großen Stadt, der mit wachsendem Reichtum sich einstellte, schliff die Ursprünglichkeit des Hasses ab, ließ alle Leidenschaften gedämpfter, uneingestandener, verschleierter erscheinen.

Auch bekam Theodor immer merklicher die Oberhand. Sein starker Wille überwog, seine zähe, unbesiegbare Arbeit rannte alles nieder. Alexander Katlein empfand vor seinem Bruder heimliche Angst, während dieser ihn, je höher sie beide stiegen und je vornehmer sich Alexander gab, umso tiefer verachtete.

Durch Alexander Katlein blieb Theodor in Verbindung mit der lebendigen Welt. Sein Bruder war das Fenster, durch das er ins Freie blickte, aber das Fenster schien trübe, und was er da vom Leben zu sehen bekam, widerwärtig. Theodor Katlein erfuhr durch Alexander alles, was sich in Wien zutrug, und kannte durch ihn die Zusammenhänge fremder Leidenschaften. Und es wurde ihm zur Macht.

Seine Besucher konnten sich nicht genug wundern, wie gut er über verborgene Dinge unterrichtet war. Diese Weltkenntnis war allerdings mit einer Weltunerfahrenheit verbunden, die gleichermaßen überraschen musste. So hielt er zum Beispiel Liebe in jeder Form für einen Snobismus der Müßiggänger; für eine Geckerei oder eine schlechte Angewohnheit wie die Trunksucht. Noch anders beurteilte er die Bemühungen Alexanders um die Frauen; er empfand sie als eine besondere Schlauheit seines Bruders. Und wirklich wusste dieser seinen Leidenschaften eine solche Richtung zu geben, dass sie einen geschäftlichen Nutzen abwarfen, so teuer sie ihn auch sonst zu stehen kamen.

Als einmal ein Messerstecher im Stadtpark halbwüchsigen Mädchen auflauerte, sagte Theodor Katlein: »Die jungen Leute wissen wirklich nicht mehr, was sie vor lauter Übermut beginnen sollen.« Alle Leidenschaft, die nicht dem Erwerb galt, war ihm schamlose Erfindung der modernen Dichter, die irgendwie seinen Zorn erregten. Gleichwohl las er viel, doch nur Bücher, die ihm gemäß waren: mit einer straffen, zielbewussten Handlung. Und lieber noch als die Bücher selbst las er deren Inhaltsangabe. Ihm kam es nur darauf an, informiert zu sein, er durchblätterte die Bücher wie die Menschen und riss aus ihnen an sich, was ihm frommte.

Das Denken Theodor Katleins war so eingestellt, dass er alle Dinge, die sich in der Welt zutrugen und von denen ihm sein Bruder berichtete, blitzschnell darauf zu werten verstand, welchen Gewinn oder Schaden sie den Albumin-Werken bringen konnten. Während er mit seinem Besucher scheinbar aufmerksam über einen Gegenstand allgemeinen

Interesses sprach, überlegte er, wie die besonderen Fähigkeiten des Gastes für das Unternehmen, das ihm allein am Herzen lag, richtig zu nützen seien. Und plötzlich sprang er ihn dann mit einer Frage an, die kein Ausweichen mehr zuließ.

Man sagte von Theodor Katlein, er habe völlig vergessen, dass er selbst ein Mensch von Fleisch und Blut sei, und er halte sich für einen Begriff, in dem er restlos aufgehe: nämlich die Albumin-Werke.

Die Verschiedenheit und Ähnlichkeit der beiden Brüder trat schon in ihrer äußeren Erscheinung hervor. Theodor trug einen Spitzbart, Alexander, um jünger zu erscheinen, hatte auch die wulstige Oberlippe rasieren lassen. Nichts verdeckte das Hässliche und Gemeine des Antlitzes. Wenn Theodor seinem Bruder gegenübersaß, war es ihm manchmal, als blickte er in einen unbarmherzigen Spiegel.

Im »Don Juan de Marana« von Alexander Dumas hatte Theodor Katlein einmal das Wort gelesen: Ich hasse dich, wie man nur einen Bruder hassen kann. Dieses Wort fiel ihm dann ein. Vieles, was er an sich selbst zu überwinden suchte, offenbarte sich in dem Antlitz des Bruders ungebändigt und wie in schamloser Nacktheit; jeder hässliche Zug war hier verschärft und so deutlich, dass keine Täuschung übrig blieb. Vieles, was Theodor längst vergessen glaubte, überbrückt durch ein Leben der Arbeit, Anfänge in der Niederung, all dies stieg vor ihm auf, ließ sich nicht zurückweisen.

Es war da ein unbequemer Zeuge, der jederzeit die Würde, mit der sich Theodor Katlein umgab und die alle anderen Menschen in geziemender Entfernung hielt, ihm vorn Antlitz reißen konnte, ein älterer Bruder, der das Recht hatte, ihm auf die Schulter zu klopfen und ihm zu sagen: Erinnerst du dich noch, wie wir damals vorn Wagen gestiegen sind, um uns zu prügeln? Da gab es kein Entrinnen.

6

Rudi Saluzzo hatte Toni Muhr bis zu den Albumin-Werken begleitet. Er war neben dem Schweigsamen einhergelaufen, übersprudelnd von Einfällen und Ratschlägen: was wohl zu tun wäre, um die Katleins zu fassen.

Toni Muhr lächelte. »Vielleicht ist gar nichts Schlimmes geschehen! Sicherlich war es klug, dass man die Erfindung rechtzeitig nutzbar machte. Hätte man auf meine Heimkehr gewartet, wäre kostbare Zeit verloren gegangen. Man hat für mich gehandelt, wo es Not tat, und ich brauche nur die Abrechnung in Empfang zu nehmen und danke zu sagen.«

Rudi Saluzzo warf die Arme so heftig in die Luft, als wollte er sie fortschleudern. »Da schau her! Das sieht den Katleins ähnlich«, schrie er. »So vorbereitet gehst du in die Höhle des Löwen! Das leid ich nicht«, und er stellte sich wie zum Schutze dem Schwager entgegen.

Am liebsten wäre er mit ihm hinaufgegangen, aber Toni Muhr wehrte ab. So lief er denn aufgeregt vor dem Eingangstore hin und her, bot einem Sicherheitswachmann eine Zigarette an und schrieb den Namen seines Sohnes, der seit einem Jahre im Felde war und noch immer keinen Urlaub erhalten hatte, in sein Taschenbuch.

»Seien Sie unbesorgt«, sagte Rudi Saluzzo und dachte mit Schrecken daran, dass er am nächsten Tage noch einen Weg mehr in seinen überlasteten Stundenplan zwängen sollte.

Toni Muhr stand im Wartezimmer der Albumin-Werke, das zu gleicher Zeit als Sitzungssaal diente. Er hatte da noch einen anderen Wartenden angetroffen, einen riesenhaft gebauten älteren Mann mit einem Klumpfuß. Mächtig hingen ihm die Arme an den gewölbten Schultern, recht eigentlich Bestandteile einer gewaltigen Maschine und nicht menschliche Gliedmaßen. Toni Muhr kannte ihn wohl; es war Andreas Magrutsch, einer der tüchtigsten Vorarbeiter der Albumin-Werke und einer der eifrigsten auch, niemals murrend, gewohnt, Hand anzulegen, wenn andere versagten. Oft genug hatte Toni Muhr bei privaten Arbeiten seine Hilfe in Anspruch genommen; nun wollte er auf ihn zugehen, ihm zur Begrüßung die Hand entgegenstrecken. Aber der Vorarbeiter tat so, als merkte er es nicht, angelegentlich blickte er zu Boden und schien darauf bedacht, Raum und Abstand zwischen sich und Toni Muhr zu legen.

Diesem war die Haltung des Vorarbeiters ebenso überraschend wie unerklärlich. Betroffen wich er zum Fenster aus, vor dem in freundlicher Gliederung der Belvederepark sich öffnete. Toni Muhr gedachte des Tages, da sich ihm zum ersten Mal dieser sanfte und beruhigende Anblick dargeboten hatte.

Eine Arbeit über Pflanzeneiweiß, in einer wissenschaftlichen Zeitschrift veröffentlicht, hatte die Beachtung Theodor Katleins gefunden, der den jungen Chemiker sogleich zu sich rief. Wie war Toni Muhr damals um dieser Einladung willen von seinen Studienkollegen bestaunt und beneidet worden! Eine Anstellung in den Albumin-Werken schien den meisten ein unerreichbares Ziel.

Nach einer Unterredung von kaum zehn Minuten, in deren Verlaufe Toni Muhr ein paar rasch hingeworfene Fragen zu beantworten hatte, war der junge Mann gebeten worden, sich in das Wartezimmer zurückzuziehen, während Theodor Katlein seinem Sekretär schon den Vertrag diktierte, der eine Viertelstunde später zur Unterschrift bereitlag. All dies hatte Toni Muhr kaum Zeit zur Überlegung gelassen. Und von der ganzen für sein Leben entscheidenden Begegnung war ihm eigentlich nur dieser Blick auf den Belvederepark im Gedächtnis geblieben.

Da war er nun wieder und sah die behutsam aufsteigende Terrasse, sah Amoretten und als Sphinxe verkleidete Damen, die in Laubnischen Verstecken spielten. Irgendwo auf dem Plan hatte einst hinter den Stäben seines runden Zwingers der Lieblingslöwe des Prinzen Eugen gelangweilt in die Sonne geblinzelt. In der Nacht, da der Prinz starb, verendete auch das Tier.

Hoch über die Terrasse ragte das Schloss, das zuletzt der Thronfolger bewohnt hatte, dessen unheilvolles Sterben Millionen junger Menschen mit ins frühe Grab riss. Toni Muhr erinnerte sich des vielen Widerspruchsvollen, das über den Thronfolger verbreitet gewesen war, da er noch lebte. Der greise Franz Joseph stand gegen ihn, und auch sonst fehlte es ihm nicht an Hassern. Andere wieder, die wenigen, die ihm nahe kamen, sahen in ihm den Erneuerer und Retter Österreichs. Und dann starb er im Geheimnis – oder man hatte ihn sterben lassen; und wer ließ ihn sterben?

Toni Muhr entsann sich des Augenblicks, da er von der Ermordung des Thronfolgers erfahren hatte. Im Arbeitszimmer Theodor Katleins war's gewesen. Ein Diener brachte die Extraausgabe. Unwillig hatte Theodor Katlein den Kopf gewendet, weil der Vortrag Dr. Muhrs, der eine wichtige Analyse betraf, unterbrochen worden war. Dann, nach einem kurzen Blick auf das Zeitungsblatt, hatte er ausgerufen: »Kein größeres Glück konnte uns geschehen.«

Toni Muhr war es eiskalt über den Rücken gelaufen. »Kein größeres Glück« – er hörte noch Theodor Katleins Stimme. Da hatten die beiden Söhne eines armen mährischen Schächters ihr Haus neben das Haus des Thronfolgers gestellt, neben das Belvedere, des Prinzen Eugen Haus. Zwei Welten grenzten aneinander. Und Herr Katlein frohlockte, dass seine Welt die stärkere war.

Vielleicht sah Theodor Katlein schon damals den Krieg voraus, vielleicht höheren Aufstieg. Toni Muhr fiel es aufs Herz, dass man allgemein das Furchtbare, das geschehen war, so hinnahm, als hätte es geschehen müssen, das »Knacken im Dachgestühle«, das »Rieseln im Gemäuer«: nicht als

Warnung, sondern als Tasten und Suchen der Flammen, die zum Weltbrand sich reckten.

Einsam, abweisend stand das Belvedereschloss da, die herbstlichen Wiesenstreifen waren als verblasste Teppiche über den Weg gerollt, braun und verödet lagen die Blumenbeete im Sonnenlicht, von dem keine Wärme kam. Dunkel und verhängt waren die Schlossfenster; aus blinden Augen blickte das Geheimnis auf die Stadt nieder.

Ein Diener verneigte sich vor Toni Muhr; der Chef sei leider verhindert, ihn heute zu empfangen.

»Haben Sie Herrn Katlein gesagt, dass es sich um etwas Wichtiges handelt?«, fragte Toni Muhr. Die Ablehnung war ihm besonders peinlich, weil sie in Gegenwart des Vorarbeiters Andreas Magrutsch erfolgte, den gleichzeitig, wie Toni Muhr zu bemerken glaubte, ein verstohlenes Zeichen zum Bleiben einlud.

Der Diener schnitt weitere Fragen ab: Herr Katlein werde sich freuen, ein anderes Mal Herrn Dr. Muhr zu begrüßen, und er lasse ihn bitten, zunächst bei Herrn Wessely vorzusprechen; da half kein Widerstand.

Herr Wessely war Sekretär der Albumin-Werke; nach Herrn Theodor Katlein die einflussreichste Persönlichkeit des ganzen Unternehmens. Eigentlich nannten ihn nur die Fremden: Sekretär. Wenn man ihn so ansprach, verbesserte er mit einem leichten Nicken des Kopfes »Herr Wessely«, wie sein Chef auf die Frage uneingeweihter Besucher, wie er anzureden sei, nachsichtig mit dem Kopfe nickte und »Herr Katlein« sagte.

In der Tat war Herr Wessely mehr als irgendein Direktor. Er saß im Vorzimmer Katleins und wartete. Er wartete darauf, dass die Polstertüren aufgingen und ein Diener ihn zum Chef bat. Dies wiederholte sich zwanzig- bis dreißigmal im Tage und seit vielen Jahren schon, aber es war für Herrn

Wessely immer noch der große Augenblick seines Lebens. Wenn er eine Stunde lang nicht gerufen wurde, begann er an der Weltordnung zu zweifeln.

Bis spät nachts blieb er im Bureau, verzichtete auf jede private Existenz, nur um zu verhüten, dass jemand anderer ins Chefzimmer gerufen werde, und er ging niemals auf Urlaub, weil er es nicht hätte ertragen können, einem Vertreter, wenn auch nur für kurze Zeit, seinen Platz im Vorzimmer Theodor Katleins einzuräumen.

Herr Wessely stand zwischen dem Chef und allen seinen Angestellten, hohen und niederen. Er stand zwischen ihm und der Welt, er war der Vorhang, der Herrn Theodor Katlein die Sonne abhielt und ihn vor Regen schützte, der Teppich, der alle fremden Schritte dämpfte. Kam das Leben durch Alexander Katlein lärmend in das Arbeitszimmer seines Bruders Theodor gestolpert, so setzte ihm Herr Wessely Sordinen auf. Jedes Geschehnis wurde schon in sorgfältiger Zubereitung serviert, genauso, wie es die Albumin-Werke brauchen konnten.

Herr Wessely kannte die Absichten seines Chefs, noch bevor sie ausgesprochen worden waren. Es gehörte zu seinen Obliegenheiten, allen Angestellten der Albumin-Werke Lob und Tadel des Herrn Theodor Katlein zu vermitteln: »Sagen Sie dem Herrn Jamnitzer, er soll sich nicht mehr einfallen lassen ...«

Herr Wessely hatte sich für derlei Botschaften eine besondere unpersönliche Form zurechtgelegt. Er sagte sie her wie ein Phonograph. Man hörte die Stimme des Chefs. Es geschah sogar, dass er schon im Vorhinein eine Botschaft ausrichtete, die ihm erst später aufgetragen wurde.

Wenn man Herrn Wessely besuchte, konnte man sogleich wissen, wie Herr Theodor Katlein sich zu einer bestimmten Angelegenheit stellen würde und welches seine Meinung über den Besucher war. Im Lächeln des Herrn Wessely oder in seinem frostigen Gruß lag Schicksal; man brauchte sich gar nicht erst weiter zu erkundigen, wie es um einen stand.

Dabei hatte Herr Wessely über jeden Gegenstand seine eigene Meinung, die Meinung eines feinen, kultivierten Menschen, ja sogar die Meinung eines Menschen von Gefühl, aber er unterdrückte unliebsame Regungen, gönnte ihnen keinen Raum. Er sagte sich, man könnte den Fall so oder so betrachten, aber darauf kam es eben nicht an, sondern nur darauf, wie Herr Theodor Katlein ihn betrachtete.

Als Toni Muhr ins Zimmer trat, sprang Herr Wessely vom Sitze auf, schüttelte ihm die Hand, nannte ihn »bester Freund« und »mein lieber Dr. Muhr«, sagte ihm: »Dass wir Sie nun endlich wieder haben« und »Was dieser Krieg alles verschuldet hat!«, fragte ihn: »Wie ist es Ihnen ergangen? Das müssen Sie uns ausführlich erzählen« und »Wann dürfen wir wieder auf Sie rechnen?«

Dies alles klang jedoch so frostig, wie aus einem Keller hervor, und plötzlich hielt Herr Wessely unvermittelt inne, was einer seiner berühmten und gefürchteten Kunstgriffe im Gespräche war. Man stand da plötzlich vor einem Graben und erschrak. Man war gezwungen, nun selber zu reden, und verwirrte sich. Unwillkürlich wurde der Besucher zum Bittsteller und geriet in die Hinterhand.

»Warum sind meine Briefe unbeantwortet geblieben?«, begann Toni Muhr, als die Pause sich hinzog.

»Welche Briefe?«, entgegnete Herr Wessely erstaunt. Er läutete einem Diener und verlangte von ihm den Personalakt Dr. Muhr.

»Alle Briefe, die ich an Herrn Katlein aus der Kriegsgefangenschaft gerichtet habe«, sagte Toni Muhr.

»Wir haben keinen Brief erhalten«, stellte Herr Wessely fest und blätterte schon im Akt. »Das letzte Lebenszeichen, das von Ihnen eintraf, war eine Karte vom 15. August 1914, Feldpost Nr. 67.«

»Diese Karte also hat Sie doch erreicht«, stellte Toni Muhr fest.

Herr Wessely nickte. »Sie betraf …«, begann er und wollte vorlesen.

»Sie betraf«, ergänzte Toni Muhr, »mein Tierkohlenpräparat. Ich schlug neuerlich vor, das Patent anzumelden. Sie wissen, dass Herr Katlein früher die Kosten gescheut hatte.«

»Stimmt, stimmt«, sagte Herr Wessely. »Und wir haben das Patent auch wirklich angemeldet. Ich bin glücklich, mein lieber Dr. Muhr, Ihnen gleich zur Begrüßung eine Mitteilung machen zu können, die Sie gewiss freuen wird: Ihre Erfindung hat eingeschlagen. Da!« Er zeigte auf ein Fläschchen, das in einer Vitrine stand. »Da haben Sie Ihre Tierkohle! Wir sind stolz auf Sie, bester Freund. Große Aufgaben harren Ihrer. Zunächst werden Sie wohl einen Urlaub nötig haben …«

Toni Muhr wurde verlegen. »Dies alles ist ja sehr verlockend«, sagte er, »und ich danke Ihnen von Herzen. Aber ich weiß noch gar nicht, was mit mir geschehen wird. Die Superarbitrierung …«

»Das lassen Sie unsere Sorge sein«, unterbrach ihn Herr Wessely. »Der Chef hat gute Beziehungen. Also wann dürfen wir auf Sie rechnen?«

Toni Muhr senkte die Stimme. »Ich glaube nicht, dass ich vorläufig eine feste Anstellung annehmen werde«, sagte er. »Ich habe Eile, ein paar Arbeiten abzuschließen, die ich allzu lange schon im Kopfe herumtrage.«

»Ah«, sagte Herr Wessely und setzte sich in seinem Stuhle zurecht, »es freut mich, dass Sie in der angenehmen Lage sind …«

Toni Muhr lächelte. »Da doch meine Erfindung eingeschlagen hat, wie Sie vorhin selbst erwähnten, dürfte ich in den nächsten Jahren keine Not leiden.«

Herr Wessely räusperte sich. »Es scheint ein Missverständnis vorzuliegen.«

Toni schüttelte den Kopf.

»Ihre Frau Gemahlin«, fuhr Wessely fort, »hat während Ihrer Abwesenheit Gage und Quartierzulage pünktlich ausbezahlt erhalten. Herr Katlein erwartet, dass Sie Ihre Tätigkeit in der Fabrik bald wieder aufnehmen. Weitere Ansprüche stehen Ihnen, verehrter Herr Doktor, meines Wissens nicht zu.«

»Aber die Erfindung«, rief Toni und fühlte, wie er blass wurde.

»Ist eine Etablissementerfindung, bester Freund«, betonte Herr Wessely. »Erfindungen im Dienste fallen dem Unternehmen zu.«

»Die Tierkohle habe ich nicht im Dienste erfunden«, rief Toni Muhr. »Man kann überhaupt nicht ›im Dienste erfinden‹.«

Herr Wessely zuckte die Achseln.

»Warum haben Sie die Entwürfe aus meiner Wohnung geholt?«, fragte Toni Muhr.

»Auf Ihren Wunsch, Herr Doktor«, entgegnete der Sekretär mit Schärfe. »Hier liegt Ihre Feldpostkarte. Der Chef freute sich, dass Sie im Augenblick der Gefahr noch an das Unternehmen dachten. Das war Pflichttreue, Herr Doktor, aber die verleiht keinen Anspruch auf besondere Entlohnung, sollte man meinen.«

Toni Muhr umklammerte die Stuhllehne. »Es handelt sich um eine Erfindung, die mit den Albumin-Werken nichts zu schaffen hat«, sagte er. »Herr Katlein weiß das, und er wird mir mein Eigentum nicht vorenthalten wollen.«

Herr Wessely stand auf. »Ich glaube die Absichten unseres Chefs genau zu kennen. Es ist nicht möglich, hier ein Präjudiz zu schaffen. Im Übrigen, Herr Doktor, ist das Patent laut §15 des Patentgesetzes durch die Militärverwaltung enteignet worden, da ein Interesse der öffentlichen Wohlfahrt vorlag. Ihre Ansprüche wären also erloschen, selbst wenn sie je bestanden hätten.«

Auch Toni Muhr war aufgestanden, doch er schwieg.

»Was darf ich dem Chef bestellen?«, drängte Herr Wessely.

Wie aus schwerem Nachdenken heraus sagte Toni Muhr: »Bitte, teilen Sie Herrn Katlein mit, dass ich die Hälfte dessen verlange, was meine Erfindung an reinem Gewinn eingebracht hat. Ich glaube, das dürfte sich aus den Büchern unschwer feststellen lassen.«

Toni Muhr lächelte wieder.

Nun zögerte Herr Wessely. »Ich meine es gut mit Ihnen«, sagte er, und es war so, als ob sich sekundenlang eine Maske verschiebe. »Beginnen Sie keinen nutzlosen Streit, der Ihnen nur Schaden bringen könnte. Es steht für Sie viel auf dem Spiele. Herr Katlein schätzt Ihre Arbeit.«

Toni schüttelte traurig den Kopf. »Ich könnte keinesfalls die Tätigkeit in den Albumin-Werken wieder aufnehmen, ehe ich mein Recht erlangt habe.«

»Glauben Sie wirklich«, fragte Herr Wessely langsam, »dass man im Leben mit so großen Worten, wie Sie eben eines gebrauchten, sein Fortkommen finden kann? Recht! Was ist Recht, mein lieber Dr. Muhr? Wir werden doch darüber nicht streiten.«

Es war deutlich, dass er das Gespräch abzubrechen wünschte. Die Polstertüre, die zum Zimmer des Herrn Katlein führte, bewegte sich. Ein Diener trat ein: »Der Chef lässt bitten, Herr Wessely.«

Es war Toni Muhr, als ob die Maske, die für kurze Zeit das Antlitz des Herrn Wessely freigegeben hatte, nun wieder zurückschnellte; kalt und starr. »Ich werde dem Chef von Ihren Wünschen Mitteilung machen«, sagte er, zu Toni Muhr gewendet, und verschwand durch die Polstertüre.

Auf dem Gang stand Dr. Jamnitzer, ein ehemaliger Kollege Toni Muhrs, frühzeitig gealtert und gebückt. Man nannte ihn allgemein den Prügelknaben, weil Herr Theodor Katlein bei jedem unangenehmen Vorfall in der Fabrik zunächst einmal ihn zur Verantwortung zog. »Sie haben kein Pflichtgefühl«, hieß es. »Sie werden uns alle zugrunde richten.« Herr Jamnitzer, stumm, geduldig, mit hochgezogenen Schultern, ließ die bösen Worte auf sich niederplätschern wie jemand, der seinen Schirm zu Hause vergessen hat und doch weiß, dass er im Regen ausharren muss.

»Grüß dich Gott, Muhr«, sagte er mit seiner Flüsterstimme. »Ist der Wessely schief gewickelt? Er hat mich rufen lassen. Weißt du nicht, was er von mir will …?« In seiner angstvollen Erwartung schien der Prügelknabe zu übersehen, dass er Toni Muhr zum ersten Mal nach zwei langen Kriegsjahren begegnete. Bei ihm hatte sich während der ganzen Zeit nichts verändert. »Wenn ich nur wüsst', was der Wessely von mir will«, wiederholte er weinerlich und schlüpfte in sein Verhängnis.

In höchster Aufregung erwartete Rudi Saluzzo seinen Schwager. »Haben sie dich herumgekriegt?«, rief er.

Toni beruhigte ihn. »Nein, sie haben mich nicht herumgekriegt.«

»Gut«, erklärte Rudi Saluzzo, als wäre nun alles gerettet gewesen.

In diesem Augenblick hielt ein Automobil vor den Albumin-Werken. Alexander Katlein entstieg ihm. Er trug einen modischen Übergangsrock, der versuchte, die Taille festzuhalten. Im rechten Auge saß ein Monokel. Von weitem schon winkte er Toni Muhr zu. »Heimgekehrt«, krächzte er, »heimgekehrt? Weiß alles. Gratuliere! *Vítám vas.*« – Alexander Katlein ließ in der gemütlichen Rede tschechische Worte, die ihm aus seiner Jugendzeit im Gedächtnis geblieben waren, einfließen. – »Sie müssen viel zu erzählen haben. Kommt's morgen Mittag zum Essen. Ich erwart' Euch um halb zwei Uhr.«

Herr Alexander Katlein hatte die Gewohnheit, seine Bekannten jovial mit »Ihr« statt mit »Sie« anzusprechen.

»Ich weiß nicht, ob es morgen möglich sein wird«, meinte Toni Muhr.

»Also, wenn's morgen nicht geht, übermorgen oder meinetwegen Dienstag. Herr von Saluzzo, kommen S' auch mit. Abgemacht. Überhaupt, ich telefonier mit Ihrer Frau, Dr. Muhr. Auf Wiedersehen! *Nazdar!*«

Mit einem breiten Lachen verschwand er im Torflur.

Als Toni Muhr nach Hause kam, fand er die Wohnung wieder leer. Das Mädchen versicherte, die gnädige Frau müsse gleich heimkehren; sie sei nur zum Friseur in die Kärntnerstraße gegangen: sich die Haare ondulieren lassen.

Toni Muhr war es im Grunde erwünscht, einen Augenblick der Stille zu finden. Es schien ihm, als sei er den ganzen Tag in eine tönende Glocke eingesperrt gewesen; so viel Lärm klang in seinen Ohren. Von der Entscheidung Theodor Katleins war wenig Gutes zu erhoffen, das sah man schon. Toni Muhr wollte morgen einen Advokaten aufsuchen. Zunächst aber galt es, mit Lauretta Aussprache zu halten; dazu hatte sich noch keine Möglichkeit ergeben. Wieder blieb er vor dem Bilde stehen, das über dem Kamin hing, und starrte die Perle an, die auf der Haut Laurettas silbrig schimmerte. »Ich muss mit Lauretta reden«, sagte er laut.

Sie trat ins Zimmer. »Ein gutes Bild, nicht wahr?«, rief sie. »Von einem tschechischen Maler, Zdenko Hlusin heißt er und ist jetzt sehr in Mode, weil er mit der linken Hand malt. Er ist aber kein Kriegsinvalider, sondern hat den Arm wegen einer Frau verloren, der er ins Wasser nachgesprungen ist. Denk dir, wie interessant. Dabei ist er abschreckend hässlich. Aber alle Frauen wollen sich von ihm malen lassen; nur von ihm. Der Katlein hat mich an ihn empfohlen.«

»Ah«, wiederholte Toni, »der Alexander Katlein?«, und er wollte von der Perle sprechen.

Doch Lauretta, die einen Blick auf ihre Armbanduhr geworfen hatte, stieß einen Schrei aus. »Um Himmels willen, so spät! Da heißt's geschwind sein!«

»Wohin willst du denn gehen?«, fragte Toni Muhr erstaunt.

»Wir sind bei der Fürstin Lubecka eingeladen«, entgegnete Lauretta. »Hab ich dir's nicht gesagt? Mach dich schnell fertig, Liebling.« In der Türe drehte sie sich noch einmal um: »Nimm den Smoking. Es kommen nur wenig Leute wegen der Hoftrauer. Schade, dass deine Uniform nur ein Sternchen hat, und nicht einmal ein silbernes. Also geschwind, Liebling, du wirst sehen, wie schnell ich fertig bin. Keine Frau in Wien braucht so wenig Zeit zu ihrer Toilette.« Und sie rief nach dem Mädchen.

Toni Muhr ergriff ihre Hand: »Wir wollten doch allein bleiben heute, Lauretta. War's nicht so abgemacht? Wir wollten über viele Dinge sprechen, nur wir zwei allein. War's nicht so beschlossen?«

»Wie traurig«, sagte Lauretta und hatte Tränen in den Augen. »Der Lubecka dürfen wir nicht absagen; die kann dir sehr viel helfen, Liebling. Aber wenn wir den Besuch hinter uns haben, brauchen wir überhaupt nicht mehr auszugehen. Das wäre am schönsten. Immer mit dir allein. Weißt du auch, dass es sehr unvorsichtig von mir ist, dich zur Lubecka zu führen«, fügte sie hinzu. »Die ist viel schöner als ich und vor allem viel gefährlicher. Nimm dich in Acht.«

Plötzlich hielt sie inne. »Richtig, wie war's beim Theodor Katlein?«, fragte sie. Aber schon trat das Mädchen ein, Lauretta brach ab. »Auf dem Weg musst du mir alles erzählen. Die Lubecka wird ihm schon beikommen, das kannst du mir glauben, die kommt jedem bei.« Und zum Mädchen gewendet, rief sie: »Nun aber Eilzugstempo!«, und begann sich im Laufen das Kleid aufzuknöpfen.

7

Die Fürstin Lubecka wohnte in der Herrengasse, ganz nahe dem Ministerratspräsidium. Es gab sogar Leute, die sagten, das barocke Palais Lubecki mit dem eigenwillig geschwungenen schmiedeeisernen Gitter über dem Tore sei das eigentliche Ministerratspräsidium und das andere nebenan sei nur als Dependance hinzugebaut, wie das Stöckelgebäude für den Minister des Äußeren an das kaiserliche Lustschloss in Schönbrunn. Wenn die Lubecka etwas wünsche, brauche sie nur dreimal zu läuten und der Ministerpräsident mache seine Aufwartung.

So viel war wohl richtig, dass die Fürstin es verstand, ihren Willen durchzusetzen; ein paar Zeilen von ihrer Hand wogen in jedem Amt schwerer als ein Erlass.

Eigentlich gab es zwei Fürstinnen Lubecka, die alte und die junge, Schwiegermutter und Schwiegertochter, beide Witwen. Der alte Fürst Lubecki war Statthalter in Galizien gewesen; er besaß ausgedehnte Güter und hatte in Lemberg eine Art Hofstaat gehalten. Man nannte ihn den ungekrönten König von Polen. Durch Jahrzehnte hatte er sich den Dank verschiedener österreichischer Regierungen erworben, indem er ihnen aus politischen Schwierigkeiten heraushalf. Bekannt war, dass nach einer besonders langwierigen Parlamentskrise, die durch geschicktes Vermitteln des Fürsten – wenn nicht aufgehoben, so doch wieder einmal aufgeschoben werden konnte, der alte Kaiser, den sie gestern begraben hatten, beim Hofball auf ihn zugeschritten war und ihm so laut, dass es die Umstehenden hören mussten, gesagt hatte: »Es gibt wenig Freunde, Fürst Lubecki; Sie sind ein Freund.«

Wenn man indessen jetzt von der Fürstin Lubecka sprach, so meinte man die Fürstin Maria Jadwiga, die mit dem erstgeborenen Sohne des Statthalters verheiratet gewesen war, einem leidenschaftlichen jungen Menschen, der sich für Spiel und Pferde mehr interessierte als für Politik. Er hatte ein wildes und ausschweifendes Leben geführt.

Es war keineswegs eine glückliche Ehe gewesen, und sie dauerte nicht lange. Fürst Taddäus starb zu Beginn des Krieges. Auch sein Tod gab Anlass zu mancherlei Klatschgeschichten, von denen Toni Muhr, noch zur Zeit, da er bei seinem Truppenkörper in Schabatz stand, Kenntnis erhalten hatte. Die junge Fürstin Lubecka war damals mit ihren beiden kleinen Töchtern Dunja und Stasia, dem Hündchen Raton und einer zahlreichen Dienerschaft in das Palais nach Wien übersiedelt, wo schon ihre Schwiegermutter den Witwensitz aufgeschlagen hatte.

Lauretta war ihr bei einem Verkauf zugunsten des Roten Kreuzes vorgestellt worden und wandelte seither in ihrem Schatten. Einmal hatte sie Toni geschrieben: »Ich will dir beichten, Liebling, die Fürstin ist genau das, was ich selber gerne sein möchte.« Und dann kam die Aufzählung unerhörter Abenteuer, in deren Mittelpunkt immer wieder die Fürstin stand.

Im Palais Lubecki wohnte aber noch ein zweiter Sohn des Statthalters, jetzt sein einziger männlicher Nachkomme: Fürst Adam, ein armer Geisteskranker, der nur zwei Worte zu sagen vermochte: »Ich glaube wohl« und »Das soll der Teufel holen!« Die alte Fürstin widmete sich ausschließlich seiner Pflege; unermüdlich sprach sie auf ihn ein und wollte nicht an die Zerrüttung seines Verstandes glauben, sie las ihm Racine vor und erzählte später, das Schicksal Phädras habe ihn zu Tränen gerührt.

In allem Gesellschaftlichen ließ die alte Fürstin ihrer Schwiegertochter freie Hand, fühlte sich als entthronte Königin und dachte an ihre Statthalterzeit in Lemberg zurück, wie vielleicht die Kaiserin Eugenie an die Tuilerien.

Lauretta und Toni wurden in einen runden, mit Gobelins geschmückten Saal geführt. In einer Ecke saß die alte Fürstin
und streichelte die Hand Adams, der wie immer teilnahmslos vor sich hin starrte. Ein alter Exzellenzherr mit rosigen
Bäckchen und einem dünnen schneeweißen Bart, der aussah
wie Altweibersommer, schwatzte geschäftig. Wenn er sprach,
bewegte sein Atem den Bart, dass man glauben konnte, er
werde davonfliegen.

Dem alten Exzellenzherrn begegnete man überall in
Wien. Beim Grüßen lachte er über das ganze Gesicht. Er war
immer begeistert, lobte alle neuen Dinge und alle neuen
Menschen und wusste es auch so einzurichten, dass sein Lob
hinterbracht wurde. Dabei blieb eigentlich jedermann vor
ihm auf der Hut; man traute ihm nicht.

Dann war noch eine Gräfin Ugarte da, eine entfernte
Verwandte der alten Fürstin, Stiftsdame und ehemalige
Oversthofmeisterin der Kronprinzessin Stephanie. Steif
und zugleich schüchtern steckte sie in ihrem schwarzen,
hochgeschlossenen Seidenkleide, unsicher wie ein in Ehren
ergrauter Dienstbote, dem man einen Stuhl anbietet. Sie
sprach wenig, während der Exzellenzherr eben jetzt mit entzückten Worten den einarmigen tschechischen Maler pries.
»Ein Genie«, sagte er, »ein Tizian dem Ernst seiner Auffas-
sung nach, ein Rubens an Pracht der Farbe.« Das Porträt Laurettas, das in der Sezession ausgestellt gewesen war, nannte
er geradezu ein Meisterwerk.

Die Fürstin Maria Jadwiga saß am Kamin und schürte die
Flamme. Der rote Widerschein des Feuers lag auf ihrem hell-
blonden, beinahe falben Haare.

Als Lauretta und Toni eintraten, rief sie: »*Kochana!* Da
sind Sie ja«, und französisch fortfahrend: »*Quelle charmante
surprise, ma chérie, de m'avoir amené votre mari.*[1] Aber er ist
ja gar nicht in Uniform. Wie schade! Die Uniform muss ihn
sehr gut kleiden, und er zieht aus lauter Bescheidenheit den

Smoking an, damit man nur ja nichts von seinem Heldentum merke.«

Toni Muhr beugte sich über die Hand der Fürstin und sagte ein paar auswendig gelernte Worte her, die ein Dank für die Befreiung aus der Gefangenschaft sein sollten.

»Menschenpflicht«, erklärte die Fürstin. »Außerdem macht es mir Vergnügen, das Schicksal ein wenig umzubiegen, wo es allzu geradeaus geraten ist. Das Schicksal rennt wütend in jedes rote Tuch, das man ihm vorhält. Ich freue mich sehr, Sie kennen zu lernen, Herr ...«, sie suchte nach der Rangbezeichnung, »Oberleutnant oder Hauptmann?«

»Nur Gefreiter«, lachte Toni und fühlte doch, wie verlegen er wurde. »Die Gefangenschaft ist dem Avancement nicht günstig.«

Nun wurde Toni Muhr der alten Fürstin vorgestellt. Sie sagte: »Wir alle haben Ihre junge Frau lieben gelernt. Sie ist ein Engel an Tugend, und sie hilft meiner Schwiegertochter bei der Ausübung milder Werke, denen sich die Gute seit dem Tode meines unvergesslichen Sohnes Taddäus widmet. Dieses hier ist mein Sohn Adam«, fügte sie hinzu; und da Adam teilnahmslos vor sich hinstarrte, flüsterte sie ihm leise ins Ohr: »Steh doch auf, *Duszenko!* Reiche dem Herrn Doktor die Hand.«

Adam erhob sich; das war, als ob eine verborgene Mechanik zu schnarren beginne. Ein wenig pendelnd stand er da und sagte: »Ich glaube wohl.« Auch dies klang so, als würde das Geräusch von einem Automaten hervorgebracht und gehörte mit zu der verborgenen Mechanik. Dann streckte Adam langsam die rechte Hand aus, ließ sie aber, noch ehe Toni sie fassen konnte, wieder fallen. »Das soll der Teufel holen«, sagte er und setzte sich.

Die Gräfin Ugarte fragte: »Sind Sie vielleicht meiner Nichte begegnet, der Schwester Ludovica?«

Toni Muhr sah mit einem Male das Flecktyphusspital in

Nisch vor sich, Räume, die vorher als Artilleriestellungen gedient hatten, mit vernagelten Türen; die Wachen erlauben den fürchterlich abgezehrten Kranken nicht, ihre Toten ins Freie zu tragen ... es entsteht ein kurzer Kampf, die Wache siegt ... die Toten müssen wieder zurückgenommen werden in den feuchten, stickigen Raum. Überall Stöhnen, verzweifeltes Hinbrüten, unter Toten den Tod Erwarten. Und mitten im Dunkel eine hohe Gestalt, von einem Fiebernden zum andern wandelnd, wie durch ein Wunder aufrecht ... Schwester Ludovica.

Toni Muhr rieb seine Augen. Wo befand er sich? Blutbande führten von jener anderen, wie von einer übernatürlichen Erscheinung, zu dieser korrekten, schüchternen Dame, die als Wirklichkeit vor ihm saß und höflich lächelnd auseinandersetzte: »Der Glaube machte sie stark, Gott hat sie zu sich genommen.«

Man wollte schon zu Tische gehen, da kam noch im letzten Augenblick ein junges, stutzerhaft gekleidetes Herrchen, ein Baron Schönkirchen, der bei einer auswärtigen Mission Dienst tat und erst am Nachmittag in Wien eingetroffen war. »Verzeihung, Fürstin«, rief er, »ich bin noch im letzten Augenblick zum Minister gerufen worden. Sehr wichtige Ereignisse ...«, und zog die Brauen hoch. Zu Lauretta gewendet aber sagte er: »Lege mich zu Füßen, Bellissima. Welch glücklicher Zufall, dass ich Ihnen begegne!«

Nun wurden die Flügeltüren zum Speisesaal geöffnet. Voran schritt die Fürstin, an ihrer Seite klappenden Schrittes Adam.

Baron Schönkirchen führte zunächst das große Wort. »Es kommt zur austro-polnischen Lösung«, erklärte er, »sie ist die einzig mögliche. Frankreich ist für diese Lösung gewonnen, und auch England würde es nicht ungern sehen, wenn sich Kaiser Karl in Warschau die Krone der Jagellonen aufs Haupt setzte.«

»Die Polen sind die Stützen der Monarchie, hat Kaiser Franz Joseph zu meinem in Gott ruhenden Manne gesagt«, warf die alte Fürstin ein. »Ich kann mich noch gar nicht an den Gedanken gewöhnen, dass jemand anderer in Österreich Kaiser sein soll als Franz Joseph. Er war immer da.« Sie suchte nach einer besseren Erklärung, fand aber keine und wiederholte: »Er war immer da. Wir alten Leute verlieren viel.«

Der Exzellenzherr übersprudelte sich: »Der letzte Kavalier. Und vielleicht der letzte Österreicher. Ausgestattet mit allen Herrschertugenden ...«

Sein Lob war eine Majestätsbeleidigung. Es klang so, als ob er eine Auktion veranstalten wollte: Bietet niemand mehr: zum ersten, zweiten, dritten Mal. Sein dünner weißer Bart bewegte sich. Dann machte er Toni Muhr – vielleicht weil es ihn reizte, dessen scheinbare Teilnahmslosigkeit zu durchbrechen – ein Zeichen des Einverständnisses und flüsterte hinter der vorgehaltenen Hand: »Kaiser Franz Joseph war ein Beamtenkaiser. Auch die Nationen waren in Rangklassen eingeteilt, aber keine avancierte.« Der Exzellenzherr kicherte leise.

Toni Muhr dachte: »Er ist doch selbst ein Beamter und beeilt sich, seinen früheren Vorgesetzten zu verraten.«

Nun bemerkte man, dass die Gräfin Ugarte etwas sagen wollte, sie kämpfte mit ihrer Schüchternheit. »Es muss sehr schön und beglückend sein«, begann sie endlich, »als junger Herrscher sein eigenes Schicksal und das Schicksal der anderen frei zu haben. Alles beginnt für ihn neu, er kann alle versöhnen.« Die Gräfin Ugarte erschrak über ihre eigene Rede, sie hatte gehofft, dass jemand sie unterbrechen, ihr etwas entgegnen würde.

»Iss, mein Schätzchen«, mahnte die alte Fürstin ihren Sohn Adam, dem die Speisen sorgfältig zerkleinert zugeschoben wurden. Und Adams Gabel fuhr mit abgehackten

66

Bewegungen über den Teller, auch dann noch, als dieser schon längst geleert war. »Trinken, Durchlaucht«, raunte ein Diener ihm zu, und Adam trank mit gierigen Schlücken, bis der Diener innezuhalten befahl.

Baron Schönkirchen wandte sich zu Toni Muhr. »Sie haben den serbischen Feldzug mitgemacht, nicht wahr, Herr Doktor?«, sagte er. »Sind Sie da vielleicht dem König Peter begegnet?«

Toni Muhr blickte den Baron erschrocken an. Er hatte sich gleich bei dessen Eintreten beängstigt gefühlt, so, als würde er nun zur Rechenschaft gezogen, was er im Hause der Fürstin Lubecka suche. Kälte wehte ihm entgegen. Worauf legte es dieser Baron Schönkirchen an: Wollte er ihn verspotten?

Dann gewann Toni Muhr seine Ruhe wieder. »Ich bin dem König Peter tatsächlich begegnet«, sagte er, »es ist eine meiner furchtbarsten Erinnerungen.«

Und nun begann er zu erzählen. In den Bergen Albaniens war's, auf dem Rückzuge. Toni Muhr lag in einem verfallenen Hause und versuchte zu schlafen. Ihrer zehn hatten sich dicht aneinander gepresst, um nicht so schrecklich zu frieren. Die Körper dampften, Sturm fegte über das Dach. Plötzlich hämmerten Fäuste an die Türe, eine heisere Stimme befahl auf Serbisch: »Öffnet!« Toni Muhr stützte sich auf den Arm und starrte ins Dunkel; kalte Luft blies ihn an. Reiter standen draußen, zwei waren abgestiegen und hoben einen dritten, den sie in einen groben Mantel gewickelt hatten, vorn Pferde, trugen ihn behutsam ins Zimmer. Serbische Offiziere waren es, die vielleicht einen Verwundeten bargen. »Zündet Feuer an«, befahlen sie. Man riss eine hölzerne Stiege ab; prasselnd flammte sie auf. Ein braunes, müdes Gesicht ward erkennbar, weiße Haarsträhne, ein weißer Schnurrbart, der über starre Mundwinkel hing. Es war König Peter. Frühmorgens ging's weiter, ein trauriger Zug. Die Pferde ließen die Köpfe hängen.

»Niemals hatte ich so sehr wie damals«, schloss Toni Muhr, »den Eindruck des Grauens, das Menschen über Menschen verhängten. Nicht weil ein alter und kranker Mann, der König war, flüchten musste, sondern weil da ein ganzes vertriebenes Volk, wie in mythischen Zeiten, sich auf der Wanderschaft befand.«

»Wie gut er erzählt, nicht wahr?«, hörte Toni Muhr Lauretta flüstern, und er stockte.

Der Exzellenzherr rief laut: »Sie sind ja ein Künstler, lieber Doktor! Sie sollten einen Vortrag halten. Sie sind ein Meister der Darstellung.«

»Das ist alles recht schön und gut«, warf Baron Schönkirchen ein, »aber mit so viel Sentimentalität kann man keinen Krieg gewinnen. Beim Krieg geht's halt ums Leben!«

Die junge Fürstin Lubecka, neben der Toni Muhr saß, hatte sich bisher kaum ins Gespräch gemengt. Es war ihre besondere Kunst, die anderen reden zu machen. Nun blickte sie Toni Muhr ermunternd an und sagte: »Viel Vergangenes wird lebendig, während Sie erzählen, Herr Doktor. Auch ich bin dem König Peter begegnet. Er war damals noch Prinz Karageorg und lebte, wie Sie wissen, in ärmlichen Verhältnissen. Da lud ihn die Gräfin Les Aygalades nach Paris zu sich. Bei der traf man immer irgendwen, der gerade etwas werden sollte, einen Maler, dessen Bild im nächsten Salon das Tagesgespräch bildete, einen unbekannten Gelehrten, der ein Jahr später den Nobelpreis erhielt, oder einen jungen Flieger, dem ein unerhörter Rekord gelang. Sie war eine Art Mascotte, sie brachte Glück, oder vielleicht spürte sie nur den Erfolg voraus. Es kommt ja so viel darauf an, dass man acht Tage früher weiß, ob einer Minister wird, und auf Vorrat artig ist. Dieses kleine Geheimnis verstehen so wenig Leute! Sie ziehen den Hut immer erst, wenn der Erfolg schon da ist, laufen immer hinterdrein, kommen immer zu spät. Also damals war Prinz Karageorg an der Reihe. Er kam gerade von Genf, sah gedrückt aus und hatte schon graue Fäden im Schnurrbart. Kurz nachher wurde die Draga Maschin in Belgrad ermordet. Alles schrie vor Entsetzen auf: solche Tat in unserer gut gepflegten höflichen Zeit. Wie viel Mord seither!«

»Jawohl, wie viel Mord seither!«, rief Baron Schönkirchen. »Zum Beispiel unsern Thronfolger hat man doch auch ... sozusagen ... nicht wahr ... aus dem Hinterhalt ermordet.«

»Inmitten welch arger Sorglosigkeit!«, ergänzte die Fürstin Maria Jadwiga. »Ich war zufällig wieder in Paris, als die Nachricht vom Tode des Thronfolgers eintraf. Es war beim *Grand Prix* in Longchamps. Plötzlich Unruhe in der Präsidentenloge. Natürlich ist die Gräfin Les Aygalades in der Nähe. Es gibt Menschen, mit denen sich bestimmte Erinnerungen verbinden, wie mit der gleichgültigen Melodie eines Leierkastens. Was ist geschehen, frage ich. Irgendein Unglück, sagt die Gräfin, aber weit fort, in Albanien glaube ich oder in Sarajewo, und fragt mich, wie mir ihr Kleid gefalle. Es war wirklich schön, das Kleid – das Meisterwerk eines neuen Schneiders. Mir ist merkwürdig zumute. Ich fühle, dass irgendetwas geschehen ist, das ich gar nicht kenne, aber das mich angeht. Die Gräfin lässt mich nicht los. Ich muss mit ihr den Abend verbringen. Im Cirque Medrano wird ein Boxkampf ausgefochten zwischen einem Weißen und einem Neger. Tausende Menschen auf einfachen Bretterbänken im schwülen Raume. Die Luft kocht. Hundert Franken kostet ein Stehplatz. Ich weiß nicht mehr, wie der Boxkampf ausgegangen ist, ich sehe nur noch den Neger vor mir, riesenhaft, furchtbar, mit seinen ausgestreckten Fäusten. Und ich weiß, dass Blut geflossen ist und der riesenhafte Neger über und über vom fremden Blut besudelt war. Er sah aus wie ein Henker. Die Menge tobte, und es war so, als wollte jeder unter die Fäuste des Negers kommen, der alles rings um sich niederschlug. Man drängte ihm entgegen, man jubelte ihm zu. Als wir nach Hause fuhren, riefen die Camelots schon die

Nachricht aus: Der österreichische Thronfolger ist ermordet worden.«

»Man hat uns daran gewöhnt, die Regierungszeit des Kaisers Franz Joseph als eine besonders friedliche anzusehen«, flüsterte wieder, kichernd vertraulich, der alte Exzellenzherr Toni Muhr ins Ohr, sichtlich bemüht, dessen Beifall zu gewinnen. »Aber meinen Sie nicht, verehrter Herr Doktor, dass die Schrecknisse, die sich ereignet haben, seit Franz Joseph, von seiner ehrgeizigen Mutter mitten durch Aufruhr geleitet, den Thron bestieg, bis zu diesem Weltkriege, wohl hinreichen könnten, ein gutes Stück Cinquecento mit blutiger Romantik auszustatten?«

»Jedenfalls sind in den letzten beiden Jahren viele arme Teufel gehängt worden«, erwiderte Toni Muhr ausweichend, »um harmloserer Gespräche willen, als die wir hier führen«, und er dachte: Dieser Geheime Rat gehört doch zum Inventar des Zeitalters, das er anklagt und verleugnet: Wer regiert in Österreich?

»Ausgezeichnet«, rief der Exzellenzherr so laut, dass alle es hören konnten, und lachte übertrieben. »Welch köstlicher Humor!«

In mütterlich besorgtem Tone fragte die Gräfin Ugarte, zu Toni Muhr gewendet: »Sind Sie all dem Grauen im Felde entronnen, ohne Schaden an Ihrer Gesundheit zu nehmen?«

»Warum denn?«, rief Baron Schönkirchen. »Der Herr Doktor sieht ja aus wie's Leben, als ob er vom Semmering käm'.«

Toni Muhr erwiderte: »Mein Herz ist ein wenig angegriffen. Sonst habe ich keinen merklichen Schaden davongetragen. Aber um mich herum sind viele gestorben an Herzschwäche und Fußwunden. Und so viele sind verhungert! Wir hatten nur rohen Mais zur Nahrung. Auch wenn man einen Hammel erbeutete, wurde er roh verzehrt. Ein Hammel braucht zehn Stunden zum Braten am offenen Feuer.

Mit Waffengewalt kann man vielleicht Hungernde zwingen, vier Stunden zu warten – länger hält es sie nicht. Ach, diese Gier, diese schreckliche Gier! Es war, als ob sie darüber den Verstand verloren hätten, dass man ihnen etwas Essbares zeigte.«

»Hören Sie auf, lieber Doktor«, unterbrach ihn Baron Schönkirchen, »ich sag's nicht meinetwegen, aber denken Sie an die Damen!«

»Es ist wahr«, bestätigte Toni Muhr, »man soll von all dem nicht reden. Es ist eine Wand zwischen denen, die leben, und denen, die sterben, eine hohe und steile Wand.«

»Erzählen Sie weiter«, bat Fürstin Maria Jadwiga mit Bestimmtheit. »Erzählen Sie von jener anderen Welt, aus der Sie kommen.«

»Die anderen sterben«, erwiderte Toni Muhr, »und man stirbt so schwer.« Es war ihm, als spräche er zu der Fürstin allein und als säße sonst niemand am Tische. »Ich habe einen Mann gesehen, dessen Fußsohlen waren am Boden festgefroren, seit drei Tagen schon. Schnee fiel auf ihn nieder, und er konnte nicht sterben.«

Toni Muhr brach plötzlich in Tränen aus. Alle schwiegen.

Die alte Fürstin hob die Tafel auf.

Ein Diener raunte Adam ins Ohr: »Aufstehen, Durchlaucht!« Dieser erhob sich mit einem Ruck und sagte: »Das soll der Teufel holen!«

Als man im Salon den schwarzen Kaffee servierte, löste sich die Spannung. Baron Schönkirchen flüsterte dem alten Exzellenzherrn ins Ohr: »Was sagen's zu unserm Krieger? Dass er sich nicht schämt! Fade Interessantmacherei! Aber die Frau gefällt mir. Famoses Weib!«

Die alte Fürstin Lubecka hatte sich mit Adam zurückgezogen. Der Exzellenzherr unterhielt sich mit Lauretta.

»Ich bewundere Ihren Herrn Gemahl!«, sagte er, »welch große Erinnerung fürs Leben!«

»Er hat auf Elba im Palazzo Napoleone gewohnt«, erwiderte Lauretta stolz. »Die Befestigungen stammen von Benvenuto Cellini.«

Die junge Fürstin saß wieder am Kamin und schürte das Feuer, das zu verlöschen drohte. Toni Muhr näherte sich ihr. »Ich muss aufrichtig um Verzeihung bitten«, begann er. »Die Nerven haben mich im Stich gelassen.«

»Ist es Ihnen nicht aufgefallen«, unterbrach ihn die Fürstin, »dass man sich gerade seiner besten Augenblicke schämt? Solange wir gemein und nüchtern handeln, wie alle anderen, fühlen wir uns voller Sicherheit, sobald wir aber aus der Reihe treten, schämen wir uns.«

»Ich hätte nicht so viel schöne Gründe zu meiner Verteidigung gefunden«, sagte Toni Muhr.

»Verstellen Sie sich doch nicht!«, entgegnete die Fürstin. »Ich danke Ihnen, weil Sie vorhin geweint haben. Sie sind ein guter Mensch, Dr. Muhr. Man begegnet so selten guten Menschen; starken Menschen genug, doch wenig guten. Wehren Sie nicht ab, ich weiß, man nimmt's leicht als Schimpf, für einen guten Menschen zu gelten. Es hat immer einen Beigeschmack von Dummheit, nicht wahr? Ich glaube aber, ein dummer Mensch kann gar nicht gut sein. Zur Güte gehört Wissen um die Dinge. Sie haben Kummer, Dr. Muhr. Warum stehen Sie denn so steif da? Rücken Sie einen Stuhl in meine Nähe! So ist's recht! Und nun bemühen Sie sich auch gar nicht weiter, mir gesellschaftliche Artigkeiten zu sagen. Ich merke es die ganze Zeit, dass Sie nach einem passenden Übergang suchen, aber Sie finden ihn nicht. Und auch dafür danke ich Ihnen, dass Sie ihn nicht finden. Reden Sie doch so, wie es Ihnen zumute ist, ohne Gespanntheit!«

Toni Muhr flüsterte: »Es ist so schwer zu reden!«

Die Fürstin schalt: »Warum haben Sie kein Vertrauen, Dr. Muhr? Ich habe gleich Vertrauen gehabt, als ich Sie reden hörte. Wenn man jemanden zum ersten Male reden hört, erkennt man am besten seine Stimme und welche Musik in ihr ist. Darauf kommt's doch an; später erfährt man nur Einzelheiten, die verwirren.«

Toni Muhr fühlte das Blut in seinen Schläfen hämmern. Er hörte die Worte der Fürstin, und er vernahm zugleich Laurettas Stimme, die hinter ihm dem Exzellenzherrn die Geschichte eines Offiziers erzählte, der durch einen Schuss kopfleidend geworden war und bei seiner Heimkehr sich statt in die eigene Wohnung in ein fremdes Haus begab, wo zwanzig Jahre vorher ein junges Mädchen gewohnt hatte, das er liebte.

»Köstlich, köstlich!«, rief der Exzellenzherr, und Lauretta lachte.

Dieses Lachen verletzte Toni Muhr, er wusste nicht warum.

»Es hat Ihnen an Zärtlichkeit gefehlt«, sagte die Fürstin, »das merkt man Ihnen an; darum sind Sie so verschlossen und strenge, so voller Angst, sich preiszugeben. Ich meine eine Zärtlichkeit, die höher steht als Liebe; die Franzosen haben ein so schönes Wort dafür: *tendresse*. Man hat den Eindruck, als ob Sie im Pelze dasäßen, bis zum Kinn hinauf eingewickelt, eine Kapuze über beide Ohren gezogen, so viel schlechtes Wetter erwarten Sie.«

Toni war es, als hörte er seine eigene Stimme, als trüge sich dies nicht wirklich zu, sondern nur in seinen Gedanken, als sei ihm dies alles jetzt erst klar geworden.

Er entsann sich eines Tages auf Elba, wo unendliche Traurigkeit ihn befallen hatte, nur weil er eine Mutter ihr Kind umarmen sah. Er konnte sich nicht erinnern, dass ihn seine Eltern je geküsst hätten. Alles war rau gewesen rings um ihn von Jugend auf, und doch liebte ihn gewiss seine Mutter, die nun schon lange unter der Erde lag, wie andere Mütter ihre Kinder lieben. Auch Lauretta liebte ihn, oh, gewiss liebte sie ihn. Gleichwohl war es ihm auch in ihrer Nähe stets gewesen, als fehlte ihm etwas, als sei ihm das Leben etwas schuldig geblieben, was es vielleicht in Wirklichkeit gar nicht gab, wonach man vergeblich die Arme ausstreckte. Nun aber wusste die Fürstin mit einem Male einen Namen dafür; es stand lebendig vor ihm, hieß Zärtlichkeit, französisch »*tendresse*«.

»So ist es«, wollte Toni sagen, »genau so«, und nickte. Aber die Worte kamen nicht bis zu seinen Lippen.

»Warum haben Sie kein Vertrauen?«, sprach die Fürstin weiter. »Was muss man Ihnen alles über mich erzählt haben! Ob es nun gut sei oder schlecht, glauben Sie es nicht. Was kann man denn von Menschen über Menschen erfahren? Vertrauen Sie nur sich selbst. Ich möchte Ihnen gerne helfen, weil ich Ihnen Dank schuldig bin. Bitte, sagen Sie nichts dagegen. Was kann ich für Sie tun? Alles, was wir Frauen in dieser Zeit betreiben, ist eigentlich nur Flucht. Wir wollen uns aus der eigenen Angst retten. Ihrer Frau« – es geschah zum ersten Male, dass die Fürstin Lauretta erwähnte – »steht dieses Tun gewiss zu Gesicht. Bitte, lassen Sie mich ausreden, Herr Doktor. Ich liebe Ihre Frau, und es bedeutet Glück, sie in der Welt zu wissen. Sie hat etwas Werbendes; es ist ihr Herzensbedürfnis, sich jeden zu gewinnen, auch den letzten Unbekannten auf irgendeiner vierten Galerie des Lebens. Sie lächelt ihm zu, und das macht ihn froh. Und auch sie hat das Gefühl, etwas Gutes vollbracht zu haben. Darauf kommt es doch an, nicht wahr? Nur leider – mir genügt es nicht. Ich muss fühlen, dass etwas geschieht, dass etwas wird – dadurch, dass ich es wünsche – oder dass etwas nicht geschieht – nur weil ich darum bitte, dass es unterbleibe. Ich muss Möglichkeiten um mich fühlen, die sich von mir ihren Weg weisen lassen.«

Toni Muhr hing an den Lippen der Fürstin; es entstand eine Pause im Gespräch. Dann hörte er hinter sich den alten Exzellenzherrn zu Lauretta sagen: »Ihre Schönheit hat immer neue Möglichkeiten …« Und Lauretta lachte.

Es war das gleiche Wort; die beiden Gespräche flossen ineinander, als gehörten sie zusammen. Eines äffte das andere nach, Laurettas Lachen klang falsch. Warum lachte sie? Er hätte sich umdrehen mögen und sie bitten, dass sie nur jetzt zu lachen aufhöre.

»Was kann ich für Sie tun?«, wiederholte die Fürstin.

»Ich möchte arbeiten«, stieß Toni Muhr hervor. Und dann erzählte er von seinen Plänen, von seinem Besuche bei Katlein.

»Schmutziges Pack«, sagte die Fürstin und schüttelte sich. *»Des gens qu'on ne toucherait pas avec des pincettes!«*[2]

»Ich habe keine Minute Zeit zu verlieren«, fuhr Toni Muhr fort, »keine Minute mehr.« Seine Stimme hatte einen drohenden Klang. »Ich muss zu meinem Rechte gelangen.«

Ein langer Weg, erklärte er weiter, liege vor ihm. Das wisse er wohl, und darum müsse er eilen.

Toni Muhr sprach hastig, so, als wäre jedes Wort eine Kostbarkeit und dürfe nicht vergeudet werden.

Die Fürstin hörte aufmerksam zu, alles schien sich ihr sogleich zu ordnen, ihre Einwürfe bewiesen, dass sie am Wesentlichen festhielt. Immer heftiger riss es Toni Muhr fort; seine Worte überstürzten sich.

»Liebling«, hörte er mit einem Male Lauretta rufen, »Liebling, die Gräfin Ugarte mahnt zum Aufbruch.«

Fürstin Maria Jadwiga reichte Toni Muhr die Hand und blickte ihn an, ohne ein Wort zu sprechen. Er stand vor ihr, lebhaft, mit strahlenden Augen, die Wangen gerötet. Es war ihm, als habe er ein Geschenk erhalten.

»Ich gratuliere«, sagte Baron Schönkirchen im Vorzimmer. »Nun stehen Sie unter der Patronanz der Fürstin. Da kann's nicht fehlen. Die Geschichte von der Gräfin Les Aygalades, die sie erzählt hat, das ist nämlich ihre eigene Geschichte. Man trifft bei ihr immer irgendwen, der gerade etwas werden soll. Nun ist die Reihe an Ihnen. Also ich gratuliere.«

Die Gräfin Ugarte lispelte schüchtern: »Sie haben bei

Tisch so schön erzählt! Ich möchte Ihnen gerne einmal die Briefe der Schwester Ludovica zu lesen geben.«

Der Exzellenzherr klopfte Toni Muhr auf die Schulter: »Bravo, Herr Doktor, bravo! Mit Ihren Erlebnissen mache ich mich jetzt den ganzen Winter beliebt. Ich bin der Wagentürlaufmacher Ihrer Unsterblichkeit!«

Mondschein war auf der Straße, Lauretta schob ihren Arm in den seinen. »Hast dich den ganzen Abend nicht nach mir umgedreht, du Bär«, schalt sie. »Ich hätt' dich so gerne gestreichelt, wie du geweint hast, Liebling. Aber du hast der Fürstin Lubecka den Hof gemacht. Das leid' ich nicht, Toni. Das darfst du mir nicht antun. Übrigens nimm dich nur in Acht vor der Fürstin, mit der hast du's nicht so leicht, wie mit mir; die ist gefährlich!«

Und nun erzählte Lauretta eine lange abenteuerliche Geschichte vom Tode des Fürsten Taddäus. Dieser war als Gefangener in Galizien an seinem eigenen Besitze vorbeigeführt worden. Die Eskorte nächtigte im Schloss; völlig unerwartet begegnete so der Fürst seiner Gattin. Er hörte Musik und Lachen in einem Saal, drang ein und sah die Fürstin in den Armen eines russischen Obersten. Doch ehe er noch Zeit fand, einen Stuhl hochzuschwingen, nach dem er in seiner ersten Aufwallung gegriffen hatte, streckte ihn schon eine russische Kugel nieder.

Lauretta unterbrach sich: »Es ist natürlich kein wahres Wort an dieser Geschichte«, sagte sie. »Fürst Taddäus ist an einer Lungenentzündung gestorben, die er sich bei einer Jagd holte. In seinem Schloss hat niemals ein russischer Oberst gewohnt. Immerhin bedaure ich es, dass ich dich zur Lubecka geführt habe ... Man hätte schriftlich danken können. Du gehst doch gar nicht gern in Gesellschaft. Wären wir nur lieber allein zu Hause geblieben.«

Toni Muhr hörte Lauretta nicht. »Arbeiten«, sagte er vor sich hin, »alles andere gilt gleich; nur arbeiten.«

8

Zu einer gedeihlichen Arbeit kam Toni Muhr vorläufig nicht. Er hatte einen Platz im Laboratorium des Professors Haselberger belegt, aber kein Versuch wollte glücken, kostbares Material verdarb. Im letzten Augenblick immer, wenn er schon am Ziele zu sein glaubte, zeigte sich irgendein unerwartetes Hindernis. Ein letztes Glied in einer Reihe wissenschaftlicher Folgerungen riss sich mit einem Male los, stellte sich ihm feindlich entgegen. Es war, als sollte Toni Muhr keine neue Arbeit mehr gelingen, solange er die alte preisgab.

Professor Haselberger hatte ehedem seine Tierkohle wissenschaftlich überprüft. Das Gutachten trug Toni Muhr in seiner Rocktasche; es war ihm innere Bestätigung. Manchmal im Traume erschien ihm seine verlorene Erfindung als ein finsteres Ungeheuer, als ein riesenhafter Tintenfisch, der ein schwarzes höllisches Pulver gegen ihn ausblies. »Hast du mich verraten?«, tönte es an sein Ohr, »wehe dir!«

Von der Fürstin Lubecka erhielt er zunächst keine Nachricht. Er schalt sich einen Narren, dass er jenes Gespräch am Kamin für mehr genommen, als es war, nämlich unverbindliche Konversation, wie er sie bei Lauretta oft genug angestaunt hatte. Lauretta vermied es, von der Fürstin zu reden, wie Toni, nach ihr zu fragen.

So gingen die Tage hin.

Toni Muhr hatte beim Patentamte festgestellt, dass seine Erfindung im Oktober 1914 angemeldet und das Patent laut Urkunde vom 5. Mai 1916, Zahl 189 235, den Brüdern Katlein als den Eigentümern der Albumin-Werke zugesprochen worden war. Auch dass die Militärverwaltung noch im selben Jahre, nämlich am 16. Oktober 1916, dieses Patent enteignet hatte, ergab sich aus den Akten.

Rudi Saluzzo hatte natürlich Toni Muhr ins Patentamt begleitet. Er war voller Geschäftigkeit und erleichterte sein aufgebrachtes Gemüt durch die wildesten Flüche. Er führte Toni Muhr zu einem berühmten Advokaten, der sich den Sachverhalt ausführlich erzählen ließ und dann sorgenvoll mit seinen gespreizten ringgeschmückten Fingern den langen Bart kämmte.

»Lassen wir uns zu keiner Unbesonnenheit hinreißen«, erklärte er mit schauspielerhafter Betonung.

»So haben Sie kein Vertrauen«, rief Toni Muhr erschreckt, »ist das Gesetz gegen mich?«

»Das Gesetz ist für niemanden und gegen niemanden«, belehrte ihn der Anwalt. »Immer hat jene Partei Recht, die den Prozess gewinnt.«

»Und wer gewinnt den Prozess?«, fragte Toni Muhr mit wehmütigem Lächeln.

»Lieber junger Freund«, sagte der Advokat und schlang seinen Arm um Toni, als wäre er ihm seit langem verbunden und begegnete ihm nicht eben jetzt zum ersten Male. »Bemühen Sie sich zum Zeus von Dodona oder zu den Sibyllen. Ich bin kein Zeichendeuter.«

»Was raten Sie mir also?«, fragte Toni Muhr verschüchtert.

»Suchen Sie einen vernünftigen Ausgleich«, wiederholte väterlich der Advokat. »Die Albumin-Werke sind eine angesehene Firma, die es nicht gerne zum Prozess kommen lassen wird. Das müssen Sie klug zu nützen verstehen.«

Toni Muhr erbat sich Bedenkzeit und ging.

Auf der Stiege sagte Rudi Saluzzo lebhaft: »Vielleicht versuchst du's wirklich mit dem Ausgleich. Nach all dem, was man hört.« Ein Blick Toni Muhrs schnitt den Satz entzwei.

Lauretta erschrak heftig, als sie vom ersten Besuche Tonis bei einem Advokaten erfuhr. »Du willst die Katleins verklagen?«, rief sie entsetzt.

Als Toni Muhr einwarf, sie selbst habe ihm dazu geraten, verlegte sie sich aufs Bitten.

»Man sagt manches im ersten Zorn, aber das Schreckliche bei dir ist, dass du es ernst nimmst und auf Dingen beharrst, die man schon längst vergessen hat. Dein Vater würde sagen: Der Tonerl geht wieder einmal eine Katz retten.«

Lauretta spielte da auf eine Geschichte aus Toni Muhrs Kindheit an, die in der Familie sprichwörtlich geworden war. Sie handelte von einer ertrinkenden Katze, die Toni aus dem Mühlbach geholt hatte, ohne viel des eigenen Lebens zu achten und – was ihm Strafe eintrug – ohne Rücksicht auf seinen Sonntagsanzug. Überdies war die Katze leider räudig gewesen, und man hatte sie mit Vorsatz in den Mühlbach geworfen.

Auch noch mit einer anderen Begebenheit seiner Jugend pflegte man Toni Muhr zu hänseln: nämlich wie er als Knabe, weil man ihm zur Strafe eine Mahlzeit vorenthalten, mehrere Tage Speise und Trank verweigert hatte und dies nicht in offenem Trotz, sondern heimlich, so, als wollte er nur sich selbst beweisen, wie wenig ihm derlei Entbehrung bedeutete, bis er dann eines Morgens in der Schule ohnmächtig zusammenbrach.

Lauretta selbst entsann sich eines ähnlichen Vorfalls aus der Zeit, da sie Toni Muhr an der dalmatinischen Küste kennen gelernt hatte. Das Kastell ihrer Verwandten war südlich von Dugopolje gelegen, durch den hohen Mosor von Spalato getrennt; um ihn zu vermeiden, wählte man zumeist den Umweg über Clissa, das im Kutschier-Wägelchen nicht allzu schwer erreichbar ist.

Nun war es Lauretta einmal beim Nachtessen eingefallen, in kindlich übertriebener Art von Blutorangen zu schwärmen, die sie jedem anderen Obst vorziehe. Leider gebe es nur wenig echte, die meisten schmeckten sauer wie Zitronen. Neulich habe sie wohl ganz ausgezeichnete in Spalato gefunden, beim Kaufmann Brankovic, hinter dem Domplatz, sie habe jedoch versäumt, für genügenden Vorrat zu sorgen.

Es war für jedermann klar zu erkennen, dass Lauretta ihren Wunsch selber kaum ernst nahm. Nur auf Toni Muhr übte er sichtlich Eindruck; früher als sonst nahm er Abschied, und als Lauretta ihm noch scherzend zurief, sie rechne auf ihn wegen der Blutorangen zu ihrem Frühstück, verneigte er sich mit einer Feierlichkeit, die gar nicht zu dem übermütigen Tone Laurettas passen wollte.

Um diese Stunde gab es in Dugopolje keinen Wagen mehr. So ging Toni Muhr zu Fuß über den Mosor nach Spalato. Es ist dies auch bei hellem Tage oder in Mondnächten ein anstrengender Weg. In jener Nacht aber blies die Boraccia, ein Sturm von so schrecklicher Art, dass die dalmatinischen Schiffer sich bekreuzen, wenn sie nur seinen Namen hören.

Über den hohen Karst des Mosor wanderte Toni Muhr, jeden Augenblick von der Gefahr bedroht, in eine Felsenspalte geworfen zu werden. Bei Morgengrauen war er in Spalato, holte den Kaufmann Brankovic aus dem Bett, kaufte ihm alle Blutorangen ab, die er noch im Laden fand, und schleppte sie, in einen Rucksack verstaut, auf dem gleichen Wege zurück, den er gekommen war.

Zu Tode erschöpft traf er im Kastell Saluzzo ein, Frau Johanna bekam einen Nervenanfall, als er so, von Frost erstarrt, ohne ein Wort zu reden, die rotgoldenen Früchte in einen Korb schüttete. Am Ende stellte sich dann noch heraus, dass es gar keine wirklichen Blutorangen waren. Der Kaufmann Brankovic führte gefälschte Ware wie die anderen. Lauretta konnte sich nicht entschließen, auch nur eine Spalte zu kosten, so sehr fürchtete sie sich vor allem Sauren und Bitteren.

»Du willst einen immer erschrecken«, sagte sie jetzt zu Toni Muhr, als dieser darauf bestand, Theodor Katlein bei Gericht zu verklagen. »Man könnte dir zutrauen, dass du einen Menschen niederschlägst, jawohl niederschlägst, mit dem Messer oder so …«, erklärte sie, und gleichsam zur eigenen Beschwichtigung fügte sie hinzu: »Wenn du nicht so gut wärest …« Sie schmiegte sich an ihn: »Tu's mir zuliebe«, flehte sie, »überwirf dich nicht mit den Leuten. Es lässt sich ja alles im Guten ordnen.«

Toni Muhr musste sie trösten.

»Ich habe so Angst«, flehte Lauretta, und die Tränen standen in ihren Augen. Nun fühlte sich Toni Muhr schuldig.

»Was soll ich tun, Lauretta?«

Schmeichlerisch bat sie: »Versprich mir, dass du noch einmal mit dem Alexander Katlein redest. Der Theodor ist ein Gespenst, kein Mensch von Fleisch und Blut. Mit dem Alexander kommst du viel schneller zum Ziele, wenn er auch nicht so gescheit ist wie sein Bruder und nicht so vornehm.«

Toni Muhr blickte Lauretta scharf in die Augen, aber sie hielt der unausgesprochenen Frage stand.

»Du wirst sehen, Liebling«, sagte sie leichthin, »gesellschaftlich lässt sich das alles viel besser ordnen. In einem Gespräch beim schwarzen Kaffee erreichst du mehr als vor dem Obersten Gerichtshof.« Sie war stolz, den Namen dieser eindrucksvollen Behörde zu kennen, doch innerlich zitterte noch immer Besorgnis. Stockend erklärte sie: »Der Alexander Katlein hat nämlich telefoniert. Wir sollen morgen bei ihm zu Mittag essen.«

Zu ihrem freudigen Erstaunen erklärte sich Toni bereit, der Einladung Folge zu leisten. Er legte sogar einen gewissen Eifer an den Tag, seinem Widersacher zu begegnen, so, als käme jetzt alles darauf an, ihm Aug in Aug gegenüberzustehen.

»Wir essen um halb zwei Uhr«, hatte es in der Einladung geheißen. Toni Muhr war pünktlich zur Stelle. Er hatte mit Lauretta vereinbart, dass er gleich vom Laboratorium zu Alexander Katlein gehen werde, denn er wollte – was er allerdings verschwieg – noch vor ihrem Eintreffen mit dem Bruder Theodors Aussprache halten.

Der Aufgang zu den Privatwohnungen der Brüder Katlein befand sich neben dem großen Tore der Albumin-Werke, das jetzt während der Mittagspause geschlossen war. Die dicke Wirtschafterin Alexander Katleins, die Toni Muhr von früher kannte, empfing ihn wie den verlorenen Sohn. Beinahe wäre sie ihm um den Hals gefallen. Mit umständlichen Redensarten entschuldigte sie ihren Herrn, der jeden Augenblick eintreffen müsse, und Toni Muhr dachte: Ich komme immer zu früh, wie dumm. Man sieht aus wie ein armer Verwandter, der's nicht erwarten kann. Lauretta, die zu spät kommt, hat es viel besser, sie wird gleich zum Mittelpunkte, und alle sind überzeugt, nun erst beginne das Fest.

Mit aufdringlicher Vertraulichkeit suchte die Wirtschafterin Alexander Katleins ein Gespräch anzuspinnen. Ob sich der Herr Doktor nicht freue, endlich wieder daheim zu sein? Und sie seufzte. Manches lasse ja zu wünschen übrig, aber die Hauptsache bleibe die Gesundheit; in dieser schweren Zeit bedeute es schon viel, zu leben. Und ob der Herr Doktor nicht zunächst einmal, bis der Herr Katlein nach Hause komme, die kleine Prinzessin besuchen wolle.

Eilig erzählte sie, dass der Walter, der mittlere Sohn des Herrn Katlein, sich in Kremsier, wo er bei einem Monturdepot Kriegsdienste leistete, mit der Verkäuferin eines Tabakhauptverschleißes habe kriegstrauen lassen. Die anderen beiden Söhne, Hans und Karl, stünden in Wolhynien; auch nicht gerade an gefährlichen Punkten. Aber sie führten sich brav auf, der Hans war vor kurzem Hauptmann geworden, und der Karl sollte jetzt das *Signum laudis* erhalten. So toll wie der Walter hatte es keiner getrieben; der schickte plötzlich dem Vater die Trafikantin als Schwiegertochter ins Haus, und zwar hoch in den Wochen. Man hatte kaum Zeit, die nötigen Vorbereitungen zu treffen, ehe sie niederkam. Der Herr Theodor Katlein sei wütend gewesen und betrete die Wohnung seines Bruders nicht mehr. Alexander Katlein aber habe nur gelacht und immerfort gerufen: ein Mordskerl, der Walter.

Auch die Wirtschafterin lachte laut und schallend und stieß Toni an, als wollte sie zu verstehen geben, Herr Alexander Katlein werde schon wissen, warum er so nachsichtig gegen den Walter sei.

Toni Muhr öffnete die Tür zu einem weißen Zimmer. Dies war der erste Eindruck: alles weiß, der Schrank, das kleine Bett an der Wand, die winzige Badewanne, der Ofen und das Licht, das weiß durch weiße Gardinen fiel. Der ganze Raum duftete nach frischer Wäsche. Vor dem Wickeltisch stand weißgekleidet eine Pflegerin. »Schwester Agathe«, stellte die Wirtschafterin vor. Auf dem Tisch aber lag mitten unter Polstern und Binden ein rosiges Etwas, der einzige Farbenfleck im Raum.

Nun hob die Schwester, die sich durch den Besuch nicht hatte stören lassen, ihr Antlitz unter den gestärkten wippenden Bändern ihrer weißen Haube, und auch ihr Antlitz hatte etwas Leuchtendes und Frohes, das Toni nahe ging. Unter vielen schmeichelnden Rufen staubte sie das zappelnde Kind mit wirbelndem Puderschnee ein, schlug die Polster zusammen, zog die Binden fest, dies alles mit anmutigem Geschick, das Vertrauen einflößte: So und nicht anders müsse es geschehen.

»Gefallt's Ihnen, mein Mäderl?«, fragte Schwester Agathe, als das Werk vollendet war.

Toni Muhr sah sich scheu im Zimmer um. Es war ihm, als sähe er hier eine lichte, blütenweiße Lösung für viel Schweres, Bedrückendes, das sonst nicht zu lösen war.

»Mein sechsunddreißigstes Kind«, sagte Schwester Agathe lachend. »Drei Dutzend sind voll.«

»Ist es Ihnen nicht sehr schmerzlich«, fragte Toni Muhr, »immer wieder von solch einem kleinen Ding Abschied zu nehmen, kaum Sie es aufgezogen haben?« Und er dachte weiter: wie kränkend, selbst niemals Mutter sein zu dürfen und immer neu sich an Fremde hinzugeben.

Aber Schwester Agathe, als habe sie auch diesen Gedanken erraten, erklärte voll Bestimmtheit: »Mit niemandem auf der Welt möcht' ich tauschen. Nur immer wieder für so ein klein's Hascherl sorgen, ganz hilflos und arm, das man ins Leben trägt und lieb haben darf, immer wieder ein anderes und doch das nämliche. Wenn die Kinder größer werden, verliert man's; wenn sie nur zu laufen anfangen, verliert man's schon ganz gewiss. Aber ich hab sie immer, mir gehören s' alle, keins hab ich noch vergessen, und keins hat mich vergessen. Ich geb sie nicht her, meine Kinder.« Sie beugte sich über das kleine Bündel und küsste es.

Die Wirtschafterin kehrte zurück und forderte Toni Muhr auf, jetzt in den Salon zu kommen, es habe sich noch ein Gast eingefunden, der einarmige Maler Zdenko Hlusin. »Die Herren machen sich allein bekannt«, sagte sie in ihrer unangenehm vertraulichen Art und schalt wieder auf Herrn Alexander Katlein, der nicht zur rechten Zeit den Weg nach Hause finde, noch dazu, wenn er Gäste eingeladen habe.

Der Maler grüßte mit schneller Verneigung; er war von einer erschreckenden Hässlichkeit, die Toni in die Glieder fuhr. Die Strähnen des schwarzen struppigen Zigeunerhaares hingen und standen nach allen Richtungen, das zerklüftete Antlitz hatte etwas Wildes, das sich indessen beim Reden milderte; trotz des harten slawischen Akzents und der singenden Betonung des Deutschen verführte die innere Erregtheit und Wärme der Stimme.

»Das gehört eben mit dazu«, begann er das Gespräch, »dass uns die Herren warten lassen. Wir sitzen hier, in diesem viel zu prunkhaften Raum, wie in einem Vorzimmer. Denken Sie nur ja nicht, dass dieses Wartenlassen Zufall ist. Da steckt Berechnung dahinter, eine kunstvoll ausgedachte kleine Erniedrigung. Glauben Sie mir, das ist die Gesinnung.

Wer ordentlich gewartet hat, der ist mürbe, der ist zu allem bereit.«

»Zu allem bereit ...«, wiederholte Toni Muhr lächelnd, »das kann auch heißen: dem Peiniger an die Gurgel zu springen.«

Der Maler prüfte ihn mit einem fragenden Blick. »Was suchen Sie eigentlich hier?«, fragte er finster. »Ich will nur Aufträge für Bilder holen, aber Sie?«

Toni Muhr wiederholte: »Ich ... Was will ich hier?« Er überlegte, was ihn denn eigentlich hergeführt habe. Er wollte von Alexander Katlein Rechenschaft verlangen, das wusste er. Doch wie und in welcher Art? Und wenn ihm Herr Katlein die Türe wies?

Lebhaft fuhr der Einarmige fort: »Alle seine Freundinnen muss ich malen, und er schachert um den Preis.«

Toni Muhr dachte an das Bild Laurettas, das zu Hause über dem Kamin hing, auch an die Perle dachte er, die ihn so bestürzt gemacht hatte, als er sie zum ersten Male auf dem Bilde bemerkte.

Schon wollte er an den Maler eine Frage richten, aber er sah ein, wie schamlos die Frage erscheinen müsste und wie schamlos die Antwort, wenn es eine Antwort gab. Und er war doch gekommen, an Herrn Katlein die gleiche Frage zu stellen. Unsinnig und entwürdigend erschien ihm jetzt sein Vorhaben. Wie hatte er sich die groteske Szene nur ausgedacht! Und wenn Lauretta hinzutrat – sollte er sie in den widerwärtigen Handel mengen oder gar mit ihr und Alexander Katlein gemeinsam zu Tische niedersitzen?

Der Maler gab dem Gespräch eine andere Richtung. »Sie waren in Serbien«, fragte er.

O weh, dachte Toni Muhr, jetzt hält er glücklich bei meinen Erlebnissen. Aber der Maler schien gar nicht darauf auszugehen, irgendetwas zu erfahren, sondern nur sich selbst mitzuteilen. Gleich begann er von der »Schabatzerei« zu sprechen und von den vielen unschuldig Gehängten. »Ihr habt Märtyrer gemacht«, schrie er so laut, dass Toni zurückwich. »Wenn Ihr nur wenigstens das Hängen verstündet. Zum Hängen gehört doch Wut und Grausamkeit, aber wer von Euch ist denn wirklich zornig?« Er holte tief Atem und fuhr dann grimmig lachend fort: »Immer greift Ihr daneben. Ihr tötet die letzten Narren, die an Euch glauben. Wer soll Euch den Frieden vermitteln?«

»Steht es wirklich so schlecht um uns?«, fragte Toni Muhr beunruhigt.

Verächtlich musterte ihn der Maler vom Kopf bis zum Fuß. »Wie kann es um ein Land bestellt sein«, rief er, »ohne Gleichgewicht seit Jahrhunderten – ein Land ohne Recht. Wenn Ihr nicht mehr wisst, wie der spanische Karl mit seinen Hackenschützen unter Euch gehaust hat, wir werden nicht so bald den schrecklichen Morgen auf dem Altstädter Ring vergessen. Da ist der Ferdinandel in Mariazell auf den Knien gelegen und hat für das Seelenheil der ›Herren ohne Kopf‹ gebetet, die angesichts der Theinkirche und des goldenen Hussitenkelches in Prag ihre tölpelhafte Vertrauensseligkeit büßten. So hat in diesem Lande der Generalpardon ausgesehen. Nichts hat sich verändert seither. Das Vaterland ist eine Falle geblieben, in die man ein Volk nach dem anderen lockt, eines als Opfer des anderen. Niemand bekommt das, worauf er Anspruch hat: einmal zu wenig, einmal zu viel, einmal muss man sich etwas nehmen lassen, und das nächste Mal wird einem etwas geschenkt. Aber versuchen Sie es doch, nur eben das zu fordern, was Ihnen gebührt; genau das.« Er war dicht vor Toni Muhr hingetreten und blickte ihm mit funkelnden Augen ins Gesicht. »Versuchen Sie es nur«, wiederholte er.

Die Bestürztheit Toni Muhrs schien ihn zu entwaffnen. Seine hässlichen Züge glätteten sich, wie die Wellen eines Sees nach dem Sturme. »Lassen Sie sich von meiner aufgeregten Art nicht beunruhigen«, sagte er. »Ich habe es mir angewöhnt zu schreien. Wenn man nur einen Arm hat, kann man sich in diesen Zeiten manches erlauben. Nicht einmal eingesperrt haben sie mich. Die Krüppel sind jetzt Herren der Welt.«

Toni Muhr blickte zerstreut auf die Uhr. Der Boden brannte ihm unter den Füßen. Es schien ihm unmöglich, Herrn Alexander Katlein jetzt zu begegnen. »So nicht«, dachte er, »jeder muss auf seine Art Vergeltung üben.« Und er wusste nun, was er zu tun hatte. Sein Tag würde schon kommen. Er glaubte Lauretta insgeheim Abbitte leisten zu müssen, weil er ihr, wenn auch nur einen Augenblick lang, eine schmähliche Szene zugemutet hatte; er glaubte ihr Genugtuung schuldig zu sein.

»Zwei Uhr«, stellte der Maler fest.

In Toni Muhrs Antlitz blitzte es auf wie von einem verschmitzten knabenhaften Einfall. »Es ist wirklich sehr spät geworden«, entschuldigte er sich. »Meine Zeit drängt.«

»Ich dachte, dass Sie mit Ihrer Frau zum Essen bleiben«, sagte der Maler.

»So war's bestimmt«, erwiderte Toni Muhr, »aber meine Frau hat im letzten Augenblick eine schwere Migräne bekommen. Um nicht unhöflich zu scheinen, wollte ich persönlich absagen. Nun werde ich die Wirtschafterin bitten müssen ...« Innerlich überlegte er: Wenn nur jetzt Lauretta nicht zur Türe hereinkommt, wenn sie mich nur dies eine Mal nicht mit ihrer Unpünktlichkeit im Stiche lässt. Und wie vornehm das mit der Migräne geklungen hat! Wenn ich Herrschaftsdiener in einem gräflichen Hause wäre, ich hätte es nicht schöner sagen können.

Der Maler warf ein: »Ich habe Sie doch nicht am Ende mit meinen Reden verjagt? Auch ich bin ein Wiener und mein's nicht so bös.« Er sagte es mit seiner harten slawischen Betonung und lachte.

Toni Muhr reichte dem Maler zögernd die Hand. Gibt es denn wirklich eine Wahlverwandtschaft aus Hass wie aus Liebe, fragte er sich. Und weiß der Fremde besser als ich, wie man beschaffen sein muss, um dieser Stadt in Wahrheit anzugehören? Laut aber schloss er: »Haben Sie nicht vorhin selbst festgestellt, wie wenig ich hier zu suchen habe? ... Ich danke Ihnen für diese gute Meinung.« Er nickte dem Maler noch einmal und mit einiger Wärme zu, ehe er ging.

An der Straßenecke begegnete er Lauretta.

»Ich hab mich so geeilt«, rief sie, »die Verbindungen aus der Stadt sind miserabel. In der Schwarzenbergstraße ist die Elektrische stecken geblieben. Du ahnst nicht, Liebling, wie unangenehm mir das war. Ich hasse Unpünktlichkeit.«

Toni Muhr riss Lauretta am Arme zurück und schob sie, ohne ein Wort zu sprechen, in eine Seitengasse.

»Was ist denn geschehen?«, flüsterte Lauretta entgeistert.

»Wir müssen laufen«, schrie Toni Muhr und hatte wieder sein verschmitztes Knabenlachen. Während er die keuchende Lauretta weiter mit sich fortriss, erklärte er: »Mir ist's vorgekommen, als sähe ich schon das Auto vom Katlein, und ich hab oben gesagt, dass wir nicht zum Mittagessen kommen, weil du Kopfschmerzen hast oder sogar eine Migräne; das klingt standesgemäßer. Du siehst, ich mache Fortschritte.«

Lauretta rang nach Atem. »Liebling«, sagte sie endlich, als er sie losließ, »das ist ein schlechter Scherz.«

»Niemals noch war ich so ernsthaft«, beteuerte Toni Muhr, »aber da oben« – er wies nach der Prinz-Eugen-Straße – »habe ich gerade jetzt erfahren, dass man jeden in Wien für einen Narren hält, der ausnahmsweise einen Gedanken bis zu Ende denkt.«

»Du hast mit dem Alexander Katlein gesprochen?«, fragte Lauretta.

»Nein, aber mit dem Zdenko Hlusin, dem einarmigen Maler.«

»Was hat er dir erzählt?«, drängte Lauretta.

»Sehr wichtige und kluge Dinge«, versicherte Toni, »solche Leute, wie die Katleins, hat er gesagt, verstehen nur zu stehlen oder Gnadenbrot zu geben, aber was man von ihnen zu fordern hat, das weigern sie, und daran geht der Staat zugrunde.«

»Ach so«, meinte Lauretta gedehnt, »und darum bist du plötzlich davongelaufen?«

»Der Böhm hat mir gesagt, dass ich bei Leuten, wie den Katleins, nichts zu suchen hab.«

»Er jedoch ist geblieben«, warf Lauretta ein und bohrte mit der Schirmspitze zwischen zwei Pflastersteinen. Nach einer Pause fügte sie schadenfroh hinzu: »Wo werden wir jetzt Mittag essen?« Sie hoffte Toni in Verlegenheit zu bringen.

Der war nicht aus seiner guten Laune zu bringen. »Natürlich bin ich dir Genugtuung schuldig«, sagte er. »Ich lade dich ein.«

»Wohin?«, fragte Lauretta misstrauisch.

»Du wirst schon sehen«, entgegnete Toni großartig, und er führte sie zum Sacher.

Das versöhnte Lauretta, aber nun fürchtete sie wieder Bekannten zu begegnen, die sie bei Alexander Katlein verraten könnten. Sie bestand auch darauf, von einem Telefonautomaten dem Mädchen entsprechende Weisungen zu erteilen, falls von der Prinz-Eugen-Straße angerufen werden sollte.

»Zu viel Vorsicht«, beschwichtigte Toni Muhr. »Lass mir meinen leichtsinnigen Tag.«

Leichtsinn war für Lauretta ein Zauberwort. »Du hast keinen Leichtsinn«, pflegte sie Toni oft genug vorzuwerfen. Nun meinte sie, man dürfe seine guten Vorsätze nicht durchkreuzen.

Der kleine Groom im engen grünen Rock wollte das Paar in ein Separee führen. Toni Muhr wehrte lachend ab, aber er fühlte sich ebenso geschmeichelt wie unsicher, und er staunte über Lauretta, die so ganz ohne Zaudern auf das Jagdzimmer losschritt, vom Oberkellner, der mit seinem blauen Kinn aussah wie ein fett gewordener Torero, die Speisekarte entgegennahm und, ohne sie nur eines Blickes zu würdigen, sachkundig ein Mittagessen zusammenstellte, während der Pikkolo schon einen Feingespritzten herbeitrug.

Toni Muhr hatte behutsam die verschmähte Speisekarte vor sich hingeschoben und suchte mit einem schiefen Blick die Preise all der Köstlichkeiten zu erhaschen, die Lauretta bestellt hatte. Ein leichtes Frösteln packte ihn; er kam sich wie ein Hochstapler vor.

Scheu musterte er die übrigen Gäste. Gegenüber saß ein älterer Offizier, dem man es deutlich anmerkte, dass er die Uniform eines Rittmeisters nur zur Parade trug: vielleicht ein Würdenträger, der zum Kaiser in Audienz befohlen war. Neben ihm fiel Toni Muhr ein jüngerer, übertrieben korrekt gekleideter Mann auf, rothaarig, sommersprossig, mit einem viel zu langen Hals, der über die Brüstung des weißen Stehkragens emporragte. Er rutschte auf seinem Stuhl unruhig hin und her, kam gar nicht zum Essen und schien nur auf die Gelegenheit zu warten, ein wohlvorbereitetes Wort anzubringen, das ihn bei dem einflussreichen Alten in Gunst setzen könnte. Er schnappte nach dieser Gelegenheit wie ein Fisch nach dem Köder, spitzte die Lippen, während sein ganzes Gesicht wie von rotem Sirup übergossen war.

Plötzlich hörte Toni Muhr die Stimme seines Schwagers Rudi Saluzzo. Er stand in der Türe und spielte mit den zwei Bullys der Frau Sacher, mit denen er laut und ungeniert sprach, wie jemand, der sich zu Hause fühlt.

»Ist das eine Begegnung!«, rief er jetzt. »Hast den Juden Katlein erschlagen? Die Welt steht nimmer lang! Der brave Schüler Muhr frühstückt beim Sacher und noch dazu mit seiner eigenen Gemahlin. Stört man euch beim Turteln oder darf man sich einen Sperrsitz kaufen?«

Schon hatte er Platz genommen. Toni Muhr fühlte sich in der Tat betreten wie ein Gymnasiast, der mit der ersten Zigarette im Munde seinem Klassenlehrer begegnet.

»Ich hab dich gesucht«, erklärte Rudi Saluzzo. »Deine Sache ist in den besten Händen. Der Jude Katlein wird verbrannt. Alles ist großzügig eingefädelt. Ich hab nämlich ein paar Freunderln bei den Zeitungen, die hab ich aufgehusst. Morgen wirst du interviewt.«

»Was werde ich?«, fragte Toni Muhr erschrocken.

»Interviewt wirst du«, wiederholte Rudi. »Aber es tut nicht weh. Ich werde dich begleiten.« Und da ihn Toni Muhr noch immer verständnislos anblickte, fügte er hinzu: »Das muss sein. Was nicht in den Zeitungen steht, das ist nicht in der Welt. Wenn ein Druckfehler in der Zeitung steht, ist der Druckfehler passiert, und um alles andere kräht kein Hahn. Also ich werde dir schon helfen. In vierzehn Tagen bist du so berühmt, dass der Katlein bei dir im Vorzimmer katzbuckeln muss.« Und er kündigte Toni an, dass er ihn an einem der folgenden Tage um die Mittagsstunde abzuholen wünsche.

»Du hast uns noch gerade gefehlt, Rudi«, schalt Lauretta. »Lass den armen Tonerl mit deinen Geschäften in Ruh. Machst mir ihn wieder ganz traurig, wenn er gerade ausnahmsweise seinen leichtsinnigen Tag hat.«

»Du kommst auch in die Zeitung«, lachte Rudi. »Lass dich geschwind fotografieren. Nächste Woche rennen s' dir das Haus ein: In unserem illustrierten Teil bringen wir das neueste Bildnis der jungen Gattin des berühmten Mannes – macht sich ausgezeichnet. Aber ich will euch nicht länger die Stimmung verschandeln. Warum sagt ihr's nicht gleich, dass ihr einen geheimen Gedenktag feiert oder so was. Die glücklich Wiedervereinten – wär auch kein schlechtes Bild. Also auf Wiedersehen morgen zum Interview.« Und fort war er. Man hörte draußen gereizt die Bullys kläffen.

Toni Muhr stieß mit Lauretta an. Er war jetzt beinahe gesprächig, erzählte von einem Spaßmacher, den sie beim Regimente hatten, ganz ähnlich dem Rudi. Über viele bittere Stunden habe er ihnen mit seiner guten Laune hinweggeholfen.

Dann ahmte er die Stimme seines Feindes, des ungarischen Hausbesorgers, nach und seine Art, den gewichsten Schnurrbart aufzuzwirbeln. Herr Nagy hatte kürzlich wieder seine Frau fürchterlich geprügelt, aber diese erklärte: »Es ist mir lieber, er prügelt mich, als er prügelt eine andere«, wobei es ihr immerhin weniger auf die Schläge als auf die Liebe ankam, die sich in ihnen trotz allem zu offenbaren schien.

Lauretta seufzte: »Ich kann nicht von der Liebe reden hören, ohne gerührt zu werden«, gestand sie. »Im Kino geht's mir ebenso: Bei den sentimentalen Stellen muss ich weinen.«

Plötzlich bemerkte Toni Muhr, dass sie als einzige Gäste im Saale übrig geblieben waren. Der fette Oberkellner stand diskret abseits und hielt die Rechnung auf einem goldumrandeten Teller bereit. Toni Muhr hatte die Endsumme schon vorher berechnet; sie überraschte ihn nicht mehr. Mit gut gespielter Nachlässigkeit schob er die Banknoten unter das Papier.

Dann ging er Arm in Arm mit Lauretta durch die Kärntnerstraße, blieb bei jedem Schaufenster stehen, wie sie es verlangte, bewunderte Blusenstoffe und Seidenschals und kaufte ein Bukett künstlicher Blumen, das Lauretta gefiel. Er hörte aufmerksam ihre Toilettenpläne an und ließ sich zuletzt sogar eine Hutprobe gefallen, was nichts Geringes bedeutete, da Lauretta hintereinander zwanzig Hüte über das volle Haar stülpte, während er sich schon nach dem zweiten entschieden hatte. Ihn belustigte das drollige Mienenspiel, das sie vor dem großen Spiegel annahm, indem sie das Kinn vorschob und zwischen den halbgeöffneten Lippen die Doppelreihe ihrer weißen Zähne blicken ließ. Er nannte es ihr

»Hutgesicht«; sie schien es zugleich mit den wechselnden Kopfbedeckungen aufzusetzen.

»Wie merkwürdig«, sagte Lauretta, »ich glaube immer danebenzugreifen, wenn ich mich entscheide, du aber weißt immer, was du willst.«

Und er wusste es. Er wollte mit Lauretta allein soupieren, ganz allein in ihrer Wohnung. »Da du doch Migräne hast«, sagte er. »Und wenn der Katlein anruft. Man muss die Form wahren.« Er blickte Lauretta von der Seite an.

Sie kauften das Nachtmahl in einem Delikatessengeschäft, lauter gute Dinge, die beinahe ebenso viel kosteten wie das Frühstück beim Sacher. Toni Muhr bestand darauf, das Paket zu tragen, wozu er sonst nicht leicht zu haben war. »Nur keine Packerln«, pflegte er zu sagen, »dann lieber gleich ein Reticule oder einen Sonnenschirm.« Heute aber trug er das Packerl, noch dazu ein recht großes, und er begann auf der Straße zu pfeifen, wie er als kleiner Bub zu tun pflegte, wenn er sehr vergnügt war.

Da saßen sie zusammen im Atelier, wie in den ersten Monaten ihrer Ehe. Das Mädchen hatten sie fortgeschickt.

»So lustig habe ich dich schon lange nicht gesehen, Toni«, sagte Lauretta. »Was macht dich so froh?«

Und Toni Muhr erzählte: »Beim Katlein war's, heute Vormittag. Da hab ich was gesehen, was mich um und um gerührt hat und alle Traurigkeit von mir abgenommen.« Und er berichtete von Schwester Agathe und ihren sechsunddreißig Kindern: »Nichts anderes gilt auf der Welt, hat sie gesagt. Und es sind gar nicht ihre Kinder, sondern nur die Kinder von so einem Katlein und anderen, die sie nicht verdienen und gar nicht haben wollen und überhaupt nicht wissen, was ein Kind ist.« Er war plötzlich ernst geworden. »Lauretta«, sagte er, »ich will ein Kind haben; ob's ein Bub ist oder ein Mädel, gilt mir gleich. Nur ein Kind muss es sein.

Lauretta, hörst du mich? Ich will ...« Seine Stimme klang gepresst.

Lauretta fuhr herum. »Um Gottes willen, was fällt dir ein!« Dann dachte sie, vielleicht ist es ein Spaß, er hat seinen leichtsinnigen Tag. Und sie lachte gezwungen.

Aber Toni Muhr wiederholte leise: »Ein Kind will ich haben, Lauretta. Von dir will ich es haben, das Kind.« Und er fügte hinzu: »Es gibt vieles, worüber wir miteinander reden wollten, und wir haben nicht geredet.« Er sah nach dem Bild, das über dem Kamin hing.

Lauretta folgte seinem Blick, das Blut schoss ihr in die Wangen, sie suchte nach einer Erklärung.

Toni Muhr kam ihr zuvor: »Es ist besser zu schweigen«, erklärte er, »manche Dinge sollen nicht ausgesprochen werden. Wozu große Worte, die Unwiederbringliches schaffen? Ich möchte so gerne gut zu dir sein, Lauretta.« Er streichelte ihr Haar. »Ein Kind macht alles gut. Wenn ein Kind da ist, Lauretta, werden wir über alles in Liebe reden können ... nur dann. Sonst wird unser Leben böse und verzerrt, Rechenschaft muss gefordert und gegeben werden, alles versinkt in Schlamm und Hässlichkeit.«

Lauretta wich vor ihm an die Wand zurück. »Ich kann nicht«, rief sie angstvoll. »Ich weiß bestimmt, ich würde daran sterben. Du kannst meinen Tod nicht wollen.«

»Man hat Millionen in den Tod gejagt«, sagte Toni Muhr, und seine Stimme klang schmerzlich, »um einer Sache willen, die nicht ihre Sache war. Für seine Sache aber muss jeder einstehen.«

Lauretta starrte ihn mit großen, fremden Augen an, kalt, feindselig und voll Entsetzen. »So bist du«, sagte sie. »Du verlangst von mir dein Recht, wie du vom Theodor Katlein dein Recht verlangst. Und das nennst du Liebe!«

Sie streckte die Hände vor, als gelte es, etwas Grausames abzuwehren, das in ihr Leben eindrang, etwas Unentrinnba-

94

res, das sie bedrohte. Dann löste sich alles in Tränen. »Ich kann nicht!«, rief sie immer wieder, »ich weiß, es wäre mein Tod. Du kannst meinen Tod nicht wollen.«

Toni Muhr stand neben ihr und streichelte ihr Haar. So nahe war er, dass sie seinen Atem fühlte. Und doch war Fremdheit zwischen ihnen und Ferne, als wohnte jeder auf einem anderen Stern.

9

Toni Muhr war gerade von einem Besuche bei dem bekannten Patentanwalt Doktor Liebenthal zurückgekehrt, dem er nunmehr die Vertretung seiner Ansprüche gegen die Albumin-Werke übertragen hatte – er nannte ihn später seinen Anwalt Nummer 2 –, als er in der Stallburggasse seinen Schwager Rudi Saluzzo antraf, der ihm aus einem Automobil heftig zuwinkte.

»Es ist höchste Zeit«, schrie Rudi.

Toni Muhr war in Gedanken noch bei Doktor Liebenthal. Der hatte im Kriegsministerium erhoben, dass den Albumin-Werken seinerzeit für die Enteignung des Patentes ein Betrag von 600 000 Kronen ausbezahlt worden war. »Die Hauptsache für einen Advokaten«, hatte Doktor Liebenthal mit Nachdruck erklärt, »sind die richtigen Beziehungen.« Und dann musste Toni Muhr einen entsprechenden Vorschuss für die weiteren Nachforschungen erlegen und für die schriftliche Mahnung, die noch heute rekommandiert an die Albumin-Werke abgehen sollte.

»Wir dürfen nicht zu spät kommen«, schrie Rudi Saluzzo.

»Wohin?«, fragte Toni Muhr zerstreut.

»Zum Interview«, entgegnete Rudi aufgebracht. »Hast du's vergessen? Ich renne mir die Füße ab, und du tust so, als ging's dich nichts an.«

Toni Muhr warf einen Blick auf den Taxameter. Er zeigte dreißig Kronen. »Da hast du allerdings schon viel Bewegung hinter dir«, sagte er und nahm an Rudis Seite Platz. »Ich hab gar nicht geglaubt, dass du es ernst meinst mit der Zeitung.«

Rudi Saluzzo geriet in Eifer: »Ich hätte dir einen Reporter ins Haus bestellen können; das wär vielleicht nobler gewesen. Aber es schadet nichts, wenn du dem Chefredakteur einen Besuch machst. Dann gehörst du gleich zur Familie, und das ist besser, als man spielt den Noblen. Ohne Zeitungen kann man nicht Krieg führen.«

Toni Muhr gab keine Antwort mehr, gleichmäßig surrte das Automobil über das Asphaltpflaster, und er geriet ins Grübeln. Ein kleines, unscheinbares Ereignis beschäftigte ihn, das sich gestern zugetragen hatte und ihn seither nicht mehr losließ.

Der winzige Raum, der von ihm früher als Laboratorium verwendet worden war und den Lauretta zu ihrem Ankleidezimmer gemacht hatte, sollte seiner früheren Bestimmung wiedergegeben werden. An ein Experimentieren zu Hause war ja nicht mehr zu denken, aber Toni Muhr hatte seinen Schreibtisch in die Kammer tragen lassen; auch die braunen Kartons, in denen seine Zeichnungen und Notizen verstaut waren. Die wurden nun hervorgeholt, ihrem Gegenstande nach in Mappen geordnet und ringsum auf die Regale verteilt.

Das war am Vormittag gewesen. Als Toni Muhr am Nachmittag wieder den Raum betrat, bemerkte er sogleich eine Veränderung. Er hätte es nicht anders erklären können, als dass ihm, sobald er nur die Türe öffnete, etwas Unsichtbares, Feindliches in den Weg trat. Es musste während seiner Abwesenheit ein Fremder in die Kammer eingedrungen sein. Die Papiere und Zeichnungen befanden sich noch an der Stelle, die er ihnen des Morgens zugewiesen hatte, doch einzelne Blätter überragten den Rand ihrer Mappe, andere lagen der Quere, obzwar Toni Muhr sich genau erinnern konnte, sie aufrecht übereinander geschichtet zu haben. Auch sein Schreibtisch war um ein Geringes verschoben, ein Bogen Löschpapier lag auf der Erde.

Dazu kam, dass Toni Muhr im Hausflur seinem früheren Kollegen, dem »Prügelknaben«, begegnet war, der sich verlegen in eine Ecke gedrückt hatte, um ihm auszuweichen. Er sei beim Zahnarzt im ersten Stock gewesen, erzählte der Prügelknabe. Wie merkwürdig!

Toni Muhr läutete das Stubenmädchen Poldi herbei und fragte, ob sie fremden Besuch in die Wohnung eingelassen und ob jemand während seiner Abwesenheit das Laboratorium – er nannte den Raum noch immer so – betreten habe.

Poldi schüttelte verwundert den Kopf. Sie wisse doch sehr wohl, welche Faxen der Herr Doktor mit dem Laboratorium mache. Sie selbst würde niemals wagen, das Zettelwerk anzurühren, da könne der Staub meterhoch liegen. Und Fremder sei niemand in die Wohnung gekommen, außer dem Briefträger. Der Herr Doktor möge sich nur bei der gnädigen Frau erkundigen.

»Ist nicht am Ende der Wessely wieder dagewesen oder ein Abgesandter des Wessely?«, fragte Toni Muhr lauernd, und er glaubte zu bemerken, dass Lauretta in Verlegenheit geriet.

Da war Toni Muhr zu dem Zahnarzt im ersten Stock gelaufen und hatte sich unter einer Ausflucht nach seinem früheren Kollegen, dem Prügelknaben, erkundigt. Der sei vor kurzem erst fortgegangen, hieß es, er habe sich eine Wurzel ziehen lassen.

Nun hatte Toni Muhr an sich selbst zu zweifeln begonnen: Sah er wirklich Gespenster? Lauretta verlangte, dass er sie um Verzeihung bitte, das Stubenmädchen schmollte. Toni Muhr aber war, noch immer beunruhigt, in das »Laboratorium« zurückgekehrt, wo er bis zum späten Abend seine Papiere neu ordnete, und als er dann endlich den Raum verließ, hatte er, wie unter einem plötzlichen Zwange, den Schlüssel im Schlosse umgedreht und in seine Tasche gleiten lassen.

Das Automobil hielt vor einem unscheinbaren Gebäude mit grauem, bleifarbenem Anstrich. Durch die Fenster hörte man das Klappern der Setzmaschinen. Große Ballen Papier wurden von einem Wagen abgeladen und in den Keller versenkt: das Mark blühender Wälder zu Brei zerstampft, geknetet und flachgewalzt. Im Hausflur roch es nach Druckerschwärze; die Stiege zitterte unter den dumpfen Schlägen der unsichtbaren Rotationsmaschinen.

Oben in der Redaktion hieß es, der Chef schreibe noch für das Abendblatt; es werde aber nicht mehr lange dauern. Man hatte Toni Muhr und seinem Schwager zwei Stühle in einen Raum gestellt, der voller Bewegung war. Von allen Seiten hörte man Glockensignale und das Fluchen der Diener, die bald zu einem Aufzug gerufen wurden, der Manuskripte für die Setzerei und Bürstenabzüge für die Redaktion auf und nieder wandern ließ, bald wieder zum Telefon, wo mehrere Nummern zu gleicher Zeit bedient sein wollten: »Prager Tagblatt hier ... Budapest kommt auf Ihren Ruf.« Ein Stenograf stürzte herbei, begann stehend das Prager Gespräch aufzunehmen, ein Redakteur gab die neuesten Telegramme nach Innsbruck weiter, man schob ihm, während er sprach, Bürstenabzüge zu. Ein Metteur verlangte Weisungen für das Abendblatt.

Zugleich flatterten von den verschiedenen Telefonen Gesprächsteile durcheinander. Auf der einen Seite hieß es: »In dem neuen Kabinett sind alle Parteien und Nationalitäten vertreten« und auf der anderen: »Front des Generalobersten Erzherzog Joseph: südlich des Uztales ...«

Toni Muhr war es bisher niemals richtig zum Bewusstsein gekommen, wie eine Zeitung entstand. Sie war des Morgens da, wenn man die Augen aufschlug, wie die Ereignisse da waren, von denen sie berichtete, oder besser, durch sie waren die Ereignisse da, frohe und schmerzliche Ereignisse, mit dem gleichen farblosen Druck festgehalten, schwarz auf weiß. Nun aber fühlte sich Toni Muhr von der leidenschaftlichen Bewegung angezogen, die er hinter der papiernen Fassade der Zeitung antraf. »Werden diese Leute mir helfen?«, überlegte er. »Sie sind wie angeheizte Maschinen, von einer inneren Besessenheit vorwärtsgetrieben.« Alle Ereignisse schienen ihm hier in eine erhöhte, gesteigerte Atmosphäre gerückt.

»Leitartikel Schluss«, schrie ein Diener, der Toni Muhr beinahe umrannte, als er ein hochgeschwungenes Manuskript atemlos zum Aufzug trug.

Man führte die Besucher zum Chefredakteur. Sie fanden da schon eine Reihe von Personen versammelt, denen allen zugleich Einlass gewährt worden war, und auch in der Folge nahm das Kommen und Gehen in dem Chefzimmer kein Ende. Während die einen Gäste Abschied nahmen, wurden schon neue eingeführt.

Als Toni Muhr sich hilfesuchend nach seinem Schwager umwandte, erklärte ihm dieser halblaut: »Ein glänzendes System, was? So ist der Allgewaltige vor jedem Angriff geschützt. Ein Bittsteller hält ihm den andern vom Leib. Aber mir ist er nicht gewachsen.«

Wirklich schob er auch die lästigen Besucher zur Seite und steuerte ohne viel Umstände auf den Chefredakteur los. Toni Muhr dachte: Vielleicht bin ich nun am Ziele angelangt. Vielleicht laufen in diesem Zimmer wirklich alle Fäden zusammen, auch jene, die Herrn Theodor Katlein lenken, und es wird von hier aus Österreich regiert. Von irgendwoher muss es doch sein.

Der Chefredakteur war gerade in ein Gespräch über die Beziehungen Österreichs mit Russland vertieft. »Die sind nicht immer so schlecht gewesen, wie wir jetzt im Leitartikel glauben machen wollen«, sagte er lachend, und er wies darauf hin, dass Franz Joseph im Jahre 1849 persönlich die russische Division Passiutin gegen Hochstraß bei Raab, den Standort der Armee Görgei, geführt habe.

Der Chefredakteur, Herr Joseph Lang, von seinen zahlreichen Freunden Pepi gerufen, berühmt durch seine Kenntnis der inneren Politik, trug schwer an der künstlichen Würde, zu der ihn sein Amt verpflichtete; über seine spiegelnde Glatze hatte er ein Hauskäppchen aus schwarzer Seide gestülpt. In seiner Aussprache klangen alle Idiome der Monarchie zusammen. Er selbst aber stellte mit einiger Genugtuung fest, dass er aus Pressburg, der Stadt des Krönungshügels und der Mohnbeugel, stammte. Jedes Jahr einmal setzte er sich allein auf einen Schlepper und fuhr die Donau talwärts bis zum Eisernen Tor. In seinen Leitartikeln wie in seinen Gesprächen spielte »der Strom« – es gab für ihn keinen anderen – eine große Rolle. Er redete von dessen Zukunft wie von der Karriere eines nahen Verwandten, die zu den besten Hoffnungen berechtigt. In seiner Seele mischte sich Feierliches und Triviales. Mit der halben Stadt war er auf du und du. Als Mitglied eines Gesangvereins und Vorstand des »Finkenbundes«, einer Tafelrunde, die sich jeden Donnerstag in einem Stadtrestaurant versammelte, unterhielt er zahlreiche Beziehungen, und er wusste den Anforderungen, die ein so weit gezogener Bekanntenkreis an ihn stellte, nur dadurch Herr zu werden, dass er jede Begegnung unter vier Augen geflissentlich vermied, was übrigens auch seiner geselligen Art entsprach, die erst im Chor voll zur Geltung kam.

»Servus«, rief er nun, da er Rudi Saluzzos ansichtig wurde, und streckte ihm die Hand entgegen. »Also das ist dein berühmter Schwager.«

Toni Muhr wollte dem Chefredakteur von seiner Erfindung erzählen, aber das Gespräch führte immer seitab. Ein

Hauptmann des Generalstabes, der noch dazu von einem Mitgliede des »verfassungstreuen Großgrundbesitzes« empfohlen war, hielt ein Manuskript in Händen, das er unaufhörlich aufblätterte und wieder zusammenschob. Es waren patriotische Gedichte, die er gerne dem mächtigen Manne vorgelesen hätte, aber es gelang ihm nicht.

Der Chefredakteur sagte zu Toni Muhr: »Sie kommen von der Insel Elba. Also fangen S' an. Es wird hoffentlich nicht hundert Tag' dauern.« Und er lachte gutmütig.

In diesem Augenblick aber trat wieder ein neuer Besucher ein: »Lulu«, rief er von weitem. Es war ein »Schlaraffe«, der den Chefredakteur unter den Arm nahm und mit ihm eine Weile lang im Zimmer auf und nieder schritt. Toni Muhr lief verzweifelt hinterdrein; er sprach hastig unter Anführung bestimmter Zahlen und Daten.

»Sie haben so viel Interessantes erlebt«, unterbrach ihn der Chefredakteur, »dass der gespannte Leser diese technischen Dinge doch nur als Längen empfinden würde. Ich habe alles aufnehmen lassen.« Er wies auf einen jungen Mann, der abseits stand. »Ihre Mitteilungen bedeuten einen Erfolg für die morgige Sonntagsnummer. Wir werden einen unserer Herren bitten, das Material nach Gebühr einzurichten. Ich glaube, Sie können zufrieden sein.«

Toni Muhr aber blickte so ernst und so aufrichtig verzweifelt, dass Herr Joseph Lang noch einmal vor ihm stehen blieb. »Wo fehlt's denn noch?«, fragte er nachsichtig.

Toni Muhr erwiderte: »Herr Theodor Katlein und sein Bruder haben mich um meine Erfindung gebracht, und sie weigern mir meinen Anteil. Ich dachte, wenn eine so angesehene Zeitung wie die Ihre die Sache klarstellt, könnte es niemandem mehr einfallen, mir mein Recht zu weigern.«

Rudi Saluzzo fügte hinzu: »Die Katleins sind – na, ich will nicht sagen, was sie sind. Doch es handelt sich um keinen vereinzelten Fall. Mein Schwager ist an der Front g'standen, und die Herren haben sich inzwischen mit seiner Erfindung bereichert. Das musst du annageln, Pepi.«

Und er schlug mit der Faust gegen die Wand, als wollte er da auf der Stelle einen Nagel eintreiben.

Der Chefredakteur dachte besorgt: »Die Katleins sind Abonnenten.« Laut aber sagte er: »Wir werden über den Prozess ausführlich berichten.« Und dann fügte er hinzu: »Gestatten Sie noch eine Frage, Herr Ingenieur, ohne Ihnen nahe treten zu wollen. Warum sind Sie denn eigentlich so kapriziert? Mit Ihren Kriegserlebnissen müssen Sie Karriere machen. Nur nicht kapriziert sein. Also das nebenbei. Morgen beginnt der Ruhm. Für das heutige Abendblatt habe ich eine kurze einleitende Notiz veranlasst, damit uns niemand zuvorkommt. Die Hauptsache ist ja die Sonntagsnummer. Es wird ein Erfolg. Vielleicht schreiben Sie uns nächstens einen Artikel über Kriegserfindungen. Wissen S' nichts über die neuen Donaumonitoren? Nun, wir reden noch darüber.« Und zu Rudi Saluzzo gewendet: »Bring deinen Schwager einmal zu den Finken mit; das wird ihm gut tun.«

Für das Abendblatt – hat er gesagt, überlegte Toni Muhr. Das ist doch gar nicht möglich! Im Hausflur stand ein Wägelchen, in das man eben mehrere Pakete warf. »Nordbahn«, hörte Toni Muhr rufen. Der Kutscher trieb die Pferde an.

»Eine Abendausgabe gefällig, Herr von Saluzzo?«, fragte der Portier. Toni Muhr sah von weitem seinen Namen. Das war so, als ob er in einen Spiegel gerannt wäre. »Ein Überlebender«, las er, »aus dem Jenseits zurückgekehrt – Einer unter Tausenden – Bekannter Chemiker – Albumin-Werke – Tierkohle – « Dies alles tanzte ihm vor den Augen.

»Ich gratuliere«, sagte Rudi Saluzzo, »das wird einschlagen.«

Mitten auf der Straße blieb Toni Muhr stehen und überlas einmal ums andere die wenigen Zeilen. Manches hätte er sich anders gewünscht, die Notiz trug viel zu privaten Charakter; sogar dass er in Wien geboren sei und wo er wohne, stand in der Zeitung zu lesen. Seine Erfindung aber nahm zu wenig Raum ein, und eigentlich kam es doch nur auf sie an.

Auch manche Unrichtigkeit berührte Toni Muhr peinlich. So schrieb man der Tierkohle chemische Wirkungen zu, die sie nicht besaß, und er fürchtete, diese fehlerhafte Darstellung könnte ihm von Fachleuten zum Vorwurf gemacht werden.

»Eine Zeitung ist doch kein wissenschaftliches Archiv«, schrie Rudi Saluzzo.

Indessen störte Toni auch dieses noch, dass in der Zeitung zu lesen war, der Ingenieur Muhr sei eben gestern aus der Kriegsgefangenschaft heimgekehrt. »Einer unserer Mitarbeiter hatte Gelegenheit ...« und so weiter.

»Das verstehst du nicht«, unterbrach ihn heftig sein Schwager. »Das ist Aktualität. Ohne die geht's bei der Zeitung nicht. Wenn man erfährt, dass du vor vierzehn Tagen angekommen bist, so interessiert die Geschichte keine Katz mehr.«

Toni Muhr faltete das Zeitungsblatt und steckte es in die Rocktasche. Bis zur nächsten Straßenecke hatte er sich schon daran gewöhnt, dass sein Name in der Zeitung stand, und er wunderte sich, dass es die anderen Leute, die ihm begegneten, anscheinend noch nicht wussten und achtlos an ihm vorübergingen. Toni Muhr sagte sich halblaut die schmeichelhaften Worte vor, die seiner Erfindung galten, und obwohl er doch kaum daran zweifeln konnte, dass man sich seiner eigenen Angaben bedient hatte, freute ihn das Urteil so, als ob es, im Drucke festgehalten, ein Zeugnis der Öffentlichkeit für ihn bedeutete. Er fühlte sich gerührt und dankbar; man nahm sich seiner an. Er stand nicht allein.

Wieder fuhr ein Zeitungswagen vorüber, hochbepackt mit Postballen für verschiedene Bahnhöfe. Und plötzlich sah

Toni Muhr all das, was in der Zeitung über seine Erfindung erzählt war, verhundert-, vertausendfacht: »Gestern ist ein junger Wiener Forscher, dessen Arbeiten schon vor dem Kriege die Aufmerksamkeit der Fachkreise auf sich gelenkt haben, aus der italienischen Kriegsgefangenschaft zurückgekehrt. Einer unserer Mitarbeiter hatte Gelegenheit ...«

Toni Muhr glaubte zu sehen, wie die Rotationsmaschinen immer wieder dieselbe Nachricht in die Welt hinausschleuderten, unaufhaltsam. Durch die Vervielfältigung bekam sie etwas Übertriebenes; auch alle Unrichtigkeiten wurden wiederholt, immer aufs Neue, alle Druckfehler. Da war kein Beistrich zu ändern.

Lauretta verwarf »diese Bescheidenheit am unrechten Platze«, wie sie es nannte. Die Notiz im Abendblatte fand sie viel zu gedämpft im Ton, und als ihr Toni am nächsten Morgen die feuchte Zeitung aufs Bett legte, suchte sie in dem Feuilleton, das seine Geschichte erzählte, nur die Stellen heraus, wo der Name Muhr mit Worten der Anerkennung erwähnt war und die ihr als eine besondere Huldigung für sie selbst erschienen, als eine zarte Aufmerksamkeit Tonis, der seit ihrer letzten Auseinandersetzung jenes höfliche und wortkarge Gehaben zur Schau trug, das sie »verbindlich« nannte und für eine schlimmere Kränkung hielt, als wenn Toni sie schlüge. Nun aber brachte er ihr die Zeitung ins Haus, wie sonst wohl Blumen, um sie zu versöhnen.

Auch die Familie Saluzzo war sehr stolz. Frau Johanna rief schon um acht Uhr morgens durchs Telefon, sie habe in ihrem Spital Nachtdienst gehalten, werde jedoch gleich wieder zu ihren Schützlingen zurückkehren, um ihnen das Feuilleton vorzulesen. Der Herr Stabsarzt persönlich habe sie aufmerksam gemacht ... Und dann verwickelte sie sich in einen langen Satz, den erst die Stimme des Herrn Ermete de Saluzzo erbarmungslos entzweischnitt, als dieser seinem Schwiegersohn empfahl, zwei Exemplare der Zeitung an

Gino nach Galizien zu schicken, das eine zur Vorlage an den Erzherzog.

Der Held des Tages aber war Rudi Saluzzo. Er sagte dem Stubenmädchen Poldi einen umständlichen Glückwunsch vor, den diese mit den Bewegungen und dem Tonfall Laurettas wiederholte.

Toni Muhr erkannte bald, wie zeitraubend Berühmtheit ist. Es kamen die Reporter kleiner Zeitungen, es kamen Fotografen, die sein Bild für illustrierte Blätter erbaten, genauso, wie es Rudi Saluzzo vorhergesagt hatte. Es kamen arme Frauen, müde und abgehärmt, und erzählten, ihr Sohn oder ihr Gatte sei in Serbien verschollen: ob der Herr Doktor nicht vielleicht Auskunft geben könne ... Sie erwarteten seine Antwort wie einen Urteilsspruch und schlichen dann wieder gesenkten Hauptes fort, immer unterwegs und aufgescheucht in ihrer nimmermüden Hoffnung, die schwerer zu ertragen war als gewisser Verlust.

Einzelne Kameraden von Tonis Regiment, die jetzt an verschiedenen Punkten der Front standen, sandten ihm Grüße; es fanden sich Gratulanten ein, die nach umständlicher Einleitung irgendeinen Dienst erbaten. Und dann kam Herr Simon Lamm.

Poldi meldete: »Ein eleganter Herr ist draußen, der sagt, dass er mit dem Herrn Doktor in Serbien gekämpft hat.«

Ein junger Mann trat ein, stutzerhaft gekleidet, wenngleich in Trauer. »Du erkennst mich nicht mehr«, sagte er, als Toni Muhr ihn befremdet musterte. »Ich bin der Simon Lamm aus Prossnitz. Wie wir einander zum letzten Mal begegnet sind, hab ich allerdings anders ausgesehen; voller Dreck, mit Respekt zu sagen, wie ein Landstreicher. Schön waren wir übrigens alle nicht; du auch nicht.«

Nun erinnerte sich Toni Muhr eines kleinen Menschen mit blondem struppigem Vollbart, der bei Schabatz verwundet worden war. Er schrie und schlug um sich und verwünschte jeden, der in seine Nähe kam; Toni hatte den ungebärdig Wehklagenden auf seinem Rücken zum Verbandplatz getragen.

Simon Lamm nickte, als Toni Muhr dieser Begebenheit gedachte. »Ganz richtig«, sagte er zufrieden, »der Schreier war ich. Ich hab dich sogar ins Ohr gebissen, aber was tut der Mensch nicht in seiner Angst. Damals hab ich gemeint, es ist meine letzte Stunde. Nachher hat sich herausgestellt, es war die glücklichste meines Lebens. Denn ich bin noch rechtzeitig nach Budapest abgeschoben worden, und euch haben die Serben gefangen. Nun, dir hat's auch nichts geschadet«, setzte er fort. »Du bist berühmt geworden. Ich hab die Zeitung gelesen, gratuliere. Übrigens jeder in seiner Art, mir geht's auch nicht schlecht«; er blickte selbstgefällig auf seine maniкürten Fingernägel.

»Was machst du denn jetzt?«, fragte Toni Muhr, da der andere schwieg. »Ich meine ...«

»Was soll ich machen«, antwortete Simon Lamm. »Natürlich Geschäfte. Sogar gute Geschäfte und feine Geschäfte, primissim. Mein Wadenschuss ist die beste Einführung. Ich bin im Spital von deiner Frau Schwiegermutter gelegen: eine noble Dame, nichts zu sagen, und wie schön sie reden kann. Also einen C-Befund hab ich auch. Man richtet sich manches. Aber wo bin ich nur stehen geblieben? Richtig, bei den Geschäften. Die Firma von meinem Vater in Prossnitz hab ich aufgelöst. Ein Kreuzergeschäft! Was kann man da verdienen? Mein Vater ist nämlich gestorben«, fügte er hinzu.

»Ah«, sagte Toni Muhr erstaunt und wusste nicht, wie er inmitten dieses nüchternen Gespräches ein Wort des Beileids anbringen sollte.

»Darum eben komm ich zu dir«, fuhr Simon Lamm unbekümmert fort. »Ich hab nämlich etwas gefunden im Nachlass, was dich interessieren wird, sehr interessieren sogar.«

»Im Nachlass deines Vaters«, wiederholte Toni Muhr ungläubig. »Was solltest du da für mich gefunden haben?«

»Führst du Krieg mit den Katleins, ja oder nein?«, fragte Simon Lamm.

»Was tut das zur Sache«, erwiderte Toni Muhr ausweichend.

»Also, sag ja«, fuhr der Besucher fort. »Ich weiß, dass du den Katleins einen Prozess anhängen willst, das ist auch in der Zeitung gestanden. Vor mir brauchst du dich nicht zu verstecken. Ich hab dir eine Schrift mitgebracht, die besser ist als ein gewonnener Prozess. Unter den Briefschaften meines Vaters ist sie gelegen. Du musst nämlich wissen, mein Vater hat gar nichts auf das Moderne gegeben. Mit lauter Zetteln hat er gearbeitet. Drei Kisten Papier sind im Gewölb gestanden, und ich hab sie durchsehen müssen, damit einen die Leute nicht bestehlen von hinten und von vorne. Und da hab ich was gefunden, wofür mir der Katlein ein Ringstraßenhaus bauen lässt, wenn ich's verlang. Aber solche Geschäfte hab ich Gott sei Dank nicht nötig. Plötzlich ist mir eingefallen, dass du vielleicht das Papierl brauchen kannst, dir geb ich's umsonst, als Schmerzensgeld für den Biss ins Ohr. Simon Lamm zahlt seine Schulden.«

Er hatte eine dreiteilige Brieftasche aus rotem Leder hervorgezogen und entnahm ihr ein vergilbtes Papier, auf dem Toni Muhr sogleich die Schrift Alexander Katleins erkannte. »Ich gestehe voll Reue«, war da zu lesen, »meinen großmütigen Chef durch Unterschleif und Betrug um mehr als vierzehnhundert Gulden geschädigt zu haben, nehme zur Kenntnis, dass er die Strafanzeige nur aus Erbarmen mit meinen armen und rechtschaffenen Eltern unterlässt, bitte ihn fußfällig um Verzeihung und gelobe, mich zu bessern.«

»Nun!«, sagte Simon Lamm triumphierend. »An dem Stil erkenn ich meinen Vater, aber die Unterschrift ist vom Alexander Katlein. Gefährlich reiche Leute, die Katleins, doch der Brief dreht ihnen den Kragen um.«

Toni Muhr betrachtete lange das Papier, dann schob er es von sich.

»Du hast es ja gewiss gut gemeint«, sagte er, »aber ich kann's nicht brauchen. Ebenso wenig wie du vom Katlein ein Ringstraßenhaus annimmst, damit das Schriftstück aus der Welt kommt, ebenso wenig kann mir der Wisch zur Durchsetzung meines Rechtes helfen.«

Simon Lamm ereiferte sich. »Wenn man einen Wolf fangen will, muss man eiserne Fallen aufstellen.«

»Ich will die Katleins gar nicht fangen«, sagte Toni Muhr. »Ich will sie nur zwingen, das zu zahlen, was sie mir schuldig sind.«

Simon Lamm zürnte: »Mir kann's recht sein«, sagte er tückisch, »lassen wir den Alexander laufen. Mir hat er ja nichts getan. Mir nichts …«

Toni Muhr streckte die Hand vor, als ob er seinem ehemaligen Regimentskameraden mit Gewalt den Mund zuhalten und ihn am Reden verhindern wollte. »Meine Abrechnung mit Alexander Katlein wie mit dem Theodor werde ich allein besorgen«, keuchte er, »auf meine Art und zu meiner Zeit. Da magst du ganz ruhig sein, sie entgehn mir nicht.« Schon aber hatte er seine Beherrschung wiedergewonnen. »Weil du mir doch etwas Liebes erweisen wolltest«, bat er, »zerreiße das Papier, ich werde dann ruhiger sein und du auch.«

Er blickte seinen Besucher fest an, doch dieser schrie so laut auf, wie damals auf der Landstraße bei Schabatz. »Was fällt dir ein, das Papier zerreißen? Hüten werd ich mich«, und er verbarg es schnell in seiner roten Brieftasche. »Kannst du es nicht brauchen, kann ich's vielleicht einmal brauchen. Wenn man Geschäfte macht, weiß man nie …«

Toni Muhr erhob sich.

Simon Lamm sagte: »Vielleicht überlegst du dir's noch, ich

bleib' dir im Wort. Meine Adresse ist Taborstraße 20, im zweiten Stock. Ich hab kein offenes Geschäft. Jetzt wird alles im Kaffeehaus abgemacht. Man sieht dort die feinsten Leute. Besuch mich einmal, seit zwei Monaten bin ich verheiratet; meine Frau wird sich freuen, dich kennen zu lernen. Also, überleg dir's! Auf Wiedersehen!«

10

An Gratulationen war auch in der Folge kein Mangel, die Einladungen nahmen wieder überhand.

Toni Muhr setzte sich zur Wehre, aber Lauretta klagte: »Wir können doch nicht in strenger Klausur leben. Ich weiß kaum noch, wie meine eigene Stimme klingt. Zwei Jahre bin ich allein geblieben, nun sperrst du dich wieder ins Laboratorium, und ich soll meine Jugend vertrauern. Deine Berühmtheit ist ein schlechtes Geschenk, wenn ich mich in ihr vor niemandem zeigen darf. Mit der Hälfte meiner Freundinnen bin ich schon überworfen, weil du sie am Telefon angefahren hast. Das Leben ist doch kein Trappistenkloster!«

So gab Toni nach. Die junge Lella Türckheim, eine Freundin Laurettas, deren Gatte in Finanzkreisen eine gewisse Rolle spielte, lud eine Reihe wichtiger Persönlichkeiten, die sich ihrem Einflusse bisher entzogen hatten, mit dem ausdrücklichen Versprechen zu einem musikalischen Tee, dass Toni Muhr – »der Held«, fügte sie hinzu – auch kommen werde.

Lella Türckheim konnte als Tochter des Abgeordneten Heinrich Grabner für eine Verwandte Alexander Katleins gelten, dessen früh verstorbene Frau eine geborene Grabner gewesen war.

Toni Muhr erfuhr dies einige Tage später. Nichts von den Zusammenhängen all der gleichgültigen Menschen, die er in

Gesellschaft antraf, blieb in seinem Gedächtnis haften. Zumeist erkannte er sie schon am nächsten Tage nicht mehr, wenn er ihnen auf der Straße begegnete. »Du musst grüßen«, ermahnte ihn dann Lauretta, und Toni pflegte zu sagen: »Abends stecken die Menschen in einer Verkleidung. Das künstliche Licht hält ihnen Masken vor, sie lächeln immer; bei Tage sind sie finster und böse, wer mag sich da zurechtfinden?«

Nun überhäufte er Lauretta mit Vorwürfen. »Wie konntest du mich mit diesen Leuten zusammenbringen? Was soll man von mir denken?«

Lauretta schlug die Hände zusammen und rief den Himmel zum Zeugen an, wie schwer es sei, sich Tonis Zufriedenheit zu erringen. »Du verdirbst einem jedes Vergnügen«, sagte sie. »Vorwürfe vorher, Vorwürfe nachher.« Und dann beteuerte sie, Lellas Vater sei mit Alexander Katlein längst überworfen: »Sie grüßen einander nicht einmal mehr.«

Rudi Saluzzo, der bei diesem Gespräch zugegen war, kam seiner Schwester zu Hilfe. »Das Verwandtschaftliche darfst du nicht so schwer nehmen«, sagte er lachend, »du weißt gar nicht, wie viel Leute mit den Katleins versippt sind. Wahrscheinlich die halbe Stadt; wenn nicht dem Blute nach, so doch geistig. Du bist der einzige Christ in Wien.«

Toni Muhr konnte sich noch immer nicht beruhigen; welche Torheit von dieser Frau, ihn einzuladen! Da hatte sie ihn mit einem General zusammengebracht, der seinerzeit gerade wegen des Rückzuges in Serbien abgesetzt worden war; Unheilstifter und Opfer am gleichen Teetisch.

Man hatte ein Brahmsquartett aufgeführt. Der Cellist, ein junger lungenkranker Advokat, war Toni im Gedächtnis geblieben, weil er der Musik so ganz hingegeben schien. Es sah aus, als spielte nicht er auf dem Instrument, sondern als hielte ihn das Instrument gefangen, machte ihn zu seinem Geschöpf.

Um Toni Muhr und den General bildete sich eine Gruppe.
»Erzählen Sie doch Ihre Begegnung mit dem König Peter«,
rief ein junges Mädchen.

»Wollen wir nicht der Musik zuhören?«, bat Toni Muhr.

»Ist es wahr, dass Sie auf Elba im Palazzo Napoleone gewohnt haben?«, fragte die Hausfrau mit einem Untertone
geheimen Einverständnisses, so als sei sie beauftragt, ihm
das Stichwort zu bringen.

Und Toni Muhr begann hastig zu reden, weil es immerhin
leichter schien, den Fragen zu entrinnen, wenn man ihnen
nachgab, als wenn man sie von sich schob. Er sagte genau das,
was man von ihm zu hören erwartete. Zuweilen geschah es,
dass man ihn unterbrach und eine Einzelheit nach dem Text
der Zeitung richtig stellte.

Toni Muhr fühlte sich unsicher, wusste nicht mehr, woran
sich halten. Er hörte den tiefen Ton des Cellos, der mahnte
und anklagte, eine Tonfolge, wie mitten aus einer Melodie,
die er irgendwo einmal gehört hätte. Plötzlich sah er seine Erfindung, die körperlich vor ihm her schritt und ihn rief. Auch
die kleine Kammer fiel ihm ein, die früher sein Laboratorium
gewesen war. Er dachte freudig an sie, wie an eine Zuflucht.
Ob der Prügelknabe wieder ins Haus kam? Und wer damals
wohl in seine Kammer eingedrungen war und seine Papiere
in Unordnung gebracht hatte? Der Gedanke quälte ihn, als
sollte er nun allen misstrauen, als sei er von Dieben und Spio-
nen umgeben und müsse sich jeden Augenblick eines bösen
Überfalls versehen. Angstvoll griff er in die Tasche, umklammerte den bekannten Schlüssel mit liebevollem Griff.

Indessen erzählte er immer weiter fort, und zu seinem
Entsetzen bemerkte er, dass auch Lauretta in einer anderen
Ecke des Salons seine Geschichte erzählte; viel geläufiger als
er selbst, mit lebhaftem Gebärdenspiel und wirksam einge-
streuten Ausrufen des Schreckens und der Freude an den
spannenden Stellen. Sie zog das Publikum zu sich hinüber.

Toni Muhr blieb mit dem General allein, dessen knarrende Stimme feindselig in die Musik fuhr. Vorwurfsvoll traurig schlug der blasse Cellist die Augen auf und blickte zu Toni Muhr herüber. Die Musik brach entzwei.

Je mehr Toni Muhr sich von solch aufgedrängter Geselligkeit zurückzog, umso quälender empfand er, dass die einzige Einladung, die ihm willkommen gewesen wäre, ausblieb. Des Morgens riss er hastig die Briefe an sich, die das Stubenmädchen Poldi mit dem Frühstück zugleich ins Zimmer brachte, überflog die Adressen und warf sie dann achtlos zur Seite. Er glaubte die Schrift der Fürstin Lubecka unter tausend anderen herausfinden zu müssen, wenngleich er sie gar nicht kannte. Warum zögerte sie, warum ließ sie ihn fallen? Und warum mied Lauretta ihr Haus? In jedem erleuchteten Saal meinte Toni Muhr immer wieder ihr zu begegnen, aber sie kam nicht.

Dann wieder erhielt Lauretta einen geheimnisvoll versiegelten Brief. Die Adresse, auf Büttenpapier, war mit der Maschine geschrieben. Einen Augenblick lang fühlte sich Toni Muhr versucht, den Brief zu öffnen, legte ihn aber beschämt auf das Servierbrett zurück und beobachtete nur gespannt das Gehaben Laurettas, die den Umschlag erst nach zweifacher Mahnung aufriss und den engbeschriebenen Bogen, kaum sie die ersten Zeilen überflogen, mit gespielter Gleichgültigkeit unter den Kopfpolster schob.

Toni Muhr verschmähte es, Lauretta nachzuforschen; gleichwohl bemerkte er, dass sie des Abends müde und abgehetzt nach Hause kam und auch dann noch lange Gespräche am Telefon führte, deren Sinn und Inhalt sie durch geschickte Wendungen zu verschleiern wusste. Wenn er selbst dem Glockensignal folgte, blieb der Apparat stumm.

Einmal allerdings hatte Toni Muhr die Fürstin Lubecka wieder gesehen, jedoch nur aus der Ferne, ohne mit ihr reden zu können. Er war von der Urania aufgefordert worden, eine Reihe von Vorträgen über Kriegserfindungen zu halten, und er hatte gerne zugesagt, nicht nur weil ihm die unverhoffte Einnahmsquelle wohl zustatten kam, sondern auch, weil dieses Fabulieren über technische Dinge seiner innersten Neigung entsprach.

Toni Muhr besaß die Gabe, schwierige wissenschaftliche Fragen mit großer Einfachheit darzustellen, so dass es jedermann, auch ohne vorherige Schulung, leicht wurde, sie zu erfassen. Sein Antlitz war in solchen Augenblicken von heißer Röte übergossen, die sonst ewig gehemmte Sprache gewann Freiheit, steigerte sich zu leidenschaftlicher Bewegtheit. Eine liebevolle Hingabe an alle geheimen Kräfte der Natur teilte sich dem Hörer mit, ließ den Vortrag in einer besonderen, sehr persönlichen und menschlichen Art anziehend erscheinen.

Schon in der Schule hatte man Toni Muhr damit gehänselt, er werde sich dereinst seine erste Liebe mit dem Pythagoräischen Lehrsatz gewinnen. Und wirklich war es eine Erklärung über submarine Kabel gewesen, die Lauretta nachher an den gemeinsamen Spaziergängen in Spalato Gefallen finden ließ. So verlockend hatte Toni Muhr die Meerestiefen geschildert, dass Lauretta durch die stillen Straßen der versunkenen Zauberstadt Vineta zu wandeln vermeinte. Sie beugte sich vor, immer weiter vor, und da geschah es eben, dass sie den heißen Lippen Toni Muhrs begegnete.

Damals hatte Lauretta sogar daran gedacht, regelrechten Unterricht in den Naturwissenschaften zu nehmen, wozu es ihr freilich später, als die gesellschaftlichen Pflichten sich einstellten, an Zeit gebrach. Nun aber saß sie stolz in der ersten Reihe des großen Uraniasaales, hatte ihre neue Hermelinstola um die Schultern gebreitet und sonnte sich in Tonis Ruhm.

Viel weiter rückwärts hatte die Fürstin Lubecka Platz genommen, doch Toni Muhr spürte ihre Gegenwart inmitten

der namenlosen Menge, die sich vor ihm als Publikum zusammenballte. Nur um ihretwillen, so schien es ihm jetzt,
war der Vortrag veranstaltet worden, nur für sie erhob er seine Stimme, wie an jenem ersten Abend im Palais Lubecki, da
er von seinen Erlebnissen in der Kriegsgefangenschaft erzählt hatte.

Auch wenn er dem Saale den Rücken kehrte und auf der
Wandtafel zur Erläuterung schnelle Zeichnungen entwarf,
sah er ihr Bild vor sich, wie sie, den Kopf zur Seite geneigt,
ihm zuhörte. Er suchte ihren Blick, ihn galt es festzuhalten,
ihn vor allem, nur ihn. Er begann mit einer Hast zu erzählen,
wie jemand um sein Leben reitet; plötzlich gewahrte er, dass
die vorgeschriebene Bahn längst verlassen war, er achtete der
Notizen nicht mehr, die vor ihm ausgebreitet lagen. Immer
neue Einfälle strömten ihm zu, gestalteten sich, er brauchte
nur die Hand nach ihnen auszustrecken.

Und während Toni Muhr vor einer lautlosen Zuhörer-
schaft sinnreiche Improvisationen fortspann, schien es ihm,
als schlösse er, mit dem Geheimnis unsichtbar wirkender
Kräfte, das eigene Innere auf. Er sprach von chemischen Vorgängen, aber es war ihm, als erklärte er seinen Streit mit den
Katleins und die Notwendigkeit befreiender Entladungen.
Einmal auch glaubte er den zyklopischen Wuchs des Vorarbeiters Andreas Magrutsch zu erkennen, der zwischen ihm
und Theodor Katlein drohend aufgerichtet war, beiden seine
Hand weigernd, die sich trotzig zur Faust ballte. Doch immer
weiter sprach Toni Muhr, voll glücklicher Zuversicht, denn er
wusste: Da unten saß jemand, der ihn hörte, der ihm zuhörte. Niemals vorher war er so aus sich herausgetreten, ein seli-
ges Empfinden riss ihn fort, schrankenlos durfte er schalten –
er baute die Welt.

Als der Beifall kam, wäre Toni Muhr am liebsten sogleich
von seinem Pulte fort in den Saal gelaufen, um sie zu suchen,
für die allein er gesprochen hatte. Aber da stand Lauretta ne-

ben ihm auf dem Podium; es war so, als wollte sie an seiner statt dem Publikum für den Beifall danken. Sie nahm Toni am Arm, zog den Verwirrten ins Künstlerzimmer und stellte ihm einen Haufen fremder Menschen vor: »Du kennst doch meine Freundin Margit, sie hat sich eigens bemüht ... Der Herr Generalkonsul will dir gratulieren ...«

Nur die Fürstin Lubecka kam nicht. Toni Muhr hatte das Gefühl, als stünde sie noch immer drüben im leeren Saal und wartete auf ihn, der von ihr getrennt war. Lauretta hatte ihn von ihr fortgezogen, sie machte ihn einsam unter den vielen gleichgültigen Menschen.

Indessen fand Toni Muhr Trost in mancher dunklen Stunde durch eine besondere Art der Geselligkeit, die ihn mit kleinen namenlosen Menschen zusammenführte, deren vielfache Bedrängtheit seines Trostes bedurfte; er nannte sie seine Freunde, war bemüht, für sie Verknotetes zu entwirren, und fühlte sich durch den eigenen Zuspruch beschwichtigt und gestärkt.

Da war gleich die Frau des ungarischen Hausbesorgers, des Herrn Nagy. Ihr Mann treibe es ärger denn je, klagte sie des Abends, wenn sie Toni Muhr das Haustor öffnete. Während sie das Sperrsechserl entgegennahm und für Toni ein kleines Wachslicht aus Friedenszeiten herrichtete, schilderte sie ihm ihre Not. Herr Nagy unterhielt jetzt zwei Liebschaften auf einmal, und – was das Schlimmste war – er hatte den dummen Mädeln die Ehe versprochen, so dass seine Stelle im ungarischen Ministerium auf dem Spiele stand und obendrein das Kriminal drohte. Seine schöne grüne Livree hatte es den Frauenzimmern angetan.

Toni Muhr riet zur Scheidung.

Aber Frau Nagy entgegnete: »Was soll ich anfangen ohne Mann? Der Hausherr lässt mich nicht einen Tag allein in der Portierloge, und ohne die Portierloge g'freut michs Leben nimmer. I' bin scho' an das Haus g'wohnt seit zwanzig Jahr. Es is so, als ob's mir g'höret. Wann i' das Haus verlier', spring i' gleich in die Donau.«

Toni Muhrs zweiter Freund war der Uhrmacher, Herr Köberl, ein stiller, schattenhafter Mensch, der ein Uhrwerk, das man ihm zur Prüfung anvertraute, lange und schweigsam betrachten konnte, das Vergrößerungsglas in das eine Auge geklemmt, das andere geschlossen, als ob er schliefe. Leise wiegte Herr Köberl seinen kleinen Kopf hin und her und sagte: »Es fehlt an den nötigen Ersatzteilen, das schlechte Öl verunreinigt die Lager, und vor allem: Die Unruhe taugt nichts mehr!« So nannte er nämlich die Feder. Und er meinte, die äußere Rastlosigkeit der Welt sei der verborgenen schöpferischen Unruhe guter Uhrwerke abträglich.

Auf sonderbare Weise hatte Toni Muhr Herrn Köberl kennen gelernt. Er war ihm einmal auf der Straße begegnet, wie er, scheu gegen die Häuser gedrückt, hinglitt, und hatte ihn versehentlich gegrüßt. Da war Herr Köberl schrecklich in Verwirrung geraten, wie ein Uhrwerk, in das man mit einem Nagel fährt. Niemals vorher war es ihm widerfahren, dass ihn jemand als Erster gegrüßt hätte.

So bescheiden Herr Köberl sonst war, er übernahm nur erstklassige Uhren zur Reparatur: Philipp Patek oder Glashütte, zur Not eine Longines. Wenn man ihm ein geringeres Werk brachte, klappte er kaum den Deckel auf, sondern entgegnete mit Würde: »Das ist nichts für mich.«

Toni Muhr besaß zum Glück eine Glashüttenuhr, und wenn er an dem Laden des Herrn Köberl vorüberkam, ließ er sie regulieren. Herr Köberl nahm die Zeit von einem Chronometer mit Quarzpendel ab, der seinen besonderen Stolz bildete. Mit der Fußspitze folgte er dem Takt des Pendels, während sein bewaffnetes Auge liebevoll in das Innere der Uhr versenkt war. »Welch kostbare Unruhe«, rief er entzückt.

Der dritte Freund Tonis, dem er von Zeit zu Zeit seinen

Trost zuwenden musste, war der Kellner Eduard vom Kaffeehaus zum »Walzertraum«, wo hauptsächlich Operettenleute verkehrten. An einem runden Tische versammelten sie sich, Komponisten, Librettisten, Impresarii und Darsteller. Es wurden neue Stoffe besprochen, man übernahm Bankschecks, unterschrieb Verträge; dazwischen erzählte man Anekdoten.

Alle Gäste rings um den runden Tisch waren gewöhnt, Hand in Hand vor dem Vorhang zu erscheinen. An den Nachbartischen aber saß das Stammpublikum, das die letzten Schlager nachpfeifen konnte und sich zu den hundertsten Aufführungen drängte: eine Welt für sich, mit verkleideten Balkanprinzen und amerikanischen Millionärstöchtern auf der Wanderschaft.

In dieser Welt bewegte sich der Kellner Eduard, verkaufte Zigaretten und erduldete viele Schmähungen, weil der mit Kondensmilch hergestellte Kaffee von Tag zu Tag schlechter wurde; all dies still, höflich und traurig.

Er selbst aber war noch niemals bei einer Operettenvorstellung gewesen. Alle bescheidenen Münzen, die man für ihn als Trinkgeld auf der Wassertasse zurückließ, schob er zusammen, legte sie für seinen Sohn beiseite, den er studieren ließ. Einmal wöchentlich kam Toni Muhr nach dem Laboratorium in das Kaffeehaus, bestellte ein Soda mit Himbeer und einen großen Pack Zeitschriften, die er bis zum Abendessen las, ohne aufzublicken. Das gefiel dem Kellner Eduard über alle Maßen. So ein fleißiger und ambitionierter Herr sollte sein Sohn werden.

Der Gedanke an seinen Sohn war der einzig lichte in dem dunklen und freudlosen Dasein des Kellners Eduard. Seine Frau bereitete ihm vielen Kummer. »Denken S', Herr Doktor, was mir passiert ist«, erzählte er Toni Muhr, dem er regelmäßig beim Zahlen sein Herz auszuschütten pflegte, »wir sperren doch jetzt um eine Stund' früher zu, Sie verstehen. Und wie ich da nach Haus komm', find' ich meine Frau mit einem Lackel in Uniform. So a Schand in ihrem Alter! Mein erster Gedanke war: wann's nur der Bub nicht erfahrt.«

Allmählich aber erhellten sich seine Züge; er wies auf das Billardzimmer. »Sehn S', Herr Doktor, der Große, Blonde, das ist mein Bub. Er spielt mit seinem Kollegen Karambol. Ich hab's ihm erlaubt, dass er sie einlad't. Ich lass mir auch von ihm die Zech' bezahlen, damit's nobler aussieht. Ich bitt' Sie, im ersten Jahr Jus! Natürlich wissen die andern nicht, dass ich sein Vater bin. Er gibt mir immer zwanzig Heller Trinkgeld. Nachher kriegt er von mir eine Krone. Wann s' mir nur den Buben nicht nehmen! Im Jänner kommt er zur Musterung. Stark ist er halt für seine achtzehn Jahr, aber bis zum Frühjahr muss doch endlich einmal Schluss sein mit dem leidigen Krieg. Meinen S' nicht, Herr Doktor?«

Toni überlegte: wie verwirrt die Fäden des Daseins durcheinander laufen. Wenn Frau Nagy den Kellner Eduard geheiratet hätte, wären beide glücklich geworden.

Indessen fuhr Eduard fort, ihm sein Leid zu klagen: »Das Ärgste ist, dass eins dem andern so fremd wird. Manchmal, wenn ich da im Kaffeehaus steh, und es is a rechter Wirbel so um die Jausenzeit, packt's mich, als ob mich auf einmal alle Leut anschauen täten. Einer nach dem andern dreht sich zu mir um: lauter fremde Gesichter, wenn ich ihnen auch jeden Tag den Kaffee hinstell – alle fremd. Und sehn S', Herr Doktor, wenn die Theres zur Tür hereinkäm, sie wär mir grad a so fremd, trotz der zwanzig Jahr, die ich mit ihr verheirat' bin.«

Toni Muhr tröstete: »Sie haben ja ein Kind, Eduard, Sie haben Ihren Sohn.«

Langsam und schwer wanderte er nach Hause.

Da lag ein rekommandierter Brief des Advokaten Dr. Liebenthal. Er könne zu seinem Bedauern die Vertretung des Herrn Dr. Muhr nicht weiterführen, der geleistete Vorschuss gehe zugleich nach Abzug der Spesen und des Honorars für die erste Konferenz zurück. Toni Muhr drehte den Brief nach allen Seiten und nickte, wie jemand, der etwas eintreffen sieht, was er längst erwartet hat. Es musste so kommen, sagte er sich; er glaubte die Stimme Theodor Katleins zu hören, wie dieser dem Advokaten Dr. Liebenthal den abweisenden Brief diktierte. Alles stimmte …

Toni Muhr hatte wieder einmal die Wohnung verwaist gefunden. Poldi war ausgegangen, Lauretta trug in Gesellschaft ihren jungen Ruhm spazieren. Er war allein.

11

Toni Muhr hatte einen Traum. Er stand im Weingarten seines Vaters, der ganz schmal und in der Mitte bucklig war wie ein Kamelrücken. Er sah den Staketenzaun, der das Gärtlein nach der Straße hin abschloss. Eine Latte fehlte; durch das Loch war er als Bub oft durchgekrochen. Alles schien ihm wohlvertraut, doch sobald er genauer hinblickte, bemerkte er, dass der Garten nicht mehr mit Weinreben bepflanzt war wie früher, sondern mit lauter Obstbäumen, deren Äste tief zum Boden niederhingen unter der Last köstlicher Früchte: Da gab es in der Mitte Äpfel und Birnen, an den Staketen rankten sich Pfirsiche, und hinter einem Vorhang zartgeschnittener grüner Blätter sah man dunkelblaue Pflaumen, groß wie Hühnereier. All dies war reif geworden zu gleicher Zeit, erfüllte den Garten mit seinem Duft der Vollendung.

Nur ein Baum, der abseits stand, schien von Herbst und Reife nichts zu wissen; während die anderen unter der Last ihrer Fruchtbarkeit niederzubrechen drohten, stand er aufrecht da, jung und knospend, wie im Frühling. Weiße und rosenrote Blüten saßen leicht und duftig auf seinen Zweigen, gewichtlos, nur Schmuck und Zierrat, nur Spiel.

Und Toni sah, wie sein Vater die Axt an diesen Baum legte und mit aller Kraft losschlug; sein Antlitz unter dem schlohweißen Haar war von Zorn gerötet. Toni Muhr wollte seinem Vater in den Arm fallen, er bat und flehte, aber der Alte schien nur umso grimmiger und fasste zu, als gelte es Unkraut auszujäten. »Fruchtzeit is«, rief er, »ich leid' keine tauben Blüten im Gartel, ich leid' keine Sünd'.«

Da fiel schon der Baum, fiel gerade in Tonis Arme, die er zum Schutze weit vorgestreckt hatte. Die weißen Blütenäste streichelten seine Haut. »Lauretta«, stöhnte er schmerzlich im Traum, »Lauretta« – und wandte zugleich angstvoll den Kopf nach seinem Vater, aber der war verschwunden.

Dann wechselte das Bild. Toni Muhr sah sich in ein Zimmer gesperrt; das hatte hundert Türen und doch schien nirgends ein Ausweg. Er fühlte sich als Gefangener und war von quälender Unruhe ergriffen, lief hin und her, öffnete hier eine Türe und dort, und hinter jeder Türe stand die Fürstin Lubecka und sperrte ihm den Weg. Lächelnd trat sie ihm entgegen und sagte: »Ich habe dich erwartet, warum bist du nicht früher gekommen?«

Toni Muhr erwiderte: »Warum hast du mich nicht gerufen, jeden Morgen, wenn ich erwachte, jeden Abend, wenn ich schlafen ging, hoffte ich, dass du mich rufen würdest.«

Da zeigte ihm die Fürstin einen Briefumschlag, auf dem sein Name stand, von ihrer Hand geschrieben, mit steilen großen Lettern, die er sogleich erkannte, obzwar er sie nie vorher gesehen hatte: Doktor Anton Muhr; es war wie ein Befehl. Hastig zerriss er den Umschlag und hielt eine Einladung der Fürstin Lubecka in Händen, auf Elfenbeinkarton, in französischer Sprache abgefasst. Lange betrachtete er sie, der größte Teil des Textes war lithographiert, nur die besonderen Daten hatte die Fürstin mit derselben großen und steilen Handschrift an den offenen Stellen eingefügt: *la Princesse Lubecka sera chez elle* . . .[1]

»Warum hat mich diese Karte niemals erreicht«, fragte Toni Muhr, als spräche er zu sich selbst.

Die Fürstin lachte spöttisch: »Es ist nicht meine Schuld«, sagte sie. »Warum fliehst du? Fühlst du nicht, dass es vergeblich ist.«

»Was willst du von mir?«, fragte Toni Muhr und ächzte im Schlaf.

»Ich will dich verändern«, erwiderte die Fürstin, »du weißt, ich kann kein Ding so brauchen, wie es ist.«

Da standen sie wieder im Fruchtgarten. Die Fürstin nahm die matten gelben Äpfel von dem nächsten Baum und hängte sie an die Pfirsichspaliere, und die Pfirsiche lastete sie den Pflaumenbäumen auf. Ihm selbst aber bog sie das Haupt bis zur Erde nieder und sagte: »Folge mir!«

Er konnte aber nicht mehr schreiten, sondern nur noch kriechen. Und er schämte sich, weil er dachte, dass ihn sein Vater, nach dem er Ausschau hielt, in dieser Entwürdigung sehen könnte. Gleichwohl kroch er hinter der Fürstin drein, so gut es gehen mochte.

In der Ferne war ein Lichtschein. Toni Muhr wusste, dass der aus seinem Laboratorium kam; er gewahrte den dünnen hellen Spalt der Türe.

Wer kann denn in mein Zimmer eingedrungen sein, überlegte Toni Muhr, ich trage doch den Schlüssel in der Tasche. Aber die Fürstin drückte leicht auf die Klinke, da sprang die Türe auf, und Toni Muhr sah alle Mappen geöffnet, alle Papiere durchwühlt, zerknüllt, zur Erde geschleudert.

Er bückte sich, um eines aufzuheben, da bemerkte er, dass ihm die Einladungskarte der Fürstin Lubecka zugeflogen war, immer wieder nur sie, nach welchem Papier er auch griff. Seine eigenen Aufzeichnungen schienen ausgelöscht, er las nur die Worte: *la Princesse Lubecka sera chez elle* ... immer wieder ...

Plötzlich sah er eine Hand, die sich langsam nach der Karte ausstreckte, die er festhielt. Es war nicht die Hand der Fürstin

Lubecka, sie war viel zarter und kindlicher und zitterte. Er musste an die Blüten in seines Vaters Garten denken. Zugleich fürchtete er aufzublicken und dem Antlitz zu begegnen, das zu dieser Hand gehörte.

Da bemerkte er, wie ein Zündhölzchen aufflammte und sich der Karte der Fürstin Lubecka näherte, die er noch immer krampfhaft umklammerte. Das Papier begann zu brennen und alle anderen mit ihm. Hoch auf schlugen die Flammen, und nun erkannte Toni wieder seine alten Aufzeichnungen, Skizzen und Pläne in feuriger Schrift. Mitten im Lichterkranz aber stand ein Blütenbaum weiß und rosenrot. Die Flammen griffen nach den Blüten, da wurden sie welk und fielen zur Erde, die Zweige verkrümmten und verknoteten sich, hingen als ein struppiger schwarzer Bart nieder. Wo bin ich nur diesem Antlitz begegnet, überlegte Toni. Aus tiefen Höhlen blickten zwei glühende Augen; im Dunkel des schwarzen Bartes öffnete sich ein roter fleischiger Mund.

»Kennst du mich nicht?«, fragte eine Stimme, die Toni durch Mark und Bein ging, und er wusste, dass Theodor Katlein zu ihm sprach. Das Antlitz des Furchtbaren schwoll auf, verdrängte alles andere, erfüllte den Raum. Seine Augen, die sich aufsperrten, groß wie Wagenräder, drehten sich feurig im Kreise, und seine Stimme dröhnte so schrecklich, dass Toni Muhr erwachte.

Ein schwerer Gegenstand musste zu Boden gefallen sein. Toni Muhr tastete um sich. Er fühlte sogleich, dass Lauretta nicht neben ihm lag. »Wo bist du«, rief er, »Lauretta, wo bist du?«, und drehte das elektrische Licht auf.

Da stand Lauretta bei seinem Lager und schien auf seinem Nachtkästchen etwas gesucht zu haben; sie zitterte am ganzen Körper.

»Was ist mit dir, Lauretta?«, fragte er, »was suchst du?«

Aber keine Antwort war aus ihr hervorzuholen. »Ich weiß

es nicht«, sagte sie. »Du hast mich so sehr erschreckt.« Sie war wie erstarrt. Toni musste sie an der Hand nehmen und sie zu ihrem Bett zurückführen; ihre Hand war eiskalt.

Toni Muhr begegnete überall den Spuren Theodor Katleins, der in Wirklichkeit für ihn unsichtbar blieb. Das ging bis zum Spukhaften. Immer wieder rannte er gegen eine Wand, die quer über alle seine Wege gestellt schien. Irgendeine geheimnisvolle Macht fing aus der Luft alle Hiebe auf, die er gegen seinen Widersacher zu führen gedachte.

Mit der Absage Dr. Liebenthals begann es. Dann kündigte ihm Professor Haselberger den Platz in seinem Laboratorium, der vom Kriegsministerium für die Albumin-Werke angesprochen worden war. Es handelte sich um die wissenschaftliche Überprüfung eines Präparates, dem die Heeresverwaltung große Bedeutung beimaß.

Toni Muhr war es gerade in den letzten Tagen geglückt, gewisse Schwierigkeiten, die bisher seine Arbeit gehemmt hatten, zu überwinden; der Erfolg schien nahe. Ein neues Desinfektionsmittel, ungleich stärker als die bisher bekannten, leicht herzustellen und ohne schädliche Wirkung für den menschlichen Organismus, harrte der entscheidenden letzten Proben. Auch andere Arbeiten ließen günstigen Abschluss erhoffen. Nun brachte die unerwartete Störung wieder alles ins Wanken.

Es war nicht leicht, derzeit in einem Institut unterzukommen; den privaten Laboratorien fehlte es an den wichtigsten Hilfsmitteln. Toni Muhr pochte in den nächsten Tagen an viele Türen, machte alte Beziehungen geltend. Man empfing ihn überall freundlich, beglückwünschte ihn zu seinen Erfolgen – womit doch nur seine Kriegsgefangenschaft gemeint sein konnte – und zuckte im Übrigen, wenn er unendlich beschämt und mühsam seine Bitte vorbrachte, die Achseln. Alle Plätze waren besetzt, er konnte nicht erwarten, dass man einem anderen die Türe weise, nur um ihn einzulassen. Toni Muhr war ausgesperrt.

Ähnlich erging es ihm mit den Zeitungen. Einzelne kleinere Blätter hatten es gut befunden, seinen Fall zum Ausgangspunkt von Erörterungen über die Skrupellosigkeit der Unternehmer im Allgemeinen zu wählen: »die Geld zusammenscharren, während die Jugend des Landes …«

Aber mitten in diese Aufsätze schoben sich weiße Zensurflecken, oder in dem gleichen Blatt erschien irgendeine verdeckte Notiz, die auf Toni Muhr abzielte und seinen Kampf lächerlich oder verdächtig machte. Die geheimnisvolle unsichtbare Macht stellte sich wieder schützend vor die Brüder Katlein. Die weißen Zensurflecken füllten sich mit Lobpreisungen über das staatserhaltende Element der heimischen Industrie, Spendenlisten wurden abgedruckt, an deren Spitze die Albumin-Werke mit namhaften Beträgen standen. Von der geraubten Erfindung war nicht mehr die Rede.

Dieses Stillschweigen schien Toni Muhr eben recht. Warum hatte er sich nur von Rudi Saluzzo verleiten lassen, seinen Streit in die Öffentlichkeit zu tragen? Musste er nicht den wenigen wohlmeinenden Menschen, auf die es ankam, als ein erbärmlicher Wichtigtuer erscheinen? Kostbare Zeit war verstrichen, und er hatte es nicht einmal bis zur Klage gebracht. »Ich muss handeln«, sagte sich Toni Muhr immer wieder. Einmal hatte es sich ereignet, dass er, in quälendes Grübeln versunken, bis zur Taborstraße gewandert und vor dem Hause stehen geblieben war, in dem Herr Simon Lamm wohnte. Vor ihm gähnte ein Abgrund!

Der unsichtbare Theodor Katlein drang in sein Innerstes und richtete hier Schaden an. Toni Muhr bemerkte zu seinem Schrecken, dass manchmal Herr Theodor Katlein aus seinem eigenen Munde sprach. Er fühlte sich von ihm beobachtet, er bediente sich seiner Redewendungen. In Augenblicken der Entmutigung, wenn er an dem Gelingen einer Arbeit zu zweifeln begann, stand plötzlich Herr Theodor Katlein neben ihm und lachte. Es war ein kurzes hustendes Lachen, Toni Muhr wohl vertraut. Herr Theodor Katlein pflegte so zu lachen, wenn man ihm Vorschläge machte, die er für undurchführbar hielt oder die ihm nicht genehm waren. Sein Lachen schnitt dann jede weitere Rede ab, man konnte es nicht missverstehen: Du bist ein Esel, war dessen Bedeutung. Und das Schlimmste schien, dass man die eigene Eselhaftigkeit wirklich einsah, wenigstens solange man im Banne dieses Lachens stand. Jeder Schwung war gebrochen, jeder Glaube tot, man kam sich klein und dumm und hässlich vor.

Ein anderes Mal wieder geschah es, dass Toni Muhr laut vor sich hinsprach, wie dies seine Gewohnheit war, wenn er über einen schwierigen Gegenstand Klarheit gewinnen wollte. Aber mit einem Mal bemerkte er, dass er gar nicht mehr allein war, dass er nicht zu sich selbst, sondern zu einem unsichtbaren Dritten redete. Herr Theodor Katlein war es, dem er seinen Plan entwickelte; er hielt Vortrag.

Und schließlich geriet Toni Muhr an einen Punkt der Darstellung, wo er ein aufmunterndes Wort oder eine Entgegnung erwartete. Wenn Herr Katlein nichts gesagt hätte als »Ja«, so wäre alles gewonnen gewesen, aber Herr Katlein schwieg. Und Toni Muhr kannte auch dieses Schweigen: Es war tief und eisig, glich einer Kluft, die sich schreckensvoll auftat. Man fühlte sich preisgegeben und fallen gelassen; Schwindel fasste einen, alle Gedanken verwirrten sich.

Dies ging so weit, dass Toni Muhr noch in den letzten Tagen, als er im Laboratorium Professor Haselbergers arbeitete, plötzlich auf den Steinfliesen des Ganges gewisse wohlbekannte Schritte zu hören vermeinte. Der unsichtbare Herr Katlein trat ein, warf einen Blick auf die Retorte, die Toni Muhr in Händen hielt, und sagte: Unfug. Es war dies ein Wort, das er stets gebrauchte, wenn man sich einer Tätigkeit hingab, die nicht unmittelbar den Albumin-Werken diente.

Und Toni Muhr ertappte sich bei der dumpfen, schülerhaften Selbstanklage, dass er Herrn Katlein die Zeit stehle.

Wenn er dann nach Hause kam, las er in Laurettas Augen die Frage: Wohin soll dies alles führen?

Der Hausbesorger Nagy drehte seinen gewichsten Schnurrbart, und es war Toni Muhr, als blickte er ihn hämisch lauernd an, wie eine Partei, die in absehbarer Zeit nicht werde den Mietzins zahlen können.

Sein Schwiegervater, Herr Ermete de Saluzzo, ließ es nicht an Bemerkungen fehlen, dass es in diesen schweren Zeiten höchst verantwortungsvoll sei, ohne feste Anstellung zu bleiben. Und Toni Muhr überlegte, dass ihm der Betrag, den er als Schlussabrechnung von den Albumin-Werken erhalten hatte, nur noch ein Auslangen für wenige Monate verbürgte. Das Honorar für die Vorträge in der Urania konnte die Frist um ein Geringes erstrecken. Und dann? … Man musste eben den Glauben haben, dass er den Prozess gewann und dass seine Arbeit gelang. Aber wer hatte den Glauben?

Auch Frau Johanna war jetzt viel im Hause wie zu Zeiten, da Lauretta krank oder sonst etwas nicht in Ordnung gewesen war. Wenn Toni Muhr die Wohnungstür aufschloss, hörte er Mutter und Tochter angelegentlich und, wie es ihm schien, nicht ohne Erregung miteinander sprechen, sobald er jedoch ins Zimmer trat, schwiegen beide.

Sogar das Stubenmädchen Poldi schmollte mit ihm. Als Toni Muhr sie fragte, ob er ihr etwas zuleide getan habe, antwortete sie spitz: »Mir nichts. Aber ich halte es mit meiner Gnädigen.« Ihre gereizte Stimme klang wie das böse Kläffen eines Schoßhündchens, das seine Herrin bedroht glaubt.

Toni Muhr bemerkte, dass Lauretta jetzt weniger in Gesellschaft ging. Es gab Abende, an denen er mit ihr allein im Atelier saß, aber es kam kein Gespräch zustande. Zwischen ihnen beiden war viel Dunkles und Geheimnisvolles, das sich nicht mehr überdrücken ließ. Zuweilen meinte Toni

Muhr sein Schweigen gegen das Schweigen Laurettas leibhaftig anrennen zu sehen, er hörte ihre unausgesprochenen bitteren Worte, die sich gegen ihn auflehnten.

Der Pedant, dachte sie wohl. Worauf kommt es ihm denn eigentlich an? Seine Eitelkeit zu befriedigen, er nennt es: auf seinem Recht bestehen. Wie hässlich das ist. Ich glaube, nur gemeine Leute verklagen einander bei Gericht, dieselben, die mit einem Kellner im Gasthaus Streit suchen oder mit einem Kondukteur in der Elektrischen. Mein Vater würde so etwas nie tun. In einem Gasthaus erreicht man gute Bedienung mit einem Trinkgeld, im Leben mit ein wenig Artigkeit, das versteht der Toni nicht. Er will immer mit dem Kopf durch die Wand rennen und gibt mich dabei preis. Er ist grausam und hart, am liebsten würde er mich in diesen vier Wänden gefangen halten, von aller Welt ausgestoßen: nur er und ich – Kerkermeister und Opfer.

Toni Muhr wusste, dass Lauretta von ihm ein Wort erwartete, wie »verzeihe mir«, dann wäre sie in seine Arme gestürzt. Er sollte Widerruf leisten, aber alles in ihm schien dumpf und beklommen, es war ihm, als erstickte er an einer Lüge. Die geraubte Erfindung war nur noch Sinnbild eines größeren Unrechts, das ihm zugefügt wurde …

Toni Muhr hörte seine eigenen Gedanken, die den Gedanken Laurettas Antwort gaben: »Siehst du denn nicht, dass ich nur so handle, wie mir vorgeschrieben ist? Ich muss mich von den Katleins befreien, als dem Urquell des Übels. Sie sitzen auf meinem Hirn, halten mein Denken in einem Schraubstock. So ist der Krieg auf mir gesessen. Der tschechische Maler hat Recht: Sie sind eines, der Krieg und die Katleins, ein Verhängnis, das mir den Atem nimmt. Und fühlst du nicht, wie der Zweifel mich quält, den du mir auferlegst. Du erwartest Frage, um Antwort zu geben. Aber spürst du nicht, wie laut die Stummheit schreit, zu der ich verdammt bin. Vom Theodor Katlein kann ich mir zur Not mein

Recht erzwingen, doch vom Alexander? ... Was hilft mir, dass ich ihn zur Verantwortung ziehe, wenn du nicht auf meiner Seite stehst. Was ist er mir, dass ich mich an ihm beschmutze. Nur auf dich kommt es an! ... So tritt doch zu mir, Lauretta, höre mich.«

Aber da war niemand, der Toni Muhr hören mochte. Sogar der gute, immer hilfreiche Rudi Saluzzo hatte sich in letzter Zeit anderen Geschäften zugewendet, als wäre ihm Tonis Fall zu schwierig, zu undankbar erschienen.

Und die Fürstin Lubecka schwieg. Einmal war Toni Muhr so weit gegangen, Lauretta geradeaus zu fragen: »Hat der Briefträger keine Einladung gebracht?«

»Was fällt dir nur ein«, war Lauretta mit sichtlicher Erregtheit aufgefahren. »Kannst du es jetzt ohne Gesellschaften nicht mehr aushalten?« Und nach einer Pause hatte sie hinzugefügt: »Wahrscheinlich ist die Lubecka auf ihr Gut verreist. Das kommt bei ihr recht häufig vor.« Lauretta war also keinen Augenblick im Zweifel gewesen, worauf Toni anspielte, obzwar dieser den Namen der Fürstin überhaupt nicht erwähnt hatte. Lauretta aber war, indem sie ihn aussprach, bis zu den Haarwurzeln errötet.

Toni Muhr saß Lauretta gegenüber, und beide wussten, dass sie Ähnliches dachten, nur eben gegeneinander, nicht miteinander. »Gib«, sagten ihre Augen, wie die seinen. Er fühlte sich ausgeplündert und bettelarm.

12

Dann aber kam mit einem Male wieder eine freundliche Wendung. Und Toni Muhr streckte die Arme, fühlte sich jung, beinahe übermütig; noch leuchtete sein Stern; sein Untergang war nicht beschlossen, man konnte wieder Vertrauen fassen.

Toni Muhr begegnete der Fürstin Lubecka ... Dies jedoch ereignete sich erst später; zunächst fand er den Anwalt, den er brauchte. Es war der junge Cellist, den er im Hause der Frau Lella Türckheim kennen gelernt hatte. Er hieß Dr. Robert Hengel, und Toni Muhr war ihm zufällig vor wenigen Tagen auf dem Graben begegnet. Trotz seines schlechten Personengedächtnisses hatte er das eindrucksvolle blasse Gesicht sogleich wieder erkannt.

Dr. Hengel stand entblößten Hauptes mitten auf der Straße und blickte andächtig zur Pestsäule empor. Als er Toni Muhr bemerkte, sagte er, gleichsam nur ein früheres Gespräch fortsetzend: »Da also ist einmal Pater Abraham gestanden und hat sein ›Merk's Wien‹ gerufen. Am ›wütenden Tod‹ war die allgemeine Sündhaftigkeit schuld. Ein paar Hofherren sind erschrocken und haben die Säule gestiftet, um ihres zeitlichen und ewigen Heiles willen. Die andern sind ohne diesen Trost gestorben. Immer waren die schuld, die's traf. Das gute Volk wird wie ein Kind behandelt, das man auszankt, wenn es hinstürzt und Schaden nimmt, damit es nur ja nicht zu weinen anfängt. Die Hauptkunst aller Kanzelredner und Staatsmänner besteht darin, das Weinen zu verhindern.«

Toni Muhr hatte sich Dr. Hengel angeschlossen und auf seine Art das Gespräch lebhaft weitergeführt, indem er selbst kein Wort redete, doch umso aufmerksamer in sich einsog, was der andere sprach. Da war einer, der aufbegehrte und der zugleich sanft war und Cello spielte obendrein. Das gefiel Toni Muhr ungemein.

Dr. Hengel erklärte mit seiner zirpenden Knabenstimme: »Man hat uns immer einreden wollen, der Friede sei das Natürliche – alles Lüge ... Nun erst zeigt das Leben wieder sein wahres Gesicht. Seuchen, Krieg, Elend, so ist es gewesen, und so wird es sein, immer neue zehn Plagen, das ist Menschenlos.«

Sie waren bis zum Hause Dr. Hengels gelangt. Toni Muhr sah das Schild: Hof- und Gerichtsadvokat. Mit einem Male entsann er sich, dass man ihm vor kurzem von einem jungen lungenkranken Anwalt erzählt hatte, der Cello spiele und den Eindruck eines Träumers mache, aber vor Gericht wegen seiner scharfen, kampfbereiten Art gefürchtet sei. Er hatte die Empfindung: Auf den kannst du zählen, der steht für dich ein.

Dr. Hengel reichte Toni Muhr die Hand zum Abschied. Dieser fragte schnell: »Wollen Sie meine Vertretung übernehmen?«

Der Advokat lachte: »Das sieht beinahe so aus, als finge ich meine Klienten auf der Straße ein.«

Finster erwiderte Toni Muhr: »Ähnliches gilt doch nicht zwischen uns beiden.« Er fürchtete, Dr. Hengel wolle sich ihm entwinden.

Der Advokat winkte: »Kommen Sie!«

Da saßen sie nun in dem ärmlichen Arbeitszimmer Dr. Hengels, das mit den Bildern Haydns und Mozarts geschmückt war. Der Advokat diktierte:

»An das Landesgericht in Zivilrechtssachen, Wien. Kläger: Dr. Anton Muhr, Chemiker. Beklagte: Theodor und Alexander Katlein, Inhaber der Albumin-Werke. Klage wegen dreihunderttausend Kronen samt Gebühren.«

Toni Muhr rieb sich die Knie. Es gefiel ihm sehr, dass endlich etwas Wesentliches geschah, das vorwärts bringen konnte.

»Tatbestand«, diktierte Dr. Hengel: »Ich bin vom 1. April 1912 bis zum Kriegsanfang, das ist dem 28. Juli 1914, im Dienste der Firma ›Albumin-Werke‹ gestanden. Während meiner freien Zeit, und zwar seit Beginn des Jahres 1913, habe ich mich auf das Eifrigste mit einer Erfindung beschäftigt ...«

Manchmal wurde der Tatbestand von Beweisanträgen unterbrochen. Wo Fachkenntnisse Not taten, griff Toni Muhr ein. »Die Eigenschaft der Tierkohle, Farbstoffe an sich zu reißen, war in der chemischen Industrie seit langem bekannt. Wenige Gramm genügen, um frisch gekelterte blaue Trauben in Weißwein zu verwandeln oder rohem Zuckersaft Farbe und Geruch zu entziehen. Man verwendete hauptsächlich Präparate, die aus Holland kamen. Mir nun gelang es, die Tierkohle für medikamentöse Zwecke verwendbar zu machen, und zwar zur Aufsaugung von hochmolekularen Eiweißstoffen, also insbesondere bei Vergiftungen. Als billigstes Ausgangsmaterial benützte ich die Rückstände der sogenannten Albuminfabrikation, das sind getrocknete und gemahlene Blutkuchen, die sonst als Fischfutter Verwendung finden. Nach ungezählten Versuchen glückte mir ein neuartiges, in der Beilage fachmännisch beschriebenes Verfahren ...«

Toni Muhr holte das alte Gutachten Haselbergers hervor, das er immer noch bei sich trug, und legte es zu den »Beweisen« in den Akt.

Nun folgten wieder juristische Darlegungen, Gesetzesstellen, die Toni Muhr nicht verstand, aber die er als taugliches Rüstzeug im Kampfe gegen Theodor Katlein willkommen hieß. Endlich hielt man bei den Schlussanträgen. »Nach der zitierten Bestimmung des Patentgesetzes sowie nach allgemeinen Rechtsgrundsätzen gebührt mir der angemessene Nutzen an meiner Erfindung. Diesen Nutzen beziffere ich, da die Erfindung von mir allein ausging und ich sie in patentfähiger Weise beschrieben habe, mit 50 Prozent des Entgeltes, das den Herren Gegnern von der Militärverwaltung zuerkannt wurde. Ich stelle daher den Antrag, die Beklagten zu verurteilen, mir das Kapital von dreihunderttausend Kronen samt fünf Prozent Zinsen sowie die Prozesskosten bei sonstiger Exekution zu bezahlen.«

Toni Muhr nickte befriedigt. Es war ihm, als halte er jetzt

Theodor Katlein gefangen; als sei ihm dieser in die Hand gegeben und könne nicht mehr entrinnen.

Frohen Herzens schritt er die Treppe hinab, doch ehe er noch unten angelangt war, blieb er horchend stehen. Musik folgte ihm nach. Dr. Hengel übte auf seinem Cello. Toni Muhr erinnerte sich, dass er irgendwo gelesen hatte, der Henker Sanson habe in seinen Mußestunden Flöte gespielt, und er sei, ehe er Ludwig XVI. den Kopf abschnitt, in die Kirche gegangen, um die Messe zu hören.

Spiele nur weiter da oben, spiele nur, dachte Toni Muhr zufrieden, vielleicht schärft es dein Messer.

Der Weg Toni Muhrs führte durch die Herrengasse. Es war keineswegs der nächste Weg, aber er wählte ihn stets, wenn er nach Hause ging; vor dem Palais Lubecki blieb er stehen und starrte zu den Fenstern hinauf.

Plötzlich hörte er eine strenge Frauenstimme, die seinen Namen rief – Fürstin Maria Jadwiga stand neben ihm.

»Mit wem haben Sie Rendezvous vor meinem Hause?«, fragte die Fürstin spöttisch und ohne eine Antwort abzuwarten: »Man sieht Sie wenig, obgleich man viel von Ihnen hört. Sie sind sehr berühmt geworden. *Mais vous avez mauvaise mine et vous fréquentez la mauvaise société: tant pis pour vous.*[1] Oder sollte Lauretta Ihnen verboten haben, mich zu besuchen?« Die Fürstin lachte höhnisch.

Toni Muhr fühlte, wie er rot wurde; er wollte für Lauretta eintreten, aber er geriet ins Stammeln. Die Fürstin merkte belustigt seine Verlegenheit und half ihm mit keinem Worte. Sie trug einen Breitschwanzmantel, der dicht unter dem Kinn zugeknöpft war und bis zu den Knöcheln reichte; das falbe Haar leuchtete. Es war genauso wie damals im Traume, Toni Muhr erwartete jeden Augenblick, dass die Fürstin in ihren Muff greifen und einen Briefumschlag hervorziehen würde, auf dem sein Name stand.

»Ich wusste nicht, ob mein Besuch gelegen käme«, erklärte Toni Muhr schließlich, und er empfand das Schülerhafte der Ausrede.

»Bedarf es einer schriftlichen Einladung?«, fragte lachend die Fürstin Lubecka und blickte Toni Muhr wieder von der Seite an, so dass dieser einen Augenblick ernstlich zu zweifeln begann, ob sie nicht auf das Traumerlebnis anspielte.

»Ich komme gerne«, sagte Toni Muhr, »gewiss sehr gerne komme ich. Man könnte vielleicht telefonisch …«

»Lassen wir das Telefon«, unterbrach ihn die Fürstin. »Die Dienerschaft vergisst so leicht, eine Kommission zu bestellen. Kommen Sie übermorgen zum Tee; ist es so recht? *Nous causerons.*«[2] Fürstin Maria Jadwiga nickte Toni Muhr noch einmal zu und verschwand unter dem Haustor.

Von diesem Tage an nahm die Fürstin Lubecka viel Raum in dem Leben Toni Muhrs ein, obgleich von Zärtlichkeit auch nicht im Entferntesten die Rede war.

Bei seinem ersten Besuche nach jener Begegnung in der Herrengasse hatte sie ihn recht ungnädig abgekanzelt. Sie sei schon entschlossen gewesen, ihn gänzlich aufzugeben, sagte sie, so sehr habe ihr seine wohlfeile Berühmtheit missfallen. Er habe kein Gefühl für Qualität, er habe sich gemein gemacht. Und auch, dass Toni Muhr die Albumin-Werke bei Gericht verklagen wolle, widerstrebe ihr; es heiße sich encanaillieren, erklärte sie.

Doch in diesem Punkte blieb Toni Muhr hart, so gerne er sich auch sonst den Anordnungen der Fürstin Lubecka fügte. Sie übernahm die Leitung seiner Angelegenheiten, sie schickte ihm winzige Billette mit eilig hingekritzelten Anordnungen, knapp gehalten wie militärische Befehle. Etwa so: »Begeben Sie sich zum Feldmarschallleutnant von Schöll ins Kriegsministerium, 2. Stock, Tür 67. Er ist informiert.«

Alles, was andere bisher Toni Muhr geraten hatten, wurde

von der Fürstin Lubecka mit einer Handbewegung abgetan. Sie schien es darauf anzulegen, jeden ordentlichen Rechtsgang zu durchkreuzen. Wenn Toni Muhr den Auftrag erhielt, irgendeine hochgestellte Persönlichkeit zu besuchen, durfte es niemals zu der Stunde geschehen, die als Sprechzeit ausdrücklich vorgesehen war; wenn eine bestimmte Stelle für eine Frage in Betracht kam, musste der Fall bei einer ganz anderen Behörde vorgetragen werden, und zwar bei dem Vorstand persönlich, der, ohne unterrichtet zu sein, von obenher eingriff. Diese Art, das Getriebe des Staates mit telefonischen Anrufen, pneumatischen Karten und Botschaften betresster Lakaien in Verwirrung zu bringen, schien Toni Muhr äußerst befremdlich, doch bald erkannte er, dass, aller mathematischen Erfahrung zum Trotz, der gewundene Weg, den die Fürstin Lubecka wählte, weit schneller zum Ziele führte als der gerade, den er bisher, zu seinem Schaden, eingeschlagen hatte.

In den nächsten acht Tagen wurde Toni Muhr zum Landsturmingenieur ernannt und erhielt das *Signum laudis*. Er wusste mit beidem nichts anzufangen, aber die Fürstin Lubecka erklärte, das müsse sein.

Dann wurde er dem Professor Haselberger vom Militärkommando als Assistent zugewiesen. Toni Muhr sollte ein Gutachten ausarbeiten, das von der Heeresverwaltung besonders honoriert wurde. Das Tragen einer Uniform hatte man ihm, trotz seiner militärischen Verwendung, erlassen, er konnte in aller Ruhe seine Arbeit vorwärts bringen.

Herr Ermete de Saluzzo äußerte seine Zufriedenheit mit diesen ersten Erfolgen, Frau Johannas Besuche wurden wieder spärlicher, und wenn sie jetzt kam oder ging, versetzte sie ihrem Schwiegersohn einen ihrer schallenden Küsse, oder sie tätschelte ihm freundlich die Wange. »Hast mich noch immer nicht in meinem Spital besucht, Herr Schwiegersohn. Und ich wäre so stolz, dich meinen Kriegern zu zeigen.«

Einmal belauschte Toni Muhr ein Gespräch, das Frau Johanna im Nebenzimmer mit Lauretta führte. »Wozu die unnützen Sorgen«, tröstete sie ihre Tochter, »es kommt zu keinem Prozess. Merkst du nicht, dass er dich nur schrecken will? Alle will er schrecken, auch die Katleins. Zum Schluss gibt er nach; er ist ein so guter Mensch.«

Aber Lauretta war keineswegs beruhigt, sie wusste: Toni Muhr ging seinen Weg. Oft nun musste sie ihn zur Fürstin Lubecka begleiten; ihr, die alles Gesellschaftliche so heiß liebte, schienen diese Besuche eine Qual.

Sie war gewiss, Baron Schönkirchen bei der Fürstin anzutreffen, auch den alten Exzellenzherrn, der sich so hartnäckig um sie bemühte. Sogar der schöne Graf Schrattenbach, der kürzlich zur Suite der Kaiserin kommandiert worden war, ließ deutlich erkennen, dass er es darauf abgesehen hatte, ihr im Hause der Fürstin Lubecka zu begegnen. Es bereitete ihr jedoch keine sonderliche Genugtuung mehr.

Nicht als ob sie auf die Fürstin eifersüchtig gewesen wäre, ebenso hätte sie auf den Professor Haselberger eifersüchtig sein können. Wenn sich die Fürstin mit Toni Muhr in eine Ecke zurückzog, redete sie nur von Geschäften, womöglich den Bleistift in der Hand, oder sie ließ sich ein wissenschaftliches Problem erklären; von ferne hörte man nur chemische Formeln. Die Fürstin schien an dieser Art von Unterricht immer merklicheren Gefallen zu finden; immer häufiger »befahl sie Toni Muhr zum Dienst«, wie Lauretta es nannte. Sie nahm die Lektionen, die Lauretta versäumt hatte.

Baron Schönkirchen hatte eine solche Unterrichtsstunde vor Lauretta spottend dargestellt, aber Lauretta vertrug diesen Spott nicht. Sie wich allen Kurmachern aus und zog es schließlich vor, mit der alten Stiftsdame, der Gräfin Ugarte, ein mühsames Gespräch anzuspinnen. Ja, es kam sogar vor, dass sie sich zu der alten Fürstin setzte, die in einer Ecke dem starr vor sich hinbrütenden Fürsten Adam aus dem »Pan Tadeusz« von Mickiewicz vorlas. Lauretta hielt das Schoßhündchen der Fürstin, den behaglich schnarchenden Raton, auf ihren Knien, und einmal war es geschehen, dass sie unter dem plätschernden Tonfall der preziös deklamierten polnischen Verse, die sie nicht verstand, einnickte, bis Fürst Adam sie mit einem grob hervorgestoßenen »Teufel noch einmal!« aufschreckte. Das war zu viel.

Zu Hause fragte Lauretta: »Willst du morgen Nachmittag mit mir spazieren gehen, Toni?«

Zerstreut blickte dieser sie an und erwiderte: »Morgen Nachmittag? Unmöglich, Kind. Nächste Woche vielleicht.«

Aber auch in der nächsten Woche fand Toni Muhr keine Zeit für Lauretta; er schien ihr auszuweichen. Er war wie auf einer langen Reise begriffen, die immer weiter von ihr fortführte. Dabei blieb er äußerlich zuvorkommend, ritterlich, teilnehmend auch, doch er war nicht mehr derselbe wie ehedem. Der Uhrmacher Köberl hätte vielleicht gesagt, die »Unruhe« sei an allem schuld und es bedürfe vieler Sorgfalt, um da Heilung zu bringen.

Toni Muhr sprach zu Hause immer weniger; er schloss sich ganz und gar in Schweigen ein, wie in einen festen Turm. Das Stubenmädchen Poldi erklärte: »Wenn unser gnä' Herr sich hinsetzt und schweigt, so ist das nicht wie bei anderen Leuten, gerade nur zum Ausschnaufen. Er schiebt die Lippen zusammen, wie man eine Türe verriegelt, und weiß Gott, ob sie je wieder aufgeht.«

13

Als Toni Muhr eines Abends aus dem Hause Professor Haselbergers trat, stand auf der Straße Herr Simon Lamm vor ihm. Er trug einen Winterrock mit Gürtel, wie die jungen Leute in den Ententeländern.

»Londoner Ware, das merkt man sofort«, erklärte er eitel. »Nun ja, man muss repräsentieren. Ich fahr jetzt für die Ledereinkaufsstelle in der Welt herum.«

»Das ist wohl sehr anstrengend«, fragte Toni Muhr höflich.

»Anstrengend ist gar kein Ausdruck«, entgegnete Simon Lamm, »man opfert sich. Indessen gibt es ein schönes Verdienen dabei.«

»Da gratuliere ich«, sagte Toni Muhr und wollte weitergehen.

Aber Herr Lamm hielt ihn fest: »Was ist mit dir«, schrie er, »man hört nichts, man sieht nichts. Meine Jenny ist schon ganz beleidigt. Hast du meine Einladung vergessen?«

Toni Muhr entschuldigte sich: Er könne so schwer abkommen.

»Lauter Flausen«, rief Simon Lamm. »Du brauchst mich nicht; das ist die Wahrheit. Du hast dich ausgesöhnt mit den Katleins.«

»Ausgesöhnt?«, wiederholte Toni Muhr erstaunt.

»Was soll das Verstecken«, eiferte Herr Lamm, »dein Vater und der Alexander Katlein sind die besten Freunde.«

»Was weißt du von meinem Vater?«, entgegnete Toni Muhr finster.

»Ich weiß alles«, sagte Simon Lamm und zog die Schultern hoch. »Wenn du es aber nicht wissen solltest, brauchst du nur am Abend nach Grinzing zu gehen, Himmelstraße, schon ziemlich weit oben. Du siehst, ich kenn das Haus.«

»Was kennst du?«, drohte Toni Muhr.

»Mit mir brauchst du nicht zu schreien«, antwortete Herr Lamm beleidigt. »Zum Schreien bin ich da. Geh nur hin und überzeug dich selber. Du wirst dich unterhalten.« Und er verschwand.

Toni Muhr hatte bisher seinen Vater nur an freien Nachmittagen besucht. Nichts Ungewöhnliches war ihm begegnet, worauf dieser Simon Lamm vielleicht anspielen konnte. Nun aber bemerkte Toni Muhr, dass er, trotz der vorgerückten Stunde, statt nach Hause zu gehen, den Weg zum Liebenbergdenkmal eingeschlagen hatte, wo die Straßenbahn nach Grinzing ihren Ausgang nahm.

Er ließ sich nicht Zeit, den richtigen Wagen abzuwarten, sondern sprang auf den ersten besten, der vorüberkam und die Aufschrift »Hohe Warte« trug. Von der Endstation lief er dann eilig das Weglein hinunter, das zum Pfarrplatz von Heiligenstadt führt.

Wenn Toni Muhr erregt war, so äußerte sich dies zunächst in seiner Gangart. Sein Überrock war aufgeknöpft und flatterte im Winde. Toni Muhr war an lange, einsame Spaziergänge gewöhnt. Was die andern Stillstehen, Sichbesinnen nennen, war bei ihm Wegzurücklegen, viel Weg. Als Anlass dienten ihm zumeist die Besuche bei seinem Vater; er schlug dann weite Haken rings um das väterliche Haus, bis tief in den Wiener Wald.

Auch diesmal zwang sich Toni Muhr zu einem Umweg, denn er mochte sich nicht eingestehen, dass sein später Besuch beim Vater von Herrn Simon Lamm bestimmt war. Er ließ es selbst im Ungewissen, ob er den Vater heute noch aufsuchen würde; zunächst wollte er einmal spazieren gehen.

Die kahlen Bäume in den abgezäunten Gärten links und rechts vom Wege bogen sich fröstelnd und knarrend. Dürre Blätter fegten raschelnd über den Weg. Eines fuhr Toni Muhr am Gesicht vorbei, es war scharlachrot. Ein Weinblatt, dachte er, und es wurde ihm warm ums Herz, als fühlte er sich erst jetzt so recht im Bezirk der Heimat. Hier war er zu Hause; diese Rebengelände waren die Landschaft seiner Jugend.

Toni Muhr fiel es ein, dass der tschechische Maler, den er bei Alexander Katlein angetroffen, sich einen Wiener genannt hatte, und auch der verhasste Alexander Katlein nannte sich so, nicht anders als Rudi Saluzzo, dessen Aussprache schon an die Wiener Vorstadt gemahnte, oder Herr Nagy, der im Ungarischen Palais den Heiducken spielte, oder die Fürstin Lubecka, deren Schwiegervater polnischer Statthalter gewesen war. Sie alle nannten sich Wiener, waren es wohl auch, hatten hier Wurzel gefasst. Von Österreich wollten viele nichts wissen, die sich doch zu Wien bekannten und der Stadt anhingen, jeder in seiner Art.

Gleichwohl fühlte sich Toni Muhr all diesen Menschen innerlich fremd. Er war schwerer als sie; ihre Leichtigkeit, die sie ihm durchaus aufdrängen wollten, war ihm verhasst; er hatte mit ihr nichts zu schaffen. Ein jäher Zorn erfasste ihn gegen diese spielerische Leichtigkeit, gegen dieses komödienhafte Wienertum, das unbarmherzig jeden ausschied, der die Rolle verfehlte. Wild ballte er die Faust gegen eine unsichtbare Menge: »Euch zeig ich's«, knurrte er, »euch allen ...« Es war ihm, als habe sein Streit mit Theodor Katlein jetzt erst vollen Sinn bekommen. Seinen Stock nach rechts und links ins Leere schwingend, schritt er vorwärts.

Da war, rings um die Stadt, Dorf um Dorf gelagert, Weinbauergärten auf Hügelgeländen, die schwere Arbeit forderten. Zu Leopoldi, wenn der Heurige bereit war, steckte man die Buschen aus, und die Städter kamen, tranken die Fässer leer, nicht anders, als die Avaren sie leergetrunken hatten und alle die vielen Fremden und Feinde, von denen Heiligenstadt und seine Nachbargemeinde Grinzing im Laufe der Zeiten heimgesucht worden war.

Toni Muhr stand vor dem alten Gemäuer der Jakobskirche auf dem Pfarrplatze, der letzten Wohnstätte des heiligen Severin. Dr. Hengel hat Recht, dachte er. Nicht Friede und gedeihliches Wirken, Seuche und Kriegsnot waren das Selbstverständliche. Er stellte sich vor, wie wohl die Türken in dem lieben Dörflein gehaust haben mochten, als Karl von Lothringen und Sobieski durch den Wiener Wald und über das Kahlengebirge anrückten: Türme und Courtinen zerschos-

sen, die Weingärten zuschanden gestampft, in den Straßen
gefallene Pferde und Kamele, Unflat überall, in den Kellern
Leichen, die im Wein der gesprengten Fässer schwammen;
so war es wohl gewesen. Immer wieder: erschlagene Bauern,
mutwillig vergossenes Blut wie vergossener Wein.

Über Feldwege schritt Toni Muhr, quer durch das kegel-
förmige Tal. In den kleinen Bauernhäuschen hier und dort
und in den Villen rings auf den Hängen flammten Lichter
auf. Abendliche Stille war in der Luft.

Toni Muhr hing einer neuen Erfindung nach, die ihn seit
einiger Zeit beschäftigte. Er hatte Versuche angestellt, wie
man Saatkörner, ehe man sie der Erde anvertraute, in einer
stärkenden Lösung zum Quellen bringen könnte, so dass sie
dreifachen und vierfachen Ertrag versprachen. Auch die
Wurzeln der Rebstöcke konnten durch das gleiche Verfahren
gekräftigt werden.

Wie oft in früheren Jahren hatte Toni Muhr seinem Vater
zugesehen, wenn der im Frühjahr nach dem Regulen, dem
Umdrehen der Erde – so dass die gute Scholle nach unten
kam –, die Weinstöcke in den Boden trieb; Kräften oder Bal-
ten hießen diese Stützen hier im Wiener Kreis, und auf
Stockweite mussten sie auseinanderstehen, mehr als einen
Männerschritt lang. Und dann wurden die Reben gesetzt,
amerikanische Reben, veredelt mit der heimischen Grinzinger. Vierzehn Tage blieben sie im Treibhaus, ehe man sie
reihenweise in die Erde legte. Nach einem Jahr wurden sie
sortiert, es kam darauf an, dass sie starke und gute Wurzeln
trieben; kaum die Hälfte aller Stecklinge war zu brauchen.
Wenn man aber die Reben in Tonis Lösung zum Quellen
brachte, setzten sie alle Wurzeln an.

Der Gedanke, dass seine Arbeit ihn mit dem Tagwerk des
Weinhauers verband, dem Tagwerk seines Vaters und seines
Großvaters, hatte für ihn etwas ungemein Beglückendes.
Seine Kindheitsjahre standen wieder vor ihm, ganz erfüllt

und in Schwung gehalten von der schweren Weinhauer-arbeit.

Hockte dort nicht am Wegesrand der krumme Schani, dem der Vater jedes Jahr zu Leopoldi den Dienst aufkündig-te, weil er sich so schrecklich betrank, und den er doch bei jeder neuen Weinlese wieder zu sich rief, weil es ihm keiner gleichtat, wenn es galt, die »Masch« mit Eisenreifen zu gür-ten? Obenauf kam der schwere Pressbaum, der seine dreißig Zentner wog und die Spindel langsam hinunterdrehte. Drei bis vier Männer werkten am Hebebaum; war jedoch der krumme Schani dabei, so genügten zwei.

Toni Muhr dachte an die Wettitant, die man immer aus-lachte, weil sie zu Martini, wenn der Most zum ersten Mal gekostet wurde und noch trüb war, regelmäßig das Leib-schneiden bekam und die ganze Nacht wimmerte und stöhn-te, dass man meinen konnte, sie erwarte Kindersegen. Auch an die kleine Katherl dachte er, die Tochter des Bäckers Wer-niweger, die seine erste Liebe gewesen war. Genau vierzehn Tage dauerte diese Liebe, von der Ernte des Sommerleitinger bis zum Winterleitinger. In einem leeren Maischbottich hiel-ten sie sich versteckt, und als der Bäcker sie erwischte, goss er einen Kübel mit schmutzigem Weinklecher über sie aus. Der Vater stand daneben und sparte nicht mit wohlgezielten Ohrfeigen; er hatte eine schwere, von Arbeit zergerbte Hand. Aber die Erinnerung an die warmen Herbsttage vom Som-merleitinger zum Winterleitinger, mit dem kleinen Katherl im Maischbottich, hatte doch seine ganze Jugend erhellt.

Durch das Leben Toni Muhrs waren nicht viele Frauen ge-gangen. Zwischen dem kleinen Katherl und Lauretta gab es nur wenige flüchtige Begegnungen, die er kaum imstande gewesen wäre, aus der Vergessenheit emporzuholen. Immer von neuem führte der Weg seiner Gedanken zu Lauretta zu-rück. Da hielt er schon wieder bei ihr, und es tat weh. Eine

Begebenheit fiel ihm ein, die sich erst gestern zugetragen hatte, von der es ihm aber schien, als habe sie seit jeher sein Leben verdüstert.

Während der Arbeit im Laboratorium Professor Haselbergers hatte er plötzlich bemerkt, dass ihm der Schlüssel zu der kleinen Kammer fehlte, in der er seine Papiere aufzubewahren pflegte.

Es war nämlich die Art Tonis, immer eine Reihe von Plänen zu gleicher Zeit weiterzuführen und es einer glücklichen Eingebung zu überlassen, welchen von ihnen er an einem bestimmten Tage zu fördern imstande war. Jeder Einfall bekam eine Mappe zugewiesen, in der er sein selbständiges Leben führte. Er vergrößerte sich, verwandelte sich und wuchs allmählich der Reife entgegen. An eine dieser Mappen dachte Toni Muhr, griff unwillkürlich nach dem Schlüssel in seiner Tasche und – fand ihn nicht.

Seit dem Tage, an dem er im Hausflur seinem früheren Kollegen, dem Prügelknaben, begegnet war, hatte er sich nicht mehr von dem Schlüssel getrennt, der gestern Abend noch bestimmt neben Uhr und Brieftasche auf dem Nachtkästchen gelegen war. Sollte dieses plötzliche Verschwinden wieder dem unsichtbaren Einfluss Theodor Katleins zuzuschreiben sein?

Eine Weile lang hatte sich Toni Muhr den Zwang auferlegt, ruhig weiterzuarbeiten. Als aber eine Retorte zerbrach und ihm ein Splitter den Finger verletzte, hatte er den kleinen Zwischenfall zum willkommenen Anlass genommen, um den schwarzen Arbeitsmantel abzulegen und, von gesteigerter Unruhe getrieben, nach Hause zu eilen.

»Jessas, der gnä' Herr!«, hatte die Poldi gerufen, als er das Vorzimmer betrat.

Noch im Überrock, schritt er auf die kleine Kammer zu: Der Schlüssel steckte. Er öffnete die Türe, Lauretta saß an seinem Schreibtisch und hatte eine Reihe von Mappen vor sich aufgeschichtet, in denen sie blätterte. Sie schien etwas zu suchen und war so vertieft, dass sie Tonis Eintreten gar nicht bemerkte.

Kreideweiß blieb Toni Muhr an der Schwelle stehen und wäre am liebsten gleich wieder umgekehrt, so peinlich erschien es ihm, Lauretta anzurufen, sie zu überraschen.

Verlegen räusperte er sich endlich. Da blickte sie auf, rief: »Ah, du bist's«, und stellte dann, ohne Spur von Verlegenheit, rein sachlich fest, wie staubig es in der Kammer sei: »Es war höchste Zeit, einmal Ordnung zu machen.« Zugleich schloss sie die Mappe, die vor ihr aufgeschlagen war, erhob sich, wandte sich gegen Toni Muhr und streckte ihm ihre Hände entgegen: »Schau dir meine Finger an, wie schwarz die beim Abstauben geworden sind! Wie ein Schornsteinfeger sehe ich aus.«

»Warum hast du den Schlüssel an dich genommen?«, fragte Toni Muhr.

»Ich glaube, jede Frau hat ein Recht darauf, zu erfahren, warum sie von früh bis Abend sich selbst überlassen ist«, erwiderte Lauretta und schien zum Angriff bereit.

»Hast du wirklich gehofft«, fragte Toni Muhr traurig, »dir in diesen Blättern bessere Mitteilung zu verschaffen als bei mir?«

»Du bist ja stumm«, rief Lauretta und lachte gezwungen.

»Wem sollte ich lieber erzählen als dir«, erwiderte Toni Muhr begütigend.

»Vielleicht der Fürstin Lubecka ...«, gab Lauretta mit Betonung zurück und stemmte die Fäuste auf den Tisch; über den Handgelenken bildeten sich kleine Grübchen.

Toni Muhr schloss die Türe, als wünschte er nicht, dass jemand höre, was noch zu sagen war. »Du hast lange genug die Einladungen der Fürstin von mir ferne gehalten«, stieß er hervor. »Ich weiß es jetzt. Es waren Karten mit französischem Text« – er stockte – »auf die Nebenumstände kommt es nicht an.«

»Hat mich die Fürstin bei dir verklagt?«, fragte Lauretta schnell.

»Nein, sie nicht ... oder doch ... ich kann es nicht erklären«, entgegnete Toni Muhr unsicher. »Aber dies eine weiß ich mit aller Bestimmtheit, Lauretta – es ist mir sehr schmerzlich, und noch schmerzlicher, es dir mitteilen zu müssen« – er dämpfte die Stimme – »tief innerlich spüre ich es: dass ein Weg von dir zu den Katleins führt, weiß Gott, welch hässlicher Weg! Es ist mir nicht bekannt, wer Botendienste leistet, der Prügelknabe oder der Wessely, ich weiß nur: dass ich allein stehe gegen die Welt der Katleins, und dass du, Lauretta, in dieser Welt stehst gegen mich.«

Lauretta war sehr blass geworden: »Du hast mich also belauert«, sagte sie. »Du hast mir nachgeforscht, vielleicht hast du mich von Detektiven verfolgen lassen, ich bin auf alles gefasst. Damals in der Nacht, da hast du so getan, als wüsstest du nicht, was ich bei deinem Nachtkästchen suchte. Aber du selbst hast mich geradezu hingezogen, hast mich aufgefordert: Nimm den Schlüssel. So grausam war nur noch unser Klassenlehrer, der freute sich, wenn man verkehrte Antworten gab, und half einem nicht heraus, sondern hörte zu und rieb sich die Hände und schrieb heimlich sein ›nicht genügend‹ ins Taschenbuch. So bist du, genauso. Du hast mich fangen wollen – es ist dir geglückt, ich gratuliere. Nun hältst du mich fest – ›auf handhafter Tat‹ – heißt es nicht so? Du bist doch sehr bewandert in Gerichtsdingen, so freue dich doch, ich versuche es gar nicht zu leugnen, ich bin überführt.«

Lauretta schien völlig außer sich geraten; ein Haarsträhn hatte sich gelöst und peitschte, während sie mit Heftigkeit sprach, ihre Stirne.

»Du irrst«, entgegnete Toni Muhr, »von Freude kann wohl nicht die Rede sein. Ich will auch kein Geständnis, wie du es nennst, du beschämst mich, indem du mir solches zumutest.«

»Oh, bitte«, rief Lauretta trotzig, »ich brauche keine Schonung. Du sollst alles erfahren. Ich habe die ersten Aufzeichnungen deiner Erfindung gesucht, von denen du einmal behauptet hast, sie seien dem Wessely entgangen, und sie würden dir den Prozess gewinnen helfen. Denn ich will nicht, dass du den Prozess gewinnst, und ich will nicht, dass du den Prozess führst. Ich habe dich gebeten, du möchtest mir zuliebe auf den Streit verzichten – mir zuliebe! Was bin ich dir! Die Zeit vergeht, die Jugend vergeht – ich will jung sein, verstehst du! Was ist dir Jugend? Geselligkeit schiebst du von dir. Du kannst im Hass leben – ich nicht. Ebenso gut magst du mir zumuten, in einem Fass Vitriol unterzutauchen. Ich will wissen, dass es die anderen freut, wenn ich komme, und dass es den andern leid ist, wenn ich gehe. Und darum hab ich dem Alexander Katlein versprochen ...«

»Was hast du ihm versprochen?«, unterbrach sie Toni heftig und ergriff ihre Handgelenke. Ein Wort Theodor Katleins zuckte in ihm auf: »Wenn mein Bruder Alexander eine Liebschaft beginnt, kann man auf einen Vorteil gefasst sein.« – »Was hast du ihm versprochen?«, wiederholte Toni Muhr.

»Dass ich dich verhindern werde, den Prozess zu führen«, erwiderte Lauretta unbeirrt, »und dass ich dem Katlein die Papiere verschaffen werde, die dir als Beweis dienen könnten.«

»Das hast du wirklich getan?«, rief Toni Muhr und stieß sie von sich. Unfassbar schien ihm, wozu sich Lauretta, wie zu etwas Selbstverständlichem, bekannte.

»Für dich habe ich es getan«, erklärte Lauretta. »Du freilich gibst nichts auf die Meinung der anderen, aber ich lebe mit den Menschen, und ihr Urteil kann mir nicht gleichgültig sein ... Alexander Katlein hat mir versprochen, dich wieder in die Fabrik aufzunehmen, wenn ich diesen leidigen Prozess aus der Welt schaffe – für dich habe ich es getan, für uns beide, damit wir nicht leben müssen wie auf einer Insel, als Ausgestoßene ...«

Toni Muhr hatte eine Weile fassungslos Lauretta ange-starrt, den Oberkörper vorgeneigt, die Fäuste geballt. Sie hatte erwartet, dass er sich im nächsten Augenblicke auf sie stürzen und sie schlagen werde.

Plötzlich aber hörte man das Stubenmädchen Poldi rufen: »Bitt' schön, gnä' Frau, es ist angerichtet. Die Köchin lasst sich entschuldigen, wenn das Fleisch noch ein bisserl resch ist. Sie hat nicht gewusst, dass der gnä' Herr so früh nach Haus kommt.«

Da waren Lauretta und Toni, ohne einander anzublicken, ins Speisezimmer hinübergegangen, wo der Alltag sie erwar-tete und dampfend die Suppe auf dem Tische stand.

Dies also hatte sich gestern erst zugetragen. Toni Muhr über-dachte sich jedes Wort, das er selbst und das Lauretta gespro-chen hatte, jede Silbe hatte sich tief in sein Gedächtnis ge-graben. Eine dumpfe Beklemmung lag auf seiner Brust, und er meinte, dies sei immer so gewesen und werde nun immer so sein.

Gebeugt stieg er zur Straße nieder, die nach Grinzing führte. Vor dem Beethoven-Haus zwang er sich zum Inne-halten. Es war ein kleines, unscheinbares Gebäude mit drei Fenstern im ersten Stock und zweien zu ebener Erde, links und rechts vom Haustor. Schon als Bub auf seinem Schulwe-ge war Toni Muhr oft vor diesem Hause stehen geblieben, um die Gedenktafel über dem Tore zu lesen: »Hier wohnten Ludwig van Beethoven und Franz Grillparzer im Jahre 1808.«

Oft war er auch scheu mit angehaltenem Atem in den klei-nen ungepflasterten Hof getreten, von dem einst viele Stu-fen zu dem steil ansteigenden Garten emporgeführt haben mochten. Oben auf dem Gang zum ersten Stock, gegenüber der hölzernen Freitreppe, hatte Grillparzers Mutter das Kla-vierspiel Beethovens belauscht, worauf dieser, trotz aller Entschuldigungen, zornig die Treppe hinuntergepoltert war.

Sie haben auch nichts von der »Wiener Leichtigkeit« gewusst, die beiden, dachte Toni Muhr. Nicht einmal zueinander gefunden haben sie – von einer Einsamkeit zur anderen –, obgleich sie in demselben winzigen Haus wohnten. Rastlos sind sie durch die Straßen gewandert, gute Wiener Spaziergänger beide: Was suchten sie! Einmal haben die braven Leute, die »anderen«, auf deren Meinung es Lauretta ankommt, Herrn van Beethoven des Nachts in den Kotter gesperrt, weil er so wild aussah, ungesellig – Staub auf Kleidern und Schuhen – und nicht zierlich und wohlgepflegt war wie die »Maßgebenden« und »Geselligen«; wer gibt das Maß, Beethoven oder die anderen? Toni Muhr hatte unwillkürlich laut zu reden begonnen. Und es war ihm, als hörte er von den Hügeln des Wienerwaldes ein fernes Echo, das Antwort gab: »… die anderen«.

14

Toni Muhr hatte sich dem Hohlweg zugewendet, der vom Grinzinger Hauptplatz zu einem Anwesen führt, das »Am Himmel« genannt wird. Nun stand er auf der Höhe; zwischen die Himmelstraße und die Strassergasse eingebettet lag der bucklige Weingarten seines Vaters.

Tief holte er Atem; denn er war zu schnell gegangen, und er fühlte Stiche in seinem Herzen. Wehmütig lächelnd dachte Toni: Ob wohl der Uhrmacher, der Menschenherzen im Gang hält, meines für wertvoll genug erachtet, um seine Kunst daran zu wenden, oder ob er mich verwirft, wie Meister Köberl die Dutzendware?

Sein Auge suchte die Stadt, die selbst unsichtbar blieb, doch ihren Grundriss mit roten flackernden Lichtern abgesteckt hatte. Toni Muhr kannte und liebte dieses Schauspiel von Jugend her: zur Linken die Lichter des Kahlenberghotels, wie Christbaumschmuck mitten im Wald, weiter rechts der Sternenhimmel in der Tiefe, wetteifernd mit jenem über dem Haupte. Dazwischen lag roter Dunst.

Toni Muhrs geübtes Auge fand sich in den Sternbildern des nächtlichen Wien schnell zurecht. Er wusste: Dieser feurige Torbogen im Vordergrunde ist die Währingerstraße und jene Milchstraße weiter südlich das Arsenal – der Krieg ist fleißig an der Arbeit. Er fand die Eisenbahnlinien heraus, die weither übers Land in die Stadt mündeten – dünne Lichterzeilen ins Flammenmeer. Er sah die mattbeleuchteten Brücken über der Donau, er sah den Strom selbst, abgesteckt am dunklen Horizont mit Flämmchen, die wie aus nadelfein durchstochenem, schwarzem Papier herüberschimmerten.

Es gab da Sterne aller Größen, und Toni Muhr verstand sie wohl zu deuten. Sie wiesen ihm den Weg durch die ganze Stadt, hinab, hinauf, bis zu dem winzig kleinen einsamen Lichtlein des Türmers von St. Stephan. Jenseits begann schon der Bezirk, wo der liebe Gott seine Lichter ansteckte.

Mit einem Male hörte er Musik, wie sie in den Weingärten von Grinzing nichts Seltenes ist. Aber die Musik kam aus dem kleinen Häuschen, das den Weingarten seines Vaters nach der Himmelstraße zu abgrenzte und in dem er selbst geboren war. Toni Muhr schüttelte verwundert den Kopf. Zwar pflegte auch der Vater einmal im Jahr, nach altem Weinhauersbrauch, den Buschen auszustecken, zum Zeichen, dass der Heurige bereit war. Aber dazu schien es doch viel zu spät in der Jahreszeit. Und wenn der Vater den Buschen aussteckte, trank man in kaum acht Tagen die Fässer leer; sein Wein war berühmt im ganzen Umkreis. Stets hatte er es verschmäht, Natursänger ins Haus zu nehmen, wie andere wohl taten. »Was ein richtiger Weinbeißer ist«, pflegte er zu sagen, »der braucht keine Tschinellen.« Nun aber waren doch Musikanten im Haus.

Zögernd betrat Toni Muhr, zum ersten Mal am Abend wieder, die vertraute Wohnstube mit dem grauen Kachel-

ofen in der Ecke, die ihm für groß angelegte künstlerische
Veranstaltungen so wenig geeignet schien. Früher hatte man
den Heurigen an warmen Herbstabenden im Garten ausge-
schenkt, jetzt saßen die Gäste dicht aneinandergedrängt in
dem engen Zimmer und in einem Vorraum, der zu dem ge-
pflasterten Hofe führte. Qualmiger Rauch erfüllte die Luft,
schlang graue Bänder wie von schmutziger Watte um das
schwelende Licht der Hängelampe. Rings auf den Tischen
waren Kerzen in Blumentöpfe gepflanzt und trugen durch-
sichtige blasse Flammen als Blüten.

Der Türe gegenüber war an der Wand ein kleines Podium
aufgeschlagen; da standen die drei Brüder Hoffinger und
sangen Wiener Lieder zur hergebrachten Begleitung – Violine, Gitarre und Ziehharmonika.

Toni Muhr kannte die Brüder Hoffinger; der älteste war
ein Mann in der Vollreife der Jahre, mit einer roten Trinker-
nase und dicken Wurstfingern, die er beim Singen in der Luft
spreizte. Er steckte in einer Deutschmeisteruniform, die ihm
um den Gürtel ein wenig zu eng war, hinter dem Ohr saß
eine Virginierzigarre. Der mittlere Bruder schien die Seele
des ganzen Unternehmens; er trug karierte Hosen, einen
viel zu kurzen Rock, und auf dem dunklen, in der Mitte ge-
scheitelten Haar – der Kronprinz Rudolf-Frisur – balancierte
ein hellbrauner steifer Hut. Er spielte den Wiener Fiaker,
schnalzte mit der Zunge, hielt die Arme nach vorne gestreckt, als ob er kutschierte, wechselte beim Singen je nach
Bedarf die Tonlage seiner Stimme, und wenn ein Gast kam
oder ging, begrüßte er ihn mit dem Ruf: »Fahr'n ma Euer
Gnaden.« Der dritte Bruder Hoffinger, zaundürr und kleiner
als die anderen, machte den Wurstel. Er hatte eine aufge-
stülpte Nase, die aussah wie künstlich, und sein schielender
Blick irrte dumm-pfiffig umher. In der einen Hand hielt er
einen Damenschuh, in der anderen eine Bürste und sang gerade das Lied: »Ich bin ein Stiefel – Stiefelputzer …«

Toni Muhr war betroffen am Eingang stehen geblieben und musterte verstohlen die Gäste. An einem der Tische saß Baron Schönkirchen mit unruhig suchendem Blick, als ob er jemanden erwartete. Wenn er mich nur nicht bemerkt, dachte Toni Muhr und senkte den Blick. Neben dem Baron Schönkirchen hatten einige junge Leute in Feldgrau eine Batterie leerer Flaschen vor sich aufgerichtet und starrten wortlos in die Luft. Sie schienen hier niemanden zu kennen, kamen wohl geradewegs von der Front und sollten wieder dahin zurückkehren.

Unter der Hängelampe aber hatte sich eine lärmende Gesellschaft breit gemacht: Frauen mit auffallendem Schmuck, Männer, die umständlich ihre Brieftaschen zogen, wenn der jüngste Hoffinger, der Wurstel, absammeln kam. Sie bestellten bei ihm den »böhmischen Tramwaykondukteur«; das war seine Glanznummer. Er ahmte das Brummen des Motors nach, das Anziehen der Bremse, er rief mit tschechischem Akzent die Straßennamen aus, und auf sein Zeichen »rückwärts fertig« setzte das Orchester – Violine, Gitarre und Ziehharmonika – mit einer misstönenden Katzenmusik ein.

Der kleine Raum dröhnte von Lachen. Toni Muhr, der noch immer wie gelähmt an der Türe stand, zuckte zusammen. Mitten im allgemeinen Gelächter hatte er eine breite, weithin schallende Stimme erkannt, die Stimme Alexander Katleins. Dort saß er mit der kleinen Moreno vom Volkstheater, er hielt die Füße weit von sich gestreckt und lachte. Der Blick Alexander Katleins schien auf Toni Muhr gerichtet, er streckte den Finger nach ihm aus.

Und plötzlich war es Toni Muhr, als wendeten sich alle Blicke ihm zu; einer zog den anderen mit, wie es der Kellner Eduard beschrieben hatte, und alle Blicke waren ebenso neugierig wie fremd. Toni Muhr dachte an die Fürstin Lubecka; wenn sich die Hölle verschworen hatte, wenn am Ende auch sie dasaß und ihn anblickte, und der Chefredakteur Pepi Lang mit seinen Finken … Dann gab er sich einen Ruck: Was kümmerten ihn alle diese Menschen? Geradewegs schritt er auf seinen Vater zu, der in seiner blauen Schürze, unterstützt von der Magd Resi und einem Buben aus der Nachbarschaft, die Gäste bediente. Die Brüder Hoffinger sangen im Chor: »Es wird ein Wein sein, und mir wern nimmer sein.«

Toni Muhr fühlte hinter sich die blutunterlaufenen Augen Alexander Katleins. Jede Sekunde konnte die wohlbekannte glucksende Stimme ihn anrufen: »He, junger Muhr, wischen S' den Tisch auf, ein Glas ist umgefallen.« Etwas Ähnliches konnte man wohl erwarten. Und Toni fühlte sich entschlossen, solch einem Rufe unverzüglich Folge zu leisten, als müsste es so sein; auf den ersten Wink hinzugehen und den Tisch rein zu waschen, an dem Alexander Katlein saß. Auch wenn es dem Verhassten einfallen sollte, in seiner Gegenwart von dem Vater einen Dienst zu fordern, wollte er an dessen statt vortreten, der Erniedrigung auf halbem Wege entgegengehen.

Aber nichts von alledem geschah; Toni Muhr durchquerte unbehelligt den Raum. Im Hof, bei der Kellertür, holte er den Alten ein. »Es geht ja hoch her bei Ihnen, Vater«, sagte er.

»Viel zu hoch«, bestätigte der alte Muhr verlegen und kratzte sich. »Komm in d' Kuchel.« Und da Toni noch immer eine Erklärung zu erwarten schien, fuhr er fort: »Ich stell's ab, die Singerei. Für die nächste Wochen sind's schon beim Wolf in Gersthof engaschiert, die Brüder Hoffinger. Heut ist halt ihr Abschiedsbenefiz.« Er schob Toni einen Stuhl hin, während er selbst auf dem Hackstock Platz nahm: »Lang kann i net bleiben. Das Madel kommt net auf mit die Leut.« Er wischte sich den Schweiß von der Stirn.

»Wozu soll die Gaudee?«, fragte Toni.

»Es tragt halt a schöns Stückl Geld«, versicherte der alte Muhr. »Du möchst es net glauben, wie die Leut jetzt umspringen mit die Guldenzettel.«

»Sie sind doch früher nicht so scharf aufs Verdienen gewesen, Vater«, sagte Toni, »warum denn jetzt auf einmal ...?«

»Ja, weißt«, erklärte der alte Muhr und blinzelte mit den Augen, »Die Les' war halt völlig verpatzt in dem Jahr. Der Sauerwurm hat die Blüten abg'sponnen. Aber die Leut', die jetzt zum Heurigen kommen, was verstehn die vom Wein! Nur aufhauen wollen s'. Da hat der Rockenbauer z'erst ang'fangt mit der Wintersaison« – der alte Muhr sprach das ai ganz breit aus wie im Worte Kaiser. »Na ja, man verdient gern was bei die schweren Zeiten. So hab i mir halt auch die Schürzen umbunden, damit's echter ausschaut; das is nämlich die Hauptsach. Dafür rucken s' ausa mit die Hunderter. An Heurigen darfst ihnen gar net hinstellen. A Bocksbeutler muass's sein oder gar a Schampus.«

Die Pepi steckte ihren erhitzten Kopf zur Küchentüre herein. Der alte Muhr schüttelte sein dichtes schlohweißes Haar. »I komm eh scho'«, rief er und, zu Toni gewendet, seufzte er: »Zu viel Ramasuri. Es is rein so, als war i auf meine alten Täg a Brieftrager worn.«

Nach einer Weile kehrte er zurück: »Hast 'n Alexander Katlein g'sehn?«, fragte er schmunzelnd. »Der is mei' beste Kundschaft. Jeden Abend sitzt er da und immer mit andere Menscher.«

»Ich bitt' Sie, Vater«, sagte Toni mit Bestimmtheit, »gerad wegen dem Katlein wär's mir lieber, er führet seine Menscher woanders hin und Sie überlassen dem Rockenbauer die Wintersaison.«

»Is alls schon b'schlossene Sach«, brummte der alte Muhr. »Brauchst gar net erst viel disk'rieren.« Plötzlich blitzte es in seinen Augen; er schien einen Gegenstand gefunden zu haben, zu dem er das lästige Gespräch hinüberführen konnte. »Is wahr, was die Leut' reden«, fragte er, »du willst den Alexander Katlein mitsamt sein' Brudern bei Gericht verklagen?«

Toni nickte.

Nun war die Reihe am Vater Muhr, sich zu ereifern. »Du wirst mir doch ka solche Schand antun vor die Leut'«, rief er. »I kann doch net öffentli wern mit dir.«

In diesem Augenblicke stürzte die Resi wieder herein. »Kommen S' geschwind, Herr Muhr«, kreischte sie, »mit dem Herrn von Katlein geschieht ein Unglück.«

Toni folgte nach. Die Brüder Hoffinger sangen gerade: »Es gibt nur a Kaiserstadt, es gibt nur a Wien.« Zu dem Tisch Alexander Katleins war ein junger, auffallend hübscher Mensch in Feldgrau getreten. Er hatte vielleicht vorher an dem Urlaubertisch nebenan gesessen. Zu der kleinen Moreno gewendet, schrie er außer sich vor Erregung: »Das also ist deine Tant', die im Sterben liegt! Pfui Teufel! Es ist Zeit, dass ich von der Luderei fort komm, pfui Teufel!« Und er spuckte aus. »Der Schuft da ist dir lieber als ich …« Tränen erstickten seine Stimme.

In diesem Augenblick vertrat ihm der alte Muhr den Weg und schob den noch immer Fluchenden zur Türe hinaus. Die aufgeregte Magd Resi räumte alle Gläser vom Tische, die kleine Moreno war sehr blass geworden und senkte verlegen den Kopf, Alexander Katlein hatte sich erhoben; er hielt die Hände in der Hosentasche und lachte laut und schallend. Die Brüder Hoffinger sangen: »Drah'n mer um und drah'n mer auf, es liegt nix dran, weil ma's Geld auf derer Welt net fressen kann.«

Toni Muhr schlich davon. Nun erst pries er sich glücklich, dass er nicht selbst, wie dies ursprünglich seine Absicht gewesen war, Alexander Katlein zur Aussprache gestellt hatte. Er fühlte das Gelächter des Verhassten schonungslos über seinen Kopf ausgeschüttet, wie den schmutzigen Weinklecher seiner Jugendzeit. Anders, mit kühlerem Bedacht, überlegener müsste man die ruchlose Sippe fassen, sie an den Pranger stellen, vor aller Welt entlarven. »Euch zeig ich's noch«, wiederholte Toni Muhr ingrimmig, während er durch die Nacht schritt, »euch allen …«

Auf dem Grinzinger Hauptplatz erreichte er die Elektrische, die bis zum letzten Plätzchen von einer weinselig lärmenden Menge erfüllt war. Eine dicke Frau kam im letzten Augenblick noch einhergelaufen, als sich der Wagen schon in Bewegung setzte. »Was will denn die Blade«, schrie ein Mann, der ein grünes Steirerhütel auf dem Kopfe trug. »Seit wann fahren die Luftballons in der Elektrischen?«

Leute, die sich völlig fremd waren, sprachen miteinander: »Es wird kalt, Frau Nachbarin, und ich hab kein Bröckerl Kohle im Haus.« Man sang im Chor: »'s wird fesche Maderln geben …« Man fühlte sich noch immer beim Heurigen.

Toni Muhr erkannte jetzt den Mann im Steirerhut; es war derselbe, dem er, am Tage seiner Heimkehr, auf dem Neuen Markt begegnet war. Auch der Mann erkannte ihn und rief seine Frau herbei, die mit dem Buben im Wagen saß: »Mutter«, schrie er laut. »Komm her da, ich muss dir einen alten Freund vorstellen.« Und zu Toni Muhr gewendet, sagte er lachend: »Noch immer kein Gusto für'n Schützengraben?«

Der Mann im Steirerhütel sah sich nach allen Seiten um, ob man ihn auch richtig verstanden habe; er sprach für das gesamte Publikum. Um die Aufmerksamkeit weiter auf sich zu lenken, machte er den »böhmischen Tramwaykondukteur«, rief singend die Stationen aus und hielt lange belehrende Reden an die Umstehenden: »Man muss die Böhm' zu behandeln verstehen«, sagte er, »lauter Hochverräter! Aber sie gehn doch nur bis zur Wand, und dann kehren s' um.«

Die Elektrische hielt bei der Schottentorkreuzung, eine blasse Frau drängte sich zum Wagen; in dem einen Arm hielt sie ein schlafendes Kind, in dem andern ein Bündel Zeitungsblätter. Schneeflocken fielen nieder. »Großer Sieg bei Rimnicu Sarat«, rief die Frau. »Blutige Verluste der Russen.«

Der Mann im Steirerhut winkte ihr zu. »Geb'n S' her da«, sagte er und reichte ihr eine Krone: »Leben und leben lassen.« Und er begann den Heeresbericht laut vorzulesen. Im Wagen sang der Chor: »Es gibt nur a Kaiserstadt, es gibt nur a Wien ...«

Zweites Buch

Maria Jadwiga

Vom Turm der Michaeler Kirche schlug es vier Uhr, als Toni Muhr das Palais Lubecki betrat. Er hatte seine Arbeit im Stiche gelassen, um mit der Fürstin Aussprache zu suchen.

Was er ihr sagen wollte, schwebte ihm selbst nur dunkel vor, aber er fühlte, dass es darauf ankam, einmal mit dem Reden zu beginnen. Wenn er jetzt zögerte und sich zurechtlegte, was er denn eigentlich zu sagen hatte, war alles verloren.

Es gab so vieles zu besprechen; eines musste sich aus dem andern ergeben. Wusste die Fürstin darum, dass man bei seinem Vater in Grinzing dem Katlein zum Wein aufspielte? Baron Schönkirchen hatte es ihr sicherlich erzählt, und mit welch hässlichen Bemerkungen! Toni Muhr hörte seine affektierte Stimme: »Handkuss, gnädigste Fürstin. Bin gestern Ihrem Herrn Lehrer begegnet, bei seinem Vater, dem alten Muhr in der Himmelstraße ...«

Man führte Toni Muhr in den runden, mit Gobelins geschmückten Salon, wo er die Fürstin zum ersten Mal angetroffen hatte. Gestickte Amazonen saßen da auf gestickten Pferden und ritten durch einen blaugrünen gestickten Hain; ihr rosenrotes Fleisch war von einem weichen unwirklichen Glanz bestrahlt.

Im Nebenzimmer spielten die beiden kleinen Prinzessinnen Dunia und Stasia. Die Türe war nur angelehnt, und Toni Muhr sah, dass sie ihren Onkel, den Fürsten Adam, über die Springschnur hüpfen ließen. »Teufel noch einmal«, sagte der Kranke, aber er hüpfte doch jedes Mal wie ein Automat, wenn die Springschnur seinen Knöchel traf. Das Hündchen Raton stand daneben und bellte.

Die Fürstin trat ein. »*Ah, c'est vous, mon cher*«,[1] rief sie mit ungezwungenem Tonfall der Stimme, während man ihren Augen doch anmerkte, dass sie erstaunt war, Toni zu dieser Stunde und ohne vorhergegangene Abrede bei sich zu sehen. »Man hat mir nur gesagt, der Doktor ist hier. Da meinte ich, es sei der Arzt meines armen Schwagers.«

»Der Doktortitel bringt einen um den ehrlichen Namen«, entgegnete Toni Muhr. »Es ist so, als ob man den ganzen Tag in einem Talar umherliefe. Aber Sie sind doch nicht am Ende leidend, Fürstin … weil Sie einen Arzt erwarten.«

»Nein«, sagte die Fürstin lachend, »ich bin ganz gesund, ich weiß kaum, was das heißt, krank sein, und es ist mir schon lieber, dass Sie es sind und nicht der Doktor, mit dem ich von Zeit zu Zeit aus verwandtschaftlicher Teilnahme den Zustand meines armen Schwagers besprechen muss.«

Es war deutlich, dass sie Toni Muhr über die Verlegenheit der ungewöhnlichen Begegnung hinwegzuhelfen versuchte, und dass sie zugleich von ihm eine Aufklärung erwartete. Sie wies ihm einen Stuhl vor dem Kamin an, rückte sich ihm gegenüber zwischen den Polstern zurecht und ließ ihm noch immer Zeit zum Nachdenken, während sie mit der Feuerzange ein paar Scheite in Ordnung brachte, die von den Feuerböcken abgestürzt waren.

»Ist es nicht merkwürdig«, begann sie endlich, da Toni schwieg, »dass selbst die besten Diener kein richtiges Feuer zustande bringen? Sie stopfen den Kamin mit Klötzen voll und nehmen der Flamme ihre Freiheit, auf die es allein ankommt. Mit dem Tee ist es ebenso, man darf ihn nur ja nicht in der Küche zubereiten lassen. Sonst wird eine Suppe daraus, aber niemals wirklicher Tee.«

Toni Muhr kam die Beschäftigung am Kamin sehr gelegen, er nahm den Blasebalg und mühte sich eifrig, die zerfallene Glut wieder anzufachen; Asche flog umher.

Die Fürstin lachte: »Auch Sie muss man wohl noch in die Lehre nehmen. Kennen Sie das französische Sprichwort, nur

Wahnsinnige, Weise oder Verliebte verstünden es, ein Feuer zu bereiten? Wo bleibt die Talentprobe?«

Die Fürstin trug einen blasslila Teagown, der die vollen Arme preisgab, die Füße hielt sie gegen den Feuerbock des Kamins gestemmt, so dass man unter den dünnen Maschen des Seidenstrumpfes rosige Haut schimmern sah. Jetzt erst kam es Toni Muhr zum Bewusstsein, dass er heute zum ersten Male mit der Fürstin Lubecka allein war. Seine Stimme hatte in dem großen Saale ein Echo bekommen, wie seine Gedanken. Er hörte sie immer zweimal, und das zweite Mal verändert; alles hatte eine unerwünschte Nebenbedeutung.

So nahm Toni Muhr zu Geschriebenem Zuflucht. Er holte aus seiner Tasche ein Aktenstück hervor, das ihm Dr. Hengel gestern Abend geschickt hatte. Äußerlich sah es genauso aus wie die Klage, die von seinem Anwalt bei Gericht überreicht worden war, und Toni Muhr hatte die Bogen schon zur Seite legen wollen, weil er dachte, es handle sich nur um eine Kopie, die ihm aus irgendeinem Grunde noch einmal vorgelegt wurde, aber dann bemerkte er die hässliche Überschrift, die ihn zu narren schien: Klagebeantwortung.

Toni Muhr hatte gehofft, dass man bei Gericht, wenn man nur erst die Klage in Händen hielt, sogleich die Verhandlung ausschreiben, die Zeugen verhören und das Urteil fällen würde. Aber da gab es eine erste Tagfahrt, bei der eine Unmenge leerer Förmlichkeiten besprochen wurden, als käme es nur auf diese an und nicht auf die schleunige Wiedergutmachung erlittenen Unrechts. Und nun gestattete man gar den Brüdern Katlein, die unanfechtbaren Klagepunkte schriftlich zu widerlegen und so den klaren Sachverhalt vollends in Verwirrung zu bringen.

»Es ist richtig und wird zugegeben«, hieß es in dem Aktenstück, »dass der Kläger bei unserem Unternehmen als Chemiker angestellt war, richtig ist auch, dass er uns im Frühjahr 1914 eine Arbeit vorlegte, die er als patentfähige Erfindung eines neuen Verfahrens zur Erzeugung von Tierkohle bezeichnete ... und so fort.« Gleich darauf aber wurde alles wieder bestritten. Toni Muhr war sich bewusst, dass man ein nichtswürdiges Spiel mit ihm trieb, man stellte Fallen und Fangeisen bereit, man ließ es auf die Geschicklichkeit ankommen, nicht auf das Recht.

Es galt zu entscheiden, ob seine Erfindung – ein Stück seines Geistes, das Wirklichkeit geworden war – ihm entrissen werden durfte oder ob sie sein Eigentum blieb mit allen ihren Wirkungen und mit den Gütern, die sie an sich zog. Gerade dies Wesentliche aber suchte man zu verdunkeln, man brachte ein ganzes Arsenal von Gelehrsamkeit gegen ihn zur Geltung. Da wurde Kohler zitiert, der einen Angestellten bei seiner Arbeit nur als Stellvertreter des Unternehmers gelten ließ, und Osterrieth, der auseinandersetzte, ein Angestellter könne für Leistungen, auch wenn sie den Durchschnitt übersteigen, keine besonderen Ansprüche erheben; am meisten aber fühlte sich Toni Muhr durch ein Wort von Siemens aufgebracht, das die erfinderische Tätigkeit als den Werktag eines Ingenieurs oder Chemikers bezeichnete, für den er durch sein Gehalt vollauf entlohnt sei.

Toni Muhr las der Fürstin, die aufmerksam zuhörte, das ganze Dokument vor. Sie hielt eine der dünnen Zigaretten, die sie bevorzugte, in einer winzigen goldenen Zange vor sich hin und blies aus gespitzten Lippen den Rauch in die Luft. Dann sagte sie: »Bitte gehen Sie doch zu Exzellenz Pucher, ich werde ihm vorher telefonieren, er ist einer der klügsten Köpfe, die wir jetzt im Ministerium haben, Sie treffen ihn am besten im Parlament, da langweilt er sich und hört Sie an, sonst hat er nie Zeit.«

Was soll ich bei dem Minister, überlegte Toni Muhr. Wie könnte er mir denn helfen? Viel zu viel ist schon geredet worden. Nur eines kann mir helfen, die Entscheidung.

Die Fürstin aber drängte: »Sie wissen, dass ich kein Vertrauen zu den Gerichten habe, und dass mir alles odios ist, was sich vor der großen Öffentlichkeit vollzieht. Also gehen Sie zum Minister.« Und sie fügte hinzu: »Tun Sie's mir zuliebe.«

Sie ließ das Mundstück der Zigarette, die sie eben zu Ende geraucht hatte, aus der goldenen Zange fallen und wärmte nun ihre Handflächen am prasselnden Kaminfeuer. Toni Muhr sah die langen weißen aufwärtsgestreckten Finger, die sich im roten Widerschein der Flamme bewegten. Es war ihm, als führten sie ein selbständiges Dasein. Die Finger spielten im Licht, wuchsen frei aus den Handballen hervor, verneigten sich, bogen sich in den Gelenken, wie Tänzerinnen in den Hüften sich wiegen. Und so sehr empfand Toni Muhr das Persönliche ihres eigentümlichen Lebendigseins, dass ihre Hüllenlosigkeit ihn beklommen machte. Sein Blick folgte der schwebenden Linie, die über das schmale Handgelenk zur Rundung des Armes aufwärts führte und sich im losen Faltenwurf des Teagowns verlor. Einem plötzlichen Entschlusse folgend, griff er nach der Hand, die vor ihm lag, hielt sie behutsam fest, wie man einen Vogel gefangen hält, dessen warmes flügelschlagendes Leben man, beinahe erschreckt, zu spüren bekommt.

Die Hand ergab sich ihm, er führte sie zum Munde und küsste sie. Dabei überraschte ihn die eigene Kühnheit so sehr, dass er, aus der Fassung geraten, es nicht wagte, die Augen aufzuschlagen.

Nun entzog sich ihm wieder die Hand. Toni Muhr hörte die Fürstin leichthin fragen: »Wie geht es denn Lauretta? Sie schien mir so verändert in der letzten Zeit.«

Es war schwer zu entscheiden, ob die Frage ernst gemeint war, als Zurechtweisung oder nur die Bestimmung hatte, Toni Muhr zu verspotten.

»Man muss sie lieb haben, sehr lieb«, fuhr die Fürstin Lubecka fort, ohne eine Antwort abzuwarten, »*szalenie*‹, wie es im Polnischen heißt. So ist sie zu verstehen, und das ist ihre Bestimmung.«

»Sagen Sie es mir ohne Schonung, Fürstin«, bat Toni Muhr mit einem Ruck, und sein Blick hatte etwas Gequältes. »Glauben Sie, dass Lauretta mich betrogen hat?« Als Einschränkung fügte er hinzu: »Während ich im Felde war.«

Erstaunt blickte ihn die Fürstin an.

»Verzeihen Sie, dass ich so geradeaus rede«, fuhr Toni Muhr fort, »ich weiß, dass man derartige Fragen nicht stellen darf und dass ich Ihnen jetzt vielleicht lächerlich erscheine …«

Die Fürstin lachte in der Tat: »Was fällt Ihnen denn ein, lieber Doktor … Wie kann man nur …«

Aber Toni Muhr spannte sich förmlich in seine Frage. »Es fehlte mir an Zutrauen, haben Sie einmal gesagt; ich sei immer bis zum Hals hinauf zugeknöpft … Haben Sie doch Nachsicht mit mir, machen Sie mir das Sprechen leicht.«

Es war deutlich, dass er sie auf die Probe stellte, sie sollte sich zu ihm bekennen.

Noch immer lachend, entgegnete die Fürstin – und es war, als spräche Lauretta mit ihr im Chor: »Der Umgang mit den Gerichten, der Ihnen so teuer zu sein scheint, hat ja einen perfekten Staatsanwalt aus Ihnen gemacht. Man muss vor Ihnen auf der Hut sein mit allem, was man sagt. Beim besten Willen: Ich weiß nichts von den Handlungen Laurettas, und die Gedanken vollends kennt nur der liebe Gott. So viel scheint mir sicher: Ob einer schuldig ist oder nicht, entscheidet sich bei seiner Geburt … Aber sind Sie wirklich hergekommen«, schloss die Fürstin, »um mich nach Lauretta auszufragen? Da hätten Sie zu Hause leichter Antwort finden können.«

Sie war aufgestanden und stützte sich gegen die Brüstung des Kamins, spöttisch blickte sie auf Toni Muhr nieder; »So reden Sie doch«, sagte sie, »was hat Sie zu mir geführt? Alles

Bisherige war doch nur Auftakt und Einleitung. Sind Sie gekommen, mir Unterricht zu erteilen? Bitte fangen wir an. Wenn es etwas zu erfahren gibt … eine überraschende Nachricht des Lebens … davon kann ich niemals genug bekommen … ich bin voller Neugierde … unersättlich … auf meine Neugierde kann man sich immer verlassen. Sie ist das einzige, worauf man sich bei mir verlassen kann. Aber Sie scheinen heute gar nicht in Stimmung … schade … Was ist es also, das Sie zu mir führt? … Darf ich Ihnen helfen? Sollte nicht Lauretta …«

Auch Toni Muhr hatte sich erhoben. »Gewiss, Fürstin«, sagte er, »wozu Umschweife und Ausflüchte? Eine lächerliche Eitelkeit« – er stockte – »führt mich zu Ihnen. Vielleicht wäre ich wieder fortgegangen, ohne gesprochen zu haben … Aber nun, da Sie Rede und Antwort verlangen … Ich weiß nicht, ob Ihnen bekannt ist … dass mein Vater in Grinzing Wein ausschenkt und dass er mit seinen weißen Haaren den Bedienten für Leute abgibt wie diesen Katlein und seine Freundinnen. Jedenfalls wollte ich, dass Sie es von mir erfahren, Fürstin, und dass Sie niemand anderem erlauben, Sie davon zu unterhalten. Das ist es, worum ich Sie bitten wollte.« Toni Muhrs Stimme klang scharf, beinahe herausfordernd.

»Warum so feierliche Worte«, sagte Fürstin Lubecka in ihrem unbefangenen Gesprächston, den sie auch jetzt festhielt: »Ich wusste ja, dass Ihr Vater Weinhauer in Grinzing ist; bei uns gräbt man nach Petroleum – *c'est moins pôetique*[2] – kein Halm, kein Strauch, nur schmutziges Öl, das über die Straße rinnt und dessen Geruch sich in die Kleider nistet. Die Russen haben das Revier verschont, aber voriges Jahr im Sommer ist der Blitz in den ergiebigsten Schacht gefahren; aus Zorn, verstehen Sie! Da hat es vier Wochen lang gebrannt. Tag und Nacht sind riesenhafte feurige Kugeln zum Himmel aufgeflogen, und auch der Fluss hat gebrannt. Die ganze Landschaft war eine zornige Fackel.«

Toni Muhr wiederholte eigensinnig: »Mein Vater hat dem Katlein ...«

Die Fürstin unterbrach ihn: »*Pourquoi insister?*[3] Sicherlich hat Ihr Vater die richtige Art, mit Menschen umzugehen – denn es ist ehrenvoller, manchen Leuten zu dienen, als mit ihnen an einem Tische zu sitzen.«

Toni Muhr schwieg.

Die Fürstin sagte: »Wissen Sie, mein Lieber, dass Ihre Art, geheime Dialoge mit sich selbst zu führen, ein wenig unhöflich ist. Also, da wir schon bei Confessions halten – wovon schwiegen Sie?«

»Es ist mir nur eingefallen«, antwortete Toni Muhr, »was Sie mir einmal über die Zärtlichkeit sagten, die höher steht als Liebe.«

Die Fürstin erwiderte: »Auch mir ist in dem gleichen Augenblick etwas in den Sinn gekommen, das Sie betrifft.« Sie stand dicht vor Toni Muhr: »Dass Sie der erste Mann sind«, erklärte sie, »dem es beliebte, mit mir über so viel letzte Dinge des Lebens zu sprechen, von Recht und Gerechtigkeit, nur nicht über dies eine Naheliegende, wovon die anderen pünktlich nach fünf Minuten zu reden beginnen ... Nun wissen Sie es also! Und eigentlich ist es sehr beschämend für mich«, fuhr die Fürstin lachend fort, während sie den Schürhaken wie ein Zepter erhob, »ich mache mich anheischig, aus jedem Scheit Holz die Flamme zu holen, die in ihm steckt – nur Sie, lieber Doktor, leisten erfolgreichen Widerstand.«

Toni Muhr blickte starr vor sich hin, als hörte er nicht die Fürstin, als folgte er einem neuen quälenden Gedanken. »Ist es wahr«, fragte er leidenschaftlich, »ist es wahr?«

»Worüber soll ich um Himmels willen noch Auskunft geben?«, schalt die Fürstin mit gespieltem Schrecken. »Und was soll denn wahr sein oder nicht wahr sein?«

»Das vom russischen Obersten«, flüsterte Toni Muhr,

»und von den anderen, die sich töten wollten oder die Sie töten wollten.«

»Wer hat Ihnen diese verrückte Geschichte erzählt«, lachte die Fürstin, »*une histoire à dormir debout!*[4] Und wie können Sie den Mut finden, mir Solches ins Gesicht zu wiederholen. Und wie können Sie nur herkommen und sich anbieten, wenn Sie den Wahnsinn glauben – nach all dem sich anbieten. Und Sie sind doch hergekommen, um sich anzubieten … *mon pauvre petit!*[5] Wie er zittert! Und will mir die Beichte abnehmen, großes Kind. Hören Sie mein Geständnis: Ich sagte vorhin, dass es schuldlose Menschen gibt und schuldige, nicht ihrem Tun, sondern ihrem Wesen nach. Ich also bin schuldig, Punktum. Damit werden Sie sich schon abfinden müssen. Ich erlaube keine Vorbehalte. Hände hoch, auf Gnade und Ungnade.«

»Auf Gnade«, sagte Toni Muhr.

»Auf Gnade und Ungnade«, wiederholte die Fürstin. Sie stand noch immer dicht vor ihm; ihre Augen waren nahe den seinen. Da fasste er sie an den Schultern, da riss er sie an sich.

»*Mais il est fou, le petit*«,[6] rief die Fürstin, »*laissez moi donc!*[7] Was hat er denn, großes Kind.«

Er fühlte kühle Haut und küsste sie.

»Nicht jetzt, nicht hier«, bat die Fürstin. »Ein Geschenk darf nicht erschlichen sein.«

Sie befreite sich: »Gehen Sie … Ich schreibe – vielleicht nächste Woche, vielleicht noch diese, vielleicht morgen. Auf Wiedersehen!« Und da er noch immer bewegungslos vor ihr stand, neigte sie sich zu ihm und reichte ihm die Lippen.

Eine Sekunde lang hielt er sie im Arm und war sehr schwindlig, als ob er sich vom Boden losgelöst hätte. Die gestickten Amazonen auf den Gobelins, die rings an den Wänden hingen, begannen einen wilden Ritt kreisrund um den Saal. Er sah nichts als goldenes Leuchten. Dann kam ein Bewusstsein, schwer zu fassen, doch unendlich beseligend. Er sagte sich: Die Fürstin Lubecka hat sich dir geschenkt. Das erfüllte ihn mit Stolz und machte ihn zugleich verlegen. Angstvoll fragte er sich, was jetzt wohl geschehen würde, jede Ungeschicklichkeit konnte den schönen Zauber brechen; er wusste nicht, wie man großen Damen begegnete, und er schämte sich. Es war das erste wirkliche Abenteuer seines Lebens.

Dann aber merkte er, dass die Frau, die er im Arme hielt, gar nicht mehr die Fürstin Lubecka war. Alle Hoheit, die eben noch um sie gewesen, schien von ihr abgefallen, im nämlichen Augenblick, da er sie geküsst hatte. Nun fühlte er sich als der Überlegene; es war ihm, als müsste er sie beschützen, als sei sie ihm auf Gnade und Ungnade anvertraut. Wie seltsam, dachte er: Werden denn alle großen Damen sogleich kleine Mädchen, wenn man sie küsst?

Dies alles zusammen währte nur einen Augenblick, dann stand wieder die Fürstin Lubecka vor ihm und winkte: »Auf Wiedersehen!«

Im Vorzimmer traf Toni Muhr den Baron Schönkirchen; er wäre ihm gerne ausgewichen.

»Wo sind wir einander zum letzten Mal begegnet, lieber Freund?«, fragte der Baron.

»Wenn's weiter nichts ist«, erwiderte Toni Muhr übermütig, »da kann ich schon aushelfen: Es war bei meinem Vater in Grinzing.« Und er winkte von obenher mit der Hand zum Abschied.

2

Mitten durch Menschengewühl suchte Toni Muhr von der Reichsratsstraße her Einlass in das Parlamentsgebäude. Für das profane Volk gab es nur diese eine Hintertüre, um in das Volkshaus zu gelangen, und auch hier wehrte handfeste Polizei den Ansturm der Namenlosen ab. Diese Leute sind die Galerie, sagte sich Toni Muhr, sie müssen um den Einlass kämpfen, und doch wird nur für sie Politik gemacht; ihnen gelten die schönen Reden im Saal. Sie sind die eigentlich Mächtigen, aber sie dürfen es nicht erfahren.

Vorhin hatte Toni Muhr einen ruthenischen Bauer beobachtet, der, ohne sich um die Wachen zu kümmern, gemächlich die breite Rampe zum großen gläsernen Haupttor hinaufgeschritten war; das sah aus, als habe er sich verirrt. Das lange Haar hing dem einsamen Manne ins hagere Gesicht, der weiße Mantel schlotterte um seine Glieder, sein Gang hatte etwas Stolperndes. Mühsam klinkte er die Tür auf, nun stand er im Atrium, zwischen den breiten roten Marmorsäulen, seine knochigen Finger zerknitterten den Hut. Livrierte Diener, die Brust mit Medaillen und Orden geschmückt, sperrten ihm den Weg, fragten ihn nach seinem Begehr. Er antwortete nicht, verstand wohl auch nicht, was man von ihm verlangte, ließ sich geduldig wieder auf die Rampe hinausdrängen, sah zwei Fahnen im Winde flattern, stand da und staunte.

»Zu Exzellenz Pucher«, sagte Toni Muhr, als er am Türsteher vorüberschritt, der hoheitsvoll den »Bühneneingang« bewachte. »Ich erwarte Sie Donnerstag um halb zwölf Uhr im Parlament«, hatte der Minister geschrieben, ohne dass Toni Muhr um eine Audienz angesucht hätte, »Fürstin Lubecka hat mir von Ihnen erzählt, und ich werde mich sehr freuen, Sie kennen zu lernen.« Unsichtbare Hände öffneten ihm verriegelte Pforten; auch im tiefen Gruße des Türstehers glaubte Toni die Erklärung zu lesen: Ich weiß, wer du bist, ich grüße in dir eine höhere Macht.

Vor dem Ministerzimmer wurde Toni Muhr von einem Beamten empfangen, dessen langer und hagerer Körper in einen engen Gehrock eingewickelt war. Auf dem blendend weißen Stehkragen saß ein kleiner rothaariger und sommersprossiger Kopf.

»Ministerialrat von Franck«, stellte sich der Beamte vor. Man hörte förmlich, wie das ck in seinem Namen, auf das er besonderen Wert zu legen schien, mit einem knackenden Geräusch einschnappte. »Präsidialchef Seiner Exzellenz. Ich habe Auftrag, den Herrn Doktor zu empfangen. Seine Exzellenz ist augenblicklich im Saale festgehalten. Wenn es dem Herrn Doktor vielleicht angenehm sein sollte, sich indessen auf die Galerie zu bemühen?«

Herr von Franck sprach mit großer Geläufigkeit in der dritten Person und machte, während er neben Toni Muhr herschritt, fortwährend Front, so dass er mit seinem schwarzen Gehrock den weißen Verputz der Wand abstreifte. Plötzlich war es Toni Muhr, als müsste er hell auflachen; es fiel ihm ein, dass er Herrn von Franck schon früher einmal begegnet war: als er nämlich Lauretta zum Sacher eingeladen hatte. Da war dieser rothaarige, sommersprossige Mensch ihnen gegenübergesessen, und Rudi Saluzzo hatte erklärt, es sei einer der vielen weitläufigen Verwandten Theodor Katleins, der sich aber mit seiner Familie überworfen habe und Wert darauf lege, an seine jüdische Abstammung nicht erinnert zu werden.

»Es ist mir eine besondere Auszeichnung, dem Herrn Doktor zu begegnen«, sagte der Rothaarige, »bitte ganz über mich zu verfügen. Ich hatte Gelegenheit, Exzellenz die Zeitungsblätter vorzulegen, die von den ungewöhnlichen Erlebnissen des Herrn Doktor berichteten. Seine Exzellenz ist überaus begierig ...« So ging es fort. Dabei merkte Toni Muhr, dass Herr von Franck mit seinem starren Lächeln um den gespitzten Mund noch mancherlei anzudeuten suchte, was er nicht wirklich aussprach. In seinem Lächeln lag Einverständnis, so als wollte auch er merken lassen, dass er die »höheren Mächte« kenne, die für Toni eintraten.

Toni Muhr war es recht, zunächst auf der Galerie Umschau halten zu können. Fürstin Lubecka hatte versprochen, sie werde einen Augenblick ins Parlament kommen – man erwartete eine Erklärung des Polenklubs. In der dritten Loge links hatte die Fürstin Plätze belegt, aber noch war sie nicht eingetroffen; vergeblich spähte Toni hinüber.

Der Lärm, der mit einem Male losbrach, lenkte ihn ab. Mit einem hohen schrillen Tone setzte es ein und ging rasch in ein polterndes Krachen über. »Der Ministerpräsident wird sprechen«, flüsterte der Präsidialist Toni Muhr ins Ohr.

Vor der Ministerbank stand ein tschechischer Abgeordneter und schrie: »Er darf nicht reden. Hanba ... Er darf nicht reden!«, immer dieselben Worte. Neben ihm warf ein deutschnationaler Kollege die Arme in die Luft. Fanatisch heiser klang auch seine Stimme. »Verräter«, schrie er. »Unsere Brüder habt ihr gemordet, Überläufer!« Zu einem großen schwarzen Teich waren die Menschenkörper zusammengedrängt, obenauf schienen einzelne schreiende Köpfe zu schwimmen. Die Stimmen schwollen an, bis sie sich selbst verzehrten.

Aus seinem schweinsledernen Portefeuille hatte der Ministerpräsident ein Bündel leerer Blätter geholt, von denen er nun seine Rede ablas; anscheinend im Plauderton – nur für die Zunächststehenden, als ginge ihn das Lärmen nichts an. Er versuchte gar nicht, sich verständlich zu machen, sondern erledigte seine Rede wie einen Akt; man sah nur die Bewegung seiner Lippen und das Zittern der weißen Blätter, die eines um das andere auf das Pult niederfielen.

Ein Wort flatterte auf: austro-polnische Lösung, dann noch einmal Lärmen, das plötzlich abriss.

»Sie meinen es nicht so bös«, sagte Herr von Franck. »Ich war früher beim inneren Dienst; daher weiß ich es genau.« Da Toni Muhr schwieg, verneigte er sich noch einmal und ging.

Im selben Augenblick bemerkte Toni Muhr, dass Fürstin Lubecka ihre Loge betrat. Auch sie hatte ihn erkannt und erwiderte seinen Gruß mit einem Blick mehr als mit einer sichtbaren Bewegung. Dann nahm sie Platz wie jemand, der gewohnt ist, aller Augen auf sich zu lenken, stützte ihr Kinn auf den schmalen weißen Handschuh und blickte in das lärmende Menschengewirre hinab.

Toni Muhr wäre am liebsten gleich zu ihr hinübergeeilt, aber er wusste: Das durfte nicht sein. Seit jenem Nachmittage, da er zum ersten Mal die Fürstin Lubecka in seinen Armen gehalten hatte, war seinen Begegnungen mit ihr besondere Vorsicht auferlegt. Keine harmlos vertrauten Gespräche, keine Unterrichtsstunde gab es mehr am Kamin, alle anderen Besucher zeichnete die Fürstin vor ihm durch ihre Anrede aus, schien oft ganze Abende lang ihn kaum zu bemerken, ließ es ruhig geschehen, dass er stumm verdrossen in der Ecke neben der alten Fürstin saß und eine Vorlesung aus Mickiewicz erduldete, während Lauretta, die ihre alte Lebhaftigkeit wiedergewonnen hatte und förmlich aufblühte, mit ihrem girrenden Lachen einen Schwarm junger Leute an sich zog, unter denen der schöne Graf Schrattenbach kaum jemals fehlte.

Nach solch harter Probe wurde Toni Muhr durch einen verstohlenen Händedruck entschädigt, durch ein heimlich zugeflüstertes Wort, das ihn schwindlig machte: »Nur du« oder »morgen um fünf«.

Dann wartete er in der kleinen möblierten Wohnung, die er an der Ecke der Florianigasse gemietet hatte: zwei nette, freundliche Zimmer mit kleinbürgerlichem Hausrat im Biedermeierstil, über den Türen sinnreiche Sprüche mit Blumengirlanden unter Glasrahmen: »Nord, Süd, Ost und West, daheim ist's am best.« Er kam immer viel zu früh; langsam schlich die Zeit hin bis zur peinvoll ersehnten Stunde.

Man hätte glauben mögen, die Fürstin Lubecka suche ihn von seiner Arbeit abzuhalten, wie sie den Prozess mit Theodor Katlein, scheinbar ihn fördernd, zu verhindern suchte.

Sie handelte da wie im geheimen Einverständnis mit Lauretta und darüber hinaus mit der ganzen Stadt.

Toni Muhr aber brauchte seine Arbeit mehr denn je; viel Geld zerrann ihm zwischen den Fingern für Nichtigkeiten, an die er sich kaum mehr zu erinnern vermochte, wenn der Beutel leer war. Sein ganzes Leben zerpflückte sich, war nun wieder auf Warten eingestellt wie im Felde. Er wartete von einem Besuch in der Florianigasse zum andern ... Dann endlich kam die Fürstin, und ihre bloße Gegenwart übte solchen Zauber auf ihn aus, dass er alles Schwere, das ihn sonst bedrückte, mit einem Schlage vergaß.

»Bist du glücklich«, fragte die Fürstin, und er wusste gar nichts anderes über sein Leben auszusagen, als dass er glücklich war. Es gab in solchen Augenblicken keine Leere mehr und keine Verlassenheit, kein schmerzhaftes Fühlen, dass kostbare Zeit verging.

Sonst hatte er zuweilen den Eindruck, in einen Strom hinabzublicken, dessen Wellen, an ihm vorüber, einem fernen Meer entgegeneilten. Da war keine zu fassen, keine zu halten, sie alle gingen ihren Weg, nur er stand am Ufer. An den Nachmittagen in der Florianigasse aber fühlte sich Toni Muhr mitten in den Strom gerissen, und es schien köstlich, sich tragen zu lassen, willenlos aufzugehen und zu spüren: Du bist mitten im Strom. Er war doch so jung, gab es höheres Empfinden des Daseins als Liebe?

In Augenblicken des Alleinseins und des Wartens aber fragte sich Toni Muhr: Ist es wirklich Liebe, was ich empfinde? Ist es wirklich Liebe, was Maria Jadwiga zu mir führt? Manchmal fühlte er sich schuldig, als habe er seine Liebe, die Liebe Maria Jadwigas zu einem schmählichen Handel missbraucht, um seiner selbstsüchtigen Zwecke willen. Er klagte sich an, weil er auch jetzt, im Banne einer großen Leidenschaft, seinen Weg nicht aus dem Auge verlor, weil er den starren Blick nicht vom Ziele zu wenden vermochte. Er schämte sich dieser scheinbaren Stärke wie einer Schwachheit und eines Makels.

Dann wieder glaubte er selbst getäuscht und genarrt zu sein: so, als bilde er nur einen Programmpunkt im arg überlasteten Tage Maria Jadwigas. Als sei da auf irgendeinem unsichtbaren Merkblatt zu lesen: Donnerstag fünf Uhr, Florianigasse. Und sie war pünktlich zur Stelle, sie kam niemals zu früh und niemals zu spät, alles verlief peinlich genau, wie bei einer Hofansage.

Toni Muhr fragte sich, ob es denn überhaupt möglich war, dass Maria Jadwiga ihn liebte? Gleich beim ersten Ansturm hatte sie sich ihm ergeben, im Augenblick, da er wohl darauf gefasst gewesen war, Spott und zornige Abwehr erfahren zu müssen. Toni Muhr misstraute dem eigenen Erfolge. Konnte, was so leicht gelang, mehr sein als Laune einer großen Dame, mehr als Spiel?

Maria Jadwiga sagte: »Dass du so schüchtern bist, das hat mich zu dir geführt. Du hast eine Art der Behutsamkeit, die stärker packt als die Kühnheit und Verwegenheit der anderen. Auf jede Frage weißt du eine Antwort und wirst rot dabei und schämst dich deiner Klugheit wie andere überheblich sind vor lauter Einfalt. *Oh, combien je les méprise, ces hommes irrésistibles!*«[1]

Erschreckend aber schien es Toni Muhr, dass er jetzt selbst in seinem Äußeren dieser Art von »unwiderstehlichen« Männern nacheiferte. Seit langem schon hatte er den schwarzen Kalabreser, den er früher getragen, mit einem schmalrandigen Hut vertauscht, wie er in den Schaufenstern der Kärntnerstraße zu sehen war. Das Stirnhaar hatte er in voller Welle nach rückwärts gestrichen, wie es die neue Mode verlangte, und seine Oberlippe war rasiert, seit Maria Jadwiga einmal erklärt hatte, der Schnurrbart beeinträchtige seinen Mund, der das Beste an ihm sei: frauenhaft und doch entschlossen.

Toni Muhr hatte einen Anflug von Eleganz bekommen, der ihn selbst überraschte. Wie eifrig war Lauretta bemüht gewesen, derlei Veränderungen bei ihm durchzusetzen, »ihn eitel zu machen«, wie sie es nannte; alle Versuche waren missglückt. »Ich bin kein Gigerl«, hatte seine Antwort gelautet. Nun aber war er mit einem Mal ein Gigerl geworden.

Die Fürstin Lubecka schien sich indessen keineswegs mit dieser äußeren Verwandlung begnügen zu wollen, sie verlangte weit mehr, sie wünschte sein Inneres zu treffen. »Spröder Stoff, doch guter Stoff«, sagte sie, »mich reizt die Schwierigkeit.«

Die Zauberkünste der Fürstin Lubecka beschränkten sich auch nicht auf Toni Muhr; sie selbst erschien bei jeder neuen Begegnung als eine Verwandelte. Wenn Toni Muhr, den vereinbarten Zeichen folgend, zur Türe flog und öffnete, trat gar nicht sie, die sehnsüchtig Erwartete ein, sondern jene andere Maria Jadwiga, die er gewonnen hatte, als zum ersten Mal seine verwegenen Lippen die Lippen der Fürstin Lubecka suchten.

Immer aufs Neue, immer gesteigert, kostete er das Beglückende solcher Verwandlung aus, wie den Schmerz der Trennung und den Jubel des Wiedersehens, ein Verdunkeln und sich Erhellen des Lebens. Und alles war ihm wunderbar an diesem Kommen und Gehen Maria Jadwigas, an diesem zauberhaften Wechsel, bis zu dem einen schnellen Griff, mit dem sie ihr aufgelöstes falbes Haar in einen Knoten steckte und so schon rein äußerlich eine andere wurde und alles Beunruhigende der neuerlichen Trennung vorahnen ließ.

Wenn Maria Jadwiga ging, folgte ihr Toni Muhr mit allen seinen Gedanken nach. Er war immer hinter ihr her wie ein Schatten. Er wollte ihre Tageseinteilung kennen, er litt unter dem vielen, das ihm unbekannt blieb, unter den Begegnungen, die jeder Tag ihr mannigfach zuführte; schmerzlich empfand er jeden Händedruck, den sie anderen vergab, jedes

Lächeln, das sie im Vorübergehen verschenkte. Überall fühlte er ihre Wirkung, ihr Eingreifen, überall sah er sie fremdes Schicksal berühren, sich mit ihm vermengen, es sich zu eigen machen.

Toni Muhr lernte ein neues Gefühl kennen, dessen er sich selbst kaum für fähig gehalten hätte: die Eifersucht. Er schämte sich der kleinen hässlichen Regung, die ihm stets verächtlich erschienen war. Als Lauretta ihm nach Elba geschrieben hatte, dass ihr Herz einem anderen gehöre, hatte er Schmerz empfunden und Mitleid auch, jawohl Mitleid. Er hatte an Lauretta gedacht und wie schwer es ihr werden musste, ihm solches zu berichten. Er hatte sich all des Schönen und Gemeinsamen erinnert, das sie miteinander verband und das nun für immer verloren schien. Es quälte ihn der Wunsch, Gewissheit zu schaffen, aber nur Gewissheit zwischen sich und Lauretta. Dann später, als das breite Lachen Alexander Katleins Lauretta beschimpfte, hatte ihn Zorn und Abscheu gefasst, der bohrende Wunsch, Vergeltung zu üben: doch vor allem um ihretwillen. Sein Herz war freigeblieben von Eifersucht; der andere, der dritte, war eigentlich niemals in den Bannkreis seiner Erwägungen getreten. Lieber wollte er betrogen sein, als nachforschen und sich gemein machen.

Aber nun war Toni Muhr eifersüchtig, in einer dummen, lächerlichen Weise eifersüchtig, wie alle die Toren, deren hasserfülltes Wüten er früher verspottet hatte; oder liebte er Maria Jadwiga anders, als er Lauretta geliebt hatte?

Mit Lauretta hatte er sich auch dann noch verbunden gefühlt, als sie ihm den Rücken kehrte; stets hatte er ihrer voll Güte und eigentlich immer verzeihend gedacht. Gegen Maria Jadwiga erfüllte ihn Groll mitten im Glück eines Bevorzugten und Beschenkten. Es war etwas in ihm, das sich auflehnte; das Glück tat weh, hielt ihn wie mit schmerzenden Fesseln. Er war ein Gefangener, und wenn er sich rührte, schnitt es ins Fleisch.

Toni Muhr sah, wie Baron Schönkirchen die Loge der Fürstin Lubecka betrat und ihr mit einer tiefen Verneigung die Hand küsste. Das verstand er, der Geck! Gleich bei der ersten Begegnung in der Florianigasse hatte Maria Jadwiga erklärt, mit der Umarmung Tonis sei sie wohl einverstanden, aber seine Art, in Gesellschaft die Hand zu küssen, lasse noch manches zu wünschen übrig. Und sie hatte ihm auseinandergesetzt, dass es nicht angehe, die Hand einer Dame emporzureißen, sondern dass man sich zu ihr hinabbeugen müsse; er solle nur einmal aus Baron Schönkirchen achten, der verneige sich tadellos.

»Stehen kann er nicht und gehen auch nicht« schalt Toni Muhr, »nur sich verneigen. Wie mag man den in seiner Nähe dulden?«

»Ich brauche ihn«, entgegnete Maria Jadwiga spottend: »Er ist mein Alibi. Du selbst bist schuld daran, dass ich ein Alibi brauche.«

Seither nannte Toni Muhr den Baron Schönkirchen nur noch Alibi. Und er legte allen Zorn und allen Hass in diesen Namen, wie in eine gewollte Beschimpfung. Nun also scharwenzelte er wieder da drüben: der Alibi. Toni Muhr fluchte seinem Schicksal, dass er aus der Ferne dieses widerliche Getue mit ansehen musste, bis es dem Minister belieben würde, ihn rufen zu lassen.

Heimlich aber musste er sich wohl eingestehen, dass Baron Schönkirchen nicht so einfach abzutun war; er fühlte sich unsicher in seiner Gegenwart. Der Alibi hatte weltmännische Art, man merkte ihm an, dass er sich in jeder verwickelten Lebenslage zurechtfinden würde, gewiss nicht durch ein neues, überraschendes Handeln, wohl aber dadurch, dass er sich so benahm, wie sich ein Weltmann in dem betreffenden Falle zu benehmen hatte. Er schien immer fertig und gewappnet, für ihn gab es keine Überraschung, er wusste im Leben Bescheid wie ein guter Sekundant im Duellkodex.

Wenn er im Vorzimmer der Fürstin Lubecka seinen Überrock von den Schultern gleiten ließ, geschah es in der kaum noch bewussten Voraussetzung, dass hinter ihm ein Lakai stand, der den Mantel dienstbereit auffing. Wenn er ein Gespräch mit der Fürstin Lubecka führte, merkte Toni Muhr bald, dass sie die gleiche, ihnen beiden angeborene Sprache redeten, eine Sprache, deren Grammatik und Tonfall Lauretta mit Fleiß nachahmte, während er selbst darauf angewiesen blieb, seine Gedanken aus der eigenen schwerflüssigen Sprache mühsam in die fremde beweglichere zu übersetzen. Toni Muhr wusste, dass es hier keineswegs um Geringes ging, er neidete dem Baron Schönkirchen seine natürliche Sicherheit, so verhasst ihm diese auch war, und er sah, dass die Verwandlung, die ihm selbst zugedacht schien, letzten Endes in diese glatte Atmosphäre Baron Schönkirchens führen musste.

Gab es wirklich keinen anderen Weg zum vorgesteckten Ziel?

Einer der Führer des Polenklubs stand jetzt auf der Tribüne. Er sprach von den patriotischen Gefühlen der polnischen Bevölkerung und von ihrem Wunsche, ein selbständiges Königreich Polen unter habsburgischem Zepter erstehen zu sehen. »Begeistert sind wir in den Krieg gezogen«, sagte er, »denn es lag uns daran, Österreich zu beweisen, dass wir zu ihm gehören, nicht untätig, nicht großsprecherisch, sondern mit der Waffe in der Hand.«

Ein Südslawe rief von seinem Platze aus: »Nicht um einen Heller mehr habt ihr geopfert als wir. Nicht ein Tropfen Blut ist bei euch mehr geflossen als bei uns. Mit Hekatomben der besten Söhne …«

Wie traurig, dachte Toni. Wenn sie sich zu Österreich bekennen, klingt es noch aussichtsloser, als wenn sie gegen Österreich reden. Sie sind entwurzelt. Alles wird zur Lüge; und wahr ist nur, dass ihre besten Söhne sterben.

In diesem Augenblick ging wieder ein ohrenbetäubender Spektakel los, denn ein tschechischer Abgeordneter hatte zu reden begonnen. Die Vertreter Deutschböhmens trommelten mit den Fäusten auf die Pultdeckel und schrien: »Nicht wir haben euch unterdrückt, ihr beherrscht uns. Das Ministerium liegt vor euch auf dem Bauch.«

Nur mit großer Mühe gelang es dem Tschechen, sich Gehör zu verschaffen. »Seit dem Frankfurter Brief Palackis«, rief er, »hat die tschechische Nation nie versäumt, für Österreich einzutreten. Unsere Regimenter haben wie Löwen gekämpft ...«

Sie alle sind doppelstimmig, wie sie doppelsprachig sind, dachte Toni Muhr. Sie müssen sich selber fremd werden, damit die anderen sie verstehen.

Herr von Franck berührte Toni Muhrs Schulter. Mit seinen dünnen Gliedmaßen schien er gegen die Wand gespießt, wie eine Stechmücke, die ausruht. »Seine Exzellenz lässt bitten«, verkündete er feierlich.

Als Toni Muhr beim Minister eintrat, erhob sich dieser von seinem Schreibtisch und ging ihm einige Schritte entgegen. Dieses Aufstehen und Entgegengehen hatte Feierlichkeit und Würde, ja sogar eine gewisse Anmut. Der Minister trug einen Seitenbart, der leicht ergraut war, das glattrasierte Kinn spiegelte silbrig. Wie er so dastand, zitterte der Kopf leicht auf den Schultern. Toni Muhr war niemals bei Kaiser Franz Joseph in Audienz erschienen, aber er dachte, es wird nicht viel anders gewesen sein. Das Beispiel Franz Josephs wirkte fort, in allen Ämtern empfing er die Parteien, stand auf, ging ihnen drei Schritte entgegen, nahm ihre Bittschriften in Empfang.

Der Minister reichte Toni Muhr die Hand: Er freue sich sehr, ihn kennen zu lernen; der Herr Doktor sei ihm von besonderer Seite empfohlen. Er unterstrich das »von besonderer Seite« und hatte dabei ein fast unmerkliches Zwinkern der Augen.

Toni Muhr fühlte sich recht unbehaglich: Sein Blick wurde von der blütenweißen Hemdbrust des Ministers festgehalten. Ihm war, als sähe er plötzlich die ganze Stufenleiter glanzvoller Rangklassen, nicht wie sie aufwärts, sondern wie sie hinab, zu den Lakaien und Türstehern führte. Und sie alle hatten Grazie in ihrer Steifheit; man merkte eine ehrwürdige Überlieferung.

Der Minister wandte sich an Herrn von Franck, der zugleich mit Toni Muhr eingetreten war und nun, den langen Hals neugierig vorgestreckt, Befehle zu erwarten schien.

»Ich bitt' Sie«, sagte er, »telefonieren S' gleich ins Amt, der Neumayer hat vergessen, den Nachakt anzuschließen, er reißt die Stückeln immer auseinander. Und dann beim Immediatbericht an Seine Majestät ist er mit dem Text so tief hinuntergegangen, dass gar kein Raum für den Respektstrich bleibt. Er weiß doch, zwischen Text und Unterschrift muss mindestens eine halbe Seite frei bleiben für den Strich. Mein Gott, er soll doch Acht geben, der Neumayer. Ich bin gewiss kein Bureaukrat, aber die primitiven Erfordernisse des Dienstes ...«

Sein Gesicht nahm wieder den Ausdruck gemessener Würde an, da er sich der Anwesenheit Toni Muhrs erinnerte. »Es war mein besonderer Wunsch«, sagte er, »Ihnen einmal zu begegnen, Herr Doktor. Sie haben es verstanden, inmitten so vieler auf allen Schlachtfeldern Europas vollbrachter Ruhmestaten ...«

Der Minister hielt einen Augenblick inne.

»Darf ich ...?«, fragte Toni Muhr.

Ein erstaunter Blick traf ihn. Der Exzellenzherr liebte es nicht, unterbrochen zu werden, und er hatte schon den nächsten Satz bereitgehalten. »Bitte nehmen Sie Platz«, schloss er jetzt resigniert, »und erzählen Sie mir Ihre Geschichte.«

Toni Muhr begann von seiner Erfindung zu reden und von dem Rechtsbruch, dessen Opfer er war.

Der Minister gähnte; er gähnte verstohlen, ohne den Mund zu öffnen, man konnte nur gewahr werden, wie sein Kinn sich senkte. Es war dies seine Spezialität, er glaubte, dass niemand sein Gähnen merke. Aber Toni Muhr merkte es doch, und in dem Bemühen, seine Darstellung abzukürzen, stolperte er über eine Satzfolge.

Nachsichtig wohlwollend sagte der Minister: »Das ist ja sehr interessant, was Sie mir da erzählt haben.« Und Toni Muhr fühlte sich von dem gewinnenden Ton dieser Worte seltsam ermutigt.

»Man muss den Katleins das Patent absprechen«, erklärte er.

Der Minister blickte auf ein Papier, das Herr von Franck ihm vorher zugesteckt hatte. »Davon kann allerdings nicht die Rede sein«, unterrichtete er Toni Muhr mit einem Lächeln, das um Verzeihung zu bitten schien. »Das Einspruchsrecht« – er las – »gemäß Paragraph 58 des Gesetzes vom 11. Jänner 1897, Reichsgesetzblatt Nr. 30, steht Ihnen nicht mehr zu, weil die Auslegefrist von zwei Monaten, die am Tage der Bekanntmachung des Patentes beginnt, längst verstrichen ist. Auch die Nichtigkeitserklärung gemäß Paragraph 28 können Sie nicht beantragen …«

»Dann wäre ja meine Sache verloren«, stammelte Toni Muhr.

»Wir werden sehen, was sich machen lässt«, versprach der Minister.

Wieder musste Toni Muhr an den alten Kaiser denken. Vielleicht weiß der Minister noch nichts von seinem Tode, dachte er bitter, vielleicht ist der Akt noch nicht zu ihm gelangt.

Der offizielle Teil der Unterredung schien beendet zu sein. Der Minister klopfte Toni Muhr freundlich auf die Schulter. »Bei uns in Österreich«, sagte er, »gibt's nur eines: dem

Amtsschimmel ausweichen. Man muss die Sache modern anfassen. Die Katleins sind Heereslieferanten, da kann man gelegentlich die Daumschrauben ein bisserl anziehen. Sie verstehen. Nur ja nicht den Amtsschimmel reizen, sonst schlägt er aus ... Mit der Bureaukratie ist nichts anzufangen.«

Amtsschimmel ... Bureaukratie ... überlegte Toni Muhr, von wem spricht er denn? Gehört er nicht selbst dazu? Wer ist verantwortlich? Schimpft auch der Kaiser auf die Regierung? Wer entscheidet in Österreich?

Eindrucksvoll, feierlich stand wieder der Minister da als der Schatten von längst Vergangenem. »Man wird Ihre Wünsche in Erwägung ziehen«, hörte Toni Muhr ... »an maßgebender Stelle ... Bitte wollen Sie Ihrer Durchlaucht von dem außerordentlichen Interesse berichten, das ich an Ihrer Sache nehme.«

Als Toni Muhr die Loge der Fürstin Lubecka betrat, stand gerade der Abgeordnete Grabner auf der Parlamentstribüne. Seine Stimme beherrschte den Raum. »Die letzte Stunde ist gekommen«, rief er, »der letzte Augenblick, in dem es vielleicht noch möglich wäre, den österreichischen Gedanken zu retten und gutzumachen, was seit dem Kremsierer Reichstag durch Unverstand, Furcht und Schlamperei an den österreichischen Völkern verbrochen wurde, an den deutschen wie an den anderen Nationen dieses unglücklichen Reiches. Die Völker sind es satt, immer aufs Neue gegeneinander ausgespielt zu werden und sich stückweise abjagen zu lassen, was ihnen als ein Ganzes gemeinsam gebührt und ihr verbrieftes Recht ist. Ja, vielleicht ist nur darum der allgemeine Hass so riesenhaft aufgeflammt, weil alle insgeheim des Hassens so müde sind.«

»Was hat der Minister gesagt?«, fragte leise die Fürstin Lubecka, da Toni Muhr sich über ihre Hand neigte.

»Er will aus meinem Patent eine Daumschraube machen

oder so etwas Ähnliches«, erwiderte Toni Muhr finster, »und man soll ja nicht vergessen, den Respektstrich an die richtige Stelle zu setzen.«

»Ich weiß, dass es in den letzten Jahrzehnten Brauch geworden ist, jawohl, in den letzten Jahrzehnten erst«, rief der Abgeordnete Heinrich Grabner, »den österreichischen Gedanken zu leugnen, als ob er etwas wäre, dessen man sich schämen müsste, Zwangsjacke dem natürlichen Empfinden.«

»Sie sind unartig, mein Lieber«, sagte die Fürstin zu Toni Muhr. »Ihr Schweigen ist beleidigend. So sprechen Sie doch ein artiges Wort, sonst wird man es schließlich bemerken, dass Sie mich nicht wie eine Dame behandeln.«

»Nichts kann man bemerken«, zischte Toni Muhr. »Sie haben ja den Alibi. Seine Sonne strahlt, ich stehe im Schatten, jeder spielt seine Rolle. Man kann von einem Erschlagenen nicht verlangen, dass er heiter aussieht.«

»Wenn Österreich etwas Künstliches ist«, fuhr der Abgeordnete Grabner fort, »dann ist auch die Donau etwas Künstliches, mit allen ihren Nebenflüssen, die von vielen Seiten herkommen und ihre Wasser in ein gemeinsames widerspenstiges Bett ergießen.«

Toni Muhr hörte von der Journalistentribüne »Bravo« rufen. Er sah hin und gewahrte den Chefredakteur Pepi Lang, der befriedigt nickte, weil man von »seinem Strom« sprach.

»Hat er was von der Dynastie gesagt?«, fragte Baron Schönkirchen. »Bei den Leuten kann man nie wissen, wie sie's meinen. Vielleicht ist er ein Patriot, und vielleicht wird er morgen aufgehängt.«

Der Abgeordnete Grabner rief: »Ich bin ein Mährer, und ich bin ein Wiener, wer will mir das nehmen, dass ich zugleich ein Mährer und ein Wiener bin. Gegen das eine oder das andere mich zu entscheiden, wäre mir gleich schmerzlich. Wir sind an einem Kreuzweg angelangt: Wenn wir ein Ganzes wollen, so wird es bestehen, wie immer die Waffen entscheiden. Wenn wir es aber fallen lassen, so wird es im Nichts versinken, und die Gedankenlosen, die immer nur dem Erfolg nachlaufen und denen alles Geschehen an sich schon wie ein Erfolg erscheint, werden dann in die Welt ausschreien, es habe so geschehen müssen. Denn schlimmer ist kein Gestrandeter verwaist als eine Idee, die Schiffbruch litt. Das nämlich ist eine der schrecklichsten Erkenntnisse dieses Krieges, dass nicht nur Menschen sterben, sondern auch fruchtbare Ackererde, die, von unbarmherzigen Geschossen zu Staub zerrieben, niemals mehr neue Saat und Reife bringt; dass Länder sterben und Völker – jawohl, Völker auch! –, und was noch schrecklicher ist, dass Gedanken gemordet werden können, mitten auf ihrem Weg, um ihr irdisches Leben betrogen wie um ihr Leben im Jenseits, und nie wieder auferstehen.«

»Was hat er von der Dynastie gesagt?«, fragte noch einmal Baron Schönkirchen.

Die Fürstin war aufgestanden und klatschte Beifall. Dem Baron Schönkirchen, der in den Hintergrund der Loge zurücktrat, rief sie belustigt zu: »Auf meine Verantwortung, Baron, klatschen Sie ruhig mit, es ist eine patriotische Rede.«

Auch im Saale wurde applaudiert. Dann hörte man ein böses und schneidendes Lachen, das von der Höhe kam. Toni Muhr blickte zur Galerie hinauf. Da stand der tschechische Maler Zdenko Hlusin und schrie: »Mit Zucker fängt man Mäuse, aber nicht Nationen, eure Galgen sind uns lieber als eure Süßigkeiten.«

Die Fürstin Lubecka sagte zu Toni Muhr: »Ich gebe demnächst einen Musikabend für das Rote Kreuz. Vielleicht könnte man das Trio Ihres Dr. Hengel aufführen. Es ist wirklich besser, er betätigt sich auf musikalischem Gebiet als vor Gericht.«

Seit langem war es ein Wunsch Toni Muhrs gewesen, sich seinem Anwalt dadurch erkenntlich zu zeigen, dass er ihm, dem Schüchternen, bei seinem künstlerischen Aufstieg behilflich war.

»*Etes-vous enfin réconcilié?*«,[2] fragte die Fürstin, und leise fügte sie hinzu: »Morgen um fünf.«

Als Toni Muhr sich zum Gehen wandte, stand plötzlich Rudi Saluzzo vor ihm, wie von der bloßen Nachricht herbeigezogen, dass die Fürstin Lubecka ein Fest veranstaltete. Er war schon mitten in voller Tätigkeit: »Wo ist der Dr. Hengel?«, schrie er aufgeregt, »ein schöner Advokat, der seine eigene Sache nicht vertritt. Man muss sogleich beim Obersthofmeister vorsprechen, damit wir den Sarasin bekommen. Der Sarasin mit seiner Geigen ist so gut wie das ganze Opernorchester. Ohne den geht's auf keinen Fall.«

Noch einen schnellen Blick warf Toni Muhr in den Parlamentssaal. Ein kleines engbrüstiges Männchen stand jetzt auf der Tribüne und hielt eine Rede in irgendeiner der acht Sprachen, die im Reichsrat vertreten waren. Die meisten Bänke waren vereinsamt, denn die Essensstunde nahte. Unbeirrt sprach das kleine Männchen in seiner fremdartig klingenden Sprache weiter.

Auch die Straße war menschenleer, oben, auf der Rampe, wartete noch immer der große ruthenische Bauer. Den langen weißen Mantel hatte er um die Schultern gehüllt, hilflos verwundert blinzelte er in die Sonne.

3

Am Tage der musikalischen Veranstaltung bei der Fürstin Lubecka hatte Toni Muhr eine Besprechung mit Dr. Hengel verabredet. Er sollte ihn des Morgens im Kaffeehaus erwarten.

Toni Muhr schlief jetzt in der kleinen Kammer, die ehemals sein Laboratorium gewesen war. Lauretta hatte ihm diese Übersiedelung gelegentlich vorgeschlagen, als sie einmal allein in Gesellschaft gegangen war und befürchten musste, Toni beim Nachhausekommen zu stören. Dieser ließ es jedoch bei der Anordnung, die nur ausnahmsweise für eine Nacht hätte gelten sollen, dauernd bewenden.

Die beiden Ehegatten begegneten einander nur noch bei den Mahlzeiten, und oft genug geschah es, dass auch dieses Zusammensein von dem einen oder dem andern Teil telefonisch abgesagt wurde. Manchmal war es Toni Muhr, als wohnte er zur Miete in seinem eigenen Hause, als sei ihm hier nichts zu eigen als die bescheidene Schlafstatt, die ihm Lauretta eingeräumt hatte.

Er vermied es, dem Stubenmädchen zu läuten, das ihm schweigend hoheitsvoll aus dem Wege ging, und die seltenen Gespräche mit Lauretta hatten das Unbeteiligte und Gleichgültige von Begegnungen in einer Bahnhofshalle. Unerwartet geschah es heute, dass Toni Muhr, als er seinen Mantel vom Haken nahm, Lauretta im Vorzimmer antraf; gewöhnlich schlief sie noch, wenn er des Morgens das Haus verließ.

Nun erst kam ihm zum Bewusstsein, dass er sie schon zwei Tage nicht gesehen hatte, vielleicht sogar länger nicht. Er blickte sie an wie jemanden, den man plötzlich mit neuen, überraschten Augen betrachtet. Er fand sie schön und begehrenswert in ihrem rosenroten spitzenbesetzten Morgenkleid, aber er stellte dies ohne innere Beziehung fest, wie auf der Straße bei einer Unbekannten.

»Der Gino ist gestern mit seinem Erzherzog angekommen«, begann Toni Muhr schließlich das Gespräch.

»Er wohnt im Bristol«, sagte Lauretta.

»Wir werden ihn einmal zum Frühstück einladen müssen«, meinte Toni.

»Vielleicht mit den Eltern«, fügte Lauretta hinzu. »Sie waren schon lange nicht bei uns.«

»Du kommst doch heute zur Fürstin Lubecka?«, fragte Toni.

Lauretta nickte: »Für welche Zeit sind wir eingeladen?«

Toni Muhr nannte die Stunde, und er zürnte sich selbst und verargte es zugleich Lauretta, dass er so dastand in Mantel und Hut und leere Worte zu ihr sprach wie ein Fremder. Er hätte ebenso gut seine Karte bei ihr abgeben können.

Lauretta sagte: »Ich werde dich erwarten. Auf Wiedersehen.«

Befreit atmete Toni Muhr auf; er war Lauretta von Herzen verpflichtet, weil sie das Peinliche dieses Gespräches abgekürzt hatte. Hastig griff er nach ihrer Hand und küsste sie, indem er sich tief zu ihr niederbeugte; weltmännisch geschult, einwandfrei.

Lauretta aber hielt im Fortgehn noch einmal inne und sagte schnell, ehe sie die Türe hinter sich zuzog: »Du siehst nicht blühend aus, Liebling. Der Pfeil verwundet den Schützen.«

In früheren Zeiten hätte diese missverstandene und einigermaßen pathetische Wendung, wie Lauretta deren zuweilen dem Zitatenschatz ihres Vaters entlehnte, Toni Muhr zum Lachen gebracht. Jetzt nahm er sie als etwas sehr Ernstes, und wenngleich er nicht recht begriff, was eigentlich gemeint war, empfand er doch den Vorwurf und die Drohung; ein Frösteln lief ihm den Rücken hinab.

Der Kellner Eduard seufzte schmerzlich, als er ohne besonderen Auftrag ein mächtiges Paket Zeitungen, die Toni Muhr gewöhnlich zu lesen pflegte, vor diesem auftürmte.

»Wie geht's denn?«, fragte Toni Muhr besorgt.

»Gestern Abend war mein Bub da«, entgegnete Eduard und räumte ein paar leere Gläser vom Tisch. »Ich hab ihn gar nicht nach Hause mitnehmen können – die Frau treibt's zu arg. So ist er bei mir im Kaffeehaus geblieben den ganzen Abend. Ein braves Kind! Der Herr Doktor wissen ja, man hat

ihn gemustert; sechs Wochen lang war er in Bruck, am Sonntag ist er immer mit seinen Freunderln ins Kaffeehaus gekommen, sie traktieren. Ein fescher Bub, Herr Doktor, der
Erste vom Kurs! Er wird auch Fähnrich, sobald er nur ins Feld
kommt. Jetzt lernen s' noch geschwind Granaten werfen; einem hat's den Finger abgerissen. Wie lange dauert der Male-
fizkrieg, Herr Doktor?«

Ratlos starrte Toni Muhr zu Boden. Es war ihm, als habe er
selbst Rechenschaft zu geben für das Schreckliche, das in der
Welt geschah. Er fühlte sich verantwortlich, ein Teil der
Schuld fiel auf ihn wie auf die anderen.

In der Luft war der schale Geruch von kaltem Rauch und
abgestandenem Kaffee, aus dem Spielzimmer hörte man das
Rollen der Billardkugeln, die mit kurzem, hellem Schlag gegeneinander stießen. Am runden Tisch in der Ecke saßen
schon Operettenleute. Eine grelle Frauenstimme sagte: »Ich
pfeif auf seine Blumen. Entweder legt er mir im zweiten Akt
ein Couplet ein, oder er kann mir nachlaufen. Ich bin keine
Wurzen.«

Toni Muhr überlegte. Wenn man ihm jetzt den Sohn
nimmt, so hat er ihn doch als Kind im Arm gehalten, hat sich
in ihm wachsen gesehen und ist auf ihn stolz gewesen.
Zwanzig Jahre lang – das zählt doch. Zwei Jahrzehnte des
Glücks – welch reiche Frist! Und wenn er den Sohn verliert,
so bleibt ihm als letzter Besitz sein Schmerz, der alte Pfade
abschreitet. Ist nicht verlieren besser, als nie besessen haben?
Und Toni Muhr dachte an seine einsame Schlafstatt in der
kleinen Kammer. Was hielt ihn dort? Welche Hoffnung,
welches Erwarten? Zärtlichkeit! Wo in der Welt wohnte sie?
Auf Zeit, auf Kündigung?

Das Eintreten Dr. Hengels unterbrach weitere Überlegung; er war atemlos und hustete. In einer Stunde sollte
noch eine Probe abgehalten werden: Gestern war er mit
dem Geiger Sarasin von den Philharmonikern so heftig in

Streit geraten, dass dieser im letzten Augenblick abzusagen drohte.

Toni Muhr hatte Dr. Hengel ins Kaffeehaus gebeten, weil ihm vom Gericht die Verständigung zugekommen war, dass die Hauptverhandlung seines Prozesses gleich nach Pfingsten stattfinden sollte. »Endlich«, sagte er, »endlich ist die Entscheidung da.«

Aber Dr. Hengel war durchaus nicht so begeistert wie Toni Muhr selbst; auch schien er heute wenig gelaunt, sich seiner Werktagspflichten zu erinnern. Er kam immer wieder auf die Musik zu sprechen, schimpfte über die Anmaßung des Sarasin, der sich nicht dazu verstehen wollte, die Tempi so zu nehmen, wie man es von ihm verlangte. Es kostete Toni Muhr einige Mühe, dem Anwalt seinen Rechtsfall ins Gedächtnis zu bringen.

»Wir haben vierzehn Tage vor uns«, sagte dieser ausweichend, »da bietet sich reichlich Gelegenheit, alles noch einmal durchzusprechen, was Ihnen wichtig erscheinen mag.«

»Um eines bitte ich Sie«, hielt Toni Muhr ihn fest, »lassen Sie sich auf keinen Ausgleich ein. So nahe am Ziele dürfen wir nicht schwankend werden.«

»Wenn mir der Sarasin nur im zweiten Satz die Achteln nicht zerdehnt«, sagte Dr. Hengel. »Er exzelliert in langen Geigenstrichen und macht aus jedem Presto ein Andante.«

»Sie dürfen mich für keinen Pedanten halten, Sie nicht ...«, spann Toni Muhr seinen Gedanken fort. »Sie wissen es ja, dass ich eine Pflicht erfülle, für Sie, für mich, für uns alle, eine sehr lästige Pflicht, doch eine ernste Pflicht. Die Macht dieser Katleins soll gebrochen werden. Mein Prozess ist nur ein Anfang ...«

»Natürlich, natürlich«, bestätigte Dr. Hengel zerstreut: »Der Sarasin will nicht einsehen, dass es Augenblicke gibt, in denen das Cello wichtiger ist als die Geige. Er verlangt die Alleinherrschaft der Violine. Das ist musikalischer Absolutismus, gegen den man sich auflehnen muss. Vor der Musik sind alle Instrumente gleich.«

»Eduard, auf eins zahlen«, rief die dünne Stimme eines Pikkolo.

Die Operettensängerin am runden Tisch in der Ecke schrie: »Er soll sich eine andere suchen, hab ich g'sagt. Und auf den Pflanz mit der Wohltätigkeitsvorstellung fall ich auch nicht mehr hinein. Die letzte Choristin hat schon ihr Rotes-Kreuz-Abzeichen, nur ich nicht.«

»Es handelt sich um ein Prinzip«, erklärte Toni Muhr. »Mein Fall ist nur ein Anlass – Anlässe sind immer gering, man wählt sie nicht –, Anlässe werden einem auferlegt. Auch die Katleins sind nur ein Anlass ... Lieber seinen Leib verdingen, als seine Gedanken einem Katlein verfallen wissen.«

Dr. Hengel rieb sich die Augen, wie ein Erwachender im Halbschlaf, wenn die Weckuhr läutet; man musste sich abfinden. »Es würde mir sehr schmerzlich sein, wenn Sie mich missverstehen«, begann er mit seiner sanften Knabenstimme. »Ich werde Ihre Sache vor Gericht genauso führen, wie Sie es wünschen, und es liegt mir am Herzen, dass wir den Katleins beikommen. Ihre Schlussfolgerungen aber – nicht wahr, Sie erlauben mir, dass ich ganz offen zu Ihnen rede ...«

»Bitte, bitte«, sagte Toni Muhr höflich, während er enttäuscht feststellte: Sicherlich ist es etwas Schlimmes, was er mir da eröffnen will.

»Ich glaube nicht, dass Ihr Prozess Entscheidendes beweisen kann«, begann Dr. Hengel, »ob Sie ihn nun gewinnen oder verlieren. Ich glaube auch nicht an das Recht als etwas Übernatürliches. Alles Gesetz ist brüchig und bedarf der Erneuerung mit jedem neuen Geschlecht.«

»So ist es nicht gemeinsame Sache, für die ich einstehe?«, fragte Toni Muhr.

»Hand aufs Herz«, entgegnete der Anwalt, »sein Recht

verlangen, Vergeltung üben – nennen Sie das wirklich: um den lieben Nächsten besorgt sein?«

Toni Muhr war es, als erleuchtete mit einem Male ein Blitz sein Inneres. Großes hatte er sich vorgespiegelt, aber nun sprang ihm die hässliche Wirklichkeit schonungslos entgegen. Was er vertrat, war Eigennutz, um nichts besser als die Selbstsucht Theodor Katleins. Er bestand auf seinem Schein, er verlangte sein Recht ... Um Himmels willen, hatte er sich am Ende auch nur darum mit so viel Leidenschaft in die Arme Maria Jadwigas gestürzt, um für die Untreue Laurettas Vergeltung zu üben? ... Schmähliche Vorstellung ... Wie sollte er sich jetzt in den eigenen Gedanken zurechtfinden! Hatte er nicht mit Maria Jadwiga einen regelrechten Pakt abgeschlossen? Verfolgte er nicht Theodor Katlein, um sich an dessen Bruder Alexander zu rächen? Alles erschien ihm jetzt klein und niedrig und befleckt. »Der Pfeil trifft den Schützen«, hatte Lauretta heute Morgen rätselhaft zu ihm gesagt: Schon fühlte er den stechenden Schmerz in der Brust.

Indessen sprach Dr. Hengel weiter. Er war in Erregung geraten, auf seinen blassen Wangen zeigten sich rote Flecken. »Anders muss die Rettung kommen«, rief er. »Wenn Sie Ihren Prozess gewinnen, so hat eben das bestehende Recht, das Menschenwerk ist und dem Geiste feind, Ihnen ein Almosen hingeworfen. Wenn aber der Geist triumphieren soll, muss das alte Recht zerschlagen werden, niedergebrannt von neuen Menschen, die willens sind, dem Geiste zu dienen und ein Recht aufzubauen, das im Geiste begründet ist.«

Er war aufgestanden und sah drohend aus, trotz seiner schmalen gekrümmten Schultern.

»Da wäre es ja töricht«, sagte Toni Muhr verschüchtert, »wenn ich mich weiter gegen einen Ausgleich sperrte. Almosen bleibt Almosen, und es mag wenig bedeuten, von wem man abgefertigt wird. Das Wesentliche ist ...«

»Das Wesentliche ist: seinen Weg gehen«, erklärte Dr.

Hengel. »Verharren scheint mir von Übel.« Aber schnell den Ton wechselnd fügte er hinzu: »Welche Anmaßung, Doktor Muhr, dass ich gerade zu Ihnen von Arbeit spreche. Sie stecken ja mitten in neuer Tätigkeit. Wie geht's denn mit Ihren Versuchen vorwärts?« Und ohne eine Antwort abzuwarten, rief er, auf die Uhr blickend: »Es ist die höchste Zeit, dass ich zu meiner Probe laufe. Wenn ich mit dem Sarasin fertig werde, kommt in vierzehn Tagen der Katlein daran.«

Eilig fuhr Doktor Hengel in seinen flatternden Überrock, was bei ihm stets eine besonders umständliche Verrichtung war, mit Hochschleudern und den Arm nach rückwärts und zur Seite Stoßen. Gleich rannte er auch in die verkehrte Richtung, prallte mit dem Kellner Eduard zusammen, reichte ihm verlegen die Hand und gelangte endlich, mühsam zwischen den Tischen sich hindurchwindend, ins Freie.

Was hat er gesagt, überlegte Toni Muhr, als Doktor Hengel gegangen war. Das Wesentliche ist, seinen Weg gehen. Warum spricht er aus, was ich vor mir verschweige? Wie steht's mit allen meinen Plänen: viele Anfänge, keine Vollendung. Wo ist Rettung? Soll ich fliehen? Vor wem fliehen – vor Maria Jadwiga? Er schüttelte sich, als wollte er die eigenen Zweifel, die Dr. Hengel nur allzu laut ausgesprochen hatte, wieder von sich weisen; er brauchte Vertrauen und Zuversicht, er brauchte Kraft. Die Arbeit steht zuhöchst! Es galt zu beweisen, dass er besser war als dieser Baron Schönkirchen und alle die anderen, die rings um ihn die Luft bewegten mit ihren leeren Worten.

Toni Muhr hatte seinen Kopf in die Hand gestützt und blickte vor sich hin, in die blauen Rauchschwaden, die träge an den roten abgeschabten Plüschgarnituren hingen. Plötzlich gewahrte er eine Erscheinung, die geradenwegs aus seinen verschwimmenden Gedanken zu kommen schien und sich erst im blauen Nebel allmählich zu körperlicher Gestalt und lebendiger Wirklichkeit zusammenballte.

Baron Schönkirchen stand vor ihm. »Grüß Gott, Doktor«, sagte er vertraulich. »Ist's erlaubt, einen Augenblick Platz zu nehmen?«

Toni Muhr fand kein Wort der Abwehr; verstört und hilflos blickte er den Besucher an.

»Sie staunen wohl, mir im Kaffeehaus zu begegnen«, fuhr dieser fort. »Noch dazu am Vormittag. Ich geh nie in Kaffeehäuser, das kommt bei mir gleich nach Tramway fahren. Ich finde den Kaffeegeruch so fürchterlich. Eine Schnapsbutik ist mir lieber. Dass sich die Leute betrinken, leuchtet mir ein, aber dass sie die braune Sauce hinunterschlucken, nur um ganz nüchtern zu werden – das scheint mir jammervoll.«

»Man ist zuweilen aufs Kaffeehaus angewiesen«, erklärte Toni Muhr verlegen, »um Zeitung zu lesen und auch um allein zu sein.«

»Sie werden mich doch nicht fortschicken wollen«, sagte Baron Schönkirchen. »Denn um ganz aufrichtig zu sein, ich bin Ihretwegen hergekommen: als ob Sie mich gerufen hätten. Ich hab Sie hinter dem Fenster bemerkt.« Der Baron lachte. »Da sind Sie jetzt rot geworden, wie ein junges Mäderl«, fuhr er fort. »Aufrichtig g'sagt, das g'fallt mir. Ich find Sie überhaupt recht sympathisch, Doktor; das hab ich mir schon lange vorgenommen, Ihnen bei Gelegenheit einmal mitzuteilen. Also jetzt hat sich die Gelegenheit gefunden.«

Toni Muhr dachte: Es hilft nichts, ich muss es über mich ergehen lassen.

»Zuerst hab ich Sie nicht ausstehen können«, erklärte Baron Schönkirchen. »Sie wissen, damals bei der Fürstin Lubecka, wie Sie von Ihren Erlebnissen in Albanien erzählt haben; da hab ich einen schrecklichen Zorn auf Sie gekriegt. Mir ist nichts so zuwider, als wenn sich einer interessant macht.«

»Ja«, sagte Toni Muhr gutmütig, »das kann ich mir schon vorstellen, dass ich Ihnen damals nicht gefallen hab. Mir selbst hab ich auch nicht gefallen. Aber glauben Sie mir, es geschah gegen meine Absicht, dass ich in den Mittelpunkt des Gespräches rückte, und ich fühlte mich sehr unbehaglich dabei.«

»Nachträglich ist mir das klar geworden«, bestätigte Baron Schönkirchen, »und ich weiß, dass Sie nicht zu den gewissen ›Intellektuellen‹ gehören, die einem das Leben verbittern. Sie werden mich schon verstehen, Doktor, ich bin nicht respektlos. Beim Telefon oder wenn ich das elektrische Licht aufdreh, bin ich noch heut so überrascht wie als Bub beim Zauberer Kratki Baschik im Wurstelprater. Und wenn ich auch ein bisserl harthörig fürs Poetische bin, so weiß ich doch, dass es nicht leicht ist, eine erfundene Welt glaubhaft zu machen. Aber da gibt's Leute, die sich regelmäßig so anstellen, als wollten sie dem lieben Gott auf einen geheimen Schwindel kommen, als wollten sie die Natur nicht erforschen, sondern entlarven, und die ausschreien, das Höchste auf der Welt ist die Gescheitheit, wo es doch so viel Dummes auf der Welt gibt, was manchmal schöner ist und auch wertvoller als ein ausgeronnener Privatdozent. Sehen Sie, Doktor, darum sind Sie mir so sympathisch, weil Sie nämlich nicht zu dieser Sorte Menschen gehören.«

»Sitzt er mir wirklich lebendig gegenüber«, fragte sich Toni Muhr, halb gewonnen, doch immer noch in Verteidigungsstellung, »oder ist er am Ende doch nur meiner Einbildung entsprungen? Die alte Fürstin hat neulich zu ihrem Sohn eine rumänische Teufelsbeschwörerin holen lassen: Radulescu heißt sie. Die hat eine lange Geschichte erzählt von Astralkörpern und Inkarnationen …«

Aber Baron Schönkirchen war durchaus keine Inkarnation; das sollte sich gleich erweisen. »Erwähnten Sie nicht eben den Namen der Fürstin Lubecka?«, fragte er.

»Nicht dass ich wüsste«, erwiderte Toni Muhr betroffen.

»Doch, Sie haben den Namen ganz deutlich ausgesprochen«, erklärte der Baron. »Am besten an Ihnen, lieber Doktor, hat mir die Art gefallen, wie Sie sich in die Gesellschaft hineingefunden haben« – Baron Schönkirchen sagte ›G'sellschaft‹ – »die meisten Leute, denen man da begegnet, müssen Ihnen ja ebenso lästig sein, wie mir die Siebengescheiten. Vor dem Krieg war die Lubecka sehr exklusiv, die junge wie die alte. Da hätt' sie nicht einmal so einen Pucher empfangen, den Minister mein' ich – Beamtenadel, Kaiser Franz oder gar Ferdinand. Es ist schon wichtig, dass es noch ein paar Häuser gibt, die auf reinliche Scheidung halten. Der Krieg drückt das Niveau, die Uniform macht alle gleich, daran ist nichts zu ändern: gemeinsames Opfer auf dem Altar des Vaterlandes. Und gar die Wohltätigkeit! Ich bitt' Sie, jeder Heereslieferant, der tausend Kronen für das Rote Kreuz hinlegt, meint, er kann einem Servus sagen.«

»Ich möchte nicht gerne für einen Heereslieferanten gelten«, sagte Toni Muhr frostig und wollte aufstehen.

»Warum kündigen Sie mir schon wieder die Freundschaft«, schalt Baron Schönkirchen. »Sie müssen doch bemerkt haben, dass Sie eine besondere Attraktion im Hause Lubecki bilden, lieber Doktor. Die Fürstin hält große Stücke auf Sie.«

Wieder fühlte sich Toni Muhr von Misstrauen erfasst. Wollte der Alibi ihn ausforschen? Da hieß es auf der Hut sein, zugleich brannte er vor Verlangen, Baron Schönkirchen selbst zum Reden zu bringen. »Die Fürstin Lubecka ist eine charmante Frau«, sagte er.

»Ja, ein bisserl kaprizios, aber charmant«, bestätigte Baron Schönkirchen; dann, nach einer Pause, als redete er von etwas ganz anderem: »Sie haben gewiss viel Glück bei Frauen, Doktor. Sie fangen die Weibsbilder mit Ihren chemischen Formeln, wie man die Vögel auf der Leimruten fangt. Die Frauen sind nun einmal für das Geniale.«

Die beiden Männer maßen sich mit dem Blick. Toni Muhr erwiderte: »Sie irren, Baron. Ich habe kaum je Glück gehabt in meinem Leben, nicht bei Frauen und auch sonst nie, wenn man nämlich Glück leichtes Erreichen nennt. Mir ist alles schwer geworden, und ich selbst bin so schwer, dass jeder Wechsel mir viel bedeutet.«

»Bitte um Verzeihung«, warf Baron Schönkirchen ein. »Ich vergaß die gnädigste Frau Gemahlin.«

Toni Muhr verfärbte sich. »Glück bei Frauen«, rief er, »das ist wohl Ihre Sache, Baron.«

»Ach, wir armen Junggesellen«, klagte dieser, »zur Flatterhaftigkeit verurteilt; notgedrungen Schmetterlinge. Nicht Herzensanlage, sondern aufgezwungene Karriere.«

»Karriere …«, wiederholte Toni Muhr lauernd.

»Sie können es auch meinetwegen wörtlich nehmen«, sagte Baron Schönkirchen. »Die Frauen spielen gerne Schicksal. Wenn man sich ihnen anvertraut, kann man es weit bringen.«

»Wie weit?«, fragte Toni Muhr mit angenommener Gleichgültigkeit, während er sein Herz bis zum Hals hinauf schlagen fühlte.

»Du lieber Gott«, entgegnete Baron Schönkirchen, »es gibt so viele Arten von Karriere … Für einen Erfinder zum Beispiel mag ein Patent die Entscheidung bringen. Aber was kann denn unsereins erreichen? Wenn es hoch kommt, einen Gesandtenposten in irgendeinem exotischen Land, und der bedeutet – Verbannung.«

Nun glaubte Toni Muhr seinen Widersacher festzuhalten; der gute Baron, dachte er, hat alle Reserve vergessen, sein Angriff gibt Blößen frei. Laut aber sagte er: »Ihre Ernennung zum Gesandten wird doch nicht allzu lange auf sich warten lassen.«

»Oh, damit hat's noch lange Zeit«, erwiderte der Baron. »Vorläufig bleibe ich Ihnen erhalten.«

Toni Muhr hörte den spöttischen Klang in der Stimme seines Gegners. Sollte ich mich verraten haben, dachte er, habe ich ihn nun eingefangen oder hält er mich.

»Warum der finstere Blick, lieber Doktor?«, fragte Baron Schönkirchen. »Lassen Sie die Unterscheidung ›Glück‹ oder ›Unglück‹. Jeder klaubt sich aus dem, was das Leben allen gemeinsam bietet, die Gründe zusammen, die für seine gute oder schlechte Laune passen.«

Das klang wieder sehr vertraut. Es gibt keine Schuld, hatte Maria Jadwiga einmal erklärt, sondern nur schuldige Menschen und schuldlose – von Geburt an. Warum bediente sich der Alibi derselben Wendungen?

»Ob einer Glück hat oder Unglück, das weiß man immer erst hinterdrein«, sagte Baron Schönkirchen. »Und gar beim Glück mit Frauen! Wer will da behaupten: Ich weiß. Manchmal affichiert sich eine Frau nur darum mit einem Mann, damit man glaubt, es sei nichts dahinter ... Nicht wahr, Doktor, das werden Sie auch schon bemerkt haben?«

Toni Muhr hielt sich mit beiden Händen an seinem Stuhle fest. Um Gottes willen, nur jetzt nicht die Fassung verlieren, dachte er. In seinem Kopf brauste es: Manchmal affichiert sich eine Frau nur darum mit einem Mann, damit man glaubt, es sei nichts dahinter. Ihn verbarg die Fürstin, um sich mit Baron Schönkirchen zu zeigen, mit dem anderen – dem Alibi ... Lauernd sagte er: »Sie überschätzen mich, Baron, ich verstehe mich nicht auf derlei subtile Unterscheidungen. Man muss mir alles genau erklären; von selbst komme ich nicht darauf. Ich bemerke nicht einmal, wenn jemand mit mir böse ist oder mich beleidigt. Ich könnte eine lächerliche Figur spielen, indem ich meinem Todfeind gegenübersäße und ihn für meinen Freund hielte. Auch wenn man mich verletzen will, muss man es mir vorher ankündigen.«

»Jetzt bin ich erst froh«, entgegnete Baron Schönkirchen, »dass meine Liebeserklärung vorhin noch zurechtkam. So ist alles deutlich zwischen uns, und jeder weiß, was er von dem andern zu halten hat.« Er war aufgestanden und winkte dem Zahlkellner.

Auch Toni Muhr hatte sich erhoben, einen Augenblick standen sich die beiden Männer schweigsam gegenüber, feindselig lauernd, dann schritten sie gemeinsam dem Ausgang zu, als wollte einer den andern nicht hinter sich lassen.

An der Türe zupfte der Kellner Eduard Toni Muhr am Ärmel: »Ist's wirklich wahr?«, fragte er.

Verständnislos schüttelte dieser den Kopf.

»Dass es keinen Winterfeldzug mehr gibt«, fuhr der Kellner Eduard eigensinnig fort. »Sie müssen's doch wissen, Herr Doktor, bei Ihren Beziehungen.«

Traurig blickte Toni Muhr vor sich hin: »Es geht vorüber«, erwiderte er und sah ins Leere.

Der Kellner Eduard machte einen tiefen Bückling und schlug seine Serviette unter den Arm. »Ich bin dem Herrn Doktor wirklich zu Dank verpflichtet«, sagte er. »Habe die Ehre, mich zu empfehlen, Herr Baron, mein Kompliment die Herrschaften, auf Wiedersehen die Herrschaften! Ergebensten Dank!«

4

Auf der untersten Stufe der großen Freitreppe im Palais Lubecki stand Fürst Adam in Frack und weißer Halsbinde, als der einzige männliche Vertreter seines Hauses, und hielt in der ausgestreckten Hand einen silbernen Armleuchter, wie es die Etikette verlangte, wenn ein Erzherzog sich zu Besuch angesagt hatte.

Links und rechts von der im doppelten Bogen aufstrebenden Treppe duckten sich zwei steinerne Riesen mit wilden Gesichtern, deren Ausdruck ebenso qualvoll wie zornig war; man konnte nicht wissen, ob sie ihre gewaltigen Nacken unter der Schwere des Treppenhauses als Knechte beugten – wie der Riese Atlas unter dem Druck der Welt – oder ob sie im nächsten Augenblick mit einem trotzigen Entgegenstemmen den ganzen Aufbau weißer Marmorstufen in Trümmer legen würden, wie der gottgeweihte Simson, da er beim Fest des Baal das Haus der Philister über sich niederreißt, so dass von aller Pracht, die sich gegen den Geist versündigt, nichts übrig bleibt als Schutt und Asche.

Hinter dem Fürsten Adam stand ein Diener, der den Auftrag hatte, erst im letzten Augenblick die Kerzen des Armleuchters anzustecken, wenn schon der Wagen des Erzherzogs vorgefahren war, denn man fürchtete, dass Fürst Adam, der bereits am Nachmittag Zeichen von Unruhe gegeben hatte, mit dem flackernden Licht Unheil anrichten könnte.

Auf dem untersten Treppenabsatz, am Eingang der festlich beleuchteten Gemächer, überwachte die alte Fürstin persönlich den Vorgang. Und hinter einem Schiebefenster, das, von einem oberen Stockwerk her, Ausblick in das Treppenhaus bot, beobachteten ihre beiden Enkelkinder Dunia und Stasia den Onkel Adam, wie er so hilflos dastand; aus einem Blasrohr schossen sie winzige Papierkugeln auf seine Glatze, hocherfreut, wenn er mit seiner freien Hand angstvoll über den polierten Schädel fuhr.

Endlich meldete der Jäger in der Torfahrt die Ankunft seiner kaiserlichen Hoheit. Die Kerzen flammten auf, zugleich schwankte der Armleuchter bedenklich in der Hand des Fürsten Adam, den ein neues Geschoss getroffen hatte. Eben wurde der Erzherzog sichtbar, dem ein Diener im Zweispitz den Mantel abnahm; hinter dem Erzherzog folgte der Hauptmann Gino de Saluzzo mit mehreren Herren vom Roten Kreuz.

Gino de Saluzzo war größer als seine Geschwister; er glich dem Vater der Würde und vorsichtigen Haltung nach, die sich im Hofdienst noch versteift zu haben schien. Die Herren vom Roten Kreuz folgten seinem Beispiel, sie blickten finster und grimmig drein, wie es gar nicht dem milden Anlasse eines Konzertes zu wohltätigen Zwecken entsprach.

Von weitem grüßend, schritt der Erzherzog auf den Fürsten Adam zu, der, an den Empfang von Mitgliedern des kaiserlichen Hauses gewöhnt, gleichmütig standhielt; mit seinem Blick, der ins Leere gerichtet war und von dem seine Mutter, die alte Fürstin, behauptete, er verberge viele unausgesprochene Gedanken, sah er über den Erzherzog hinweg und streckte ihm nur, wie ein Hündchen, das aufwartet, seine blasse muskellose Hand entgegen.

»Fürst Adam ist leidend«, flüsterte Gino dem Erzherzog ins Ohr; dieser überhörte es. Er war seit langem nicht in Wien gewesen, und er hatte das Palais Lubecki seit dem Tode des Fürsten Thaddäus nicht mehr betreten.

»Ich freue mich, Sie kennen zu lernen, Fürst Lubecki«, sagte er, »kurz vor dem Kriege habe ich bei Ihrem in Gott ruhenden Bruder gejagt. Es war die schönste Jagd meines Lebens, ich allein habe zweihundertdreißig Fasanen geschossen oder zweihundertvierzig; wie mit dem Maschinengewehr. Ein prächtiger Mann, Ihr Bruder.«

»Ich glaube wohl«, schnarrte Fürst Adam und fuhr mit der Hand böse über den kahlen Schädel. Dann machte er kehrt und schickte sich an, klappenden Schrittes die Treppe emporzuklimmen. Ein Diener fasste ihn an der Schulter, damit er der kaiserlichen Hoheit den Vortritt gönne. Ungern fügte er sich und ließ nun das Stearin von den schräge brennenden Kerzen seines Armleuchters auf die Uniform des Erzherzogs tropfen.

Das Palais Lubecki war eines der schönsten in der Herrengasse, obgleich es nach außen hin mit seinem grauen Anstrich und den schmucklosen Fenstern, die zu ebener Erde vergittert waren, jede Prunkentfaltung vermied. Es war ein Haus, das seine Front nach innen hatte und der Straße den Rücken zukehrte. Der alte Fürst und auch sein Sohn Thaddäus hielten sich selten in Wien auf und übten hier nur Gastlichkeit für einen engumschriebenen Kreis, der sich kaum je erweiterte. Erst von der Fürstin Maria Jadwiga war nach dem Tode ihres Gatten größere Lebhaftigkeit in das kalte Haus gebracht worden, das ehedem ein Graf Kaunitz, ein Onkel des Kanzlers, so erzählte man, für seine junge Frau, eine geborene Prinzessin Schönburg-Waldenburg, erbaut hatte. Diese aber war wenige Tage nach der Hochzeit an den Pocken gestorben, so dass sie die ersten Gäste des Hauses nur starr und stumm im metallenen Sarg, unter Blumen aufgebahrt, hatte empfangen können.

Nicht nur vom Baron Schönkirchen war es missfällig angemerkt worden, dass die junge Fürstin Lubecka bei ihren Einladungen allzu großzügig vorging, auch andere murrten. »Man fühlt sich wie aufgescheucht in dem Hause«, hatte die altjüngferliche Stiftsdame, Gräfin Ugarte, erst kürzlich ihrem Freunde, dem Exzellenzherrn, geklagt.

Und der Exzellenzherr, der sonst alles gut fand, was rings um ihn geschah, strich behutsam über den dünnen weißen Bart, der aussah wie Altweibersommer, und erwiderte, indem er sich scheu umsah: »Der Wind weht von oben her, Seine Majestät ist zu gnädig im Verleihen von Titeln und Würden.«

Gleichwohl hatten sich viele der neu zu Rang und Ansehen gelangten Familien vergeblich bemüht, eine Einladung zu dem Feste der Fürstin Maria Jadwiga zu erhalten. Es war bestimmt worden, dass jeder Gast an diesem Abend eine namhafte Spende für das Rote Kreuz zu leisten hätte. Und dies eben bildete den Anreiz: Man musste aufgefordert, man musste eingeladen sein; niemand wollte auf der Liste fehlen.

Eine schmale Gasse hatte man für den Einzug des Erzherzogs freigelassen, links und rechts knickten, wo er schritt, die Damen marionettenhaft zusammen, wie von einer Stahlfe-

der in Bewegung gesetzt. Und dieses Einsinken und Wieder-
emporschnellen pflanzte sich immer weiter fort, bis der Erzherzog im runden Salon angelangt war, wo ihm zahlreiche
Personen vorgestellt wurden, die sich durch besonders hohe
Spenden für das Rote Kreuz ausgezeichnet hatten, und andere auch, deren einziges Verdienst es war, zum vertrauten
Kreis der Fürstin zu gehören, oder die gerade im Wege standen, so dass man es nicht vermeiden konnte, auch ihre Namen zu nennen.

Ermete de Saluzzo, der seinem Sohne Gino nicht von der
Seite wich, teilte Gnaden aus. Er warf dem einen missgünsti-
ge Blicke zu, versprach dem anderen seinen Schutz und erledigte im Vorübergehen mit herablassender Miene kleine geschäftliche Angelegenheiten.

Auch Frau Johanna entfaltete eine bienenhafte Tätigkeit;
sie hätte für ihr Leben gern den Erzherzog in ihr Kriegsspital
eingeladen, aber dieser bestand darauf, mit ihr vom Burg-
theater zu reden. Er hatte dereinst Frau Johanna als »Grille«
gesehen, es war sein erster Theatereindruck gewesen. »Ich
hab noch irgendwo ein Bild aufgehoben«, erzählte er: Hanni
Busch als Grille – *La Petite Fadette* und er verneigte sich mit
einem Lachen, dessen Natürlichkeit überraschte. »Wie ein
kleines Vogerl sind Sie über die Bühne gehüpft ... so zierlich ...« Er hielt inne, da Frau Johannas Rundlichkeit ihm die
Gegenwart zum Bewusstsein brachte.

Herr von Saluzzo war peinlich berührt, er versuchte abzulenken: »Es bedeutet ein besonderes Glück für mich«, so begann er, »meinen Sohn im Dienste Eurer kaiserlichen Hoheit
zu wissen. Mein Vater, der sich in der mailändischen Verwaltung einige Meriten erwarb, hat aus den Händen des hoch-
seligen Großvaters Eurer kaiserlichen Hoheit die Eiserne
Krone empfangen.«

Der Erzherzog dachte: Warum redet der Alte so ge-
schraubt? Glaubt er mir damit einen Gefallen zu erweisen?

Armer Großvater! Plötzlich bemerkte er eine junge Frau, die sein Interesse erregte.

»Meine einzige Tochter, kaiserliche Hoheit«, stellte Herr von Saluzzo geschmeichelt vor.

»Aha, die junge Grille«, sagte der Erzherzog und betrachtete Lauretta wohlgefällig. »Gnädigste sind mir aus Erzählungen längst vorteilhaft bekannt.« Und er warf ihr einen erfreuten Blick zu. »Auch von dem Herrn Gemahl ist mir berichtet worden. Er hat sich beim serbischen Rückzug ausgezeichnet – ein Erfinder oder so etwas, nicht wahr?« Sein bewundernder Blick streifte wieder Lauretta. Laut aber sagte der Erzherzog: »Warum lässt er sich nicht blicken, der Herr Gemahl?«

Nun war es kaum zu vermeiden, dass man nach Toni Muhr fahndete. Rudi Saluzzo unternahm es, ihn aufzuspüren, trotz der vielfachen verantwortungsvollen Tätigkeit, die ihm oblag. »Der Sarasin und der Dr. Hengel sind nahe daran, mit dem Messer gegeneinander loszugehen«, erzählte er; »wenn ich sie nicht bis zum letzten Augenblick überwache, geschieht ein Unglück.«

Toni Muhr hatte sich in das Musikzimmer zurückgezogen, das noch dunkel und vereinsamt war. In seiner gewohnten Art lief er dort unruhig auf und nieder. Es war ihm bisher nicht möglich gewesen, der Fürstin über sein Gespräch mit Baron Schönkirchen zu berichten. Nachmittag hatte er sie zum Telefon gerufen, ohne doch schließlich den Mut zu finden, auf die Entfernung hin sein Schicksal zu entscheiden. So war es bei ein paar nichts sagenden Redensarten geblieben: wann das Fest beginne und ob Maria Jadwiga seiner Hilfe bedürfe. Nachträglich hatte er eifervoll ihre Worte zergliedert, als müssten sie ihm den gewünschten Aufschluss bringen. Die Fürstin hatte von einer Überraschung gesprochen, die sie für Toni Muhr bereithalte. »Eine freudige Überraschung?« »Das hinge von ihm ab.«

Was für eine Überraschung mochte die Fürstin Lubecka nur im Sinne haben? Warum verstellte sie sich? Konnte sie nicht Toni Muhr den Abschied geben, wann immer es ihr beliebte, morgen, heute schon? Ich muss Gewissheit erlangen, sagte er sich, hier will ich warten, um nicht Zeuge zu sein, wie sie mit dem andern Blicke tauscht. Wenn sie ihn so offen bevorzugt, kann niemand Verdacht schöpfen – welch kluge List, wie teuflisch ersonnen! Ich selbst bin ins Garn gegangen. Aber sie muss mir Rede stehen. Auf Listen und Finten verstehe ich mich nicht. Geradeaus will ich sie fragen, wie sie's mit mir hält und wie mit ihm.

In diesem Augenblick kam Rudi Saluzzo. »Wenn du nur einige Freundschaft für mich fühlst«, bat Toni Muhr, »so verleugne mich. Sag … du hast mich nicht gefunden, ich bin spurlos verschwunden, ich bin gestorben, sag, was du willst, nur lass mich heute in Frieden.«

Rudi Saluzzo protestierte, seine Ehre stehe auf dem Spiele, der Glaube an seine Tüchtigkeit im Dienste anderer; er habe versprochen, Toni zur Stelle zu schaffen.

»Was soll ich denn um Himmels willen dem Erzherzog erzählen?«, klagte dieser.

»Dein Sprücherl, natürlich«, entschied Rudi Saluzzo, »das kann dir nicht schwer fallen. Du weißt: am Ochridasee … Wenn du stecken bleibst, helfe ich dir aus.« Und er zerrte den Widerstrebenden in den runden Salon.

Mit einer Handbewegung forderte der Erzherzog Toni Muhr zum Erzählen auf. Dieser blickte zögernd um sich; sein angstvolles Auge suchte Maria Jadwiga und den Baron Schönkirchen. Jetzt fing er Bruchstücke eines Gespräches auf: »Die russische Revolution … feiges Gesindel … Kerenski verkauft … bei uns kann so etwas nicht vorkommen … Ordnungssinn der Bevölkerung …«

»Der junge Mann ist sehr verschüchtert«, dachte der Erzherzog, während er sich bemühte, den Blick Laurettas festzuhalten, »man muss ein wenig nachhelfen.« Und er begann: »Also Sie sind in Schabatz gefangen genommen worden …«

Toni Muhr ergab sich ins Unvermeidliche. In dem Bemühen, seine Erzählung abzukürzen, geriet er auf Irrwege und fand nur schwer zum Ausgangspunkt zurück.

Der Erzherzog, der über die meisten Begebenheiten, die Toni Muhr vortrug, schon längst durch Gino unterrichtet war, überlegte: »Dieses Genie hab ich mir anders vorgestellt. Er vergisst die Hälfte von dem, was ihm selber passiert ist; vielleicht hat er sich das alles nur so ausgedacht und das Genialische ist nichts als Zeitungsschwindel. Die arme hübsche Frau! Sie muss es nicht leicht haben in der Ehe, schad' um sie. Der Saluzzo soll sie nach Galizien einladen.«

Toni Muhr dachte: »Der Schönkirchen ist bei Maria Jadwiga, und ich soll dem Erzherzog eine Geschichte hersagen, die ihn langweilt und mich gar nichts angeht. Mit ihr muss ich sprechen. Wie fang ich es nur an, sie zum Reden zu bringen? Und wenn sie leugnet?«

Indessen erzählte er mechanisch weiter; er hielt gerade am Ochridasee.

Der Erzherzog hörte schon längst nicht mehr zu. Er überlegte: »Hat nicht der Saluzzo einmal erzählt, dass sein Schwager bei den Katleins angestellt ist? Diese Juden verdienen ein Heidengeld mit dem Krieg. Was die alles liefern; auf den meisten Kisten seh ich ihren Namen. Natürlich, sie verstehen's halt am besten! Entweder muss man sie aufhängen oder man muss sich mit ihnen vertragen.«

Plötzlich unterbrach der Erzherzog die Erzählung Toni Muhrs: »Es war sehr spannend«, sagte er, sichtlich bemüht, ihm eine Freundlichkeit zu erweisen. »Nun also haben Sie zu Ihrem Zivilberuf zurückgefunden. Ausgezeichnete Schule … Stützen der Industrie, die Herren Katlein … besonders der Ältere … wie heißt er nur … richtig, Theodor … bitte, sagen Sie dem Herrn Theodor Katlein …«

In diesem Augenblick begegnete der Erzherzog dem ent-
setzten Blicke Toni Muhrs. Ein unangenehmer Mensch,
dachte er und kehrte ihm den Rücken.

Der alte Exzellenzherr rühmte einer Gruppe von Damen die
Musik Dr. Hengels. »Großer Stil«, erklärte er. »Seit Brahms
hat man nichts Ähnliches gehört. Ich erlaube mir, Ihre Aufmerksamkeit besonders auf das *Adagio cantabile* zu lenken;
die Melodie wird vom Cello vorgetragen und dann von der
Violine weitergeführt.« Man hätte meinen können, der alte
Herr habe den Dr. Hengel samt seiner Musik persönlich erfunden. Seine roten Bäckchen glühten, das weiße Bärtchen
flog in der Luft.

Nun endlich kam Maria Jadwiga näher. Toni Muhr hörte,
wie sie zum Grafen Schrattenbach sagte: »Wir predigen tauben Ohren; Baron Schönkirchen will nicht an die Radulescu glauben. Er zieht sogar die Lehre des großen Papus in
Zweifel.«

»Fade Interessantmacherei«, erklärte Baron Schönkirchen,
»der Mensch ist ein Gespann, sagt die Radulescu ... Was soll
das heißen?«

»Ein Symbol«, rief die Fürstin Maria Jadwiga lachend, und
man merkte, dass es ihr nur darauf ankam, den Gästen Un-
terhaltungsstoff zu bieten. »Der menschliche Leib wird mit
einem fahrenden Wagen verglichen; der Geist ist der Kutscher und der Astralkörper die bewegende Kraft. Ich glaube
wenigstens, dass es die Radulescu so erklärt hat. Es kann
auch umgekehrt sein.«

»Da gibt es nichts zu lachen, *kochana*«, schalt die alte
Fürstin, und zu Graf Schrattenbach gewendet: »Kennen Sie
die Geschichte der Mathilde Schwarzenberg, der ältesten
Schwester des Fürsten Felix? Meine Mutter war mit ihr eng
befreundet. Jahrelang ist die Ärmste schwerkrank im Bett gelegen und hat sich nur durch die Lebenskraft erhalten, die ihr

von der Hand des Bruders kam. Als der Fürst Gesandter in Neapel war, ist sie ihm mehrere Male auf halbem Weg bis Rom entgegengefahren, um sich von ihm die Hand auflegen zu lassen.«

»Ist es richtig«, fragte Graf Schrattenbach leise den Baron Schönkirchen, »dass Fürst Adam seinen Astralkörper verloren hat und dass die Radulescu ihn irgendwo im Weltall suchen muss?«

»Die rumänische Hex gehört in ein Konzentrationslager«, knurrte der Baron. »Fürs Übernatürliche ist die Kirchen da. Im gewöhnlichen Leben finde ich Wunder gänzlich deplaciert.«

Toni Muhr zergliederte die Worte: Was bedeuteten sie wohl? Alles hat einen Nebensinn, dachte er. Sie reden zueinander mit versteckten Andeutungen.

»Hat dieser Doktor Engel oder Henckel – ich kann mir den Namen so schlecht merken – hat er schon eine Oper komponiert?«, fragte scheu die Gräfin Ugarte den alten Exzellenzherrn. »Eine Oper ist doch das Höchste.«

»Wo denken Sie hin?«, rief der Exzellenzherr. »Musik in Worten vergleicht er mit bemalten Skulpturen. Wäre die Venus von Milo etwa schöner mit geschminkten Wangen? Das sind seine eigenen Worte, meine Damen. *Ipsissima Verba.* Nun, Sie werden ja sehen. Die Musik ist die Stimme des lieben Gottes, sie darf sich nicht mit Sprachen gemein machen, die gegeneinanderstehen; sie muss reden wie der Wind, der Bach, der Regen und der Donner. Solcher bildhafter Wendungen bedient er sich, meine Damen.« Der alte Exzellenzherr hatte wieder die Gebärde eines Ausrufers.

Der Erzherzog sagte zu Lauretta: »Sie müssen uns besuchen, gnädige Frau. Bei uns gibt's immer viel zu sehen, und nicht nur Furchtbares. Bitte kommen Sie! Voriges Jahr haben wir einmal Erde ausgehoben, um einen Flieger zu bestatten, da sind wir auf ein Grab gestoßen, tausend Jahre alt oder noch darüber, man kann das gar nicht wissen. Und in dem Grab sind zwei Menschen gelegen, ein Mann und eine Frau; unser Doktor hat es festgestellt. Und sie haben einander umarmt gehalten, die Skelette, wie lebendige Menschen. Verstehen Sie das? Tausend Jahre lang im Grab, bis wir gekommen sind.«

Lauretta lachte ihr girrendes Taubenlachen, wie immer, wenn das Gespräch auf die Liebe kam. Aber Toni Muhr fühlte sich nicht mehr verletzt durch dieses Lachen, wie sonst in Gesellschaft. Es war ihm, als finge er etwas Schmerzliches auf, nur ihm verständlich. Er dachte an die beiden Toten in ihrem tausendjährigen zärtlichen Umschlungensein. Und er fühlte Mitleid mit Lauretta, wie sie so dastand und lachte und sich vom Erzherzog an den Standort seines Kommandos einladen ließ.

»Bitte in das Musikzimmer«, rief die Fürstin Maria Jadwiga. »In das Musikzimmer«, wiederholte Rudi Saluzzo laut; er lief hin und her und trieb die Säumigen an.

Vor die gleichmäßigen Reihen goldener Stühlchen hatte man noch ein paar große, schwere Fauteuils stellen lassen; der Erzherzog nahm zwischen den beiden Fürstinnen Lubecka, der jungen und der alten, Platz.

Toni Muhr stand in einer Seitennische, von wo er den ganzen Raum gut überblicken konnte. Ich ersticke an der Lüge, dachte er. Warum darf ich nicht auf Maria Jadwiga zugehen und ihr erklären, wie's mir ums Herz ist? Ich liebe sie doch ... Jawohl, ich liebe sie. Ich weiß alle Dinge erst dann ganz bestimmt, wenn sie mir wehtun ... Jetzt schleicht sich wieder der Alibi an sie heran. Warum stoße ich ihn nicht fort, warum verlange ich nicht den Platz, der mir allein gebührt. Man würde das einen Skandal nennen: »Bei dem Feste der Fürstin Lubecka ereignete sich ein unliebsamer Vorfall«, so würde es in den Zeitungen heißen. Unliebsame Vorfälle sind das Schlimmste, was sich überhaupt ereignen kann.

Die Musik setzte mit einer getragenen Melodie ein, die als etwas Blühendes emporstieg und sich verzweigte. Toni Muhr fühlte, wie er allmählich ruhiger wurde, es war so, als ob inmitten alles Kummervollen sich doch eine Hoffnung aufschlösse. Toni Muhr sagte sich: Es wird wieder gut, oder jemand anderer sagte es zu ihm. Eine weibliche Stimme war's; nicht die Stimme Maria Jadwigas, auch nicht die Laurettas, und doch beider Stimmen und vieler anderer Frauen gewiss, von oben kommend, im Chor. Die Stimme sprach nicht, sondern sie sang, einfache Worte mit einer einfachen Melodie: Es wird wieder gut, sang die Stimme. Es wird wieder gut.

Toni Muhr blickte um sich, und er wusste, dass auch die anderen diese Stimme hörten, die zu ihnen die gleichen Worte sprach oder doch ähnliche zuversichtliche, aus der Ferne einer verschütteten Kindheit herübertönende.

Plötzlich erkannte er den Minister Pucher, aber sein Mund hatte nicht mehr den höhnischen Zug, und seine Haltung war nicht mehr so verkrampft wie damals im Parlament. Mit halbgeschlossenen Augen saß der alte geschwätzige Exzellenzherr da, und über sein Antlitz, das sonst unaufhörlich in lauernder Bewegung schien, lag jetzt feierliche Ruhe gebreitet, als habe er das Leben, das ihn zu so viel hässlicher Betriebsamkeit zwang, weit hinter sich gelassen. Mit schlaff herabhängenden Armen erwartete die kleine Stiftsdame, die Gräfin Ugarte, das Herannahen der klingenden Brandung. Man konnte sich jetzt genau vorstellen, wie sie früher einmal ausgesehen haben mochte, als sie noch ein kleines Mädchen gewesen war.

Und Toni Muhr überlegte, so wie man im Traum etwas überlegt und sich aus dem Traum hinausstellt: Die Musik ist sicherlich das Beste, was diese Menschen haben. Ohne Musik sind sie ebenso neugierig wie teilnahmslos. Sie wollen alles wissen und wenden sich doch von allem ab, ehe es ihnen noch begegnen konnte. So feindlich sind sie und abwehrend und ohne Glauben ... Nur der Musik öffnen sie sich ganz.

Irgendein Unnennbares erst brachte Toni Muhr wieder zum Bewusstsein der Gegenwart, eine Unruhe, ein Erschrecken, ein Zittern in der Luft mehr als wirkliche Bewegung. Es war gerade an der Stelle, wo Cello und Geige um das Hauptthema kämpften. Das gab eine Art Wettgesang, ein gegenseitiges sich Steigern, ein abwechselndes Herrschen und Dienenmüssen. Die seraphische Stimme der Geige, die gebundenere menschliche des Cellos schwebten auf dem dunklen Hintergrund der aufgewühlten Bassnoten des Klaviers. Aber Toni Muhr hörte noch einen anderen Laut, ein Anschwellen und Rufen, das näher kam – menschliche Stimmen, dumpf geballt. Und dann war ein dünner, hoher Ton in der Luft, der alles beherrschte, messerscharf und hart.

Man fühlte Gewitterspannung: Ein runder Kieselstein schlug durch das Fenster und fiel auf den Boden, gerade vor die erste Reihe hin, wo der Erzherzog mit der Fürstin Lubecka saß. Ein paar Damen sprangen bestürzt von ihren Sitzen auf. Niemand wusste recht, was geschehen war, die meisten glaubten, eine elektrische Birne sei geplatzt. Die Musik hielt einen Augenblick lang inne.

»Teufel noch einmal«, rief Fürst Adam in die Stille, die sich unheimlich auftat.

Schon gab Doktor Hengel das Zeichen zum Weiterspielen. Es war Toni Muhr, als bestünde ein Zusammenhang zwischen der Musik seines Freundes und dem Stein, der von unsichtbarer Hand in den Saal geschleudert worden war. Unaufhaltsam stürmte das vergrößerte Hauptthema dem Finale zu, die *Vox humana* des Cellos eilte voran, ließ alle süße Verheißung der Violine hinter sich, stand nun einsam da, mahnend, anklagend: ein Lebendiges, Gehetztes, Umstelltes, das aufschreit.

Und es war, als ob die Musik, indem sie die allgemeine Erregung in sich aufnahm, diese zugleich beherrschte und niederzwang. Noch eine Weile lang hörte man hier und dort gedämpftes Flüstern, dann lauschten alle wieder. Nur ein kleiner runder Kieselstein, aus einem fernen Bach durch die Verkettung seltsamer Schicksale hergeführt, lag wenige Schritte vor dem Erzherzog, der ihn finster betrachtete. Der Stein hatte Perlmutterglanz und war abgeschliffen nach allen Seiten; schimmernd lag er auf dem spiegelnden Parkett.

Hoch oben, in einem der großen Fenster nach der Herrengasse zu, entdeckte Toni Muhr ein kreisrundes Loch, von dem ringsum spinnwebartig Sprünge ausgingen. Als er dann wieder den Kiesel suchte, war dieser wie durch einen Zauber verschwunden; nur der Erzherzog starrte noch immer auf den Punkt, wo er gelegen war.

Das Cello schwieg, man klatschte Beifall. Doktor Hengel verneigte sich; rote Flecke standen auf seinen blassen Wangen. Nun erst schaffte sich die zurückgedrängte Neugierde Bahn, hastige Fragen schwirrten umher: Was ist geschehen … Ist es wahr, dass streikende Arbeiter … Auf dem Südbahnhof sollen tschechische Truppen gemeutert haben … Und Toni Muhr erinnerte sich, dass er auf dem Wege zum Palais Lubecki dem Vorarbeiter Andreas Magrutsch begegnet war, der angelegentlich zur Seite geblickt hatte.

Rudi Saluzzo war schon auf Kundschaft ausgegangen. »Kein Grund zur Aufregung«, versicherte er, »ein dummer Streich – man sieht die erleuchteten Fenster, man wirft einen Stein. Aber der Wachmann, statt den Buben bei den Ohren zu fassen, schreibt einen Rapport, und das Attentat ist fertig.«

»Haben Sie den Stein gesehen?«, fragte der Erzherzog den Adjutanten.

»Melde untertänigst, kaiserliche Hoheit«, erwiderte dieser, »ich habe keinen Stein gesehen.«

»Ein faustgroßer Stein«, sagte der Erzherzog mit Bestimmtheit. »Er ist vor meine Füße gerollt.«

»Kaiserliche Hoheit müssen sich getäuscht haben«, versicherte Gino, »ein Schimmer vielleicht, aber höchstens bohnengroß, eine Luftspiegelung ... Wer sollte es wagen, einen Stein zu schleudern. Kaiserliche Hoheit wissen, mit welcher Anhänglichkeit die Wiener Bevölkerung ...«

Der Erzherzog wandte sich an die alte Fürstin Lubecka: »Nicht wahr, es ist vorhin ein Stein auf dem Boden gelegen«, erkundigte er sich höflich, »ein bohnengroßer Kiesel.«

Die alte Fürstin schüttelte verwundert den Kopf. Sie war während des Konzerts ein wenig eingenickt, erst das Beifallklatschen hatte sie aufgeweckt. Sichtbar verletzt erwiderte sie daher: »Ich kann nicht annehmen, Hoheit, dass man in meinem Salon Kieselsteine findet; jedenfalls werde ich sofort die Dienerschaft befragen.«

Der Erzherzog gab den Kampf auf. »Sie halten alle zusammen«, dachte er, »ich darf nicht erfahren, was jeder andere längst weiß« – und ließ sich zum Büfett geleiten.

»Warum hast du den armen Kieselstein verleugnet?«, fragte Rudi Saluzzo seinen Bruder.

»Menge dich nicht in Angelegenheiten, die du nicht verstehst«, antwortete Gino belehrend; »es gibt Dinge, die man bei Hof unter keiner Bedingung zugeben darf. Die Hoheit hat den Stein gesehen, und ich hab den Stein gesehen, aber der Takt, du verstehst, der Takt bei Hof verlangt, dass ich sag, es war kein Stein.«

»Aha«, gab Rudi Saluzzo zur Antwort, und sein Verblüfftsein war so ungeheuchelt, dass Gino versöhnlicher fortfuhr: »Das alles kommt von der gelben Schärpe des Flügeladjutanten. Du warst niemals beim Kaiser in Audienz. Also versuch's nur einmal und geh hin; mit den besten Vorsätzen gewappnet, um etwas Wichtiges mitzuteilen – etwas Wichtiges und Unangenehmes – die wichtigen Dinge sind immer unangenehm. Vor dem Audienzzimmer empfängt dich der Flügeladjutant mit der gelben Schärpe und meldet dich an und reißt die Tür vor dir auf. Und ich wette, auch dir mit deiner ganzen Unverfrorenheit bleibt das Wort in der Kehle stecken; und wenn du hingegangen bist, um zu sagen, dass ein Stein durchs Fenster geflogen ist, kehrst du um und weißt selbst nicht mehr, ob es wirklich so war, und jedenfalls ist im Bereich der gelben Schärpe auch nicht vom kleinsten Steinchen die Rede gewesen.«

Toni Muhr ließ sich am Büfett ein Glas Champagner reichen. Er stand dicht neben der Fürstin Maria Jadwiga und flüsterte ihr ins Ohr: »Ich muss mit Ihnen sprechen, Fürstin, diesen Abend noch, sogleich.«

Verwundert blickte ihn Maria Jadwiga an und erwiderte ebenfalls halblaut: »Im Boudoir.«

Das Boudoir war ein kleiner Raum neben dem Ankleidezimmer der Fürstin, zu dem vom Wintergarten her eine schmale Wendeltreppe emporführte. Maria Jadwiga hatte die gesamte Einrichtung hier selbst entworfen; alles war in Blassgrün und Gold gehalten, eine Farbenzusammenstellung, die ihr besonders zusagte. In einer kleinen Bibliothek standen die Lieblingsbücher der Fürstin, nicht mehr als zwanzig Bände, denen man jedoch anmerkte, dass sie oft zur Hand genommen wurden. Über dem Kamin hing das Bild eines polnischen Malers; junge Bäuerinnen, die, einer alten Sitte folgend, beim Fackelschein Kränze mit brennenden Kerzen auf der Weichsel schwimmen lassen. Eine der Bäuerinnen im Vordergrunde trug Maria Jadwigas Züge; sie hatte dem Maler Modell gestanden.

Niemals vorher hatte Toni Muhr den Raum betreten. Als er über die Wendeltreppe emporstieg, war ihm beklommen zumute, so, als würde er nun zum ersten Male von Maria Jadwiga empfangen.

»Geschwind«, rief die Fürstin zur Begrüßung, »nimm deinen Tribut, *petit bonhomme autoritaire*,[1] ich kann nicht lange bleiben.« Und sie reichte ihm den Mund zum Kusse.

Die schnelle Umarmung und die Nähe dieses »Du« machte, statt Toni Muhr Halt zu geben, vollends den Boden unter ihm wanken.

Die Fürstin bemerkte sein verändertes Wesen. »Noch immer unzufrieden«, schalt sie. »Da holt er mich mitten aus der Gesellschaft, ich folge ihm, bin sanft und gut, er aber macht wieder einmal traurige Augen. Nun sag, wo fehlt's, was kann ich für dich tun? Geht es um meine Überraschung? Oder warst du wegen des dummen Steinwurfs besorgt?«

»Ich will nicht hoffen …«, rief Toni Muhr beunruhigt.

»Du siehst, es ist mir kein Haar gekrümmt worden«, fuhr Maria Jadwiga fort, »und der törichte Zwischenfall hätte sich leicht vermeiden lassen, wenn nur die Domestiken folgen und am Abend die Fenster verhängen wollten, wie ich es angeordnet habe. Man soll die Leute auf der Straße nicht überflüssig reizen; in der neuen Katlein'schen Munitionsfabrik ist der Streik ausgebrochen.«

»Beim Katlein?«, wiederholte Toni Muhr.

»Jawohl, beim Katlein«, bestätigte Maria Jadwiga, »da hast du gleich meine Überraschung. Ich war nämlich heute Vormittag bei ihm.« Und als handelte es sich um die natürlichste Sache von der Welt, erklärte sie: »Du weißt, ich sammle für das Rote Kreuz. Man kann von den reichen Leuten schließlich nicht verlangen, dass sie einem mit dem Gelde nachlaufen. Die einen lade ich zu mir, und die anderen, die ich nicht einladen will, besuche ich selber. Es ist dies eine höfliche Form der Ablehnung … Aber die Zeit vergeht. Also sprich du zuerst, was liegt dir am Herzen?«

Sie strich vor einem Spiegel das Haar aus der Stirne, neigte prüfend den Kopf zur Seite und nestelte an ihrem Kleid.

Toni Muhr fühlte das Entscheidungsvolle des Augenblicks. Wieder kamen ihm die Katleins in die Quere, es wurde ihm schwer, seine Gedanken zu sammeln. Wie sollte er nur den Mut finden, von Baron Schönkirchen zu reden, und was konnte er denn überhaupt von ihm berichten? Was blieb von jener Aussprache bestehen? Sobald jedoch Toni Muhr zu erzählen begann, erhielt das Schattenhafte ganz von selbst festere Gestalt. Was ihm bisher zweifelhaft erschienen war, formte sich zur Gewissheit, die vorsichtigen Fragen Baron Schönkirchens verwandelten sich in bestimmte Mitteilungen, sein zweideutiges Reden wurde zum Geständnis.

»Stelle dir nur das Qualvolle meiner Lage vor«, sagte Toni Muhr. Er hielt die Augen gesenkt, doch er spürte, dass Maria Jadwiga ihn anblickte. So sah er sich selbst mit ihren Augen und war sehr unzufrieden. Seine eigenen Worte missfielen ihm, die ganze Art seiner eifersüchtigen Rede, das Gehässige der Darstellung.

»Und du hast ihm geglaubt?«, fragte Maria Jadwiga, »hast sein Geständnis nicht zurückgewiesen?«

Toni Muhr erinnerte sich, dass Maria Jadwiga vor kurzem einmal erklärt hatte, die Liebe sei ein kostbares Gefäß, das man nur in Demut anfassen dürfe und durchaus an keine Ecke stoßen; sonst zerbreche es.

»Wie gerne wollt' ich ihn Lügen strafen«, rief er in einem Aufschrei, der ihm sogleich übertrieben vorkam. Er fühlte, dass es kaum noch einen Rückweg gab.

Näher tretend streichelte ihm Maria Jadwiga die Wange. »*Mon pauvre ami*[2] ... was musst du gelitten haben.«

Doch Toni Muhr hörte den fremden Ton ihrer Stimme. Sie hätte ebenso gut sagen können: Darf ich Ihnen nicht eine Tasse Tee anbieten. In der gleichen Art sprach Lauretta mit ihm, seit sie ihm fremd geworden war – alle fremd. Da war es wohl nicht die Schuld der anderen, sondern seine Schuld.

»Verzeih mir«, bat Toni Muhr. »Ich hätte Baron Schönkirchen zur Rechenschaft ziehen sollen; ich will es nachholen.«

»*C'est mon affaire*«,[3] sagte Maria Jadwiga, »es lässt sich nichts nachholen«, und wie im Selbstgespräche: »Schade, schade ... ich habe es kommen sehen ... schade.« Schnell sich besinnend aber fuhr sie fort: »Willst du nicht meine Überraschung hören? Ich kann unmöglich bleiben, man erwartet mich ...«

Toni Muhr nickte.

»Ich war also beim Katlein«, erklärte Maria Jadwiga. »Er hat eine halbe Million für das Rote Kreuz gespendet, und so sind wir ins Reden gekommen. Auch von dir haben wir gesprochen, Toni. Exzellenz Pucher hat die beiden Brüder schon vorbereitet; der Alexander – *eh bien, passons, c'est une brute*[4] – aber der Theodor ist bereit, dir hundertfünfzigtausend Kronen als Abfertigung zu geben und dich obendrein in seiner Fabrik anzustellen. Du kannst es durch ihn weit bringen, meint er. Hab ich gut gearbeitet?«

Hundertfünfzigtausend Kronen, sagte sich Toni Muhr – es war ihm, als sähe er die Zahl auf ein Scheckformular geschrieben, in Worten und in Ziffern: Das flimmerte vor seinen Augen. Er hatte noch niemals so viel Geld besessen. An seinen Vater musste er denken, was der wohl sagen würde. Hundertfünfzigtausend Kronen; sein Weingarten war kaum die Hälfte wert. Mit dem Gelde konnte man mehrere Jahre lang sorglos leben, sich ein eigenes Laboratorium einrichten. Dann sah Toni Muhr wieder den Scheck, den eine unsichtbare Hand in der Luft schwenkte und knistern ließ. Man legte es darauf an, seine Seele einzufangen, ihn mit Haut und Haar zu kaufen und abzufertigen. Der Katlein ... Maria Jadwiga fertigte ihn ab ... Oder Lauretta ... die hatte ihn ja als Erste mit den Katleins »versöhnen« wollen. Oder war es der Erzherzog gewesen? ...

»Ich will von den Katleins nichts geschenkt nehmen«, sagte Toni Muhr heiser. »Heute Vormittag war ich in Gedanken schon so weit ... Aber nun kann davon nicht mehr die Rede sein. Die bloße Vorstellung ist mir zuwider, dass du, Maria Jadwiga, im gleichen Raum die gleiche Luft mit diesen Leuten geatmet hast.«

Die Fürstin blickte Toni Muhr verwundert an. »Es ist heute nicht ganz leicht, deinen Beifall zu finden«, stellte sie fest. »Was aber den Theodor Katlein betrifft, so bedauere ich keineswegs, ihm begegnet zu sein.« Plötzlich vom »Du« ins »Sie« übergehend, schloss die Fürstin: »Ich glaube, Sie tun dem Manne unrecht. Es steckt Größe in ihm. Er interessiert mich.«

Toni Muhr fühlte sich wie vor den Kopf geschlagen. Er begriff mit einem Male, dass in den Augen der Fürstin Lubecka zwischen dem zur Macht aufgestiegenen Juden Theodor Katlein und ihm, dem Bauernsohn, nicht gar so viel Unterschied war, oder dass der Unterschied nicht unbedingt zu seinem Vorteile ausfallen musste. Morgen schon konnte sie seinen Widersacher zu sich bescheiden, wie sie einstmals Toni zu sich beschieden hatte; aus einer Art Neugierde, um Botschaft von einer Welt zu erhalten, die ihr fremd war.

Maria Jadwiga zerpflückte eine Rose, die sie aus einem Glas genommen hatte; den Stiel ließ sie zu Boden fallen, die Blätter schob sie in den Ausschnitt ihres Kleides. »Das kühlt«, sagte sie mit freundlichem Kopfnicken. Sie wandte sich zum Gehen. »Es steht mir ja noch eine andere Unterredung bevor, heute Abend«, erklärte sie.

Toni Muhr vertrat ihr den Weg: »Verlass mich nicht.«

»Welch ein Kind«, schalt Maria Jadwiga, und es schien Toni Muhr, als sei sie schon aus dem Zimmer gegangen. Er streckte die Arme nach ihr aus, sie wehrte ihm nicht. Er suchte ihre Lippen; sie ließ es geschehen, dass er sie küsste. Aber ihre Lippen waren kühl, wie die Rosenblätter im Ausschnitt ihres Kleides.

5

Vergeblich erwartete Toni Muhr die Nachricht über Maria Jadwigas Aussprache mit Baron Schönkirchen. Drei bange Tage gingen hin, ehe er es auf sich nahm, im Palais Lubecki nachzufragen, und dann erfuhr er, dass die Herrschaft unvermutet nach Galizien abgereist sei, die alte Fürstin mit der jungen und den Kindern und auch Fürst Adam; vermutlich wollten sie die Pfingstwoche auf dem Gute verbringen.

Am nächsten Morgen schon konnte Toni Muhr die Spur dieser Reise in der Zeitung verfolgen. Während eines Zugsaufenthalts hatten die beiden kleinen Prinzessinnen Dunia und Stasia das Hündchen Raton aus dem Wagen springen lassen. Alle Nachbarstationen waren vom Bahnhofskommando telegraphisch um Hilfe angerufen worden, und man hatte den Zug, obwohl er für einen nachfolgenden Munitionstransport die Strecke verlegte, zwei Stunden lang aufgehalten, um nach Raton zu fahnden. Nun stellten die Zeitungen dem redlichen Finder hohe Belohnung in Aussicht.

Am selben Nachmittag erhielt Toni Muhr eine Postkarte aus Suchowola – so hieß das Lubeckische Gut – mit der Ansicht des weitläufigen Schlosses und des großen Teiches davor. Quer durch das Wasser hatte Maria Jadwiga die Worte geschrieben: »Auf baldiges Wiedersehen!« Und daneben war ein liegender Achter gemalt, das Unendlichkeitszeichen, das Toni Muhr ehedem in seine Korrespondenz mit Maria Jadwiga als geheime Verständigung eingeführt hatte und das bedeuten sollte: Ich liebe dich unendlich. Traurig blickte er jetzt dieses Zeichen an; es kam ihm klein und gedrückt vor.

Indessen wurde die Aufmerksamkeit Toni Muhrs durch den bevorstehenden Prozess mit den Albumin-Werken genugsam in Anspruch genommen. Die Zeitungen begannen sich neuerlich, wie vor einer Sensationspremiere, mit seinem Fall zu beschäftigen. Um den Zustrom der Neugierigen abzuwehren, beabsichtigte die Präsidialabteilung des Landesgerichtes in Zivilsachen, besondere Einlasskarten vorzuschreiben, wie diese sonst nur bei den großen Strafprozessen im grauen Hause üblich waren. Man sprach von überraschenden Zeugenaussagen, die zu erwarten seien, und mit verdeckten Worten wurde auch angedeutet, dass sich der Herr Kläger, so hieß Toni Muhr von nun ab, hochgestellter Gönner und einflussreichen Schutzes erfreue.

All dies sah nach übler Reklame aus. Die ganze Art, wie sich die Öffentlichkeit zu ihm stellte, schien Toni Muhr sonderbar unaufrichtig. Man zählte zum hundertsten Male seine »Verdienste im Felde« auf, man übertrieb Einzelheiten in ärgerlicher Weise, und doch war die innere Feindseligkeit merkbar oder besser: Der Leser wurde in einer kaum greifbaren Form zu dieser Feindseligkeit hingedrängt. Auch wenn die Zeitungen den Streitfall besprachen, stellten sie sich zwar scheinbar auf Tonis Seite und bedienten sich aller Argumente, die in der Klageschrift Doktor Hengels enthalten waren. Aber die Häufung so vieler juristischer Erwägungen, die Fülle der gestellten Beweisanträge und der vorgeschlagenen Zeugenaussagen machten seine Sache verdächtig.

Von den Brüdern Katlein war in diesen Berichten nur selten die Rede. Man sprach dann von ihren Erfolgen, von dem wachsenden Umfang ihrer Geschäfte und von der Bedeutung ihrer Unternehmungen. Solches Hervorheben und Entgegenstellen ließ Toni Muhr als einen Störenfried erkennen und schuf eine abweisende Atmosphäre, in der für ihn kein Raum war.

Hinter allen diesen feindlichen Äußerungen glaubte Toni Muhr immer wieder das Antlitz Theodor Katleins zu erkennen, seine harten Züge und den seidigen Vollbart, der sie verdeckte – obzwar Herr Katlein jene Notizen und Artikel, wenn auch auf geheimnisvolle Weise beeinflusst, so doch gewiss nicht selbst geschrieben hatte. Aber sie trugen sein Gepräge, sie hatten seine erbarmungslose Sicherheit, und sie waren in einem Stil abgefasst, der an seine weltabgewandte, dem Schauen feindliche Art erinnerte; Gleichnisse, ihrer Bildkraft beraubt, stürmten gegeneinander, nur der Buchstabe galt.

Einmal begab sich Toni Muhr in die Redaktion der Zeitung, die als Erste seinen Namen bekannt gemacht hatte. Er fand dasselbe hastige Getriebe wie bei seinem früheren Besuche, der gleiche heiße Atem wehte ihn an, alles schien hier einem besonderen Gesetze zu folgen, war in Treibriemen gespannt, ging seinen Weg.

Ein aufgeregter Diener, der gerade eine Verbindung mit Prag herstellte, übernahm Toni Muhrs Karte und führte ihn zum Chefredakteur, in dessen Zimmer womöglich noch mehr Besucher versammelt waren als bei Tonis erstem Vorsprechen.

»Warum lassen Sie sich denn niemals anschaun«, begrüßte ihn Herr Pepi Lang. »Wer als Freund des Blattes gelten will, muss zu den ›Finken‹ kommen. Auch Ihr Schwager Saluzzo hat schon an drei Donnerstagen gefehlt.« Der Chefredakteur wandte sich anderen Besuchern zu.

Nach vielen vergeblichen Bemühungen hoffte Toni Muhr, doch endlich sein Anliegen vorbringen zu können. Da stürzte ein junger Mann ins Zimmer und erzählte: Die zehnte Isonzoschlacht habe zu »toben« begonnen, und es liege eine Meldung vor, dass schwergepanzerte Monitore vom »Humber-Typus« bei San Giovanni in Tätigkeit gebracht worden seien. Ob der Herr Ingenieur diese englischen Kriegsfahrzeuge und ihre besondere Ausrüstung nicht für das Abendblatt beschreiben wolle. Auch eine kurze zusammenfassende Darstellung der Schlacht käme jetzt sehr gelegen.

Toni Muhr erwiderte lächelnd, dass er als Chemiker wohl kaum berufen sei, ein Gutachten über nautische Fragen abzugeben.

Aber da geriet Herr Pepi Lang in Eifer; laut rühmte er Toni Muhrs militärische Erfahrung, bis dieser eingestand, tatsächlich schon früher einmal, anlässlich der Vernichtung des Kreuzers »Königsberg«, von den Humber-Monitoren gehört zu haben. Es handle sich indessen um eine flüchtige Erinnerung, wahrscheinlich auch nur von einem Zeitungsbericht her.

Eine derartige Einschränkung wollte Herr Pepi Lang nicht mehr gelten lassen; schon hatte der Sekretär ein Blatt Papier zur Hälfte vollgekritzelt, nun hob er mahnend den Bleistift. Diese Bewegung des Schreibers, der erwartet, dass ihm diktiert werde, hatte etwas so Zwingendes, dass Toni Muhr, damit sich der Bleistift nur wieder in Bewegung setze, schnell weitersprach: »Ich glaube, die Monitoren sind mit Steilfeuergeschützen ausgestattet, aber um Himmels willen, schreiben Sie nicht ... man müsste erst nachprüfen ...« So ging es fort.

Am Ende bemerkte Toni Muhr, dass er zwar widerstrebend einen ganzen Artikel über die zehnte Isonzoschlacht zustande gebracht hatte, er wusste selbst nicht wie, aber dass in der Angelegenheit, die ihm nahe ging, auch nicht das Geringste erreicht worden war.

Zwei Tage vor der Hauptverhandlung im Landesgericht holte die unsichtbare feindliche Macht, die gegen Toni Muhr stand, zu einem entscheidenden Schlage aus. Doktor Hengel wurde plötzlich zum Militärkommando vorgeladen und nach einer kurzen ärztlichen Prüfung zum Felddienst tauglich erklärt, worauf er den Befehl erhielt, noch am selben Abend marschbereit zu sein. Man gestattete ihm nicht mehr, nach Hause zurückzukehren; was an seiner militärischen Ausbildung fehle, werde er am besten »draußen« erlernen. Das Lungenleiden Doktor Hengels wurde mit einem Achselzucken abgetan; man habe die Erfahrung gemacht, dass gerade derartigen Kranken der Aufenthalt in freier Luft und die körperliche Abhärtung, wie sie das Leben im Felde mit sich bringe, außerordentlich bekömmlich sei.

Toni Muhr erfuhr die Schreckensbotschaft, als er sich bei Doktor Hengel einfand, um mit ihm noch letzte Einzelheiten seines Prozesses durchzusprechen. Seit jener Unterredung im Kaffeehaus hatte der Anwalt alle früheren Bedenken beiseite geschoben; es galt die Sache eines Freundes zu vertreten, vorbehaltlos und mit ganzem Ansturm. Die Leidenschaftlichkeit Dr. Hengels hielt Toni Muhr aufrecht. Wenn er sich von den geheimen Widerständen, die ihm den Weg versperrten, entmutigt fühlte, brauchte er nur Dr. Hengel zu besuchen, um neue Zuversicht zu gewinnen; alle Möglichkeit des Misslingens schien ausgeschaltet. Nun aber tat sich vor ihm ein dunkler Abgrund auf, in den er seinen Freund lautlos versinken sah.

Später erfuhr Toni Muhr, dass sein Anwalt mit dem Vermerk »p. v.« – das hieß politisch verdächtig und kam einem Todesurteil gleich – an die Isonzofront geschickt worden war. Man sprach davon, dass eine anonyme Anzeige ihn für das »Attentat« beim Feste der Fürstin Lubecka verantwortlich mache, so als ob der Steinwurf von ihm durch ein vereinbartes Zeichen veranlasst worden wäre.

Sonst schien die Untersuchung, die in aller Stille von der Militärpolizei geführt worden war, nicht eben viel Belastendes zu ergeben. Geheimnisvoll wurde angedeutet, dass Doktor Hengel in einem Gespräche den Unterseebootkrieg als Selbstmord bezeichnet und ein anderes Mal laut gelacht habe, als jemand erklärte, die Vereinigten Staaten wären auf jeden Fall in den Krieg eingetreten.

Auch diese spärlichen Einzelheiten erfuhr man erst viel später. Zur Stunde bemühte sich Toni Muhr vergebens, seinen Freund zu retten. Die Fürstin Lubecka, die Einzige, von der vielleicht Hilfe zu erwarten gewesen wäre, befand sich noch immer auf ihrem Gute; eine telegraphische Verbindung mit Galizien gab es nicht, und der Abgeordnete Grabner, an den sich Toni Muhr in seiner Verzweiflung wandte, kam von einer Unterredung mit dem Landesverteidigungsminister unverrichteter Dinge zurück. Er ließ Toni Muhr durch seine Tochter, Frau Lella Türckheim, empfehlen, sich in dieser Angelegenheit nur ja nicht unbedacht vorzuwagen. Verdächtig werden bedeute oft so viel wie schuldig sein.

Indessen überzeugte sich Toni Muhr, dass der Militärtransport, dem sein Freund zugeteilt worden war, schon vor einigen Tagen Wien verlassen hatte; wo immer er sich nach Doktor Hengel erkundigte, begegnete ihm Misstrauen und Ablehnung, nicht einmal die Feldpostnummer seines Freundes konnte er in Erfahrung bringen. Doktor Hengel blieb verschollen.

Unter solchen Umständen wäre es wohl am klügsten gewesen, eine Vertagung der Streitverhandlung zu erbitten, doch Toni Muhr wollte nichts von weiterem Aufschub wissen. Tief erregt forderte er, dass der neue Anwalt, den die Advokatenkammer mit der Vertretung Doktor Hengels betraut hatte, seine Sache um jeden Preis der Entscheidung entgegenführe. Er hätte nur schwer anzugeben vermocht, worauf es ihm jetzt mehr ankam, den Prozess zu gewinnen oder ihn nur zu beenden.

Sobald das Prinzipielle geordnet war und Toni Muhr wusste, dass nun wirklich am nächsten Tag die Richter ihren Spruch fällen würden, fühlte er sich schon einigermaßen beruhigt. Er ging zeitlich zu Bette und durchschlief die Nacht in einem Zuge.

6

Als Toni Muhr des Morgens, eine Stunde vor Beginn der Verhandlung, das Haus verließ, kam ihm erst zu Bewusstsein, dass er den schweren Gang allein antreten musste. Lauretta hatte gleich nach den Pfingstfeiertagen ihren Bruder Gino zu dem neuen Standort des erzherzoglichen Kommandos begleitet.

Die Einladung selbst war Toni Muhr nur durch die Vorbereitungen zur Abreise bekannt geworden; er stolperte im Vorzimmer über Lieferschachteln, Koffer standen umher, kleine Stoffrestchen lagen auf dem Boden, und das Ticken einer Nähmaschine deutete an, dass wieder einmal Fräulein Klara, die Hausschneiderin, am Werke war. Wenn Toni Muhr unversehens eine Tür öffnete, sah er zwei Frauenspersonen vor Lauretta knien, die ihren Gürtel ringsum mit Stecknadeln bespickten, und er fing Worte auf wie: »Die Schoß muss um zwei Finger kürzer werden, alle meine Damen, die ins Feld reisen, tragen jetzt kurze Glockenröcke, darunter graue Tuchgamaschen … Die Gräfin Eytzing hat für ihr Frontkostüm eine Jacke bestellt, mit Leder passepoiliert; auch Ledergürtel sind sehr modern …«

Als er dann endlich einmal Lauretta allein antraf, sagte er zu ihr: »Niemals ist es mir in den Sinn gekommen, dir vorzuschreiben, wohin du gehen sollst und wohin du nicht gehen sollst; dein Weg ist frei, heute wie immer. Aber dies eine bitte ich dich, Lauretta, warte mit deiner Abreise bis nach meinem Prozess, damit es nicht vor den Leuten so aussieht, als gäbest du mich und meine Sache preis – das kann deine Absicht nicht sein.«

»Wenn ich nur geahnt hätte, Liebling, dass du mich bei dir haben willst – es wäre mir gewiss nicht auf die paar Tage angekommen«, hatte Laurettas Antwort gelautet, »aber nun ist's zu spät, wirklich zu spät. Die Hoheit ist benachrichtigt, man schickt mir das Automobil entgegen.«

»Allerdings«, hatte Toni Muhr erwidert – weiter kam er nicht, denn im selben Augenblicke war neuerlich die Türe aufgegangen, und das Stubenmädchen Poldi hatte einen neuen Lieferanten angekündigt, nicht ohne Toni Muhr mitleidig zu mustern.

Dies alles überdachte er nun, in gewohnter Art jede Einzelheit sich wiederholend, während er allein die Stiege hinabschritt. Und da er im zweiten Stock vor dem Hutsalon »Elvira« dem eigenen Bild im Spiegel begegnete, nickte er diesem traurig lächelnd zu.

Der Hausbesorger, Herr Nagy, sprach ihn an. Trotz der frühen Morgenstunde war sein Heiduckengesicht schon vom Wein gerötet. »Wollt’ ich mich nur empfehlen«, sagte er. »Hab ich anderes Geschäft gefunden. Agentur für Gemüse und Mehl – Firma in Sopron – alles unter der Hand. Wenn der Herr Doktor etwas brauchen sollte …« Herr Nagy sprach langsam und alle Silben voll betonend, als käme ihnen unterschiedslos große Wichtigkeit zu. »Die Frau hab ich hinausgeworfen, *kérem*. Brauch sie nicht mehr im neuen Geschäft.« Die Vokale des Herrn Nagy dehnten sich. »Luder wird Herrn Doktor nicht mehr belästigen.« Er öffnete Toni Muhr das Haustor. Sein schwarzer Schnurrbart glänzte.

Toni Muhr dachte: Das ist einer, der seinen Prozess schon gewonnen hat. Die arme Frau hat daran glauben müssen. Das Haus hielt die beiden zusammen, nicht Liebe, nicht gegenseitige Gewohnheit. Seltsam, was Menschen aneinander kittet. Liebe ist’s kaum je, Zärtlichkeit, ach Gott, Zärtlichkeit schon gar nicht – irgendein Äußerliches ist es zumeist. Wie Milben in einem Käse – so leben die Menschen zusammen.

Vor dem Justizpalast wollte ein Wachposten Toni Muhr den Zutritt wehren. Das erinnerte ihn an den Tag, da er aus der Kriegsgefangenschaft zurückgekehrt war und militärisches Gepränge ihm den Weg durchs äußere Burgtor versperrt hatte. Über dem Portal war da in erzenen Lettern der Spruch zu lesen: »*Justitia regnorum fundamentum.*«[1] Immer wieder stieß er gegen verschlossene Türen, und der schöne lateinische Spruch verkehrte sich ihm zur drohenden Abwehr: Fremden ist der Eintritt verboten.

Glücklicherweise kam in diesem Augenblick sein neuer Anwalt herbei und schaffte Rat. »Lassen S' doch den Herrn Kläger passieren«, sagte er laut, so dass es die Umstehenden hören mussten, »es gibt keine Vorstellung ohne ihn.« Man lachte: Der Anwalt grüßte geschmeichelt.

Durch eine Seitentür betrat Toni Muhr den Verhandlungssaal. Unwillkürlich senkte er die Augen, ein Wort seines Vaters fiel ihm ein: »Ich will nicht öffentlich werden mit dir.« Da wohnte sie also, die Öffentlichkeit, der er mit so viel törichtem Eigensinn in die Arme gelaufen war. Oft genug hatte er ihre Stimme vernommen, die aus den Zeitungen als fernes Echo zu ihm drang; nun aber bedrohte sie ihn aus der Nähe, ein Unpersönliches mit vielen teilnahmslosen Gesichtern. Es war genauso wie im Traume.

Vor einer fremden Menge würde sich ereignen, was nur ihn allein anging, man würde Fragen an ihn stellen, und er musste antworten, nicht nur den Richtern, sondern dieser neugierigen und fremden Vielheit; alle würden sie zuhören, wenn er von Dingen sprach, die mitzuteilen so schwer war. Und ihr bloßes Zuhören musste seine Rede verändern, ihr etwas Schiefes geben, Wahrheit in Lüge verwandeln.

Mechanisch nahm Toni Muhr vor einem kleinen Tischchen Platz, zu dem man ihn gewiesen hatte. Er sah seinen Anwalt an ein zweites, ähnliches Tischchen herantreten und mit dem gegnerischen Advokaten ein Gespräch beginnen, das er nicht verstand; so viel bemerkte er indessen, dass beide laut und herzlich lachten.

Die Brüder Katlein waren noch nicht erschienen, nur Herr Wessely verneigte sich gegen Toni Muhr mit einer kurzen ablehnenden Bewegung, wie im Bureau vor Leuten, die bei seinem Chef in Ungnade gefallen waren.

Toni Muhr gewann es nun über sich, von der Seite her vorsichtig das Publikum zu mustern, das sich ihm allmählich entwirrte. In einer der ersten Reihen saß Frau Lella Türckheim und sprach mit einem kleinen dicken Herrn, dem Toni Muhr schon begegnet war, aber an dessen Namen er sich nicht erinnerte. Es musste jemand ganz Wichtiger sein, denn Toni merkte, wie sehr sich Frau Lella Türckheim um ihn bemühte. Dabei ging ihr Blick, während sie mit dem Dicken sprach, nach links und nach rechts, grüßte hier und lächelte dort, fragte, antwortete und schien an allen Gesprächen, die im Saale geführt wurden, zugleich teilzunehmen.

Auch den alten Exzellenzherrn entdeckte Toni Muhr. Dieser winkte ihm zu und machte mit den Händen die Bewegung des Applaudierens, obzwar doch vorläufig kein Anlass war, Beifall zu klatschen.

Und dann bemerkte Toni Muhr seinen Vater. Er saß an der äußersten Ecke der ersten Reihe in einer Art Bratenrock, den er nur bei den großen Anlässen seines Lebens aus dem Kasten holte; bei seiner Hochzeit, beim Leichenbegängnis seiner Frau und zu Tonis Firmung. Das weiße Haar leuchtete über dem wetterharten Gesicht, die großen roten Hände lagen schwer auf der Holzbrüstung, die den Zuschauerraum nach vorne abschloss. An diesen Händen hatte Toni Muhr seinen Vater zuerst erkannt. Sie schienen riesenhaft neben den weißen kraftlosen Händen der anderen, die niemals gearbeitet hatten.

Schnell trat Toni Muhr auf den Vater zu. »Jetzt bist so weit«, sagte dieser verlegen.

»Warum sind Sie gekommen, Vater?«, fragte Toni Muhr schmerzlich. Es schien ihm, als müsste jeder, der ihm nahe stand, begreifen, dass es ein Zeichen der Teilnahme war, fernzubleiben, wenn die anderen Gleichgültigen sich zudrängten.

»Ich hab mir's net nehmen lassen, wenn's schon sein muss. Halt dich brav«, sagte der Vater. Und dann begann er gleich vom Wein zu sprechen, froh, der ungewohnten feierlichen Stimmung ledig zu sein. »Wanns Wetter nur aushalt zur Blüat, nacher wird heuer a großartig's Weinjahr. Vier Täg nach'm Jathauen hab'ns zum Treiben ang'fangt, die Stöck', dass 's a Passion war. Aber da muasst no' fest dazuschaun. Arbeit gibt's halt alleweil gnua.«

Nun kam auch Frau Johanna herbei. Sie glaubte, einem unausgesprochenen Vorwurf begegnend, ihre Tochter entschuldigen zu müssen. »Gino hat die Reise so dringlich gemacht«, sagte sie, »es war unmöglich, die Einladung abzulehnen, weil er den Einfluss des Erzherzogs in der Landwirtschaftlichen Gesellschaft braucht; seine Ölkulturen sind in Gefahr; es soll etwas veranlasst werden, ich weiß nicht, was es ist, aber bestimmt etwas sehr Wichtiges. Und nicht wahr, Toni – mein Gott, verzeih, dass ich so dumm frage, es geschieht nur aus übergroßer Besorgnis. Nicht wahr, sie können dich nicht einsperren wie diesen Doktor Hengel?«

Im letzten Augenblick erst, als schon der Gerichtshof angekündigt wurde, stürzte Rudi Saluzzo in den Saal. Er hatte sich wegen eines dringenden Geschäftes verspätet und besaß obendrein keine Einlasskarte. Trotzdem war es ihm gelungen, durchzuschlüpfen, was ihm eine gewisse Befriedigung zu bereiten schien. Schnell erspähte er einen freien Sitz in der vordersten Bankreihe, zwang ein Dutzend Personen aufzustehen, überhörte ihre zornigen Ausrufe und ließ sich seelenvergnügt, als sei nun das Wichtigste geordnet, auf dem eroberten Platze nieder.

Der Senatspräsident, behaglich die dicken Hände reibend, stellte fest, dass der Herr Kläger, so wurde Toni Muhr wieder genannt, persönlich erschienen sei, während die beiden Brüder Katlein der an sie ergangenen Ladung nicht Folge geleistet hatten.

Toni Muhr, der so lange schon und so ungeduldig die endliche Begegnung und Abrechnung mit seinem Widersacher herbeigesehnt hatte, fühlte sich Herrn Theodor Katlein beinahe zu Dank verpflichtet, weil er ihm die Aussprache vor so vielen unwillkommenen Zuhörern ersparte. Dann wieder kam ihm zum Bewusstsein, dass er nun allein der Öffentlichkeit preisgegeben war. Er spürte die Blicke aller Menschen vorwurfsvoll auf sich gerichtet, als ob sie ihm zürnten, weil er sie um einen wesentlichen Teil des angekündigten Schauspiels betrog.

Indessen hatte der Anwalt Toni Muhrs das Wort zur Ausführung der Klage erhalten; er sprach viel umständlicher, als es seinem Klienten lieb war, wich oft von der einfachen Darstellung des Tatbestandes ab, um seine Redekunst zu zeigen, gebrauchte blumige Wendungen und erzählte ungenaue Anekdoten: »Als Napoleon bei einem Friedensschlusse – es tut nichts zur Sache, welcher Friedensschluss es war – von den gegen ihn verbündeten Mächten eine Kriegskontribution verlangte, wurde ihm vorgehalten – nehmen wir an, es sei Metternich gewesen, der ihm gegenüberstand –, Sire, sagte also Metternich, wir kämpfen um den Ruhm, Sie um das Geld. Und der Kaiser erwiderte: Jeder kämpft um das, was er nicht hat. So nun«, fuhr der Anwalt mit erhobener Stimme fort, »verlangen wir von den Albumin-Werken Herausgabe unrechtmäßigen Gewinns, als die einzige Genugtuung, die meinem Klienten geleistet werden kann; für den Ruhm hat er allein Sorge getragen.« Er blickte kokett in das Publikum.

Toni Muhr beugte sich über seinen grünen Tisch und starrte in die Blätter, die vor ihm ausgebreitet lagen. »Es geschieht mir ganz recht, warum habe ich mich in einen Streit eingelassen, dem ich nicht gewachsen bin. Gegen die Komödianten habe ich mich aufgelehnt, die vor jeder Tat erschrecken. Aber gehör ich nicht selbst zu ihnen, großsprecherisch und eitel, dass ein Pfau sich schämen könnte.«

Wofür kämpfte er eigentlich? Was suchte er? War es noch immer der Schatten Theodor Katleins, gegen den er losschlug? War es wirklich dessen schrecklicher Bruder, an dem er sich rächen wollte? Oder jagte er nicht einer anderen Erscheinung nach, die ihn schmerzvoll angelockt hatte und die sich ihm wieder entzog ... Kämpfte er gegen die Katleins oder gegen Maria Jadwiga, oder kämpften sie alle gegen ihn? »Ich finde, dass Sie Herrn Theodor Katlein unrecht tun«, hatte Maria Jadwiga gesagt, und dann war sie entschwunden; er griff ins Leere, immer ins Leere.

Und die schreckliche Streitverhandlung nahm ihren Lauf, unbarmherzig ihn höhnend, der sie heraufbeschworen. Nun sprach der Anwalt der Albumin-Werke, erzwang die allgemeine Aufmerksamkeit. Wenn man Toni Muhr mit verbundenen Augen in den Saal geführt hätte, und es wäre ihm unbekannt gewesen, um welchen Streit es ging und wer hier Kläger, wer Beklagter war, er hätte nach den ersten Sätzen kaum mehr zweifeln können, dass ein Abgesandter Theodor Katleins zu ihm sprach, ein Wortführer des Unsichtbaren. So heftig der Ansturm war, dem Toni Muhr standzuhalten hatte, und so böse die Gesinnung, die gegen ihn losfuhr, so empfand er doch zunächst weder Zorn noch Empörung, sondern eher Neugierde, Erstaunen, ja eine gewisse Genugtuung.

»Der Herr Kläger hat von Ruhm gesprochen«, sagte der Anwalt Theodor Katleins, »darum scheint es angezeigt, diesen Ruhm ein wenig näher zu betrachten. Doktor Muhr ist eine ›Hoffnung‹, um mich eines österreichischen Fachwortes zu bedienen – er ist eine der zahlreichen Hoffnungen, die hierzulande so vortrefflich gedeihen. Oder sollte vielleicht auf den bekannten militärischen Ruhm des Herrn Klägers« – die Stimme des Advokaten hatte einen spöttischen Unterton – »hingewiesen werden? Wir beugen uns vor allen Mühsalen, die Herr Doktor Muhr im Dienste des Vaterlandes erlitten hat. Und wir begreifen sogar, dass er verhältnismäßig viel Zeit braucht, um sich von den ausgestandenen Strapazen zu erholen.« – Man hörte unterdrücktes Kichern, das der Anwalt Theodor Katleins mit einer Handbewegung zurückwies. »Doch zur Überheblichkeit ist wohl auch hier kein Anlass«, fuhr er fort, »wenngleich ich gewiss nicht vergessen will, dass der Herr Kläger, nach erlauchtem Vorbilde, einige Monate auf der Insel Elba zugebracht hat, was allein den sonst nicht ganz verständlichen Vergleich mit dem Kaiser Napoleon erklären könnte.«

Die Unruhe im Saale verstärkte sich. Toni Muhr dachte: Ich habe nichts Besseres verdient. Was kümmerte es die anderen, dass er selbst am schlimmsten unter der aufdringlichen Art litt, mit der man seine Erlebnisse im Felde dargestellt hatte. Man hielt sich nicht an ihn, sondern an seine Erscheinung in der Öffentlichkeit, wie sie durch Anekdote, Legende, Zeitungsbericht den vielen Neugierigen bekannt geworden war, die hier im Saale saßen, und den anderen Unsichtbaren auch, die morgen wieder aus Nacherzählung und Zeitungsbericht das trübe Bild des Sensationsprozesses empfangen würden. Wenn man sich auf eine Bühne begab, dann galt nicht das wahre Gesicht, sondern die Maske.

Toni Muhr spürte, wie sein Herz unregelmäßig pochte, stehen blieb und gleich darauf in zitternder Hast die verlorenen Schläge nachzuholen suchte. Und auch dies galt nicht mehr: Da man doch die Gesunden hinmordete – warum sollten die Kranken allein verschont bleiben? Waren wirklich nur die Starken und Blühenden zu Opfern ausersehen? Toni Muhr merkte, dass er unwillkürlich dem gegnerischen Advokaten wie zur Bestätigung zunickte.

Dieser schien neuerlich seine Verteidigung übernehmen zu wollen. »Die Begründer der Albumin-Werke, die ich hier zu vertreten die Ehre habe, gehören nicht zu jener Art wohlfeiler Patrioten«, sagte er, »die alle wertvollen Kräfte des Landes unbedingt den Kanonen ausliefern möchten. Doch der Allgemeinheit zu dienen ist wohl jedermanns ernste Pflicht in dieser schweren Zeit.«

Dann erst wandte er sich, von der Stimmung im Saale getragen und ihr allmählich nachgebend, direkt gegen Toni Muhr; er deutete an, dass dieser durch »hochstehende Einflüsse« zu einer Stellung gelangt sei, die er missbrauche, sprach von bedauerlichen Freundschaften, und jedermann wusste, dass Doktor Hengel gemeint war, dessen geheimnisvolles Verschwinden gegen Toni Muhr Zeugenschaft ablegte und ihn verdächtig machte. Nun erst begann der Advokat auch von den Brüdern Katlein zu reden. Was dem Herrn Kläger an wirklichen Leistungen geglückt sei, verdanke er ihnen. Theodor Katlein habe den Unbekannten zur Mitarbeit herangezogen und ihm nach seiner Rückkehr aus dem Felde in väterlicher Gesinnung vorteilhafte Anerbietungen gemacht. Toni Muhr jedoch habe alles zurückgewiesen, er sei eigensinnig und verblendet; er habe gegen die Begründer der Albumin-Werke, die ihn mit Wohltaten überhäuften, einen mutwilligen Prozess heraufbeschworen. Man müsse seine Halsstarrigkeit geradezu als unwienerisch bezeichnen: »Denn Gott sei Dank, ein so hässlicher Streit wie dieser hier dürfte in unserer Stadt vereinzelt bleiben. Wir sind ja alle Wiener« – der Vorsitzende nickte sichtlich erfreut – »und wir wollen uns die liebenswürdige Wiener Art« – er lächelte der Frau Lella Türckheim zu – »aus der schmerzlichen Prüfung des Krieges in eine bessere Zukunft hinüberretten. Die sprichwörtliche Wiener Gemütlichkeit darf nicht untergehen.«

Toni Muhr sagte sich: Also hat doch Mutter Johanna Recht, und ich bin angeklagt, vielleicht schickt man mich ins Gefängnis. Es hätte ihn nicht gewundert, wenn eine Stimme, die immer deutlicher in den Worten des Advokaten mitklang, die Stimme Theodor Katleins, die feindliche Stimme überhaupt, plötzlich laut in den Saal gerufen hätte: Im Namen des Gesetzes erkläre ich Sie für verhaftet. Er saß hilflos und abgespannt da wie ein armer Sünder.

Seufzend fragte der Vorsitzende: »Ist kein Vergleich möglich?«, und rieb sich die dicken Hände, während der Schriftführer ungeduldig hin- und herrückte.

Toni Muhr schwieg. Sein Anwalt, der sich des Auftrages erinnerte, um jeden Preis den Prozess durchzuführen, griff nach dem Barett, das er mit gespielter Erregung auf den Kopf stülpte. »Die Atmosphäre ist vergiftet«, rief er. »Man wird von meinem Klienten nicht verlangen können, dass er jetzt noch die Hand zur Versöhnung biete. So viel christliche Demut«, er betonte das Wort christlich, »dürften die Herren Gegner kaum erwarten.«

»Die Partherpfeile, die gegen uns geschnellt werden, verfehlen ihr Ziel«, replizierte der Vertreter Theodor Katleins. »Die judenfeindliche Gesinnung des Herrn Klägers trifft meine Klienten nicht; der Gerichtshof wird die niedrige Hetze zurückweisen, in deren Dienst sich Herr Doktor Muhr zu einer Zeit heiligsten Burgfriedens stellt. Ich bitte um Einleitung der Beweisaufnahme.«

Das Interesse des Publikums, das von der Wechselrede der Advokaten in Spannung erhalten worden war, ließ merklich nach, man hörte Türen gehen, Husten und halblautes Flüstern. Der Vorsitzende mahnte gutmütig vorwurfsvoll zur Ruhe.

Es wurden die Gutachten der Sachverständigen gehört, die feststellten, dass die von den Albumin-Werken angemeldete Erfindung zur Gewinnung von Tierkohle bis auf unwesentliche Einzelheiten mit jenem Verfahren identisch sei, das vom Kläger in seinem Entwurfe *de dato* 15. Juli 1914 dem Herrn Theodor Katlein zur Kenntnis gebracht worden war. Auch die neuen Patente, die Toni Muhr kürzlich erworben hatte, wurden in das Gutachten einbezogen. Professor Haselberger rühmte die Kühnheit des Einfalls, das Ingeniöse der technischen Folgerung; praktische Erfahrungen lagen nicht vor. Dann wurden die Zeugen vernommen.

Auch Toni Muhr folgte diesen Auseinandersetzungen nur mit halbem Ohr. Er hatte das Gefühl, dass es auf all dies, so günstig es sich für ihn zu gestalten schien, doch nicht ankomme, und dass etwas sich ereignen würde, wovon er selbst nicht recht wusste, was es war, sondern nur, dass es unmittelbar bevorstand und die Entscheidung bringen müsse. Seine Teilnahme wurde erst wieder geweckt, als man den Zeugen Jamnitzer in den Saal rief. Es war dies der frühzeitig ergraute Beamte, auf den sich in widrigen Augenblicken der Zorn Theodor Katleins entlud.

Nach allen Seiten hin sich verneigend, trat der Prügelknabe vor und suchte mit dem Blick Herrn Wessely, als sei er gewärtig, von diesem eine üble Botschaft seines Chefs vermittelt zu erhalten.

Ob es sich nicht um eine Erfindung handle, wurde er gefragt, zu deren Vorbereitung schon seit langem und von verschiedenen Angestellten Versuche unternommen worden waren. Jamnitzer drehte und wendete sich verlegen, aber schließlich erklärte er seufzend, diese Versuche hätten zu keinem Ergebnis geführt. Im gleichen Augenblick zuckte er die Achseln hoch, angstvoll besorgt, er könne zu weit gegangen sein.

Doch schon stellte der Vorsitzende eine neue Frage: ob Herr Theodor Katlein als Fachmann in technischen Dingen anzusehen sei und ob er die Erfindung des Herrn Klägers angeregt habe.

Jamnitzer wurde kreideweiß, er tastete sein Herz ab, als ob es ihm ans Leben ginge. Was sollte er sagen? Wenn nur ein Befehl vorgelegen wäre, der ihn so schwerer Verantwortung enthob. Er sah sich von Herrn Katlein verstoßen und brotlos gemacht: »Sagen Sie dem Jamnitzer ...«

»Nun, Herr Zeuge«, mahnte der Vorsitzende und klopfte mit dem Bleistift auf den Tisch.

Da rang der Prügelknabe noch einmal verzweifelt die Hände, ehe er zugab: »Die Anregungen des Herrn Theodor Katlein sind lediglich allgemeiner Natur gewesen.«

Jetzt erst bemerkte er Toni Muhr, den er hasserfüllt anstarrte: Er war für ihn eingetreten wider Willen und machte ihn für alles Schlimme verantwortlich, das zu erwarten sei. Mit vielen umständlichen Verbeugungen, die Heiterkeit erregten, entfernte er sich.

Gleich nach der Zeugenaussage des armen Jamnitzer geschah es, dass sich Toni Muhrs jene seltsame Empfindung bemächtigte, die er später nicht mehr hätte erklären können und die ihn doch in diesem Augenblick völlig gefangen nahm. Er hatte das Gefühl: Nun ereignet »es« sich, nun begibt sich das Entscheidende. Während Toni Muhr bisher jede Berührung mit dem Publikum vermieden hatte, schweifte sein Blick jetzt suchend umher.

Und da bemerkte er die Fürstin Lubecka, die hinter einem Diener durch den schmalen Mittelgang schritt. Sie trug ein enganliegendes sandfarbenes Kleid, das sie noch schlanker und größer erscheinen ließ, als sie in Wirklichkeit war. Ihr Antlitz war von der Frühlingssonne leicht gebräunt, um sie war Frische und Wind; Toni Muhr hatte den Eindruck, als sei sie eben jetzt vom Pferde gestiegen. Niemals hatte er sie so heiß geliebt wie in diesem Augenblick. Der Saal versank ihm mitsamt dem Gerichtshof und den beiden lächerlichen Advokaten – sie allein blieb. Toni Muhr dachte, es müsse den andern ebenso ergehen wie ihm: dass sie nur noch Maria Jadwiga sahen, die gekommen war, für ihn durch ihre bloße Gegenwart Zeugnis abzulegen.

Herr Alois Wessely erbat sich vom Gerichtshof die Erlaubnis zu einer Frage. Er hatte bisher an dem Prozess nur indirekt teilgenommen, indem er sich manchmal zum Vertreter der Albumin-Werke neigte, ihm ein Blättchen Papier zusteckte oder etwas zuraunte, worauf der Advokat seine Anträge stellte. Nun aber sagte er, zu Toni Muhr gewendet: »Lieber Herr Doktor« – seine Stimme hatte den unterwürfigen Tonfall, den er im Bureau annahm, wenn er einen besonders wichtigen Auftrag des Herrn Theodor Katlein weitergab – »lieber Herr Doktor, erinnern Sie sich Ihrer Unterredung mit dem Chef an jenem 15. Juli, als Sie ihm Ihre Erfindung auseinandersetzten? Der Chef wollte von der Sache nichts hören, er meinte, sie verspräche keinen Erfolg.«

»Ganz richtig«, fiel Toni Muhr ein, »ich musste ihm meine Erfindung aufdrängen.«

Die schmalen Lippen des Herrn Wessely verzogen sich zu einem kurzen Lächeln. »Es freut mich«, betonte er, »dass Ihnen alle Umstände so genau im Gedächtnis geblieben sind. Vielleicht haben Sie auch die Worte behalten, mit denen Sie Herrn Katlein umzustimmen suchten.« Und da Toni Muhr schwieg, fuhr er fort: »Darf ich Ihrem Gedächtnis nachhelfen, lieber Herr Doktor? Sie sagten: Ich will an der Sache nichts verdienen. War es nicht so? Sie sagten: Es kommt mir nur darauf an, mich zu erproben. Ich weiß, dass die Kosten vielleicht vergeblich aufgewendet sind. Wenn es sein muss, bitte ich den Betrag von meinem Gehalte abzuziehen.«

Toni Muhr schien sich jetzt erst zu besinnen. »Ja, so verhielt es sich«, erwiderte er mit einigem Stolz. »Ich war bereit, alles aufzuopfern, aber Er wollte nicht, Er blieb hart.« Toni Muhr vermied es, Herrn Katlein beim Namen zu nennen.

»Ich danke Ihnen, lieber Doktor Muhr«, sagte Herr Wessely. »Offenheit gegen Offenheit: Es ist richtig, dass der Chef zunächst von Ihrer Erfindung nichts wissen wollte. Herr Katlein unternimmt nur Geschäfte, die Gewinn versprechen. Sie aber verschmähten Gewinn. ›Ich verzichte‹, sagten Sie, nicht wahr, das sagten Sie doch? Mir klingt deutlich der Tonfall im Ohr, wie Sie zwei- oder dreimal ausriefen: ›Ich verzichte.‹«

»Das mag mir in der freudigen Erregung so eingefallen sein«, entgegnete Toni Muhr. Auch jetzt spiegelte sich Freude in seinem Antlitz. Er schien bereit, in alles zu willigen, was man von ihm verlangte.

Mit einer Verbeugung schnitt Herr Alois Wessely das Gespräch ab. »Der hohe Gerichtshof wird entscheiden. Es liegt Verzicht vor.« Seine Stimme klang frostig und messerscharf.

Alles Übrige hörte Toni Muhr nicht mehr; es war ihm, als ob die Advokaten mit ihren spitzen Reden wieder gegeneinander losfuhren und sich immer mehr erhitzten, und als ob dann Stühle gerückt würden: Der Gerichtshof zog sich zur Urteilsberatung zurück. Der Saal leerte sich, durch die hohen Fenster brannte heiß die Mittagssonne, das Publikum suchte in den dunklen Gängen des Landesgerichts Kühlung; jedes Mal, wenn sich die Türe auftat, drang Stimmengewirre herein.

Die Fürstin Lubecka hatte sich nicht von ihrem Platze gerührt. Toni Muhr trat auf sie zu, um ihr zu danken; sie wehrte ab.

»Da bin ich«, sagte sie und hob das Kinn. »Sie haben es gewünscht, und so bin ich gekommen, direkt vom Bahnhof. Sind Sie nun zufrieden? Es war doch Ihr Wille, dass ich den Leuten zu reden gebe. Ist alles so, wie Sie es sich vorstellten?«

Verständnislos blickte Toni Muhr die Fürstin an; er dachte an das Unendlichkeitszeichen auf der Postkarte neben ihrem Namenszug, der kleine liegende Achter kroch zusammen, wurde eine winzige Null und dann ein Punkt, ein Stäubchen, das Maria Jadwiga mit gekräuselten Lippen fortblies.

»Ich habe lange warten müssen«, flüsterte Toni Muhr.

»Ach so«, erklärte die Fürstin. »Sie wollten Näheres von meiner Unterredung mit Baron Schönkirchen erfahren.«

Toni Muhr nickte.

»Ich habe viel über Sie nachgedacht in den letzten Tagen«, versicherte die Fürstin mit einiger Wärme. »Und ich beginne vielleicht am besten mit dem Ergebnis meines Nachdenkens. Sie tun mir aufrichtig leid, *mon cher*. Sie haben sich auf einem Irrweg verrannt, und es wird Ihnen schwer fallen, aus so viel Verworrenheit wieder ins Freie zu finden. Aber niemand kann Ihnen dabei helfen; auch ich nicht. Meine besten Wünsche begleiten Sie, das ist alles, was ich sagen kann. Und nun zu Baron Schönkirchen; ich habe nicht mit ihm gesprochen – wozu auch? Er war in meiner Nähe und hat Feuer gefangen; in seiner Art, die Ihnen nicht gefällt. Aber eine Frau verzeiht es immer, wenn man sie begehrt, das dürfen Sie mir nicht übel nehmen. Ich sehe nur e i n e n Schuldigen, und der sind Sie, *mon cher*, jawohl, Sie! Denn Sie mussten schweigen, zu mir, wie zu ihm. Was Ihnen hässlich schien, mussten Sie mir ersparen, aus Achtung vor sich selbst und vor der Frau, die Sie liebten.«

Toni Muhr wollte etwas zu seiner Rechtfertigung vorbringen, Maria Jadwiga ließ es nicht dazu kommen. Begütigend sagte sie: »*Mais je ne vous en veux pas.*[2] Ich bedaure Sie von Herzen, mein armes Kind. Da hat er nun richtig sein Spielzeug zerbrochen. Er ist zu unbedingt: immer mit dem Kopf durch die Wand … Sein Schicksal lässt sich nicht kneten, es bekommt gleich Risse und Sprünge. Nun bin ich also hergekommen, das ist alles, was ich für ihn noch tun konnte. Welch schlechte Luft! Und wie viel fade Interessantmacherei! Gott beschütze Sie.«

Toni Muhr hörte nur dies eine Wort: »Fade Interessantmacherei« – das Lieblingswort Baron Schönkirchens. Wie war nur die abgebrauchte Redensart an Maria Jadwiga haften geblieben?

Vom Gang her tönte eine Glocke; das Publikum strömte wieder in den Saal. Rudi Saluzzo drängte sich durch das Gewühl zu seinem Schwager hin und flüsterte erregt: »Der

Saaldiener hat gehorcht, ich gratuliere, die Katleins sind verurteilt.«

Aber Toni Muhr wusste, dass er verloren war; nun gab es keine Täuschung mehr. Maria Jadwiga hatte das Urteil gesprochen, was nachfolgte, konnte nur Bestätigung bringen.

Der Präsident verkündete: »Im Namen Seiner Majestät des Kaisers. Das Landesgericht Wien hat unter dem Vorsitz des Oberlandesgerichtsrates Schuster ... und so weiter ... zu Recht erkannt: Das klägerische Begehren wird abgewiesen. Der Kläger ist schuldig, die Prozesskosten binnen vierzehn Tagen bei sonstiger Exekution zu bezahlen.« Der Präsident setzte sich und verlas von einem Zettel die Entscheidungsgründe.

Toni Muhr hörte: Verzicht ... Sein Advokat empfahl sich: »Ich bedaure lebhaft ... Unvorsichtigkeit ... eigenes Zugeständnis ... Vielleicht lässt sich noch bei der Berufung ein Vergleich erzielen ...«

Der alte Muhr stand bei seinem Sohn, kratzte sich verlegen und sagte: »Des sind ganz G'haute, Kruzitürken!«

Rudi Saluzzo rief: »So eine Frechheit – unwienerisch hat er dich genannt – der Katlein ...«

In Toni Muhr klang es: »Fade Interessantmacherei ... Verzicht, Verzicht ...«

7

Toni Muhr wollte allein sein. Er hatte von Professor Haselberger vierzehn Tage Urlaub erbeten, die ihm mit nachsichtigem Lächeln gewährt wurden, worauf er sich in seine Kammer einschloss und dem Stubenmädchen Poldi die heftig hervorgestoßene Weisung erteilte, er sei für niemanden zu sprechen.

Es würden nicht viele Besuche kommen, solange die gnädige Frau fortbleibe, gab die Poldi schnippisch zur Antwort.

Grollend zog sie sich zurück, nahm von keinem Glocken-signal mehr Kenntnis und betraute die Köchin Marie mit der Aufgabe, dem gnädigen Herrn das Essen zu bringen, das die-ser übrigens kaum noch berührte. Sein starrer Blick flößte Angst ein, und Poldis Bräutigam, ein Burggendarm mit der Anwartschaft auf eine Dienerstelle in der Hofbibliothek, er-klärte, ins Vertrauen gezogen, es könne wohl sein, dass der Herr Doktor von den Laufereien zu Gericht und von den Aufregungen des verlorenen Prozesses an seinem Verstande Schaden gelitten habe. Ähnliche Fälle seien wiederholt in der Zeitung beschrieben worden. So entschloss sich der »Burg-wachel«, wie ihn die Marie despektierlich nannte, jedenfalls die Nacht in der Wohnung zu verbringen.

Am nächsten Tage aber verließ Toni Muhr, nachdem er verschiedene telefonische Gespräche geführt hatte, einen kleinen Koffer in der Hand, das Haus, ohne sich darüber aus-zusprechen, wohin er zu reisen gedenke. Nur bei Frau Nagy, der Portiersfrau, die ebenfalls gerade ihre Habseligkeiten zu-sammenräumte, kehrte er ein und schenkte der laut Weh-klagenden fünfzig Kronen.

Ursache dieses plötzlichen Verschwindens war eine tele-fonische Mitteilung gewesen, die Toni Muhr Kunde davon gab, dass Maria Jadwiga tags zuvor die Heimreise nach Gali-zien im Automobil angetreten hatte. Sogleich war da in ihm der heftige Wunsch erwacht, um jeden Preis eine Begegnung mit ihr durchzusetzen, noch ehe sie Suchowola erreichte. Er musste mit ihr sprechen, sein künftiger Weg hing von dieser Unterredung ab. Wie töricht hatte er sich benommen, als Maria Jadwiga unerwartet im Gerichtssaal erschienen war, um ihm den Abschied zu geben. Denn sie hatte ihm doch den Abschied gegeben, daran war nicht zu zweifeln. Nun kam es darauf an, ihr Abbitte zu leisten, ihr zu beweisen, dass er nicht hartnäckig und verstockt war, sondern zur Buße be-reit. Wenn sie seinen guten Willen merkte, würde sie ihm gewiss mit einer geschickten Wendung über das Peinliche seiner Demütigung hinweghelfen. Ihr waren ja die Worte zu Willen, wie Menschen und Dinge auch, die sich von ihr nach Belieben zurechtbiegen ließen. Dann würde alles wieder gut sein: vergeben und vergessen, was ihn von Maria Jadwiga entfernte.

»Ist die junge Fürstin allein abgereist?«, hatte Toni Muhr durch das Telefon gefragt.

»Jawohl, allein«, lautete die Antwort. »Ihre Durchlaucht, die alte Frau Fürstin, erwartet sie mit den Prinzessinnen auf dem Gut. Fürstin Maria Jadwiga wird vorher in Krakau Verwandte besuchen, vielleicht auch in Dębicza oder beim Grafen Bartecki in Lezajsk.«

Toni Muhr ließ sich mit der Wohnung des Barons Schönkirchen verbinden; niemand meldete sich. Er rief das Ministerium des Äußern an und erfuhr, dass Baron Schönkirchen sich »in Mission« befinde, weitere Auskunft wurde verweigert.

Nun begab sich Toni Muhr zum Platzkommando, wo er einem Schulkollegen, der hier als Oberleutnant Dienst tat, mit einer Beredsamkeit, die er sich selbst niemals zugetraut hätte, auseinandersetzte, er müsse dringend nach Galizien fahren; es handle sich um die Auffindung eines Verwandten, der während der Russeninvasion verschollen sei. Unschwer erhielt er einen offenen Befehl und gelangte so ohne weitere Zwischenfälle nach Krakau. Dort begab er sich in das Hotel Europe, wo Maria Jadwiga abzusteigen pflegte, erfuhr aber vom Hotelportier, die Fürstin Lubecka sei gestern schon weitergereist, und zwar in Begleitung eines unbekannten Herrn. Kein Drängen und Fragen, wie der Fremde ausgesehen habe, wollte nützen: Der Krieg führe täglich so viele wechselnde Antlitze vorüber, dass es nicht möglich sei, sich alle zu merken.

In einem überfüllten Zuge, zwischen Soldaten und Juden, musste Toni Muhr die Fahrt nach Dębicza fortsetzen. Links und rechts vom Bahndamm sah man alte Stacheldrahtverhaue und grasübersponnene Schützengräben. Manchmal fuhr der Zug vorsichtig über neuerbaute Brücken, unter denen man noch gesprengte Pfeiler und zerschmetterte Traversen im Bache liegen sah. Viele Stunden lang blieb man ohne erkennbaren Grund auf offenem Felde stehen.

Ein Offizier erklärte die »Russenjagd« vor zwei Jahren, durch die Österreich in wunderbarer Weise gerettet worden sei.

Ein alter Mann im Kaftan, ein schwarzes Käppchen auf dem weißen Haar, sagte mit singendem Tonfall, doch sichtlich bemüht, den Jargon zu überwinden: »Die Wege des Herrn sind wunderbar; will er Rettung bringen, fährt er im Sturm einher, und wenn er Vernichtung plant, lässt er die Sonne scheinen. Wer vermisst sich, ihn – geheiligt werde sein Name – zu erkennen und zu durchblicken?«

»Wie meinen Sie das?«, fragte drohend der Offizier.

»Wie soll ich das meinen?«, entgegnete der Alte. »Der Herr lobt sein Werk erst am Sabbat.« Und ohne sich weiter um die Mitreisenden zu kümmern, begann er, mit vielen Verneigungen gegen Osten hin, sein Nachmittagsgebet zu verrichten.

Toni Muhr saß im Seitengang auf seinem kleinen Kofferchen, die Hälfte des schmalen Platzes hatte er einem blassen Knaben eingeräumt, den seine Mutter, eine schwarzgekleidete, immerfort weinende Frau, Henryk nannte. Das Kind war eingeschlafen, sein Kopf lehnte an der Schulter Toni Muhrs.

Die Dämmerung fiel nieder, schleichend wie ein Dieb schob sich der Zug durch die Landschaft. Toni Muhr dachte an Maria Jadwiga.

Bilder und Gespräche zogen an ihm vorüber; diese machte

sich sein Gedächtnis am willigsten zu eigen. Gelesenes, Erlerntes, das nicht mit seinem eigenen Schaffen zusammenhing, vergaß er oft so schnell, dass es ihn erschreckte, Namen gleichgültiger Menschen, ja auch ihre Gesichtszüge glitten an ihm ab, ohne die geringste Spur zu hinterlassen. Maria Jadwiga hatte einmal von ihm gesagt, sein Geist scheide alles aus, was ihm nicht gemäß sei, er verbinde sich mit nichts Fremdem. Während seiner Kriegsgefangenschaft hatte er kaum ein Wort Serbisch oder Italienisch erlernt, wie ihm zur Schulzeit die alten Sprachen beinahe unüberwindliche Schwierigkeiten bereiteten. Toni Muhr verwandtschaftliche Beziehungen zu erklären, blieb ein vergebliches Beginnen; er wusste bis zur Stunde nicht, ob die berühmte Dichterin Diodata Saluzzo eine Tante, eine Cousine oder die Großmutter seines Schwiegervaters gewesen war, obzwar dieser ihm oft genug seinen Stammbaum aufgezeichnet hatte. Er schien in solchen Augenblicken beinahe einfältig, und es war nicht schwer, sich ihm überlegen zu fühlen. Inmitten lebhafter Gespräche konnte er mit verlorenem Blick dasitzen wie ein Abwesender.

Nahm ihn aber eine Begegnung gefangen, dann prägten sich ihm alle äußeren Umstände mit einer Deutlichkeit ein, die sich nie mehr verwischte. Er war jederzeit imstande, ein Gespräch, das er vor vielen Jahren geführt hatte, in allen seinen Wendungen zu wiederholen, er hörte Rede und Gegenrede bis zu jenen leisesten Schwingungen, die ein Gespräch begleiten und seine Atmosphäre ausmachen. Züge eines Antlitzes, das auf ihn vor langer Zeit Eindruck geübt, kamen ihm oft genug beängstigend nahe, in aller Abgestuftheit des Mienenspiels. Er sah ein bestimmtes Gestrecktsein der Hand mit einem Worte unlösbar verbunden, wie die Melodie eines Leierkastens mit einem Ereignis, in das sie zufällig verwoben war. Er sah Menschen zweiten Planes in ihrer Stellung und Bewegung festgebannt für alle Zeit, er kannte die Farbe und den Schnitt ihres Kleides und die Stube, in der ein Gespräch geführt worden war: die Straße, die Landschaft, er spürte ihren besonderen Duft und das Eigenartige ihrer Beleuchtung.

Toni Muhr erblickte Maria Jadwiga bei einem Spaziergang in der Hauptallee des Praters – einem der seltenen gemeinsamen Spaziergänge, zu denen er sie hatte bestimmen können. Sie trug ihren Breitschwanzmantel, der bis zum Kinn zugeknöpft war und ihr falbes Haar doppelt zum Leuchten brachte. Es war Vorfrühling; noch hing abgestorbenes Laub vom Vorjahr an den Bäumen, und schon öffneten sich braune harzige Kapseln. Aus der geplatzten Schale quoll neues Blattwerk, dessen junges Grün wie frischgewaschen aussah. Rings um das Lusthaus zogen ein paar Radfahrer kunstvolle Kreise. Die Erde war von Frühlingsregen getränkt und dampfte in der Sonne, die sich gleichfalls zu freuen schien, nun wieder im Prater lustwandeln zu können.

Maria Jadwiga war vor einem besonders stattlichen Kastanienbaum stehen geblieben, dessen weithin verlaufende Wurzeln ihre verknoteten Arme trotzig über den Weg stemmten. »Die Wurzeln rebellieren«, hatte sie gesagt. »Das liegt nun einmal in der Zeit. *Il faut s'y faire.*[1] Sie wollen nicht mehr in der Tiefe ihre schwere Arbeit verrichten, während der Baum in der Höhe sich die Haut pflegt und Sonnenbäder nimmt. Sie wollen nicht ewig an der Pumpe stehen. Hast du einmal einen umgestürzten Baum gesehen? *Quel spectacle, mon cher!*[2] Die ganze Hilflosigkeit und Verzweiflung des Baumes wird in den Wurzeln offenbar, die nun plötzlich an die Oberfläche gelangen. Wie eine aufgeregte Dienerschaft sind sie in einem Hause, das von einem Unglück betroffen worden ist. Da laufen der Koch und die Abwaschfrau im Salon umher, und man begegnet dem Gärtnerjungen auf der großen Freitreppe, und der Stallbursche irrt durch die Marmorhalle. Alle die Unsichtbaren bevölkern das Haus; ihr Sichtbarwerden bedeutet Klage und Untergang.«

Toni Muhr entsann sich, dass er nicht viel aus Eigenem zu dem Gespräch beigesteuert hatte, sondern schweigsam neben Maria Jadwiga einhergeschritten war, nur Aug und Ohr und teilnahmsvolle Hingabe. Die sicheren Bewegungen der Fürstin, der starke Duft des regenfeuchten Bodens, das Leuchten ihres falben Haares und das knospende Grün an den Zweigen, dies alles schien in eine rhythmisch belebte Einheit zusammenzufließen. Irgendein Rufen von den Praterauen her, das Zwitschern der Vögel, das Niederfallen einzelner schwerer Tropfen aus dem Gezweig, das Rauschen der Wipfel im Winde und die Stimme Maria Jadwigas, dies alles drang zugleich in ihn, hatte denselben Tonfall und die nämliche Klangfarbe. Toni Muhr erinnerte sich, dass er damals gewünscht hatte, Maria Jadwiga möge immer so fortsprechen und der Weg solle immer weiterführen ohne Unterbrechung; er hätte am liebsten den Atem angehalten, damit der Zauber bestehen bleibe.

Vor der Krieau waren sie einem bettelnden Kinde begegnet, und Maria Jadwiga hatte es reichlich beschenkt, allzu reichlich, wie es Toni Muhr dünkte. Er sah die Not der vielen anderen, unbeschenkten, aber Maria Jadwiga schien nur von dem Gedanken erfüllt, diesem einen Kinde einen frohen Nachmittag zu bereiten. Sie lud es zur Jause ein, hieß es in der Krieau neben sich niedersitzen, stopfte ihm die schmutzigen Taschen mit Kriegsgebäck voll, ließ dann einen Wagen herbeirufen und forderte Toni Muhr auf, sie und ihren Schützling in den Wurstelprater zu begleiten.

Da ging's vom Kalafatti zum großen Chinesen, der auf die ringelspielfahrenden Kinder mit seiner starren gelben Maske niedersah und nach ihnen seinen langen Zeigefinger ausstreckte. Sie saß vor der grünen Bude des Wurstels nieder, die eben wieder eröffnet worden war, schien innerlich erfreut, lachte hell auf, wenn der Wurstel den Polizisten verprügelte, und bat für das arme weiße Kaninchen um Gnade, das recht verhungert aussah und kaum dem hochgeschwungenen Stecken des bösen Wurstels hätte standhalten können.

Dass sie von irgendjemandem aus der Gesellschaft überrascht werden könnte, schien Maria Jadwiga in diesem Augenblick nicht mehr zu fürchten; das Kind war nun ihr »Alibi«. Im Wagen brachte sie es nach Hause, in eine enge, übel riechende Straße der Brigittenau. Sie war stolz, die Vertrautheit des Kindes gewonnen zu haben, ließ sich von ihm Geschichten erzählen und schrieb Namen und Adresse auf eine Elfenbeintafel.

Toni Muhr erinnerte sich genau dieser Fahrt und wie traurig ihm der Frühling in der Vorstadt erschienen war. Die Sonne förderte hier alles Versteckte und Verschämte zutage, sie leuchtete in alle Winkel, und die Armut lag blank und bloß da, wie ein Gebrechen, von dem man die Binden gelöst hätte.

Maria Jadwiga fuhr durch diesen aufgescheuchten Jammer und wusste von ihm nichts als das Gespräch mit dem armen Kinde, das ihr zum beglückenden Ereignis wurde. Toni Muhr entsann sich, wie sehr ihn dieses Wohltun bedrückt hatte. Er war jeden Augenblick darauf gefasst gewesen, Maria Jadwiga werde in einer plötzlichen Laune den Wagen halten lassen und das arme Kind wieder fortweisen, wie sie es zu sich gerufen. Auch hatte er schon damals vorausgeahnt, dass es ihm vielleicht selbst einmal so ergehen könnte ...

»Vielen Dank, *mon cher*, für den Nachmittag«, hatte Maria Jadwiga damals beim Abschied gesagt.

Er aber wusste: Sie selbst hatte alles gegeben, jedes Wort kam von ihr, vielleicht auch das Leuchten der Luft und der Frühling.

Sollte dies wirklich verloren sein? Toni Muhr wiederholte sich die letzten Worte, die Maria Jadwiga im Gerichtssaal zu ihm gesprochen hatte. Er sei zu unbedingt, hatte sie gesagt, immer mit dem Kopf durch die Wand – und da sei nun richtig sein Spielzeug zerbrochen.

Zu unbedingt – ja, das war er. Ähnliches hatte wohl auch Lauretta dereinst gemeint, als sie ihm vorwarf, er trage den Verhältnissen nicht Rechnung, er sei in einer passiven Art unverträglich, er beleidige die Menschen durch sein Schweigen viel mehr, als man durch Reden verletzen könne. Ein unbedachtes Wort werde verziehen, aber sein Schweigen richte eine Mauer zwischen ihm und den übrigen Menschen auf.

»Geradezu unwienerisch« hatte ihn der Advokat Theodor Katleins genannt. Ungesellig war er jedenfalls; das Wienertum als Exportware – »verkaufts mei G'wand, i fahr in Himmel«, das fehlte ihm ganz und gar. Wie ein Störenfried war er sich damals bei der Heurigenmusik im Wirtsgarten seines Vaters vorgekommen. Er nahm alles zu schwer, er verlangte zu viel, er malte sich die Dinge in einer unwirklichen Art aus, die niemand kannte außer ihm, und er war enttäuscht, wenn die Dinge sich anders oder nicht zur vorgeschriebenen Stunde einstellten.

Die Menschen taten ihr Bestes, waren so, wie sie eben sein konnten, gaben, was sie zu geben vermochten – ihm war es niemals genug. Er verglich das Mögliche und Erreichbare mit einem Darüber, das einzig in seiner Einbildung lebte. Er war immer schon müde, wenn sich ihm die Dinge boten, er hatte zu wild und ungestüm die Hand nach ihnen ausgestreckt, und er hatte allzu lang auf sie warten müssen. Wünsche erfüllten sich, die keine Wünsche mehr waren, er suchte etwas jenseits der Liebe – wer sollte ihm das geben!

Der Zug stampfte ungeduldig, und im dumpfen Takt der Räder, von einer Schienenbindung zur anderen, durch das nächtliche Dunkel der Landschaft hörte Toni Muhr immer wieder den Namen Maria Jadwigas, der vor ihm war, den er einholte und wieder verlor, um ihn aufs Neue zu suchen. Er wollte seine Schuld eingestehen, sie um Vergebung bitten, sich demütigen vor ihr. Er musste sie wiedergewinnen – Maria Jadwiga ... Maria Jadwiga ...

Frühmorgens kam Toni Muhr in Dębicza an. Er ging zum Platzkommando und fragte einen verschlafenen Feldwebel nach dem Quartier der Fürstin Lubecka. Der Feldwebel, in Erwartung guter Entlohnung, begleitete Toni Muhr zu einer Villa außerhalb der Stadt.

Im ersten Stock befanden sich zwei sauber eingerichtete Zimmer, die man für durchreisende Personen von Stand bereithielt. Zu ebener Erde wohnte die Eigentümerin der Villa, eine freundliche alte Dame, die den Fremden sogleich in gebrochenem Deutsch zum Frühstück einlud. Die Fürstin sei vor einer halben Stunde abgereist – in der Richtung nach Lezajsk.

Der nächste Zug gehe erst spät abends, versicherte der Feldwebel.

Ob er in dem Zimmer der Fürstin ausruhen könne, fragte Toni Muhr, er fühle sich sehr müde.

Der Feldwebel glaubte es vor dem Platzkommando verantworten zu können, da doch der Herr Landsturmingenieur noch am selben Abend weiterzufahren gedachte.

Die Hausfrau wendete ein, das Zimmer müsse erst in Ordnung gebracht, das Bett neu überzogen werden.

Toni Muhr bestand darauf, das Zimmer unverzüglich und so, wie es war, in Besitz nehmen zu dürfen.

Die alte Dame, die wohl in den letzten Jahren genug oft eigensinnigen und übermüdeten Offizieren begegnet war, leistete nicht länger Widerstand. Der Feldwebel wurde entlohnt, und man wies Toni Muhr den Raum, den Fürstin Maria Jadwiga vor so kurzer Zeit erst verlassen hatte.

Eilig schloss er die Türe hinter sich zu, als könnte er den Schatten Maria Jadwigas gefangen nehmen, ihm die Flucht wehren. Klopfenden Herzens blickte er sich nach allen Seiten um. Da lag rosenfarbenes Seidenpapier auf dem Boden; in einem Schubfach entdeckte er ein paar Stahlhaarnadeln, verstreuten Puder, auf dem Nachtkästchen einen Zettel mit der

Handschrift Maria Jadwigas: Aufzeichnungen über den Weg und über die Dörfer, wo man Benzin und etwas zu essen erhalten konnte.

Toni Muhr trat zum Bett, dessen Decke zurückgeschlagen war, es fühlte sich warm an. Er entkleidete sich schnell, wühlte sich in die Kissen, vergrub sein Antlitz, suchte Berührung überall, presste die Zähne aufeinander und lag so da, ohne sich zu rühren, ohne nach Speise zu verlangen, bis zum Abend.

Am nächsten Tag, um die Mittagsstunde, war er in Lezajsk und fand Unterkunft in einer schmierigen Schenke. Der jüdische Wirt mit Seitenlöckchen, die unter dem breitrandigen Hut hervorquollen, stellte ein Gläschen Schnaps auf den Tisch, dann einen Teller mit fein zerhackter roher Zwiebel und daneben eine Portion »Gemischtes«, wie er es nannte – verschiedene Fleischreste in eine braune Suppe verrührt –, dies alles ohne Auftrag und mit gönnerhafter Überlegenheit, so, als wüsste er am besten, was dem Gast gezieme.

Erst nachdem die amtliche Tätigkeit beendet war, nahm er seine Pfeife aus dem Munde, die einen üblen Geruch verbreitete, und ließ sich mit Toni Muhr in ein Gespräch ein.

Dass die Fürstin auf Schloss Woloska eingetroffen sei, wusste er bereits. Er pries ihre Schönheit mit vielen aufgeregten Worten und nannte sie eine königliche Frau, wobei er das »au« mittelhochdeutsch in ein »ou« zurückverwandelte. Dann rief er einen jungen Menschen herbei, der bisher gelangweilt in der Wirtsstube herumgelungert hatte und sich nun sofort mit einem Schwall unverständlicher Redensarten bereit erklärte, für den Herrn Landsturmingenieur jede gewünschte Botschaft nach dem Barteckischen Gut zu bringen. Er empfahl sich auch für andere Dienstleistungen, um welches Geschäft immer es sich handeln möge; es gebe keinen besseren Faktor in Lezajsk.

Toni Muhr schrieb hastig einen Brief an die Fürstin Lubecka: Er sei ihr nachgereist, weil er es in Wien nicht ohne sie
ausgehalten habe, er müsse mit ihr sprechen und bitte sie,
ihn anzuhören; sie solle eine Begegnung möglich machen. Er
unterschrieb den Brief nicht mit seinem Namen, nur das
kleine Unendlichkeitszeichen verriet den Absender.

Wenige Minuten, nachdem der Bote fortgegangen war,
fragte Toni Muhr schon ungeduldig, wie lange er noch auf
Antwort warten solle.

Der Wirt lachte: Das Schloss Woloska liege zwei Weg-
stunden entfernt, vor Sonnenuntergang konnte der Bote
nicht zurückkehren.

Zugleich deutete der Wirt an, die Zeit brauche keineswegs
ungenützt zu verstreichen. Er versuchte es, Toni Muhr durch
geschickte Fragen auszuholen; welche Bewandtnis es mit
ihm und der Fürstin Lubecka habe, warum er nicht selbst
nach Woloska gefahren sei, ob er den Grafen Bartecki kenne
und ob er seine Ernte zu kaufen gedenke, oder welche Artikel
ihn sonst interessierten, und ob er für die Armee einkaufe
oder für eigene Rechnung.

Auch die Frau des Wirtes wurde zutraulich, setzte sich
neben Toni Muhr, blickte ihn wohlgefällig an, während sie
von Zeit zu Zeit mit einer freiwerdenden Nadel ihres Strick-
zeuges den schwarzen Scheitel ordnete.

Toni Muhr stand auf und ging ins Freie. Bald gelangte er
zu einem Bernhardinerkloster, dann zu ein paar Häusern,
die als Kasernen eingerichtet waren. Und nun befand er sich
auf der Straße, die gegen Przeworsk führte; heiß brannte
die Sonne nieder, weißer Staub legte sich auf Schuhe und
Kleider. Der Wirt hatte Toni Muhr erklärt, dass der Bote auf
dieser Straße zurückkehren müsse, er könne ihn nicht verfehlen.

Auf einem Meilenstein Rast suchend, wischte sich Toni
Muhr den Schweiß von der Stirn. Ein Storch flog herbei,

stellte sich bucklig vor ihm auf, zog ein Bein unter das Gefieder, klapperte ein paar Mal mit dem Schnabel und betrachtete neugierig den Unbekannten, vielleicht Futter von ihm erwartend; nach einer Weile flatterte er wieder davon, sichtlich enttäuscht und beleidigt.

Frauen kamen von den Feldern, verneigten sich und murmelten scheu einen polnischen Gruß. Es begann zu dämmern, Toni Muhr überlegte, dass es vielleicht besser war, in das Wirtshaus zurückzukehren: Was mochte der Bote von ihm denken, wenn er so offen seine Ungeduld zur Schau trug. Vielleicht auch holte ihn Maria Jadwiga selber in ihrem Wagen, und er stand verstaubt und beschmutzt am Wege. Wie sollte er sie begrüßen?

Aber nur Bauernkarren rasselten vorüber; die armseligen kleinen Pferdchen waren mit schadhaften Stricken an die Deichsel geseilt, ohne jedes Riemzeug. Vor einer Bierbrauerei wurden von einem Soldaten Fässer auf die Straße gewälzt. Toni Muhr musste mit einem Sprunge ausweichen, Knaben standen umher und lachten.

So gelangte er zum Wirtshaus zurück, beschwichtigt nunmehr und gefasst; alle Gespanntheit war von ihm genommen. Ein Schreibzeug stand auf dem Tisch, der Wirt sorgte für Papier, Toni Muhr begann zu arbeiten. Er hatte mit sich selbst die Abrede getroffen, bis zum Abend nicht mehr die Uhr aus der Tasche zu ziehen; so zwang er seine Gedanken in eine vorgezeichnete Richtung, bürdete ihnen schwierige Berechnungen auf, deren er für eine bestimmte Arbeit bedurfte und die ihm bisher niemals hatten gelingen wollen.

Dass er nun wieder Gewalt über sich bekam, tat ihm wohl. Morgen früh würde er Maria Jadwiga begegnen, vielleicht heute Abend noch; je geduldiger er wartete, umso schneller ereignete es sich. Bald fühlte sich Toni Muhr vollständig in seine Arbeit verstrickt, erhitzte sich am Widerstand.

Mit einem Male bemerkte er den Wirt, der neugierig über seine Schulter blickte. Er musste schon eine ganze Weile dagestanden haben; nun schwenkte er schmunzelnd einen resedafarbenen Briefumschlag.

Ungestüm riss Toni Muhr die Botschaft der Fürstin an sich und trat vor das Haus, um sie zu lesen. Es dunkelte schon, die Buchstaben flimmerten vor seinen Augen.

Maria Jadwiga schrieb: »Lieber Freund, wenn Sie es noch halbwegs vermeiden wollen, mich und sich lächerlich zu machen, so reisen Sie mit dem nächsten Zuge nach Wien zurück; ich bitte Sie darum, und ich hoffe, dass Sie meiner Bitte Folge leisten werden. Graf Bartecki, der mir für einige Tage Gastfreundschaft gewährt, ist ein Onkel meiner verstorbenen Mutter, wir feiern morgen seinen siebzigsten Geburtstag. Baron Schönkirchen nimmt an diesem Feste nicht teil; er hat vor kurzem den ehrenvollen Auftrag erhalten, die skandinavischen Völker über die Eigenheiten unseres Staatswesens zu unterrichten. Ich selbst habe da ein wenig Vorsehung gespielt. Sie wissen, ich liebe dieses Spiel; aber nur, wenn ich Aussicht habe zu gewinnen. Im Verluste werde ich leicht verzagt und stehe vom Tische auf. Ich schreibe Ihnen dies alles, weil ich hoffe, dass es Ihnen vielleicht einige Beruhigung bedeutet. Oder würden Sie am Ende den Baron Schönkirchen lieber bei mir wissen, als sich einzugestehen, dass nicht Untreue uns scheidet, sondern nur – Leere? Glauben Sie mir, lieber Freund, es gibt Dinge, die kein Gericht der Welt einem zusprechen kann. Es lässt sich nicht alles erzwingen. Ich werde mich sehr freuen, wenn Sie mich im Herbst wieder besuchen; jetzt brauche ich ein wenig Ruhe, *Au revoir*. Grüßen Sie mir Ihre liebe Frau. *Les deux mains*[1]. Alles Gute.«

Keine Unterschrift, kein Zeichen – eine Stunde später fuhr Toni Muhr nach Wien zurück.

---

1 *Les deux mains*: Frz.: ›beide Hände‹.

8

Als Toni Muhr sich bei Professor Haselberger meldete, wurde ihm mitgeteilt, dass während seiner Abwesenheit die Assistentenstelle im Laboratorium »auf höheren Befehl« neu besetzt worden sei. Zugleich wurde ihm eine Vorladung eingehändigt, die ihn anwies, noch am selben Tage seine Tauglichkeit zur militärischen Dienstleistung neu überprüfen zu lassen.

Man hatte im Laboratorium eine heftige Auseinandersetzung mit Toni Muhr erwartet, aber dieser schien durchaus nicht erregt, er fand es beinahe selbstverständlich, dass die Reihe der ihm bestimmten misslichen Ereignisse keineswegs erschöpft war. Nichts Schlimmes konnte ihn mehr überraschen, nichts Feindseliges ihn wirklich verwunden.

Auch die schroffe Art, wie ihm, als er sich zur Überprüfung meldete, ein Feldwebel den schriftlichen Befehl abnahm und ihn warten hieß, berührte ihn kaum noch als etwas Kränkendes. Dass er keine Uniform trug, gereichte ihm jetzt zum Schaden, hier galt nur ein Rang, der äußerlich durch Sternchen am Kragen sichtbar wurde.

Der ganze Raum war erfüllt von einer bunt zusammengewürfelten Menge. Da gab es Färbelspieler, die von einer Militärpatrouille aufgegriffen worden waren, dann Beurlaubte, die neu eingestellt werden sollten, und ältere Leute, denen man eine Verwendung in der Etappe zugedacht hatte. Toni musste an einen Haufen verlaufener Tiere denken, wie sie der Schinder in der Vorstadt mit seiner »Maxen«, einer langen gekrümmten Drahtschlinge, einfing. Gesenkten Hauptes standen sie da, ihres Schicksals ungewiss. Auch Toni Muhr selbst fühlte über seinem Haupt drohend ausgespannt die Drahtschlinge; sie hatte ihn einen Augenblick freigegeben, um sich jetzt noch fester zusammenzuziehen.

Von Zeit zu Zeit wurden etwa ein Dutzend Namen auf

einmal in den Saal gerufen, und die also Bezeichneten verschwanden hinter einem grauen, von Motten zerfressenen Vorhang. Man wusste nicht, wohin sie geführt wurden; es konnte ebenso gut auf eine Richtstätte sein wie zur Musterung.

Als an Toni Muhr die Reihe kam, erwies es sich, dass »Landsturmingenieure« vor eine andere Kommission gehörten. Schon wollte man ihn neuen Leidenswegen überantworten, als ein Hauptmann mitleidig entschied, er könne sich der nächsten Gruppe anschließen.

Toni Muhr wurde nun hinter einen hölzernen Verschlag geführt, wo er sich entkleiden sollte. Willenlos leistete er diesem Auftrag Folge, knotete seine Habseligkeiten zu einem Bündel, das er unter einen Stuhl schob, und stand nun völlig nackend da, von Scham erfüllt, nicht nur wegen seiner Blöße, sondern weil man ihn restlos entwürdigt hatte, gleichsam aller äußeren Hoheitszeichen des Menschentums beraubt. Er fühlte sich als »vertretbares« Stück einer Herde, die man auf den Markt brachte: Vielleicht würde man es ihm verargen, dass er nicht fett genug geraten war.

Hier und dort im hölzernen Verschlage bemerkte er seine Schicksalsgenossen; es schien ihm, als enthülle die Nacktheit nicht nur ihre Körper, sondern auch das Innere ihrer Seelen, gebe sie mit allen heimlichen Makeln jedem neugierigen Blicke preis. Toni Muhr empfand eine gewisse Genugtuung, als er unter so viel fremden Menschen seinen Freund, den Uhrmacher Köberl, entdeckte, dem er schon lange nicht mehr begegnet war.

»Schlechte Zeiten«, sagte der Uhrmacher, während er seine spitzen Knie rieb. »Man kann nicht für Leute arbeiten, die ihre Uhren beim Juwelier bestellen und nur auf das Gehäuse achten, nicht auf das Werk ...« Herr Köberl unterbrach sich: »Sie haben doch hoffentlich Ihre Glashütter zu Hause gelassen, nichts ist so schädlich für ein gutes Werk wie unregelmäßige Lage.« Und mit einem Blick auf seine eigene, nicht eben vollkommene Leiblichkeit fügte er hinzu: »Es geht mit den Uhren jetzt wie mit den Menschen. Man mustert aus, man mustert aus, und die Ware wird nicht besser. Eine reparierte Uhr ist keine neue Uhr.«

Weiter kam er nicht, denn schon öffnete sich wieder der hölzerne Verschlag, und die gewaltige Stimme des Feldwebels rief: »Der Nächste.« Herr Köberl raffte sein Kleiderbündel zusammen und verschwand hinter der knarrenden Türe.

Ein feister blonder Mensch mit einer viel zu hellen weibischen Haut rückte an seine Stelle. Er schien stolz darauf, nun selbst »der Nächste« zu sein, die ganze Reihe folgte hinterdrein, und auch die Wäschebündel verschoben sich unter den Stühlen.

»Erkennst du mich nicht, oder willst du mich nicht erkennen?«, fragte eine Stimme neben Toni Muhr.

Es war die Stimme Simon Lamms. Toni Muhr hatte ihn wirklich nicht erkannt, und es wäre ihm jedenfalls lieber gewesen, der Begegnung auszuweichen. Simon Lamm hatte etwas Verkommenes, das sich in seiner Nacktheit deutlich ausdrückte; ohne seine schadhafte Wäsche, seine ausgetretenen Schuhe gesehen zu haben, wusste man: Es ging ihm schlecht, er hatte bei seinen Geschäften kein Glück gehabt. Gedrückt saß er da wie jemand, der sich in üble Spekulationen eingelassen hat und dem Gerichtsvollzieher alles ausliefern musste, sogar seine Kleider.

»Haben sie dich erwischt?«, erkundigte sich Herr Simon Lamm mit aufdringlicher Neugier, »sie erwischen jeden, sie fragen einen gar nicht, ob man Anlage hat zum Helden, sie sagen: Zieh dir das letzte Hemd aus und opfer dich. Aber mit mir werden sie kein Glück haben. Zum Äußersten lass ich's nicht kommen. Ich hab genug von dem Krieg. Es gibt ja gewiss Menschen, für die ist der Krieg ein Geschäft, mir hat er nur Pech gebracht; die Erbschaft von meinem Vater selig ist verloren. Man sieht nur immer die Leut', die hinaufkommen, aber die zugrund gehen, die sieht man nicht. Zwei Waggons Eier sind mir verstunken in Oświęcim, dann ist mir Zucker beschlagnahmt worden, schließlich hab ich mich verlegt auf die Börse. Einmal muss doch der Krieg zu End sein, hab ich mir gedacht. Aber der Krieg geht weiter; die Großen verdienen und die Kleinen wischen sich den Mund ab. Alle Geschäfte werden nur von den Katleins gemacht.« Er blickte Toni Muhr verschmitzt an. »Hab ich nicht Recht?«, fragte er. »Wir sind die Kavaliere, du und ich. Wir hätten sie in der Hand gehabt, aber unsereinem taugt das nicht, unsereiner hat Bedenken und Rücksichten. Dir geht's auch nicht zum Besten, scheint's mir, hast deinen Prozess verloren; tut mir aufrichtig leid. Unsereins verliert jeden Prozess – alles nur, weil wir Kavaliere sind.«

Simon Lamm hatte leise gesprochen und sich immer näher an Toni Muhr herangeschoben. Sein ungepflegter Körper dampfte. Zum Glück ging in diesem Augenblick wieder die Türe aus weißem Tannenholz auf – Sargtüre wurde sie von den Wartenden genannt –, und der Feldwebel rief mit voller Stimme: »Herr Landsturmingenieur Dr. Anton Muhr!«

Man hatte sich seiner Offizierseigenschaft erinnert und ließ ihm den Vortritt. Der dicke Blonde auf dem ersten Stuhl fühlte sich übergangen; voll Hass und zugleich voll Bewunderung blickte er Toni Muhr nach.

An einem Tisch saßen drei Offiziere, ein Oberst präsidierte. Er hatte graues, bürstenartig aufgestelltes Haar und einen langen Schnauzbart, der zu beiden Seiten des fetten Kinnes überhing.

Toni Muhr überlegte, wo er nur diesem Gesichte begegnet sein mochte: richtig – im Kaffeehaus war es gewesen. Der Kellner Eduard hatte ihm den Obersten gezeigt, von dem er die Zuteilung seines Sohnes zu einem galizischen Regimente – wo es doch ruhiger zuging – erhoffte und den er mit sei-

nem ganzen Hasse verfolgte, seit der Bub doch an die Isonzofront verschickt worden war. Im Kaffeehaus nannte man
den Obersten »Onkel Danilo«; er hatte die »Lustige Witwe«
dreihundertmal gesehen und beim Jubiläum von der Leitung
des Theaters ebenso wie die Schauspieler ein Ehrengeschenk
erhalten.

»Superarbitrierungsbefund«, rief er jetzt strenge und wickelte das rechte Ende des Schnurrbartes um seinen Zeigefinger. Der Feldwebel begann in schnarrendem Tone aus einem großen Buche vorzulesen, nicht ohne gelegentlich über
einen medizinischen Ausdruck zu stolpern. »*Vicium cordis*«,[1]
verstand Toni Muhr. Der Regimentsarzt, ein junger Mensch
mit spärlichem blondem Haar, sehr langsam in seinen Bewegungen, setzte Toni Muhr das Stethoskop auf die Brust und
bestätigte dann schläfrig: »*Vicium cordis*, unverändert.«

Der Oberst besah sich Toni Muhr aus der Nähe. Er ließ
ihn auf- und abgehen, tätschelte ihm die Schulter und sagte
schnaufend: »Prächtig, prächtig, das bisserl Herzklopfen
verliert sich an der frischen Luft. Nur fesch sein!«, und er
ließ den Atemlosen probeweise ein paar tiefe Kniebeugen
ausführen. »Sehen S', Doktor, ausgezeichnet!«, rief er befriedigt.

Toni Muhr nahm keinen Anteil an diesen Vorgängen, es
war ihm vollkommen gleichgültig, ob man ihn nun wieder
ins Feld schickte oder ob er in Wien bleiben durfte. Er zog es
sogar vor, an die Front zu gehen; er würde dann aufhören,
Toni Muhr zu sein, oder es würde nicht mehr darauf ankommen, dass er Toni Muhr blieb. Man würde ihn wieder zu
Schanzarbeiten verwenden oder von ihm Brücken bauen lassen und sich den Teufel darum scheren, dass er eigentlich
Chemie studiert hatte. Er würde nicht auf seinem Platze stehen, wie alle anderen nicht auf ihrem Platze standen, und er
würde da ausharren wie die anderen; mehr verlangte man
nicht. Wer mehr tat, war ein Störenfried und ruinierte die

Mühle, durch die alles langsam hindurch musste und von der man behauptete, dass sie die Mühle des lieben Gottes sei.

»Nun, Herr Regimentsarzt«, mahnte Onkel Danilo. »Schreiben wir *A*-Befund.« Er wickelte jetzt sein linkes Schnurrbartende um den Finger.

Der Regimentsarzt schüttelte den Kopf.

Onkel Danilo geriet in Zorn. »Laufen Sie«, befahl er Toni Muhr. »Schauen S', wie er läuft. So viel versteh ich auch von Medizin. Nur keine falsche Wissenschaftlichkeit. Also was, Doktor, schreiben wir *A*-Befund.«

»Der arme Regimentsarzt«, dachte Toni Muhr. »Er hat es gut mit mir gemeint, doch nun muss er nachgeben, sonst geht's ihm selbst an den Kragen. Der Oberst hat viel Einfluss – sagt der Kellner Eduard.«

Der Regimentsarzt aber schüttelte auch jetzt langsam und schläfrig den Kopf. »*Vicium cordis*«, wiederholte er gedehnt, »ich kann nichts anderes feststellen.«

»Superarbitrierungsbefund bestätigt«, schrie Onkel Danilo krebsrot und schlug mit der flachen Hand auf das Protokoll. »Der Nächste!«

Toni Muhr konnte gehen.

»Glück muss man haben«, erklärte draußen der Feldwebel, während Toni Muhr in seiner Brieftasche suchte. »Den Doktor lassen's nicht lang bei der Kommission, er befreit zu viele; das verdirbt den Durchschnitt.«

»Wie heißt der Regimentsarzt?«, fragte Toni Muhr. Es lag ihm daran, den Namen dieses Fremden zu erfahren, der so unerwartet für ihn eingetreten war.

»Er kommt aus einer Cholerabaracken«, erwiderte der Feldwebel, »Grabner heißt er – ein Neffe von die Brüder Katlein.«

Toni Muhr hatte sich angekleidet und stand nun auf der Straße. Grabner heißt er, ein Neffe Theodor Katleins – wiederholte er sich. Sind sie denn wirklich alle untereinander verwandt, stehen an jedem Kreuzweg, hier und dort, unentrinnbar. Und nun hat mich einer von ihnen sogar »gerettet«, und ich muss ihm dankbar sein.

Wieder lag der Weg neu vor Toni Muhr, wieder hieß es: anfangen. Er war frei, wie nur die Krüppel frei waren, die »Untauglichen«.

Als Toni Muhr in seine Wohnung zurückkehrte, fand er einen Familienrat versammelt: Lauretta, die eben vom Bahnhofe kam, Frau Johanna und Herrn Ermete von Saluzzo. Das Gespräch schien sehr lebhaft gewesen zu sein, aber sobald Toni Muhr eintrat, verstummte es.

»Gehen wir«, bat Frau Johanna nach einer verlegenen Pause, »die Kinder werden allein sein wollen.« Mit einer Bewegung forderte sie Toni und Lauretta auf, sich zu umarmen; doch beide blieben steif und stumm auf ihrem Platze.

»Tritt näher, mein Sohn«, sagte Herr von Saluzzo mit einiger Strenge; und zu Frau Johanna gewendet: »Du brauchst mir keine Zeichen zu machen. Ich weiß sehr gut, wie weit ich gehen kann. Eine Aussprache ist geboten. Anton« – in feierlichen Augenblicken gebrauchte er diese Anrede – »wird mich auch mit halben Worten verstehen. Laurettas Handlungsweise findet keineswegs meine Billigung. Ich bitte, meine beste Johanna, unterbrich mich nicht, wir sind unserem Schwiegersohn volle Aufrichtigkeit schuldig. Lauretta hat ihre Reise ohne meine Zustimmung angetreten, wenngleich sie einer dringlichen Einladung ihres Bruders Gino gefolgt ist und nebstbei ihre Tanten Ada und Sandra im Görzischen besuchen wollte. Vor der Welt fällt kein Makel auf sie, wohl aber kann man geltend machen, dass es jetzt nicht an der Zeit ist, ohne ausdrückliche Zustimmung des Vaters und des Gatten und ohne entsprechende Begleitung längere Ausflüge zu unternehmen. Dies alles wird zugegeben. Doch nun darf ich mir wohl eine Frage erlauben: Wie und wo hast du, lieber Anton, die letzten Tage zugebracht und wie gedenkst du dir in der nächsten Zeit dein Leben einzurichten?«

Frau Johanna war nicht mehr zu halten. »Lass die Kinder in Ruhe«, schalt sie. »Bemerkst du noch immer nicht, dass wir sie an der notwendigen Aussprache hindern. Wir sind hier überflüssig. Der arme Toni – ein so prächtiger Junge, und Lauretta – ein so liebes und gutes Kind.«

Herr von Saluzzo blieb unerbittlich: »Ich weiß nicht, ob dir schon zur Kenntnis gelangt ist, lieber Anton«, fuhr er fort, »dass deine Stelle im Laboratorium des Professors Haselberger neu besetzt wurde. Man hat es in deiner Abwesenheit für gut befunden, mir diese traurige Mitteilung zu machen. Von dem unerfreulichen Prozess, den du, wie vorauszusehen war, verloren hast, will ich lieber schweigen, die Schande trifft indirekt auch meinen Namen und, wie es mir scheinen will, unverdienter Weise.« Er zupfte an seinem Rockärmel, als ob er dort einen Fleck fortputzen wollte.

Frau Johanna begann zu weinen. Man hörte nur einzelne Worte, die sie schluchzend hervorstieß: »Ermete ... wie kannst du ... unverschuldetes Unglück ...« Sie schloss Toni in ihre Arme und küsste ihn.

Herr von Saluzzo nahm dicht vor der zärtlichen Gruppe Aufstellung. »Ich sehe mein Unrecht ein«, sagte er ironisch. »Aussprachen von Männern dürfen nicht in Gegenwart von Damen geführt werden. Wehleidigkeit sollte ausgeschaltet bleiben. Jeder Herr«, er ließ das doppelte r rollen, »muss ein ernstes Wort vertragen können. Ich zum Beispiel rechne es mir zur Ehre an, dass mir dereinst Tegetthoff, als ich vor Venedig auf einem Kriegsbragozzo eingeschifft war und ein Manöver versehen hatte, in Gegenwart seines ganzen Stabes zurief: ›Das ist Ihrer nicht würdig, Herr von Saluzzo‹. Um es kurz zu machen – du wirst von mir nicht die Taktlosigkeit erwarten, beste Johanna, dass ich mich in die Herzensbeziehungen der Kinder einmenge – also nur diese eine Frage, die einem besorgten Vater wohl gestattet sein muss: Wovon gedenkst du, lieber Anton – nicht in ferner Zukunft, ich ziehe das Unbestimmte der Verhältnisse in Rechnung – doch im nächsten halben Jahre zu leben?«

Diese Frage wirkte, Frau Johanna hörte zu weinen auf, Lauretta, die bisher abseits gestanden hatte, ganz ferne dem unerquicklichen Gespräch, nahm in einem Fauteuil Platz, gleichsam um zu bekunden, dass auch sie jetzt einbezogen war, und Toni Muhr, der zuerst müde und verloren seinen Schwiegervater angeblickt hatte, fühlte sich von der Frage getroffen und zu Rechenschaft verpflichtet.

Herr von Saluzzo kostete seinen Erfolg bis zur Neige aus; er musterte Frau Johanna mit einem triumphierenden Blick und fügte dann noch, wie beiläufig, hinzu: »Ich habe nämlich Lauretta den Maizins vorgeschossen – was durchaus keine Mahnung bedeuten soll, lieber Anton, obzwar in Geldsachen Sentimentalität von Übel ist – aber ich möchte nur wissen, ob du dir wegen der Augustfälligkeit schon irgendwelche Gedanken gemacht hast?«

Toni Muhr war wie vom Donner gerührt. Maizins – richtig, der war ja längst vorüber, er hatte den Termin vollständig vergessen. Nun kam bald der August – du liebe Güte, er hatte so gar kein Talent, sich mit Geldsachen zu befassen; alles, was er einnahm, legte er in eine Schublade, ohne jemals zu zählen. In der letzten Zeit waren es recht kleine Beträge gewesen, neben seiner Gage nur spärliche Honorare für Extraarbeiten im Laboratorium. Oftmals auch hatte er vergeblich in der Schublade Nachschau gehalten, manche Zahlung war hinausgeschoben worden bis zum Augenblick, da, nach gewonnenem Prozess, der große Goldstrom sich erschließen müsste. Einmal hatte Toni Muhr von seinem Vater in Grinzing Geld geborgt; oh, keine große Summe, aber sie lastete auf ihm, weil er wusste, wie schwer sie erarbeitet war. Jetzt mahnte unerbittliche Wirklichkeit, er sollte Rechnung legen nach allen Seiten hin. Er hatte es mit anderen genau genommen – durfte er sich wundern, wenn man es mit ihm genau nahm?

»Nun, lieber Anton?«, drängte Herr von Saluzzo.

»Ich habe meine Patente verkauft«, sagte schnell Toni Muhr; »… einem Konsortium … darum meine Reise.«

Die Lüge war ihm erst im nämlichen Augenblick eingefallen; er brachte sie ungeschickt und stockend vor, und doch schämte er sich der eigenen Gewandtheit. Niemals hätte er sich derartige Fertigkeit zugesprochen. Er fühlte den bestürzten Blick Laurettas; auch ihr bereitete es offenbar Schmerz, ihn so lügen zu sehen. Herr von Saluzzo kniff die Augen zusammen und schwieg, aber Toni Muhr hatte die Empfindung, dass er ihm misstraute. Nur Frau Johanna jubelte laut: »Ein prächtiger Junge; hab ich's nicht gesagt, ein genialer Junge.« Das ganze Zimmer war voll Lärmens.

Unsicher gemacht, verwirrt und innere Bestärkung suchend, spann Toni Muhr immer weiter seine Lüge fort: »Die Bedingungen sind ausgezeichnet, in vierzehn Tagen soll ich den ersten Vorschuss beheben … Eine große Gesellschaft wird begründet.« Toni Muhr empfand die ganze Schmach seiner Erniedrigung – so weit war es also mit ihm gekommen … so weit … Ein Lügner war er, ein Lügner durch und durch; der Welt, sich selbst, ein Lügner.

Herr von Saluzzo blickte seinen Schwiegersohn erstaunt an, er schien allmählich Vertrauen zu gewinnen. Das reizte Toni Muhr noch mehr. Warum quälte man ihn, warum zwang man ihn zu lügen? Warum stieß man ihn so tief in die eigene Verachtung? Seine Stimme klang rau, als er sagte: »Ihr braucht Euch um mich keine Sorgen zu machen.« Er verneigte sich förmlich nach allen Seiten hin und schritt zur Türe hinaus.

9

Sobald Toni Muhr allein war, gewann er schnell seine Ruhe wieder. Es galt, einen Strich unter alles Vergangene zu ziehen. Wie ein Spieler hatte er sich betragen, hatte immer nur den Tag des großen Gewinnes erwartet und niemals die eigene Barschaft überzahlt. Hastig öffnete er die Schublade, die ihm bisher als Schatzkammer gedient hatte – sie war leer. Das reichliche Honorar, das Toni Muhr ehedem von der Militärbehörde für sein Gutachten erhalten hatte, war längst verbraucht; auch alle anderen Einkünfte, die von verschiedenen Aufträgen Professor Haselbergers herrührten, waren erschöpft. Von seiner Monatsgage blieben ihm noch ein paar hundert Kronen. Wovon sollte das Hauswesen, wovon der Augustzins bestritten werden? So weit war es mit ihm gekommen, dass er nun dastand wie einer, der als letzten Einsatz seine Ehre verpfändet hat und dem keine andere Wahl bleibt, als sich eine Kugel durch den Kopf zu schießen oder nach Amerika auszuwandern.

Toni Muhr spürte einen üblen Geschmack im Munde wie am Morgen nach einem Zechgelage. Er wusch sich von Kopf bis zu Fuß, tauchte das Gesicht in kaltes Wasser und zog neue Kleider an; ihm war schlimm zumute, wie am Tage, da er aus der Kriegsgefangenschaft zurückgekehrt war und daheim Lauretta erwartet hatte. Wie fern das alles lag! An seinem Lügen vorhin ermaß Toni Muhr die Tiefe seines Sturzes. Es galt neu zu beginnen.

Und nun wusste er auch, was er zu tun hatte. Über den Schwarzenbergplatz schritt er, die Prinz-Eugen-Straße hinauf, hielt vor den Albumin-Werken inne, zögerte einen Augenblick und trat dann schnell durchs Tor. Dem Diener im ersten Stock gab er seine Karte und ließ sich bei Herrn Theodor Katlein anmelden.

Toni Muhr brauchte diesmal nicht lange zu warten, nach

wenigen Minuten schon öffnete sich die grüne Polstertüre, und er stand vor seinem früheren Chef. So blieb ihm kaum Zeit genug, die ersten Sätze im Kopfe vorzubereiten, wie es seine Absicht gewesen war; er fühlte sich überrumpelt.

Herr Theodor Katlein bat Toni Muhr, Platz zu nehmen, und zeigte sich nicht im mindesten erstaunt über dessen Kommen; durch seine Brillengläser blickte er den Besucher gelassen an, als handelte es sich um einen gewöhnlichen Vortrag, der vor kurzem erst unterbrochen worden wäre. Höflich erkundigte er sich nach dem Befinden Doktor Muhrs, erwähnte einen Aufsatz in der »Chemischen Wochenschrift«, den er lobte, und fragte dann bestimmt: »Was kann ich für Sie tun?«

Toni Muhr hatte einen Angriff erwartet, Vorwürfe oder spitze Reden – auf so viel Gleichgültigkeit war er nicht gefasst gewesen. Seit langem hatte er sich diese Begegnung ausgemalt: wie er nach einem gewonnenen Prozess im Zimmer Theodor Katleins sitzen würde, gewiss nicht triumphierend, aber doch gefestigt, als Macht, mit der zu rechnen war. »Sprechen wir nicht mehr vom Prozess«, hätte er dann gesagt, »das ist erledigt. Nun zu anderen Geschäften.« Und Theodor Katlein hätte gefühlt, dass er mit Toni Muhr von gleich zu gleich verhandeln musste.

»Was kann ich für Sie tun?«, wiederholte Herr Katlein.

»Ich habe gedacht, dass es Ihnen vielleicht erwünscht sein könnte«, antwortete Toni Muhr, »mit mir zu reden …«

»Sie kommen ein wenig spät«, stellte Theodor Katlein fest und streichelte seinen Bart. »Vor dem Prozess hatte ich Sie für eine besondere Verwendung in Aussicht genommen. Nun ist diese Stelle leider besetzt.«

»So war es nicht gemeint«, wehrte Toni Muhr schnell ab. »Ich wollte nur vorschlagen, dass wir den Prozess endgültig aus der Welt schaffen, ohne Advokaten und ohne Öffentlichkeit. Sie haben mir früher …«, er stockte, »… eine Abfertigung anbieten lassen, die ich damals zurückwies – sehr übereilt zurückwies. Das sehe ich nun ein und bin bereit, die …«, er stockte wieder, »Abfertigung anzunehmen.«

Theodor Katlein schüttelte den Kopf. »Ich erinnere mich allerdings«, sagte er, »einer Dame, die für Ihren Fall Interesse zeigte, irgendeine Zahl genannt zu haben – doch nur, um der Dame gefällig zu sein und um Sie, Doktor Muhr, vor einem Unfug zu bewahren, der Sie ins Verderben führen musste.«

Da war es, das verhasste Wort, Herrn Theodor Katleins Lieblingswort – Unfug – das alles ausschied, was seiner Sache entgegenstand.

»Es lag mir daran«, fuhr Herr Katlein fort, »den Namen der Albumin-Werke nicht monatelang durch die Kriminalrubriken der Zeitungen schleifen zu lassen. Ich wollte das Schauspiel vermieden sehen, dass meine Firma vor Gericht gegen einen der ihren Stellung zu nehmen hatte. Die Zugehörigkeit zu dem Unternehmen, Sie werden es mir schon verzeihen, Doktor Muhr, ist mir nämlich immer als ein ›*Caracter indelebilis*‹[1] erschienen.«

Toni Muhr schwieg; Herr Katlein wechselte den Ausdruck seiner Stimme. »Das ist nun vorüber, Sie haben nach Ihrem Willen gehandelt, und was ich verhüten wollte, ist Ereignis geworden.«

»Sie ziehen Ihr Angebot zurück?«, fragte Toni Muhr.

»Es ist hinfällig geworden«, erwiderte Herr Katlein kühl.

Toni Muhr spürte seine ganze Wut gegen den Mann, der ihm gegenübersaß, und gegen die Welt, die er vertrat, neu erwachen. »Ist es Ihr Ernst, Herr Katlein«, fragte er gepresst, »dass ich leer ausgehen soll? Niemand hört uns. Sie wissen, dass ich im Rechte bin, Sie vor allen anderen wissen es, und dass ich mein Recht nicht verwirkt haben kann, nur weil ich einmal unbesonnenerweise das Wort ›Verzicht‹ gebrauchte …«

»Man soll Worte nicht unbesonnen gebrauchen, Doktor

Muhr«, sagte Herr Katlein streng. »Hinter den Worten soll ein Wille stehen und hinter dem Willen ein Mann. Mich trifft keine Schuld, wenn es bei Ihnen anders war.«

Toni Muhr fühlte sich an die Wand gedrängt, er wusste, dass seine Sache nun zum zweiten Mal, und gleichsam in letzter Instanz, entschieden wurde. Nach der Art schüchterner Menschen, die unvermittelt zu poltern beginnen, fuhr er mit einem Male los: »Sie wollen mich demütigen, Herr Katlein! Das muss seine Grenzen haben. Ich bin entschlossen, mein Recht auf jeden Fall durchzusetzen – Gewalt gegen Gewalt, wenn es sein muss!«

Theodor Katlein hob erstaunt den Blick, dann nahm er die Brillengläser von der Nase, putzte sie umständlich und sagte: »Tun Sie das nicht, Doktor Muhr, es ist schade um Sie. Ich weiß, dass Sie hergekommen sind, um sich in Zorn zu reden und dann im Zorne irgendeine unbesonnene Handlung zu begehen. Lassen Sie das, Doktor Muhr, Sie würden es später bereuen.«

Herr Katlein sprach langsam und ohne die Stimme zu erheben. Er hatte seine Brille wieder aufgesetzt. Toni Muhr wich dem spiegelnden Blicke aus.

»Warum wollen Sie durchaus Prozesse betreiben, die im Vorhinein verloren sind?«, fuhr Theodor Katlein fort. »Warum unbedachte Drohungen ausstoßen, an die Sie nicht glauben, oder Gewaltsamkeiten begehen, die Ihre Kraft übersteigen? Mit all dem haben Sie nichts zu schaffen, Doktor Muhr, das verstehen Sie nicht. Lassen Sie die Hand von solchen Dingen, die für Sie nur Unglück bedeuten. Bei Ihnen bleibt das Beste im Gedanken stecken, im Unwirklichen, Sie können entwerfen, aber nicht ausführen, Sie erschrecken vor der Wirklichkeit, wie andere vor Gespenstern. Das ist es, Doktor Muhr.«

Toni Muhr, der aufgestanden war, setzte sich wieder. »Ich soll kampflos verzichten?«, fragte er bitter. »Sie weigern mir jede Aufklärung.«

»Aufklärung?«, erwiderte Theodor Katlein trocken. »Die will ich Ihnen nicht vorenthalten, obzwar ich« – er zog die Uhr – »ein Feind langer Auseinandersetzungen bin und nicht frei über meine Zeit verfüge. Also bitte, besprechen wir Ihren Fall. Sie wollen Ihr Recht, oder das, was Sie für Ihr Recht halten, von sogenannten juristischen Spitzfindigkeiten unterschieden wissen. Da möchte ich mir zunächst eine Frage erlauben, Doktor Muhr. Ist es Ihnen nicht aufgefallen, dass Sie mit Ihren neuen Erfindungen – ich habe die Patentanmeldungen gelesen, es sind wirklich gute Einfälle darunter –, dass Sie mit all diesen guten Einfällen so gar keinen Erfolg erzielten? Einzelnes ist Ihnen abgekauft worden, aber zu wie bescheidenen Preisen! Zucken Sie nicht die Achseln, Doktor Muhr. Der Preis, der für eine Leistung geboten wird, ist zugleich ihr Wertmesser; es gibt keinen besseren. Wer Dinge hervorbringt, die niemand bezahlen will, der spielt, doch er arbeitet nicht. Ihre Patente sind ungenützt und unverwertet, Sie hätten ebenso gut schwierige Schachprobleme lösen können. Woran liegt dies wohl, Doktor Muhr? Haben Sie niemals darüber nachgedacht? Ihr Name ist seit Ihrer Rückkehr aus der Kriegsgefangenschaft genügend bekannt geworden, bekannter vielleicht, als Ihnen nützlich war – warum also sind Ihre neuen Erfindungen ohne Erfolg geblieben?«

»Ich habe mir schon selbst diese Frage vorgelegt«, gestand Toni Muhr, »es fehlt mir an … ich habe keinen praktischen Sinn.«

»Sind wir nun endlich da angelangt!«, rief Theodor Katlein. »Es fehlt Ihnen etwas, und zwar etwas Wesentliches, wenngleich Sie es verachten. Dieses Etwas entscheidet: Es macht aus toten Gedanken lebendige Wirklichkeit.«

»Tote Gedanken –«, rief Toni Muhr.

»Gewiss«, erklärte Herr Katlein, »alle Gedanken sind tot, solange sie nicht greifbare Gestalt annehmen. Es gibt einen Tod vor dem Leben, der mindestens ebenso tief und schwer ist, wie der Tod nach dem Leben; denn es bleibt immerhin fraglich, ob ein Lebendiges sterben kann, aber das Nichtgeborene ist bestimmt dem Chaos verfallen. Durch Jahrhunderte hat man die toten Gedanken überschätzt, auch in diesem Kriege noch, und es scheint mir hohe Zeit, dass endlich einmal jene bescheidenen Leute Anwert finden, die durch ihren nüchternen Sinn und durch Sonderung des Möglichen vom Unmöglichen zur Wirklichkeit werden lassen, was sonst niemals Wirklichkeit geworden wäre. Wir brauchen keine Genies mehr.«

»So ist nicht Raum für den Geist in der neuen Welt?«, fragte Toni Muhr, »und es gibt kein Erfinden mehr?«

»Lassen Sie die großen Worte«, mahnte Theodor Katlein, »aus der Luft greift niemand etwas. Wählen wir praktische Beispiele. Hand aufs Herz: Hat es jemals Ihr Rechtsgefühl verletzt, dass jener Weltteil, den Kolumbus entdeckte, bis zum heutigen Tag den Namen des Amerigo Vespucci trägt? Und gibt es eine erstaunlichere, eine genialere Erfindung als das Telefon? Nicht wahr, nein? Nun sagen Sie mir einmal, ohne viel Überlegung, wer hat das Telefon erfunden?«

»Natürlich Philipp Reis, nicht zu vergessen Bell und Hughes«, antwortete Toni Muhr vorwurfsvoll.

»Alle Achtung«, rief Theodor Katlein. »Sie haben technische Wissenschaften studiert, und so stehen Ihnen gleich drei Namen zur Verfügung. Das allein sollte Sie schon nachdenklich stimmen. Die Erfindung rührt aber, das habe ich gestern zufällig gelesen – Sie wissen, ich lese immer nur Bücher, die ich brauchen kann –, von einem Herrn Bourceul her, einem kleinen französischen Postbeamten, der, wie Sie sehen, an der Quelle saß und doch mit seiner genialen, bis zur geringsten Einzelheit durchdachten Erfindung nichts anzufangen wusste. Später ist dann Bell mit demselben Einfall, den er von Reis übernahm, berühmt geworden, während Bourceul für seine Erfindung vom französischen Staat nach

vielem Betteln eine Pension von 2400 Franken jährlich ausbezahlt erhielt.«

»Ja, so wird es wohl gewesen sein«, sagte Toni Muhr und
fuhr sich müde mit der Hand über die Stirn, »es gibt kein
Recht.«

»Recht ist der Wille der Mehrheit«, erklärte Theodor Katlein, »und die Mehrheit will Dinge, die sie mit der Hand fassen kann und die wirklich sind.«

»Natürlich«, sagte Toni Muhr, »dagegen lässt sich nichts
einwenden.« Er stand auf, ein gezwungenes Lächeln war auf
seinen Lippen. »Leben Sie wohl, Herr Katlein.«

Er war bis zur Türe gegangen, als er hinter sich die Frage
hörte, unpersönlich, als sei sie gar nicht ausgesprochen worden, sondern seiner eigenen Brust entstiegen: »Wohin?«

Er stützte sich auf die Klinke. Wohin wollte er gehen, welches war sein Ziel? Lag wieder alles nur im Unbestimmten,
im Reiche der toten Gedanken?

»Lassen wir das Vergangene ruhen«, hörte er Herrn Katlein sagen, »und reden wir von neuen Geschäften.«

Toni Muhr wusste nicht: Bediente sich Herr Katlein ernstlich derselben Wendung, die er so lange für ihn bereitgehalten hatte, oder war er – Toni Muhr – seit jeher im Banne dieser noch gar nicht ausgesprochenen Worte Theodor Katleins
gestanden.

»Leute wie Sie kann man immer brauchen«, fuhr Herr Katlein fort, »vorausgesetzt, dass sie sich dazu bequemen, aus
den Wolken auf die Erde niederzusteigen.«

Die Rede traf von ferne her das Ohr Toni Muhrs und verwandelte sich ihm zum Bilde. Er sah Wolken übereinander
getürmt, ein ganzes Meer. Sie schwammen davon, er wollte
sie halten, doch er fiel; er fiel immer tiefer wie im Traum. Der
feste Boden kam näher, immer näher. Er sah viele Menschen
sicheren Schrittes hinwandeln, nur er schlug hart auf, weil er
aus den Wolken kam.

»Die Stelle, die ich Ihnen früher zugedacht hatte«, ergänzte Theodor Katlein, »ist vergeben. In unserer neuen Munitionsfabrik an der Südbahn finden Sie aber ein gut eingerichtetes Laboratorium und Arbeit genug.«

»Jawohl«, sagte Toni Muhr kurz, wie ehemals, wenn er von Herrn Katlein einen Auftrag erhielt.

»Ich habe leider keine Zeit mehr«, schloss Herr Katlein. Er war jetzt der Chef und sprach zu seinem Angestellten. »Ihre Gehaltsansprüche geben Sie am besten Herrn Wessely bekannt.«

»Jawohl«, bestätigte Toni Muhr abermals und verneigte sich.

Da war er also, der feste Boden. Toni Muhr fühlte sich wie ein Gefangener, der ausgebrochen ist und den man wieder in seine alte Zelle einliefert. Alles schien ihm wohlvertraut, was hatte er nur in der Freiheit gesucht, die gar nicht für ihn taugte. Hier im Gefängnis war seine Heimat, man redete freundlich zu ihm, man verzieh ihm seine unbesonnene Handlungsweise. Wozu Freiheit und hochfliegende Pläne; besser Gitterstäbe, die den Raum begrenzen!

»Sie können nächsten Montag mit der Arbeit beginnen«, ordnete Herr Katlein an. »Eine Nitroglyzerinverbindung, die wir draußen verwenden, hat sich zersetzt. Bitte, untersuchen Sie das. Auf Wiedersehen.«

Es war spät am Nachmittag, als Toni Muhr nach Hause zurückkehrte. Sogleich fragte er das Stubenmädchen Poldi, die verweinte Augen hatte, nach Lauretta und erhielt die Auskunft, die gnädige Frau erwarte ihn; sie sei im Atelier.

Lauretta saß noch immer an der gleichen Stelle wie mittags, da Toni Muhr das Haus verlassen hatte; auch ihre Augen waren gerötet. Als Toni nun eintrat, machte sie eine erschreckte Bewegung, es fiel ihm auf, wie verhärmt sie aussah.

Er setzte sich neben sie und ergriff ihre beiden Hände, die er langsam streichelte. Lauretta wandte Toni Muhr ihren Blick zu, erst betroffen, dann erstaunt, dann sehr dankbar. »Du vertraust mir«, sagte sie, »bitte sprich ein Wort, dass ich's nur spür …« Und da Toni schwieg: »Nicht wahr, du hast keinen Augenblick geglaubt, dass ich … und der Erzherzog … Du verstehst einen ja so gut, ohne dass man zu reden braucht. Aber ich darf dir trotzdem alles erzählen – das hast du mir einmal versprochen … Also dass mich der Erzherzog hat einladen lassen, das ist mir natürlich zu Kopf gestiegen. Es macht doch Eindruck, sich von einer kaiserlichen Hoheit die Cour schneiden zu lassen … Erst später ist mir klar geworden, dass es nicht beim Handküssen und bei den Artigkeiten bleibt. Sicherlich hätt' ich das von vornherein wissen können, doch anfangs lockt die Gefahr … Umso stärker hat mich dann der Schrecken gefasst. Das Unmögliche ist mir noch unmöglicher erschienen, gerade … weil es ein Erzherzog war. Ich hab nur einen Gedanken gehabt: davonlaufen. Der Gino hat mich auf die Bahn bringen müssen, noch am selben Abend. Nicht wahr, du weißt, dass sich alles genau so zugetragen hat, wie ich es dir erzähle. Früher einmal hast du mir versprochen, dass du mich jederzeit aufnehmen wirst, wenn ich Hilfe brauche, was immer geschehen sein mag. Und es ist doch nichts geschehen. Nicht wahr, du hast mich längst durchschaut, du weißt, dass ich eitel bin, aber nicht schlecht, dass bei mir die Schlechtigkeit Verstellung ist wie bei anderen Frauen die Tugend: Wenn einer Ernst machen will, graust mir vor ihm. Ich bin tugendhaft wider Willen, Toni, aber bitte, verrat mich nicht! Du hältst doch zu mir, Liebling. Wenn ich sehr schön bitte, wirst du mir verzeihen – so hast du es mir versprochen; es sind deine Worte. Und du hast mich noch lieb, es ist nicht möglich, dass du mich von dir weist. Bei dir ist man gut aufgehoben, ich komm zu dir, Toni, mir ist so elend zumute.«

Sie versuchte zu lächeln und vermochte es nicht; aus ihren Augen stürzten die Tränen.

Dieses misslungene Lächeln war für Toni Muhr überzeugender, als Worte es sein konnten. Er hielt Lauretta in seinen Armen, sie machte sich ganz klein; sehr blass und müde lag sie da, aus ihren Augen rannen noch immer die Tränen.

Zunächst wurde kein Wort gesprochen, sie schienen beide, Lauretta und Toni, von einer weiten Reise zurückgekehrt, und in ihnen war das Glück, sich doch endlich gefunden zu haben. Die warme bewegte Luft kam durch die geöffnete Glastüre.

»Wie gut«, sagte Lauretta, da sie bemerkte, dass Toni in die Sonne blickte. Sie stand auf und trat auf den Balkon.

»Wollen wir zusammen spazieren gehen?«, fragte Toni Muhr, »und im Freien essen, wie früher?«

Lauretta war gleich dazu bereit, sie setzte einen großen weißen Strohhut auf, unter dem ihr kleines Kindergesicht schon wieder unbefangen hervorlächelte.

Wie ein Vogerl, dachte Toni Muhr, mit einer Hand könnt' ich sie aufheben. Wie viel muss die Ärmste gelitten haben!

Sie fuhren nach Grinzing, wandelten Hand in Hand die Himmelstraße hinan; sie wollten im Vorübergehen den Vater Muhr begrüßen. Erst im letzten Augenblick entschloss sich Toni Muhr zu dem Geständnis, dass er in die Albumin-Werke zurückgekehrt sei.

»Das hast du getan?«, rief Lauretta erschreckt.

»Es war das Beste«, erklärte Toni. Und indem er es sagte, schien es ihm, als wüsste er nun erst, warum es das Beste war.

Auch Lauretta glaubte es zu wissen. »Hast du mich wirklich noch lieb?«, fragte sie.

Wie wenig ist Liebe, dachte Toni Muhr. Die Erkenntnis dämmerte ihm auf, wo jenes Etwas zu finden war, das höher stand als alle Leidenschaft: in der Zärtlichkeit, die man selbst zu vergeben hat, dachte er, nicht in der Zärtlichkeit, die man erwartet. Aber da er fürchtete, Lauretta werde ihn nicht verstehen, zog er sie nur an sich und küsste sie.

Der alte Muhr arbeitete in seinem Weingarten, und der warme Wind blies seine weißen Hemdärmel auf. Tief ergriffen fühlte sich der Sohn von diesem Bild. Es wird alles wieder gut, sagte er sich, da bist du nun zu Hause, es wird dir verziehen.

»Grüß euch Gott, Kinder«, rief der Alte von weitem. »Ihr kommts grad z'recht.« Und er wies auf die kleinen weißen Blüten, die allenthalben an den jungen Reben hingen. Ein betäubender süßer Duft erfüllte den Garten. »Heut wird's schwül bei der Nacht, und des g'hört sich so. Für d' Blüat muass's schwül sein, aber nur a Nacht. Dann gibt's an guaten Wein.«

Drittes Buch
Christine

E in halbes Jahr war hingegangen, aber so gleichförmig griff jetzt ein Tag in den andern, dass Toni Muhr das Vorwärtsrücken der Zeit kaum merkte. Auch an den Krieg dachte er nicht mehr, obgleich er in der Munitionsfabrik der Brüder Katlein mit ihm wieder in nähere Berührung kam. Menschen wurden niedergetrampelt, an der Front und auch daheim, der schwarze Tod ging durchs Land, wie zu des lieben Augustin Zeiten, er hatte nur einen andern Namen gewählt, hieß jetzt die spanische Seuche. Aber die Menschen riss er um wie eh und je.

Nachdenken war von Übel. Seit langem schon nahm Toni Muhr kein Zeitungsblatt mehr zur Hand: Er hörte »Tagliamento« und »Piave«, und es fasste ihn Grauen. Bomben fielen auf Venedig, die Markuskirche konnte einstürzen oder auch nur der Palazzo Barbarigo, in dem Tizian starb. Was galt Tizian in der neuen Welt, der wirklichen Welt Theodor Katleins, die für tote Gedanken keinen Raum bot.

Dann sprach man vom Frieden – wie oft vorher war die trügerische Hoffnung zunichte geworden. Zu Weihnachten begannen die Besprechungen; das Licht würde aus dem Osten kommen, so hieß es: Friede auf Erden und den Menschen ein Wohlgefallen. Doch alles schlug wieder in Enttäuschung um – eine große Gelegenheit versäumt, die Menschheit entzweit auf immerdar.

Eines Tages, vor dem Kriegsministerium, begegnete Toni Muhr dem Kellner Eduard. In einem fadenscheinigen Überrock, grau und verfallen, wartete dieser auf seine Einlasskarte. Die bürgerliche Alltagskleidung und die helle Beleuchtung der Straße ließen seine Hilflosigkeit noch deutlicher hervortreten. Er schien sich auf freien Wegen, die nicht links und rechts von Kaffeehaustischen begrenzt waren und wo man Verschüttetes nicht gleich mit dem Wischtuch entfernen konnte, nur schwer vorwärts zu tasten.

»Mein Bub ist gefallen, Herr Doktor«, sagte er, als Toni Muhr ihn begrüßte. Ohne Aufschrei sagte er es und ohne merkbare Erregung, nur mit dem tiefernsten Ausdruck des gefurchten Antlitzes, den Toni Muhr seit Jahr und Tag an ihm kannte. Immer schon hatte er Trauer getragen um den Sohn, auch als dieser noch lebte. Sein Dasein war im Voraus von dem Verlust überschattet gewesen, der sich als unabwendbar erwies. »Wanns vor vierzehn Tag Schluss g'macht hätten«, klagte der Kellner Eduard, »so lebet mein armer Bub noch.«

»In Cattaro haben die Matrosen gemeutert«, erzählte ein weißhaariger Mann, der in der schlotternden Uniform irgendeines Kriegervereins Nachtdienst leistete.

»Ich will den Leichnam holen«, begehrte der Kellner Eduard auf, »keiner weiß, wos 'n eingraben hab'n, meinen Buben; der eine schiebt's auf den andern. Zum dritten Mal haben s' mich herbestellt: gut, da bin ich. Jetzt müssens mir 'n do' geb'n, jetzt gehört er do' mein, jetzt, wo er tot is.«

An einem Pfeiler des Kriegsministeriums wurde gerade ein weißer Bogen befestigt, Neugierige strömten herbei: »Brotfriede«, hörte man vorlesen, »ukrainisches Mehl ... Brotfriede.«

Toni Muhr erinnerte sich, dass er im Ministerium eine Bescheinigung holen sollte, auf Grund deren man bei einer bestimmten Abgabestelle verschiedene Lebensmittel erhalten konnte; um diesen wichtigen Zettel zu besorgen, hatte er ja einen halben Tag Urlaub erbeten.

Sonst fuhr er immer schon frühmorgens mit dem ersten Südbahnzug in die Fabrik. Im Dunkeln verließ er die Stadt, im Dunkeln erst sah er sie wieder, und der ganze Tag verlief trübe, als ob er im Nebel wandelte. An Arbeit war kein Mangel, aber alles, was er da werkte, ging ohne innere Beteiligung vor sich, so dass er am Abend, wenn er mit schmerzendem

Rücken wieder im Zuge saß, oft genug meinte, nur Müßiggang habe ihn so müde gemacht. Die Hände waren leer, und der Kopf war leer, die Tage glichen einem Sieb: Was man hineingoss, zerrann.

Das Hauptgebäude der Katlein'schen Fabrik stand inmitten alter Parkanlagen aus der Zeit Maria Theresias. Allmählich im Kriege waren dann altehrwürdige Bäume gefallen, man hatte dunkle Taxushecken achtlos niedergelegt, um Raum für die neuen Objekte zu gewinnen, die immer weiter sich in die grüne Landschaft fraßen und ringsum Lebendiges zu grauer Öde verkehrten. In einem der Gebäude wurde Stickstoff aus der Luft hergestellt, in einem anderen allerlei Gewebe zu Schießbaumwolle zerzupft und durch besondere Schwemmanlagen geleitet. Hier erzeugte man Pikrin für kleine Granaten, dort Toluol für die weittragenden Geschosse, in mehrstöckigen Retorten brodelte Salpetersäure, von kühlenden Wasserfällen bespült; gemauerte Türme behüteten große Mengen Karbid, dessen Bodensatz in einen kleinen See rieselte.

Am meisten gefürchtet aber war ein abseits gelegenes Objekt, das aus mehreren Reihen niedriger lehmfarbener Erdhügel bestand, deren jede eine Art gespenstiger Höhle umschloss. Ein riesenhaftes Glasgefäß war hier aufgestellt, in das zwei Röhren mündeten: aus dem einen rann Schwefelsäure, aus dem anderen Salpetersäure, und beide vermengten sich in der Mitte zu hellgelbem Nitroglyzerin. Ein Vorarbeiter überwachte diesen Prozess, und wenn er in dem Glasgefäß auch nur die geringste braune Trübung bemerkte, musste er sofort das Alarmzeichen geben, denn im nächsten Augenblick schon konnte der vernichtende Zündschlag erfolgen. Für so gefährlich galt die Nähe des tückischen gelben Saftes, der hier bereitet wurde, dass man ihn kannenweise von Arbeitern, die auf Laufteppichen vorübergeführt wurden, abholen ließ. Einmal nur hatte man den Versuch gewagt, die Kannen auf einer Werkbahn befördern zu lassen, aber als der erste Wagen über eine Weiche lief, war er mitsamt den beiden Arbeitern, die ihn begleiteten, zu Staub zerblasen worden.

Durch alle diese Schrecknisse wandelte Toni Muhr gleichmütig, bald an dieser, bald an jener Stelle zur Arbeit befohlen; seine Gedanken blieben auf das Nächste gerichtet, auf den Bruchteil der Minute, die bevorstand, weiter kam er nicht. Und mit Entsetzen stellte er fest, dass es auch den meisten anderen Menschen so erging, wie ihm selbst; sie schienen nur von einer Mahlzeit zur anderen zu denken. Auf der Straße, in der Eisenbahn vernahm man Gespräche, die um des Lebens armseligste Notdurft sich drehten; die Mechanik des Essens, das Herbeischaffen der Lebensmittel erfüllte alle Einbildungskraft. Toni Muhr war es, als hörte er immerdar das hässliche Geräusch eines kauenden Mundes.

Des Morgens, wenn er zur Südbahn ging, standen dunkle Haufen lange Straßenzeilen entlang und warteten; an das Gitter des Stadtparks gedrückt bis zur Großmarkthalle standen sie da, Frauen und Kinder, auf dem Schwarzenbergplatz warteten sie – überall warteten sie. Es schienen immer wieder dieselben Leute, zu Marschkolonnen gereiht, doch unbeweglich in der grauen Uniform des Leides. Toni Muhr begegnete der übernächtigen Schar des Morgens, wenn er zur Arbeit fuhr, und des Abends, wenn er heimkehrte, fand er sie an derselben Stelle wie zu Stein erstarrt. Und rückten doch vorwärts, ein unsichtbarer Moloch schlang sie ein.

Die Not wuchs. Damen der Gesellschaft, Frau Johanna voran, verteilten in eilig ausgestellten Garküchen magere Armensuppe. In kaiserlichen Wagen wurde Kohle durch die Straßen gefahren, weil es an den nötigen Gespannen fehlte. Wohlgenährt und gravitätisch stapften die Pferde dahin; vornehm in ihre Pelzmäntel gehüllt, den Dreispitz auf dem Kopf, den Zügel in der behandschuhten Faust, lenkten die glattrasierten Hofkutscher das ungewohnte Gefährt, voll guten Willens die meisten, doch irgendwie fehl am Ort. Dies alles hatte das Ansehen eines makabren Karnevals.

In der Grabeskälte der Welt war eine Spannung wie nie zuvor. Ein Zeichen Gottes tat Not, ein Blitzstrahl, der durch Schnee und Eis die erstarrte Erde traf. Toni Muhr wusste, dass die gebeugte Menschheit, die ewig vor verschlossenen Toren »angestellt« war, noch anderes erwarten musste als Haferreis und Wrucken. Es war ihm, als stünde er selbst immerdar mitten unter den Wartenden, und wie dereinst bei seinem Prozess, fühlte er, dass »es« sich ereignen musste – in seinem kleinen, furchtbar eingeengten Leben, wie in der Welt. »Es« musste kommen, das Unbekannte: um sein zerstörtes Dasein zu ordnen. Ihm selbst war jeder Einfluss entzogen, er zählte nicht mehr, von außen her musste »es« die Entscheidung bringen. »Es« war vielleicht schrecklicher noch als das Vorhergegangene, aber es zerteilte die Nebel, es hob das Warten auf, es führte in die Klarheit.

Sehr erstaunt war Toni Muhr über die leichte Art, mit der Lauretta die neuen schwierigen Lebensumstände auf sich nahm. Die Unsicherheit des täglichen Daseins, das Unberechenbare des sonst Herkömmlichen und Gewohnten schien sie viel eher zu belustigen als zu erschrecken. Alles Unregelmäßige wurde ihr zum Spiel, zur »Hetz«. Sie gewann der Jagd nach Lebensmitteln eine Abenteuerstimmung ab, die ihr neuer Grund zu guter Laune war.

Stundenlang konnte sie des Abends von ihren Fahrten durch die Stadt erzählen: wer sie begleitet habe und wem sie begegnet sei und welcher besonderen Bevorzugung sie sich erfreue und wie sie mit einem freundlichen Wort vieles ausrichte, was andere mit viel Geld nicht zu erreichen vermochten.

Allerdings geschah es dann zuweilen, dass um der besonderen Wohlfeilheit willen mancherlei Vorräte ins Haus kamen, die nur schwer aus dem Monatseinkommen bezahlt werden konnten, das Toni Muhr jetzt bezog. Oder Lauretta kaufte etwa ein großes Paket Kerzen, weil das knapp bemessene elektrische Licht jeden Augenblick eingestellt zu werden drohte, und zündete sie dann am Abend, wenn Gäste kamen, alle auf einmal an, um die schönen Girandolen zur Schau stellen zu können, die sie tags zuvor ihrer Mutter abgebettelt hatte.

Lauretta wurde nicht müde, die eigene Wirtschaftlichkeit zu rühmen, und fühlte sich nur von ihrem Bruder Rudi Saluzzo übertrumpft, der jetzt wahre Orgien der Geschäftigkeit feierte. Er war Helfer in aller Not, er war berühmt und umworben, man buhlte um seine Gunst. Hier sollte er eine Quelle für Weizenmehl erschließen, dort einen Schleichhändler stellig machen. Rudi Saluzzo war der Nährvater aller seiner Bekannten, für ihn gab es kein Kartensystem und keine Wochenration und keine Sparmaßnahmen. Im Umgehen von Vorschriften entfaltete er geradezu Genie, Verordnungen waren dazu in der Welt, damit man seine Geschicklichkeit an ihnen erprobte. Dem amtlichen Stacheldraht auszuweichen, so erklärte er seinem Schwager Toni Muhr, dies sei der eigentliche k. k. österreichische Sport, der einzige bodenständige neben dem Kraxeln auf die Berge.

Rudi Saluzzo wusste immer das aufzuspüren, was gerade fehlte oder verboten war. Er verstand es sogar, das Herz des früheren Türstehers im ungarischen Ministerium und Portiers in der Stallburggasse, des Herrn Nagy, zu rühren, der seinen neuen Geschäften in einem Kaffeehause der Praterstraße oblag und den ein Duft von frischer Butter und Eiern und anderen Köstlichkeiten wie in eine Wolke von Vornehmheit hüllte. Wenn Rudi Saluzzo eintrat, grüßten ihn die Stammgäste mit einer gewissen Ehrfurcht, drängten sich an ihn heran, und es bereitete ihm Vergnügen, sich ihrer Sprache zu bedienen und sie zu übervorteilen.

Rudi Saluzzo war auch der unzertrennliche Freund Alexander Katleins geworden, der, je schwieriger sich die Verhältnisse gestalteten, mit umso größerem Ergötzen – wenn auch hinter sorgfältig geschlossenen Vorhängen – Feste veranstaltete, die bis zum Morgengrauen dauerten. Der Maler Hlusin und Rudi Saluzzo waren seine Berater.

Man konnte sich kein ungleicheres Gespann vorstellen. Rudi Saluzzo war voll ungeheuchelter Spielfreude am Werk, mit dem Rücken gegen die finster drohende Wirklichkeit – »Man muss dem Mann helfen, sein Geld unter die Leute zu bringen« –, während der tschechische Maler böse und höhnisch an der Mummerei teilnahm, gegen sich selbst wütend, weil man ihn dafür bezahlte, und gleichsam nur, um dabei zu sein, wenn all das Verhasste im entarteten Rhythmus eines Foxtrott zugrunde ging.

Herr Alexander Katlein unterhielt jetzt Beziehungen zu einer ungarischen Tänzerin namens Ethelka Bartos, die acht Tage lang mit einem Budapester Aristokraten vermählt gewesen war und schon anlässlich ihrer Ehescheidung – bei der die Zeugenaussage eines verliebten Büchsenspanners nicht geringes Aufsehen verursachte – wie auch in der Folgezeit viel von sich reden gemacht hatte. Es gab da eine Duellaffäre im Nationalkasino, sogar eine Interpellation im ungarischen Abgeordnetenhaus, wegen einer nicht ganz einwandfreien Verquickung von Politik und Geschäft, bei der ebenfalls Gräfin Ethelka genannt worden war. Dann begann man ihren Namen schon zu vergessen, als sie plötzlich mit dem jungen Vicki Urban, dem Sohne des bekannten Grazer Obersten, in Wien auftauchte. Sie trug Pflegerinnentracht, und man erzählte, sie habe den jungen Menschen, den sie in einem Lazarett kennen gelernt, dazu verleitet, ohne Bewilligung seiner vorgesetzten Behörde mit ihr nach Wien zu reisen.

Vicki Urban war der nämliche junge Fähnrich, der ein Jahr vorher bei der Heurigenmusik des alten Muhr Herrn Alexan-

der Katlein für die Untreue der Schauspielerin Moreno verantwortlich gemacht hatte. Es schien die Bestimmung des
bildhübschen jungen Menschen zu sein, dem äußerlich so
wenig empfehlenswerten Mitbesitzer der Albumin-Werke
als seinem Widerpart an allen Kreuzwegen seines Lebens zu
begegnen und von ihm gerade da ausgestochen zu werden,
wo sonst zu siegen das geheiligte Vorrecht der Jugend ist.

Wenige Tage nach ihrer Ankunft in Wien war Gräfin
Ethelka die Freundin Alexander Katleins geworden, der trotz
seiner gemeinen Züge und seines lauten, abstoßenden Wesens doch etwas Besonderes haben musste, das die Frauen
bezwang. Sein Reichtum allein konnte es nicht sein; die
Summen jedenfalls, die Herr Katlein für seine neue Freundin
aufwendete, waren viel weniger ein Geschenk als eine güns-
tige Vermögensanlage, da die Gräfin, Pflegeschwester und
Tänzerin, den Albumin-Werken wichtige Beziehungen zu
einem ungarischen Minister vermittelte, der vor kurzem
noch die Subventionierung eines Budapester Unternehmens
befürwortet hatte, um den Katlein'schen Betrieben Konkur-
renz zu bieten. Dieses Projekt wurde nun fallen gelassen; der
Verzicht des Ministers war sozusagen die Mitgift, die Gräfin
Ethelka in die Flitterwochen ihrer Beziehungen zu Alexander Katlein einbrachte.

Der arme Vicki Urban hatte nicht das richtige Verständnis
für so viel klugen Geschäftssinn; seine Leidenschaft, die
ohne Bedenken war, ließ ihn wiederholt den Versuch wagen,
in die Wohnung Alexander Katleins einzudringen, und da
ihm dies nicht gelang, rief er Herrn Katlein zum Telefon, um
dem also Überraschten, keuchend vor Wut, für die nächste
Zukunft umso schlimmere Züchtigung anzudrohen. Indessen bot sich dem erzürnten Fähnrich derzeit keine Möglichkeit, dieses Vorhaben auszuführen. Zum Ersten, weil er noch
immer seinen rechten Arm in der Schlinge trug, und zwei-
tens, weil sein Vater, der Oberst, unvermutet in Wien eintraf

und dem Sohne zwar Nachsicht für das eigenmächtige Verlassen des Lazaretts erwirkte, zugleich aber dessen »Stelligmachung« beim Regimente persönlich übernahm.

Vor seiner Abreise richtete Herr Urban junior noch einen verzweifelten Brief, von der kranken Hand mühsam auf tränenfeuchtes Papier gekritzelt, an Ethelka, mit dem Angebot, sie trotz allem, was geschehen war, auf der Stelle zu heiraten, und einen zweiten, vornehm in die Schreibmaschine diktierten, von zwei freiwilligen Zeugen unterfertigten, voll wilder Schmähungen, an Herrn Alexander Katlein, mit der Schlusswendung: Auf Wiedersehen!

So blieb es dem glücklichen Sieger vorläufig wohl erspart, seinem jugendlichen Nebenbuhler Rede und Antwort zu stehen, nicht aber, im Schoß der eigenen Familie sich verantworten zu müssen. Die Aussprache mit seinem Bruder Theodor war da keineswegs das Schlimmste. Ohne Scheu riss Alexander Katlein die Polstertüre auf, die zum Arbeitszimmer des Gestrengen führte. Vor dieser Polstertüre saß Herr Wessely, geduckt und zum Sprunge bereit wie ein treuer Wachhund; sichtlich gut gelaunt, beide Hände in den Hosentaschen vergraben, schritt Herr Alexander Katlein an ihm vorüber, als einer, dem man »nichts vormachen« kann und der alle schön bemalten Kulissen von der Rückseite her kennt.

Seinem Bruder Theodor fühlte er sich, wenn sie Aug in Aug ohne Zeugen einander begegneten, wohl gewachsen. Schon das laute Wesen Alexanders verscheuchte die Würde und Gemessenheit, die zum unentbehrlichen Requisit Theodor Katleins gehörten. Sie konnten vor dem schallenden Lachen, das zwischen den zerquetschten roten Lippen des Bruders hervorquoll, nicht bestehen; was auf andere wirkte, hatte über ihn keine Macht.

Alexander Katlein flocht in seine farbige Rede tschechische Worte ein: »*Jak se máš bratřičku*« – was zu übersetzen war: »Wie geht's dir, Bruderherz?« Er führte längst verstorbene Onkel und Tanten als Zeugen an, deren Weisheitssprüche er zitierte. Er sagte: »Denkst du noch, wie wir …« Was in einer bezeichnenden Wendung seiner mährischen Jugendzeit so viel bedeutete wie: »Erinnerst du dich …?«

Und Theodor Katlein erinnerte sich nur allzu gut. Er blickte in das hässliche, bartlose Gesicht seines Bruders, und da war alles, was er vergeblich vor sich selbst zu verdecken suchte, seine eigene Vergangenheit, die er hasste und die in ihm doch lebendig blieb; man musste sie erdulden. Was halfen alle Mahnungen, alle Zornesausbrüche: Der Bruder, der vor ihm stand, Zerrspiegel des eigenen Wesens, ließ sich nicht verleugnen. Es konnte nur geschehen, dass auch Herr Theodor Katlein im Affekt die Herrschaft über seine künstlich gesteigerte Sprache verlor, aus der kein Weg in eine lebendige Umwelt führte, um sich plötzlich halbvergessener Urlaute bewusst zu werden. Der Bruder stand da: »Denkst du, wie …« Alexander Katlein war der Stärkere, sein gemeines Lachen erfüllte noch immer den Raum, wenn er die Polstertüre schon längst wieder hinter sich hatte zufallen lassen.

Schwieriger freilich erschien es Herrn Alexander Katlein, dem Zorne seiner drei arg erbosten Söhne Hans, Walter und Karl zu begegnen, von denen Hans und Karl Getreidetransporte in der Ukraine überwachten, während Walter jetzt dem Hauptquartier in Baden zugeteilt war und keine Gelegenheit versäumte, den Vater wegen seines sittenlosen Lebenswandels zur Rede zu stellen.

Walter Katlein hatte sich zu Kriegsbeginn mit der Verkäuferin eines Tabakhauptverschleißes kriegstrauen lassen und dem Vater plötzlich die Schwiegertochter, als sie Kindersegen erwartete, ins Haus geschickt; umso wichtiger erschien es ihm, dass der Vater keinen Anlass zu überflüssigem Gerede gab. Walter Katlein wurde in dieser Meinung durch seine junge Frau bestärkt, die sich sehr schnell in ihre neue Rolle gefunden hatte, sie sprach von Familienehre und von Pflichten dem Namen Katlein gegenüber, so dass Alexander die Hände über dem Kopf zusammenschlug und erschreckt ausrief: »Der reinste Theodor!«

Die junge Frau Katlein unterstützte ihren Gatten auch in seinen neuen »künstlerischen Bestrebungen«, wie sie es nannte, und begleitete ihn zu den vielen Tandlern der Vorstadt, bei denen Walter einer plötzlich erwachten Sammelwut frönte. Er hatte den Plan gefasst, das Haus in der Prinz-Eugen-Straße mit einem Schlage von Grund auf zu verwandeln, und zwar nicht nur die Räume, die ihm selbst zugewiesen waren, sondern auch die Wohnung seines Vaters, in der bald viele Andenken fremder Vergangenheit die eigenen unbequemen Erinnerungen verdrängen sollten.

Wenngleich zürnend ob der bedeutenden Geldausgabe, so doch innerlich geschmeichelt, schritt Herr Alexander Katlein durch die Galerie alter Meister, die sein Sohn ihm bescherte. Seine eigene Beziehung zur Kunst war bisher eine durchaus naive gewesen, er hielt es mit den Lebenden, bestellte bei dem Maler Zdenko Hlusin die Bildnisse der Frauen, die seinem Herzen nahe standen – zuletzt das Porträt der Gräfin Ethelka –, und machte sich so, indem er die Kunst förderte, auf seine Art bezahlt. Nun aber spielte Herr Alexander Katlein bei festlichen Anlässen den Fremdenführer im eigenen Hause, lobte einzelne Bilder und bückte sich, um die Namen der Maler von den Schildern abzulesen, wenn wissbegierige Gäste Aufklärung verlangten.

Bei solchen Festen, zu denen Walter Katlein und seine Frau sehr planvolle Einladungen ergehen ließen, geschah es regelmäßig, dass unter so viel gut Abgestimmtem und klug Entworfenem irgendeine wichtige Einzelheit im entscheidenden Augenblick versagte: dass zum Beispiel Herr Alexander Katlein sich plötzlich unten an den Tisch setzte – weil er dies für notwendige Bescheidenheit hielt – und seine

Tischdame am Mittelplatze einem Gaste überließ, den er zu ehren gedachte. Oder dass er nach erlesenen Tafelfreuden für seine Gäste einen Haufen billiger Zigarren formlos aus der rechten Rocktasche zog, während ein schneller Griff in die linke Tasche ihn selbst mit einer duftenden Havanna versorgte.

Die überraschende Einzelheit, auf die es ankam und die dem ganzen Abend das eigentliche Katlein'sche Gepräge gab, konnte auch von ihm selbst unabhängig sein und sich wie zufällig ereignen, etwa indem ein Diener hinfiel und den schwarzen Kaffee auf Seidenkleider verspritzte, oder dass in der Garderobe ein kostbarer Zobelpelz vertauscht wurde und die erboste Verlustträgerin einen Weinkrampf bekam. Dieser störende oder peinliche Zwischenfall durfte nicht fehlen.

So geschah es einmal, dass Herr Alexander Katlein aus einer Gesellschaft ins Vorzimmer gerufen wurde. Toni Muhr, der gerade anwesend war, erkannte durch den Türspalt die verwahrlosten Züge Simon Lamms. Dann hörte er ein erregtes Gespräch, wenngleich die einzelnen Worte nicht zu verstehen waren, und endlich kehrte Herr Alexander Katlein sichtlich verstört zurück und knöpfte noch an der rückwärtigen Hosentasche, in die er eben erst sein Portefeuille versenkt haben musste.

Toni Muhr war seinem Kriegskameraden vor kurzem nahe der Südbahn begegnet. »Wie geht's meinem Freund Alexander?«, hatte Simon Lamm spöttisch gefragt, um selbst gleich fortzufahren: »Im Grunde genommen ein guter Mensch. Er sieht ein, dass die Leute, die Glück haben, für ihre Kollegen sorgen müssen, die im Pech sitzen.«

Dies alles war ungemein widerwärtig, aber Toni Muhr ließ es sich kaum zu Bewusstsein kommen, es gehörte mit zu dem schrecklichen Dämmerzustand, in dem er sich jetzt fortgesetzt befand. Die Wirklichkeit lag wie ein schwerer Alp auf seiner Brust. Er ging des Abends zu Alexander Katlein in

Gesellschaft, wie er tagsüber in der Katlein'schen Fabrik stand, selbst eine Maschine, dem gleichmäßigen Zuge des Treibriemens gehorchend. Am liebsten wäre er auch des Nachts draußen geblieben, der Stadt ferne, deren lautes Wesen nicht zu der gespenstigen Art seines jetzigen Daseins taugte.

Aber das ging nicht an, Laurettas wegen; sie brauchte die Stadt, sie bedurfte des Zusammenklangs vieler Stimmen, um sich selbst zu hören. Im Dunkel der Zeit schien sie sich zu fürchten, wie ein Kind in finsterer Stube.

Ohne dass es großer Aussprache bedurft hätte, ahnte Toni Muhr nur allzu gut, wie sehr Lauretta unter der Vereinsamung leiden musste, die ihr seit jenem unglückseligen Prozess auferlegt war. Die Welt hatte Toni Muhr verurteilt, die Welt verstieß ihn, man rückte von ihm ab. Aber bedeutete es nicht neue Ungerechtigkeit, dass Lauretta eine Schuld büßen musste, die ihr fremd war? Ihm hatte man Vereinsamung als Strafe zugedacht, doch nur Lauretta wurde von ihr getroffen, sie, die niemals Besseres für sich begehrt hatte, als die Meinung der anderen zu teilen, deren höchster Ehrgeiz es war, bei jedem Worte, das sie sprach, den Wunsch des Hörers zu erraten, ihm auf halbem Wege entgegenzukommen, nur das zu sagen und zu denken, was Beifall fand.

Die allgemeine Verengerung des Lebenskreises, die jedem Einzelnen nun beschieden war, schien Lauretta schwerer als sonstige Entbehrung zu tragen. Ihr ganzes Wesen war auf Dialog eingestellt, verlangte nach Zusammenspiel. Die Abende bei Alexander Katlein nahm sie als letzte Zuflucht, ohne viel ihrer zufälligen Partner zu achten; sie harrte nur des Stichworts, das sie aufrief.

Toni Muhr aber maß an der Art der Geselligkeit, die ihm jetzt beschieden war, die Tiefe seines Falls, und er bemerkte, dass es auch anderen so erging. Das Zusammensein mit Menschen war fürderhin Qual; zwang man ihm Festlichkeiten

auf, so kehrte es sich ins Gemeine. Oft gedachte Toni Muhr
an den lauten Abenden, da er die Gastfreundschaft Alexander Katleins über sich ergehen lassen musste, des fernen gedämpften Lichterglanzes und des halblauten Stimmengewirres von einst, das einer dunklen und wohllautenden Frauenstimme Hintergrund gewesen war. Toni Muhr brauchte nur die Augen zu schließen, und die Stimme war da, ihm zur Seite, den Raum erfüllend.

Er hatte jetzt so viel Macht über sich gewonnen, dass er dem verlockenden Klang dieser Stimme ungefährdet lauschen konnte. Ja, es gelang ihm, sich ihrem Einfluss gelegentlich zu entziehen, im gleichmäßigen Hämmern des Tagwerkes ihrer zu vergessen. Nur zur Zeit, da man des Abends die Lichter ansteckte, schlug unweigerlich ihre Stunde. Durch alle bunte Narrheit seiner Träume, in vielen Verwandlungen, abstoßend und lockend, begegnete ihm körperlos und körperlich, wie Träume sind, stets aufs Neue diese Stimme.

Nacht um Nacht fühlte sich Toni Muhr in denselben Traum verfangen, Verstrickung der Liebe, höchste Seligkeit, Lust, die wehe tat. Ein Page ritt auf weißem Pferd – als er näher kam, erkannte Toni Muhr, dass es eine Frau war. Sie saß auch gar nicht mehr auf ihrem Zelter, sondern in einem Automobil. Er selbst aber musste auf schnaubendem Ross hinter ihr herjagen; verzweifelt klatschte seine Peitsche nieder, die Entfernung wurde immer größer, nur eine Rose fiel, aus der Ferne geschleudert, vor ihm nieder, sich aufblätternd, da er sie vom Boden hob und, im Traume wehklagend, an seine Lippen drückte. Mitten im Kelch der Rose aber – als dem Inbegriff ihrer Süßigkeit – begegnete ihm die Stimme Maria Jadwigas. Vornüber beugte sich Toni Muhr, um die Stimme in sich einzusaugen. Da bemerkte er, dass er auf einem Turm stand, unter sich die Tiefe. Und er fiel, immer tiefer fiel er, begleitet von einem Regen herbstlicher Blätter, die der Wind davontrug.

Dieses waren die Träume Toni Muhrs. In Wirklichkeit hatte er nur ein einziges Mal von Maria Jadwiga erzählen gehört, als sie nämlich dem Baron Schönkirchen ihr Haus verwies. Der Vorfall hatte in Wien großes Aufsehen verursacht, Baron Schönkirchen war mit Hilfe der Fürstin Lubecka zum Gesandten und bevollmächtigten Minister ernannt worden, und er hatte in den Tagen von Brest-Litowsk als geheimer Unterhändler wichtige Reisen nach Warschau unternommen. Als nun die Abtretung des Cholmer Landes bekannt wurde, empfing ihn die Fürstin mit Worten schneidenden Hohns. »Die Kandidatenlösung für Polen«, rief sie – »*quelle trouvaille!*[1] Wir werden einen Kandidaten zu finden wissen ...« Wie ferne war die Zeit, da Fürstin Lubecka für die Familie des ihr befreundeten Erzherzogs in Warschau umsichtige Intrigen angesponnen hatte. Wie schnell wurde jetzt überhaupt alles Gegenwärtige zu Vergangenem.

Unter einer dichten Schneeschicht lagen die Träume; des Abends stiegen sie auf, flatterten als Nebel vor Toni Muhr einher, wenn er, vom Südbahnhof kommend, müde und schwer durch die Straßen stapfte. Er blickte zu seinem Haus hinauf, im Atelier blinkte ein Licht, als wäre es dort in froheren, glücklicheren Tagen vergessen worden. Freude erfüllte sein Herz, er wusste nicht warum; statt sich des Aufzugs zu bedienen, lief er die Treppen empor, immer zwei Stufen zugleich nehmend, wie in seiner Knabenzeit.

Oben an der Wohnungstür empfing Lauretta den Atemlosen. Sie war sehr bleich, seit einiger Zeit schon hatte sie sich nicht wohl gefühlt; der Doktor war eben fortgegangen. Sie erwartete ein Kind.

2

Der Arzt war Dr. Wolfgang Grabner, ein Neffe des Abgeordneten Grabner und zugleich ein Neffe Alexander Katleins. Toni Muhr hatte ihn bei seiner Musterung kennen gelernt und ihn später aufgesucht, um sich zu vergewissern, ob dem Doktor nicht aus seinem Widerstande gegen den militärischen Eifer des »Onkel Danilo« Schaden erwachsen war. Seither wurde Dr. Grabner stets gerufen, wenn Toni Muhr oder Lauretta ärztlicher Hilfe bedurften. Beide schätzten an ihm, dass er mit großer Sicherheit den Punkt herausfand, der schmerzte, und dass seine Berührung zugleich der wunden Stelle schonungsvoll aus dem Wege ging. Nähere Bekanntschaft zeigte, dass solche Behutsamkeit sich nicht nur von ärztlicher Kunst herschrieb, sondern darüber hinaus menschliches Bekenntnis war.

Dr. Grabner sagte: »Man kann das Leben nicht meistern, man kann ihm nur ausweichen. Wir Österreicher vertragen grobes Zugreifen nicht; denn ein Traum ist unser Erbteil. Unser Schicksal ist von einer fernen *Laterna magica* auf eine weiße Leinwand geworfen. So dauert Österreich fort: als Luftspiegelung, man darf es nicht anrufen und nicht die Hand danach ausstrecken, sonst zerrinnt es. Aber als Spiegelung ist es etwas sehr Schönes.«

Toni Muhr erinnerte sich, dass der alte Exzellenzherr einmal gesagt hatte, Österreich sei vielleicht das Sichtbarwerden eines Sternes, den es in Wirklichkeit gar nicht mehr gebe. Klang das nicht ganz ähnlich? In der Luft war Entmutigung, Verdrossenheit, stumpfes Erwarten eines unbekannten Verhängnisses, an das niemand glaubte.

Aus dieser Zeit heraus sollte Toni Muhr ein Kind geboren werden. Die Erfüllung eines schmerzlich heißen Wunsches schien nahe. Aber war es noch sein Wunsch? Er sagte sich: Alles hat nun wieder einen Sinn, es gibt Zukunft, es gibt Verewigung. Aber welches sollte die Zukunft sein und was konnte sich denn verewigen?

Wieder musste Toni Muhr staunend wahrnehmen, dass Lauretta sich mutiger als er selbst zu dem Neuen stellte, da es ihr nun einmal beschieden war. Früher hatte sie es angstvoll von sich gewiesen. »Es ist zu schwer für mich, du kannst meinen Tod nicht wollen« – das waren ehemals ihre Worte gewesen. Auch an jenem ersten Abend, da ihr der Arzt Klarheit gebracht hatte, war sie vor dem Unerwarteten heftig erschrocken. Aber Dr. Grabner verstand es, mit so leichter Art von ihr die Angst zu nehmen, das Bedrückende aufzulösen und von dem Nahen und Schweren in das Hoffnungsreiche und Ferne hinüberzulenken, dass Lauretta, wie es ihrer eigentlichen Natur entsprach, sich an dieses Festliche klammerte und das Unerwünschte vor sich selbst verbarg.

Da an ein Vergrößern der Wohnung nicht gedacht werden konnte, bot ihr eine neue sinnvolle Einteilung der wenigen Räume, die zur Verfügung standen, erwünschte Geschäftigkeit; das Einkaufen der Kinderwäsche, das Knüpfen rosafarbener und himmelblauer Bänder war ganz nach ihrem Sinn, und der bloße Gedanke, dass ihr Taugenichts von Bruder nun ernsthafter Onkel werden sollte, konnte ihr stundenlang Quelle des Lachens und der Freude sein.

Sehr behagte es ihr, Dr. Grabner jederzeit zu sich bescheiden zu können. »Ein Arzt ist eine männliche Freundin«, sagte sie, »das habe ich mir schon lange gewünscht.« Auch Toni Muhr machte den Doktor zu seinem Vertrauten und verlangte ärztliche Voraussicht nicht nur für den Zustand Laurettas, sondern für das Allgemeinbefinden der Welt. »Was soll mit uns geschehen?«, lautete oft genug seine Frage.

Und Dr. Grabner entgegnete: »Was könnte denn geschehen, was nicht schon geschehen wäre. Mein Onkel, der Politiker, glaubt: Wenn er die Notwendigkeit Österreichs im letzten Augenblick noch recht eindringlich klar legt, so müsse es ihm gelingen, das unsinnige Schicksal zu überzeugen. Er weiß sehr wohl, dass alles Beschwören und Warnen zu spät kommt. Seiner Lebendigkeit widerstrebt es nur, sich offen einzugestehen, dass er selbst ein Schatten ist und gegen Schatten kämpft ...«

»In einem kleinen Ort der mährischen Karpaten«, fuhr Dr. Grabner fort, »steht das Haus, in dem ich geboren bin, wie mein Vater auch und mein Großvater und mein Urgroßvater. Eine ganze Reihe von Geschlechtern haben Deutsch redend mitten unter Tschechen in Eintracht und Frieden gelebt. An dem Tage aber, als mein Vater starb, ist das Haus niedergebrannt worden, von denselben Menschen oder den Söhnen derselben Menschen, die uns vorher nahe standen. Ihre hasserfüllten Drohungen klingen mir noch im Ohr. Meine Mutter, die als Fremde in dieses Haus gekommen ist, hat es dann wieder aufgebaut, noch heute wohnt sie dort, einsam, als eine alte Frau, und will nichts davon hören, dass sie zu mir käme, der ich ihr einziges Kind bin. Sie kann sich von dem Hause nicht trennen, eine Leibeigene des Bodens ist sie – *glebae adscripta*; sie lebt in einer Scheinwelt, die Scholle hat uns verstoßen, das Haus ist niedergebrannt. Aber sie will da begraben sein – das ist unser Schicksal!«

Aus solcher mühsam erkämpften Ruhe und der Genugtuung teilnehmender Gespräche wurde Toni Muhr durch die Mitteilung gescheucht, Dr. Hengel sei aus dem Felde zurückgekehrt. Toni Muhr hatte sogleich das Gefühl, dieses Ereignis treffe ihn näher, als sich zur Stunde vielleicht erkennen ließ. Die Gestalt Dr. Hengels, den er verloren geglaubt hatte und der mit einem Male wie aus der Unterwelt emportauchte, war für ihn schicksalhaft genug. Sein Verschwinden hatte das Zusammenbrechen vieler Hoffnungen eingeleitet. Welche Bedeutung war seiner Wiederkehr beizumessen? Toni Muhr ahnte, dass sie neue, schmerzliche Ereignisse vorbereiten und manchem Unerfüllten die Vollendung bringen würde.

Dr. Hengel hatte auf dem Doberdo gestanden und auf der Hochfläche von Asiago. Man hatte ihn auf Patrouillengänge geschickt, die in den Tod führen mussten; er aber blieb verschont und erstattete Meldung, den Blick gesenkt, ohne zu murren. Es war so, als sei er aufgespart und als wüsste er, dass er aufgespart sei und dass keine Tücke ihn umreißen könne vor der ihm bestimmten Stunde. Er hatte die Auszehrung, man sah es ihm an, wie das Fieber seinen schwachen Körper schüttelte. Niemals beklagte er sich, und er verschmähte es, sich krankzumelden. Glanzlos war die Haut seines abgemagerten Gesichtes, dünn wie Pergament klebte sie über den vorspringenden Backenknochen, ein spärlicher Bart quoll um Mund und Kinn, die Arme hingen schlaff nieder, nur die Augen brannten in ihren Höhlen.

Man stellte ihn auf Vorposten und vergaß ihn abzulösen; er verharrte. Nach drei Tagen fanden sie ihn, er hatte das Blutbrechen bekommen und lag im rotgefärbten Schnee, doch bei vollem Bewusstsein. Man konnte ihm nichts anhaben, er wusste es. So wurde er ins Hinterland abgeschoben, von einem Lazarett ins andere. Dass für ihn keine Hilfe möglich schien, das war nun seine Stärke.

Lebendiges Sinnbild des allgemeinen Elends, den abgeschabten Soldatenkittel am hageren Leib, tauchte er plötzlich in den Fabriksorten an der Südbahn auf, bald hier, bald dort, von Liesing bis Wiener-Neustadt. Seine Papiere waren in Ordnung: Man fragte ihn, warum er nicht daheim bleibe und sich pflege, warum er nicht seinen Advokatenberuf wieder aufnehme. Er zuckte die Achseln, hielt die Lippen geschlossen, und die Größe seines Leides war so beredt, dass niemand es wagte, ihn weiter zu behelligen. Die Zeitungen sprachen von Dr. Hengel, sie nannten ihn »aus der Bahn geworfen«, »entgleist«. Er wusste es besser: Seine Zeit war gekommen.

Zuerst wanderte er nur; vor den Fabrikhöfen blieb er stehen, sah zu, wie die Arbeitermassen dunkel aus den Toren quollen, nachdem sie ihren Werktag beendet hatten: so und so viele Patronenhülsen, so und so viel Sprengmaterial. Sie hatten dem Krieg die Nahrung bereitet, dass sie ihm bekömmlich sei, Männer und Frauen, auch Kinder; sie halfen mit, alle halfen mit. Er ließ sie in Reihen an sich vorüberziehen und sprach kein Wort. Aber die ihm begegneten, fühlten seinen Blick, und jeder wurde sich des eigenen Jammers bewusst.

Namentlich die Frauen fasste es an; manche bekreuzigten sich, andere begannen zu weinen, viele weigerten sich, in die Fabrik zurückzukehren: Der Blick des fremden Mannes hindere sie, dieses war ihre Verantwortung. Man schickte Gendarmen nach ihm aus, um ihn festzunehmen oder doch aus so gefährlicher Nähe zu entfernen. Aber schon hatten sich Anhänger gefunden, die ihn beschützten. Der Aufrührer, wie man ihn jetzt nannte, war niemals dort, wo man ihn gerade suchte. Eigentlich hatte er sich auch nichts anderes zuschulden kommen lassen, als dass er so erbarmungswürdig aussah, als trüge er die Qual dieser ganzen schrecklichen Zeit auf seinen Schultern.

Immer bekannter wurde der Name Dr. Hengels, immer größeren Zulauf hatte er; bald hieß es, er sei in einem Arbeitssaal angetroffen worden, es sei ihm gelungen, die Wache zu nasführen, oder die alten Landsturmmänner hätten gemeinsame Sache mit ihm gemacht. Ganz von selbst kam es, dass man ihn aufforderte, zu reden, und seine Worte gingen von Mund zu Mund, Funken flackerten auf, die zünden konnten; die Unruhe mehrte sich.

Toni Muhr war damals technischer Leiter eines der Hauptobjekte in der Katlein'schen Munitionsfabrik, eben jener Erdhügel, in denen Nitroglyzerin bereitet wurde. Sein Vorgänger war plötzlich an der spanischen Grippe gestorben, und Herr Theodor Katlein hatte Toni Muhr, zum »Zeichen seines besonderen Vertrauens«, so erklärte er, als Nachfolger bestimmt. In Wahrheit handelte es sich keineswegs um erwünschte Beförderung, denn es ließ sich kaum eine schwierigere Aufgabe denken, als die erregte Arbeiterschaft bei stets gefahrvoller Tätigkeit festzuhalten und die Verantwortung für übereiltes Beginnen zu tragen. Toni Muhr unterzog sich ihr, weil der erhöhte Rang zugleich Besserung des Einkommens bedeutete und Geldverdienen jetzt das Einzige war, was noch in Betracht kam. Immer größere Summen erforderte das bisschen armselige Dasein.

Seiner früheren Erfindungen wurde kaum noch Erwähnung getan; einzelne waren ihm von Herrn Katlein abgekauft worden, andere hatte dieser als unbrauchbar verworfen, aber auch mit den marktgängigen Patenten, die jetzt Eigentum des Herrn Katlein waren, hatte Toni Muhr nichts mehr zu schaffen; man hatte sie ihm abgenommen, wie einer armen Dienstmagd das Kind, das ins Findelhaus geschleppt wird. Herr Katlein veräußerte diese Patente an fremde Gesellschaften oder behielt sich spätere Verwendung vor. Sprengmittel waren für die nächste Zeit der Hauptartikel, man musste die Konjunktur ausnützen, das Ausbrechen eines Streiks vermeiden.

Der Oberleutnant, dessen Kommando die landsturmpflichtigen Arbeiter unterstanden und der bei jedem kleinsten Vergehen mit der Abberufung an die Front drohte, verstand es doch nicht, sich Respekt zu verschaffen; die Arbeiter fürchteten ihn und verhöhnten ihn zugleich, denn sie wussten, dass es seine einzige Sorge war, unbequeme Inspizierungen zu vermeiden, die sein eigenes gemächliches Dasein im Hinterlande stören konnten.

Toni Muhr gelang es weit besser, sich bei der erregten Arbeiterschaft Gehör zu verschaffen, und darum eigentlich hatte ihm Herr Theodor Katlein die Leitung des wichtigen

Objektes übertragen. Er mahnte die Arbeiter nicht an ihre »Pflicht«, er führte ihnen nur das Vergebliche ihres Widerstandes vor Augen und dass jedes Versäumnis nicht etwa eine verhasste Gesellschaft, auch nicht den Mann, der aus dem Kriege Gewinn zog, sondern zunächst sie selber bedrohte; wer Tatkraft zeigte, musste als Erster untergehen.

Natürlich konnte Toni Muhr dies nicht so geradeaus erklären, wenn er an den kleinen drehbaren Trommeln vorüberschritt, in denen Nitroglyzerin mit Kieselgur zu Dynamit vermengt wurde; aber das eigene Erlebnis gab den farblosen Worten, die ihm zu sagen verstattet waren, einen Unterton von Wärme, der gefangen nahm. Nur an dem Vorarbeiter Andreas Magrutsch, den man ihm jetzt zugeteilt hatte, versagte seine Kunst, wie die Drohungen des Oberleutnants allen Eindruck auf ihn verfehlten.

Der Oberleutnant war ein Wiener, Sohn eines Ballettkapellmeisters. Er selbst hatte etwas von einem Vortänzer, er war klein und zierlich und bewegte sich nur auf den Fußspitzen. Andreas Magrutsch aber stammte aus dem Innviertel und war schwer; man konnte sich keinen größeren Gegensatz denken. Sein Klumpfuß ließ ihn noch gedrungener erscheinen, der Oberkörper schien übermächtig geraten: Wenn der kleine Oberleutnant um ihn herumtanzte, brauchte er nur eine Bewegung zu machen, und es taten sich Muskelflächen auf wie eine Mauer, die abwehrte und fernhielt.

Der Oberleutnant sagte: »Das ist der Ärgste, wenn er nur einmal das Maul aufmacht, lasse ich ihn abführen.« Doch Andreas Magrutsch tat den Mund nicht auf, auch was er in seiner Partie anzuordnen hatte, veranlasste er recht eigentlich ohne Worte. Man gehorchte ihm auf ein Zeichen, sein Einfluss schien bedeutend, man spürte, dass sein Wink die Arbeit zum Stehen bringen konnte, wie er ihr die rechte Bahn wies.

Toni Muhr hatte sich immer wieder zu dem merkwürdigen Menschen, schon wegen seiner Schweigsamkeit, hingezogen gefühlt. Der aber machte zwischen ihm und dem Oberleutnant nicht eben viel Unterschied; vielleicht kam seine Abneigung Toni Muhr gegenüber noch deutlicher zum Ausdruck. Auch diesem pflegte er bei der Arbeit – als geschehe es durch eine zufällige Bewegung – den Rücken zu kehren, er behandelte ihn als überflüssigen Eindringling. Und Toni Muhr schämte sich des eigenen müßigen Tuns, sobald er die riesenhaften Fäuste des Vorarbeiters in Bewegung sah.

Angesichts der gewaltigen Tätigkeit dieses Zyklopen hatte er, in einer anderen Art als Herrn Theodor Katlein gegenüber, doch ebenso stark das Gefühl, dass es auf ihn und seinesgleichen nicht mehr ankam, dass die Fähigkeiten und Geistesgaben, die seine Rechtfertigung vor dem lieben Gotte bilden konnten, in der Welt, durch die ihm zu wandeln bestimmt war, keinen Anwert mehr besaßen. Er stand im Wege. Wozu er sich selbst tauglich fühlte, dafür fehlte die »Konjunktur«, und was man ihm zu leisten auftrug, schien die Grimasse eines Clowns im Zirkus, der hinter jeder wirklichen Arbeit einherläuft und das Aufstellen eines Gerüstes, das Spannen eines Seils durch seine Handgriffe mehr stört als fördert.

Groß war daher das Erstaunen Toni Muhrs, als eines Tages Andreas Magrutsch aus eigenem Antrieb das Wort an ihn richtete. Mit einem Augenzwinkern, das ihm eigentümlich war, sagte er, als Toni Muhr an ihm vorüberkam: »Morgen auf d' Nacht redt der Hengel im ›Braunen Hirschen‹.«

Er sagte es halblaut, so dass niemand Dritter die Worte hören konnte. Toni Muhr war es nicht einmal möglich, Klarheit darüber zu gewinnen, ob die Mitteilung wirklich ihm zugedacht gewesen sei. In der ersten Betroffenheit hatte er schweigend seinen Weg fortgesetzt, nun passte es ihm nicht mehr, umzukehren und von dem Vorarbeiter ausführlichere Mitteilung zu verlangen. Andreas Magrutsch hatte auch wieder seinen Platz hoch oben, am Rande des riesenhaften Glasgefäßes eingenommen, aus dem träg bedächtig das gelbe Nitroglyzerin in die bereitgestellten Kannen floss.

Welchen Zweck aber hatte die Äußerung des Vorarbeiters, wenn sie, wie wohl kaum zu zweifeln war, doch Toni Muhr gegolten hatte. Wollte Andreas Magrutsch den Mann, um dessen geheimnisvolles Wirken sich, seitdem er aus dem Felde zurückgekehrt war, eine förmliche Legende gebildet hatte, preisgeben und ausliefern? Das war ihm kaum zuzutrauen. Oder wollte er im Gegenteil Toni Muhr herausfordern: Vielleicht war es nur das – eine trotzige Kampfansage. Vielleicht wusste Andreas Magrutsch, dass Dr. Hengel früher der Verteidiger Toni Muhrs gewesen war, vielleicht wünschte er diesem anzudeuten: »Siehst du, wie weit es mit dir gekommen ist. Nun stehst du deinem Freund als der Anwalt Theodor Katleins gegenüber ...«

Seit langem hatte Toni Muhr eine Begegnung mit Dr. Hengel gesucht. Er hatte einen Brief an dessen alte Adresse geschrieben, er hatte bei gemeinsamen Bekannten nach ihm geforscht, er hatte durch unverdächtige Mittler eine Zusammenkunft erbeten. Aber war es, dass man ihm misstraute oder dass Dr. Hengel alles Vergangene auszuschalten wünschte, um seinen neuen Weg allein und unbehelligt abzuschreiten – jedenfalls hatte er Toni Muhr bisher keinerlei Nachricht zukommen lassen, wenn anders nicht die sonderbare Mitteilung des Werkführers Magrutsch als Botschaft des Unsichtbaren aufzufassen war.

Toni Muhr beschloss, der Versammlung im »Braunen Hirschen« beizuwohnen, auf die Gefahr hin, dass ihm der Vorarbeiter Magrutsch eine Falle stellte.

Der »Braune Hirsch« war ein kleines Wirtshaus, ziemlich abseits gelegen, das letzte Gebäude der ganzen Ansiedlung, schon nahe dem Bahnhof. Dampfender Nebel hüllte die weite Barackenstadt der Arbeiter ein, die Toni Muhr durchschreiten musste. Dann kam die vereinsamte Landstraße. Nur selten wies ein kleines zuckendes Lichtlein den Weg, schwarz und düster hoben sich die Fronten einzelner Häuser ab, dazwischen unbebaute holprige Flächen, notdürftig umplankte Höfe, riesenhafte Schlöte, die drohend zum Himmel ragten. Kein Zeichen von Leben war ringsum zu spüren.

Vor dem »Braunen Hirschen« staute sich eine schweigsame Menge; durch einen schmalen Türspalt drang Licht, man erblickte in der Stube einen anderen Knäuel Menschen, ebenso dicht geballt. Nun riefen die draußen standen, es sei noch genügend Raum im Saal und man solle nur ein wenig zusammenrücken. Da erwies es sich, dass drinnen wirklich noch Platz war, und zwar auf einem Fensterbrett, zwischen einem Grammophon und einem Vogelkäfig, in dem ein struppiger Zeisig fröhlich herumhüpfte.

Von diesem erhöhten Sitz aus vermochte Toni Muhr bequem den Raum zu überblicken. Er hatte den Kragen seines Mantels hochgeschlagen und den Hut ins Gesicht gedrückt, niemand beachtete ihn. Ein breitschultriger Arbeiter aus einem fremden Betriebe stand vor ihm als Brustwehr aufgerichtet. Zu seiner Linken baumelten die Füße eines halbwüchsigen jungen Burschen, der auf einen Kasten geklettert war, zu seiner Rechten auf einer wackligen Bank kauerte ein altes weißhaariges Mütterchen, das immer wieder fragte, ob jetzt schon der Dr. Hengel spreche.

In einem zweiten Zimmer bemerkte Toni Muhr den Vorarbeiter Andreas Magrutsch. Er saß an einem Tisch neben seinen beiden Töchtern, die auch in der Fabrik beschäftigt waren und gleichberechtigt an der Versammlung teilnahmen. Schwer ruhten die Arme des Vaters auf dem Tisch, als ob sie ihn zerbrechen wollten, sein zwinkernder Blick ging in die Runde. Von Zeit zu Zeit bot ein Kellner mit krächzender Stimme seine Erfrischungen an, rot und gelb gefärbtes Wasser. An der Türe, die zur Straße führte, stritten sich noch immer die Leute, und das alte Mütterchen fragte: »Bitt' recht sehr, spricht schon der Dr. Hengel?«

Mit einem Male war er da. Man hatte ihn nicht kommen sehen, doch nun stand er im Türrahmen, dessen rostbraun gestrichene Pfosten sich ausnahmen wie die Hölzer einer Guillotine. Seine müde herabhängenden Schultern und Arme ließen den Körper noch schwächer und engbrüstiger erscheinen. Sein abgehärmtes Christusgesicht lag schief zur Seite geneigt, die Lider waren geschlossen; als sie sich auftaten, ging ein fremder Blick über die Menge.

Und so begann Dr. Hengel zu sprechen. Er hatte keinen festen Plan, von vielen Seiten zugleich strebte seine gehetzte und stoßweise Rede einem unsichtbaren Mittelpunkte zu; keine Absicht war in ihr, am wenigsten die zu überzeugen. Zuerst sprach er von der Musik, aber nur, um die Kunst, die ihm früher zuhöchst gestanden hatte, böse und wie im Hass an den Pranger zu stellen. Sie löse allen Willen auf, sagte er, sie bedeute Flucht vor dem eigenen Gewissen, und darum liebe man sie hierzulande so heiß.

Dann erzählte er von der Hölle draußen, doch nicht, um die Mächtigen anzuklagen, die so namenloses Entsetzen heraufbeschworen. Er sagte: »Es ist nicht wahr, dass eine Handvoll Menschen das Ungeheure zu vollbringen imstande wäre. Wir alle sind schuld, du und du und du und ich, wir alle. Es ist unsere große Schmach, dass wir so feige sind, uns lieber erschießen zu lassen, als ›nein‹ zu sagen. Wer soll diesen Abgrund von Knechtssinn begreifen. Die euch befehlen, sind wenige, ihr Wort ist gleich andrer Menschen Wort, ihr Leib ist nicht kugelfest und ihr Arm ist unbewehrt. Die Opfer aber stehen zu Millionen, und man hat sie schrecklich gemacht durch kunstvolle Ausrüstung, man hat sie gelehrt, den Tod zu verbreiten. Und so mächtig, wie niemals Herren der Welt mächtig waren, gehen die Opfer hin und legen ihren Kopf auf die Schlachtbank. Knechte sind wir, im Knechtssinn geboren, im Knechtssinn sterbend; man höhnt uns, wie niemals Menschenwürde gehöhnt wurde, indem man Waffen unter uns austeilt, denn man weiß: Wir kehren sie gegen uns selbst. Wir folgen keinem Glauben, sondern nur einem Befehl, wir fürchten nur Menschen, aber nicht Gott.«

Dr. Hengel hielt inne, seine Hand zitterte, als er sich den Schweiß von der Stirne wischte. Toni Muhr war es, als sei ihm jedes Wort mitten ins Herz gedrungen, als habe die Rede Dr. Hengels ihn aufgerufen, ihn vor den anderen.

»Wir alle können nur sterben«, fuhr dieser fort, »wir können nicht leben. Keiner von uns kann festhalten, keiner … Wer beharrt, steht wider die Allgemeinheit, und wer von uns vermöchte das zu ertragen. Nirgends in der Welt gibt es so viel Wind, von allen Seiten her, wie bei uns, aber Wind nur in den Worten, nicht Sturm im Herzen. Wir haben ohne Recht gelebt, wie ohne Glauben. Keiner hat sein Recht als etwas Warmes, Lebendiges gespürt, niemandes Glaube ist belohnt worden. Es kann auch nicht zwei Gerechtigkeiten geben, eine nach außen, eine nach innen, und nicht zwei Arten, Gott zu dienen. Wehe dem Sünder wider den Geist! Mitschuldig sind wir alle, in einem Kartenhaus haben wir gelebt, nun stürzt es zusammen. So holt euch doch endlich euer neues Recht! Ohne Kampf geht es nicht, ohne Aufrecken der Fäuste geht es nicht. Ihr müsst das Leben wollen, sonst seid ihr für ewig dem Tode verfallen.«

Toni Muhr fühlte sich tief innerlich getroffen. Es schien ihm, als sei Dr. Hengel gekommen, nur um ihn anzuklagen, als Schuldigen und Mitschuldigen. Er war in den hellen Lichtkegel eines Scheinwerfers geraten: Da gab es kein Ausweichen. Hatte er nicht die eigene Sache verraten, hatte er nicht seinen Mantel nach dem Winde gedreht, sein Recht verschachert? Er kam sich klein und erbärmlich vor, es war ihm, als müssten nun alle mit Fingern auf ihn weisen.

Sie klatschten Dr. Hengel Beifall, sie umdrängten ihn, der

zu reden aufgehört hatte und in einem Hustenanfall sich erschöpfte. Sie jubelten ihm zu, aber sie konnten ihn nicht verstehen, wie Toni Muhr ihn verstand. Was sie anzog, war der Ausdruck des Leidens in seinem verhärmten Antlitz, was sie verführte, war der gütige menschliche Ton seiner Stimme, der sie als ein Wunder berührte und ihre Herzen aufriegelte. Der Klang seines Wortes traf sie, die Musik seiner Rede, nicht ihr Sinn.

Und schon bemerkte Toni Muhr, dass sich die Aufmerksamkeit vieler von Dr. Hengel abwendete, dass neue Bewegung entstand; man hörte Rufe und Gegenrufe. Die alte Frau, die noch immer auf ihrem wackligen Stuhl ausharrte, reckte den faltigen Hals und nickte zufrieden. Aber Dr. Hengel, dem ihr Beifall galt, war längst verschwunden; die Menge hatte ihn eingeschlungen, wie sie ihn vorher aus sich hinausgestellt hatte – gespenstig lautlos, wie sein Kommen gewesen war, so war auch das Entgleiten. An seine Stelle hatte sich der massige Oberkörper des Vorarbeiters Magrutsch geschoben, die beiden Töchter folgten ihm scheu mit den Augen, als fürchteten sie häusliches Unwetter.

Andreas Magrutsch schlug die Fäuste gegeneinander wie Schmiedehämmer, die Adern schwollen auf seiner Stirne, man spürte die Arbeit des Redens, die ihm den Körper erschütterte. Er sagte nicht viel, aber was er sagte – Toni Muhr merkte es sofort –, das wirkte auf die Hörer ganz anders als die Beschwörung Dr. Hengels. Es rüttelte nicht auf, es hob nicht empor, aber es löste von einem Druck.

Er könne seine Worte nicht so schön setzen wie der Herr Doktor, begann Andreas Magrutsch, er sei nur ein Arbeiter. Doch was die Arbeiter brauchten, das wisse er besser als die studierten Herren, die mit ihren großartigen Reden, von denen man das zehnte Wort nicht verstehe, dem einfachen Mann den Kopf verdrehen, statt ihm zu helfen. Er wolle nichts gegen Dr. Hengel gesagt haben; der meine es gewiss gut. »Vielleicht aber«, fuhr er fort, »ist der Herr Doktor, der mehr gelernt hat als unsereins, in der Schule dem guten Sprichwort begegnet: Schuster, bleib bei deinem Leisten.«

Man lachte, Andreas Magrutsch machte eine Pause, während deren sich Toni Muhr verwundert im Saale umblickte. Die erhöhte Stimmung, die von Dr. Hengel ausgegangen war, schien wie ausgelöscht. Nichts blieb von alldem, was er gesagt hatte. Es war im Augenblick verflogen, da man es hart anfasste; man konnte jetzt überhaupt nicht mehr wissen, ob Dr. Hengel vor wenigen Minuten noch in demselben Raume gesprochen hatte. Andreas Magrutsch aber entfaltete seine gesamten riesenhaften Stimmmittel. »Was unser Recht ist«, sagte er mit Nachdruck, »das wissen wir allein, unsere Forderungen sind hier aufgeschrieben«, und er schlug sich auf die Brust. »Ich kann sie dem Herrn Katlein vorlesen, wann's ihn freut, oder einem anderen, der's ihm ausricht'.« Dabei blinzelte er mit den Augen, und Toni Muhr war es, als habe der Werkführer ihn jetzt entdeckt und fordere ihn heraus, wie einen Augenblick früher Dr. Hengel ihn herausgefordert hatte, und lange vor diesem der Vertreter Theodor Katleins … damals … bei jenem unglückseligen Prozess … Der Ring war geschlossen.

»Die Herrschaften sollen nur wissen, wie viel's geschlagen hat«, rief der Werkführer Magrutsch, »und ihre G'schäfterln sollen's untereinand' ausmachen: Pack schlägt sich, Pack verträgt sich. Die klassenbewusste Arbeiterschaft …« Weiter kam er nicht. Von der Straße erscholl ein Pfiff als Warnungszeichen. Dann wurde die Hängelampe von der Decke gerissen und verlöschte.

An der Eingangstür entstand ein wildes Gedränge, Toni Muhr wurde auf die Straße geschoben. Seinen ursprünglichen Plan, Dr. Hengel nach der Versammlung aufzusuchen, musste er wohl fallen lassen; ernste Abrechnung schien vertagt. Die Straße war vollkommen finster, Toni Muhr hörte den Gleichtritt einer Militärpatrouille, die näher kam, Kommandorufe, unterdrücktes Fluchen. »Da ist der Spitzel«, zischte es plötzlich hinter seinem Rücken, »schlagts ihn tot!« Ein faustgroßer Stein sauste vorüber, dann war wieder Stille ringsum.

Niemals hatte sich Toni Muhr so vereinsamt gefühlt, als da er jetzt durch das Dunkel tappte: nichts Lebendes neben ihm, die ganze Welt finstere, feindselige Nacht.

3

Am nächsten Morgen brach der Streik aus; zunächst nur eine Art wilder Streik, »von subversiven Elementen heraufbeschworen«, wie es im Polizeiberichte hieß; die Parteileitung mahnte zur Besonnenheit. Vierundzwanzig Stunden später aber ruhte die Arbeit in sämtlichen Katlein'schen Betrieben, wie in den meisten Kriegswerkstätten überhaupt, die ganze Südbahn entlang bis zum Steinfeld. Militärbereitschaft wurde angeordnet, und es erging Befehl an alle Kommandanten, die Rädelsführer zu verhaften.

Der kleine Oberleutnant raufte sich die Haare und schrie, nun sei es um ihn geschehen, nun werde er bestimmt an die Front versetzt, trotz seiner guten Beziehungen. Am Nachmittag sollte eine Untersuchungskommission des Kriegsministeriums eintreffen; vorher galt es ganze Arbeit tun. Er ließ die Bewachungsmannschaft antreten und hielt eine lange Rede, die mit dem heftig hervorgestoßenen Befehl abschloss, die Holzbaracke, die Andreas Magrutsch Obdach bot, zu umzingeln und sich der Person des Vorarbeiters, sei es lebend oder tot, zu versichern.

Andreas Magrutsch saß auf einem umgestürzten Fass im Freien und ließ sich die ersten warmen Sonnenstrahlen auf den Rücken scheinen. Als er die bewaffnete Schar herankommen sah, blinzelte er vergnügt mit den Augen, was den kleinen Oberleutnant in furchtbaren Zorn versetzte. Er gedachte einen scharfen Rapport abzufassen, der alle Schuld dem Vorarbeiter zuschob. »Wo haben Sie den Dr. Hengel versteckt?«, schrie er. Andreas Magrutsch aber zuckte die Achseln, schob mit einer Handbewegung seine beiden weinenden Töchter zur Seite und folgte willig den Soldaten.

So dauerte der Streik nun schon vierzehn Tage. Man hatte eine Reihe jüngerer Arbeiter an die Front geschickt; auch der kleine Oberleutnant war abgelöst worden, wie er es vorausgesehen hatte. Aber es half nichts, der Streik ging weiter, er versteifte sich sogar, wuchs an Kraft, man hatte jeden Augenblick das Gefühl, dass etwas Unerwartetes sich ereignen konnte, etwas Furchtbares, das sich als stärker erwies als der Krieg.

Im Armeeoberkommando wurde man unruhig, Automobile kamen aus Baden, bis eines gegen ein Drahtseil rannte, das quer über die Straße gespannt war. Seither wurden die Besuche seltener; auch Walter Katlein, bei dessen Erscheinen man niemals hatte wissen können, ob er die Militärbehörde vertrat oder die eigene Unternehmung, ließ sich kaum noch blicken. Der Streik nahm seinen Fortgang, finster beängstigend wie das Schweigen einer großen Volksmenge, die sich auf einem Marktplatz versammelt hätte: Dr. Hengel wurde nicht gefunden, trotz des verdoppelten Eifers der Militärpolizei.

Herr Theodor Katlein aber maß seine Kraft an dem Streik, er hatte die Unternehmer, in deren Betrieben die Arbeit eingestellt war, zu einem festen Verband geeinigt, alle ihre Zusammenkünfte fanden in seinem Wiener Bureau statt, er war ihr Wortführer bei den Besprechungen, die der Kriegsminister einberief, um geeignete Vermittlung anzubieten. Herr Katlein lehnte ab: Jede Nachgiebigkeit in diesem Augenblicke müsse zur Katastrophe führen.

Es war kein Geheimnis geblieben, dass Theodor Katlein seit einiger Zeit schon die Baronie anstrebte. Äußerlichen Ehren sonst abgeneigt, schien ihm die Erlangung des Freiherrentitels nicht als ein Akt der Gnade, sondern als trotzig erzwungene Feststellung seines Aufstiegs begehrenswert, als Genugtuung für eine dunkle Herkunft und für ein Leben der Mühsal, das da aufhörte, wo andere begannen. Sein starres Verhalten den streikenden Arbeitern gegenüber setzte schwer Errungenes wieder aufs Spiel. Theodor Katlein wagte mehr als andere, und darum überließ man ihm willig die Entscheidung.

Toni Muhr hatte jetzt viel freie Zeit, die er in der Stallburggasse verbrachte. Lauretta bedurfte seiner Nähe; mit fortschreitender Schwangerschaft war auch sie kleinmütig geworden. Wenn sie ihres unförmigen Leibes ansichtig wurde, brach sie in Tränen aus, sie meinte sich selbst verloren zu haben und verzweifelte daran, sich jemals wiederzufinden. Freunden oder Bekannten in solcher Hilflosigkeit zu begegnen, schien ihr höchste Schmach; seit Wochen betrat sie nicht mehr die Straße und drehte daheim alle Spiegel gegen die Wand.

Von Geselligkeit war auch sonst in Wien keine Rede mehr, um acht Uhr wurden die Haustore geschlossen, die Stiegen verfinstert. Wie hatte Lauretta früher in ihrer Sucht nach großer Welt die kleinstädtischen Verhältnisse Wiens verspottet; nun war man noch in viel kleinere geraten. Fieberhaft und voller Angst erschien das Dasein, in einer Woche werde es keine Kohlen mehr geben, so hieß es, auch in den Backstuben nicht. Es werde kein Licht geben, überhaupt kein Licht. Dann wurde die Straßenbahn stillgelegt. Überall knisterten Flämmchen der Empörung.

Durch die Straßen der Vorstadt zogen schluchzende Frauen, rangen die Hände und riefen: Gebt uns Brot! Das war in Favoriten, einem Stadtteile, der nach dem Lustschloss be-

nannt ist, das sich die Habsburger hier einst hatten erbauen
lassen, Schauplatz großartiger, von der Welt bestaunter Fest-
lichkeiten. Als die Kaiserin Maria Theresia Schönbrunn zum
Sommeraufenthalt wählte, schenkte sie die Favorita der
Adeligen Akademie, die nun ihren Sitz vor dem dunklen
Häusermeer behielt, in dem das Elend wohnte.

Der Hunger lastete auf der Stadt wie ein Gespenst. Toni
Muhr hatte es sich zugeschworen, einen kleinen Rest seiner
Gedanken freizuhalten von dieser Not, die immer näher
kroch. Er hatte sich gesagt: Ich werde meine Arbeit tun wie
bisher, wenn meine Mahlzeit noch so kärglich bestellt ist.
Nur nicht die Notdurft zu seinem Götzen machen, nur nicht
seine Gedanken von ihr beherrschen lassen! Ängstlich wich
er allen Gesprächen aus, die um das bisschen tägliche Brot
immer wieder peinvoll ruhelos im Kreise sich drehten. Er
wollte es nicht merken, wenn eine Entbehrung sich an die
andere reihte.

Aber dann geschah es, dass er für Lauretta trotz der ärztlichen Verordnung keine Milch mehr auftreiben konnte. Oder
Lauretta begann in einer hastigen Art, die ihn erschreckte,
vom Essen zu reden. Sie hatte kein anderes Thema mehr und
sprach von einem Krautkopf mit derselben Liebe wie ehedem von einem neuen Kleide. Oder Frau Johanna kam zu Besuch, und man hörte schon im Vorzimmer ihr lautes Klagen
über die Mühsalen der eigenen Wirtschaftsführung, die sie
mit den Schwierigkeiten ihrer Ausspeiseaktion unentwirr-
bar zu verknüpfen verstand. Oder Herr Ermete von Saluzzo,
der sich seit einiger Zeit schon zu den politischen Glaubens-
artikeln seines Sohnes Gino bekehrt hatte und längst kein
Austriacante mehr war, machte die verruchte österreichische
Wirtschaft für alle ihm zugemuteten Entbehrungen verantwortlich, die er wie persönliche Beleidigungen zurückwies.

In dem verzweifelten Bemühen, dem Wortschwall zu
entrinnen, der ewig erbarmungslos um den gleichen Punkt

kreiste, hielt sich Toni Muhr oft beide Ohren zu. Ja, es konnte geschehen, dass er, der Schweigsame, der Stumme, unvermittelt irgendeine nebensächliche Geschichte zu erzählen begann, um nur dem Gespräch eine neue Wendung zu geben. Oder er schlug ein Buch auf und versuchte Laurettas Aufmerksamkeit durch lautes Vorlesen abzulenken. Nur nicht die letzte geistige Erhebung verlieren, sagte sich Toni Muhr. All dies Nahe, Kummervolle muss ja vergehen, die Leere und Finsternis – morgen, übermorgen; nur nicht untertauchen in täglicher Armseligkeit! Doch es half nichts, er fühlte deutlich, wie auch er versank, er mit den anderen; es war ihm, als müsste er vor der steigenden Flut auf einen hohen Berg flüchten, aber die Flut war geschwinder, sie nagte den Boden vor den Füßen weg. Toni Muhr streifte durch die Straßen und spürte Lebensmitteln nach; er war demütig, bot Geld und Hausrat, schacherte und feilschte.

Einmal war er so der Fürstin Lubecka begegnet, als er gerade, den Arm niedergezogen vom schwerbepackten Einkaufsnetz, nach Hause ging. Zuerst hatte sich Toni Muhr in einer Torfahrt verstecken wollen. Sein ganzer Jammer kam in der Bürde, die er trug, äußerlich sinnfällig zur Erscheinung. Wo war die Zeit, da sich Lauretta lachend beklagte, dass seine Liebe nicht der Belastung auch nur des kleinsten in Seidenpapier eingewickelten Packerls standhalte. Schwerer als das Einkaufsnetz wog die Last, in solcher Erniedrigung von der Fürstin Lubecka erblickt zu werden.

Seit ihm Maria Jadwiga den Abschied gegeben hatte, war Toni Muhr der Herrengasse stets in weitem Bogen ausgewichen. Dass er der Fürstin Lubecka überhaupt noch einmal begegnen würde, damit hatte er kaum gerechnet, so sehr betrachtete er alles, was sich zwischen ihr und ihm zugetragen, als für ewige Zeiten vergessen. Es gehörte zu seinem früheren Leben, an das er nicht mehr erinnert sein wollte. Denn Toni Muhr wusste: Besinnen tat weh, Erinnerung wiederholte den Schmerz. Vielleicht hatte er insgeheim eine Aussprache mit Maria Jadwiga erwogen, doch nicht wie etwas, das sich unmittelbar ereignen konnte, auch nicht in absehbarer Zukunft, sondern viel später – jenseits des Berges, auf verschneitem Pfad, zu einer Zeit, da weit hinter ihnen beiden das Dasein lag und keine Leidenschaft, nichts Hässliches mehr das Reden erschwerte.

So unvorbereitet sah Toni Muhr mit einem Male die hohe Gestalt der Fürstin Lubecka vor sich auftauchen. Fliehen, zur Seite treten schien kläglich, Toni Muhr straffte seine Muskeln: Nun fühlte er, dass Maria Jadwiga ihn ansprechen konnte, nun lief er ihr beinahe entgegen. Das Einkaufsnetz schlug im schnellen Gehen hart an sein Knie; tief zog er den Hut und schritt an der Fürstin vorüber.

Eines Nachts läutete das Telefon. Toni Muhr war erst mit dem letzten Zuge aus der Fabrik zurückgekehrt. Es hatte sich als notwendig erwiesen, einige Fässer Sprengstoff, in denen Gärung entstanden war, unschädlich zu machen; er selbst hatte die schwierige und gefahrvolle Aufgabe mit einigen Landsturmleuten durchgeführt, während ein Haufe feiernder Arbeiter, die glaubten, man unternehme einen Versuch, den Streik zu brechen, sich finster und murrend abseits hielt.

Zu Hause war dann Toni Muhr todmüde ins Bett gesunken. Noch ganz betäubt vom Schlaf, fuhr er jetzt auf und griff nach der Hörmuschel des Telefons. In einem Objekt, das dem seinen benachbart war, habe sich eine kleine Explosion ereignet, hieß es, man fürchte weiteres Umsichgreifen des Brandes, er solle eilen, das Automobil des Herrn Theodor Katlein stehe für ihn bereit.

Unterwegs berichtete der Chauffeur, der Brand sei zweifellos gelegt worden, Herr Katlein mache sich auf ernste Unruhen gefasst, die Arbeiter verlangten sofortige Freilassung der verhafteten Vertrauensmänner, insbesondere des Vorarbeiters Andreas Magrutsch. Der technische Leiter des Objektes, in dem die Explosion erfolgt sei, der alte Frimmel, zähle kaum mehr, er sei außer sich geraten, man zweifle an seinem Verstande.

Das Objekt, um das es sich handelte, war von jenem Toni Muhrs nur durch eine Ziegelei und einen Kalkofen, die an eine Kastanienallee grenzten, getrennt. Eigentlich war Toni Muhr dem Direktor Frimmel in allen administrativen Dingen untergeordnet, aber der alte Herr hatte – den Aufregungen der Kriegszeit längst nicht mehr gewachsen – bei Toni Muhr schon des Öfteren in verwirrter Lage Rat und Hilfe gesucht. Dieser konnte sich leicht ausmalen, wie es um den armen Mann jetzt stand.

Der Chauffeur hatte endlich zu schwätzen aufgehört; denn es galt, das Automobil bei rasender Fahrt auf dem ungleichen Pflaster der Triesterstraße geradeaus zu steuern. In den Dörfern und Städten regte es sich. Mit einem heulenden Aufschrei sauste der Wagen an dunklen Häuserreihen vorüber, hinter jeder Biegung lauerte Gefahr. Toni Muhr wusste: In dem Frimmel'schen Objekt wurden Salze aus Ammonsulfatsalpeter für Sprengzwecke hergestellt. Wenn es da irgendwo brannte, war eine neue Explosion, furchtbarer als die erste, kaum zu vermeiden; und dann griff der Brand wohl auch auf sein Objekt über. Die Bäume am Wege standen schief, der starke Wagen schien den Boden kaum zu berühren, sondern in weiten Sätzen hinzujagen, wie ein Pferd, das gepeitscht wird. Einmal bellte ein großer Hund mitten auf dem Weg, sein Körper schlug leicht gegen den Motor, die linke Seite des Wagens hob sich unmerklich; noch ein Lebendiges hatte aufgehört zu sein.

Kurz hinter Vöslau fühlte Toni Muhr einen unerklärlichen Druck gegen die Brust, gefolgt von heftiger Übelkeit. Das Automobil wurde in einer wilden Zickzacklinie über den Straßendamm gerissen: Die Erde bebte. Ganz weit stieg eine Rose mit karminroten Blättern langsam und majestätisch aus dem Boden auf, verwandelte sich in eine leuchtende Feuersäule, die von Hellgelb über Rot ins Violette führte. Dann sah Toni Muhr dunkle Körper, Holz und Eisenteile mitten durch einen feurigen Springbrunnen zum Himmel auffliegen.

All dies dauerte nur wenige Sekunden: Dem Chauffeur war es gelungen, das Automobil am Rande des Straßengrabens zum Stehen zu bringen, seine Hände zitterten. »Um Himmels willen, fahren wir weiter«, befahl Toni Muhr. Unwirsch knatternd setzte sich der Motor in Bewegung; eine Viertelstunde später war man an Ort und Stelle.

Heillose Verwirrung bot sich den Blicken Toni Muhrs. Mehrere kleinere Gebäude brannten lichterloh; dort, wo das Frimmel'sche Objekt gestanden hatte, öffnete sich ein Krater, der noch immer Flammen spie. Die Feuerwehren der umliegenden Ortschaften hatten nach der ersten kleineren Explosion ihre Dampfspritzen geschickt, aber niemand wagte es, eine Schlauchlinie an die Brandstelle heranzuführen, aus Angst vor neuen Katastrophen. Ein Wiener Hilfszug musste jeden Augenblick eintreffen, Militär war von allen Seiten requiriert worden, aber die Befehle widersprachen einander, die Mannschaft zögerte.

Schon trug man die ersten arg verstümmelten Opfer herbei, lautes Stöhnen und Wimmern mengte sich in das Prasseln und Klatschen der Flammen. Von Zeit zu Zeit knallte es dumpf und gefahrdrohend. Ein Feldwebel war hundert Meter weit geschleudert worden, ohne irgendeine Verletzung davongetragen zu haben. Er schien wie im Rausch und erzählte fortwährend sein Erlebnis mit einem unnatürlichen Lachen.

Toni Muhr verlangte, zu Direktor Frimmel geführt zu werden; der saß in einer Baracke, stier vor sich hinbrütend, zwei Offiziere bemühten sich vergeblich, von ihm wichtige

Anleitung zu erhalten. Es galt, schnell über die Verteilung der Sprengstofflager Klarheit zu gewinnen und das Nötige vorzukehren, damit weiteres Unheil verhütet bleibe.

Toni Muhr griff sogleich ein, von zwei Seiten her sollte ein Graben angelegt werden: so und so breit, mit diesem bestimmten Verlauf und Profil. Wenn man eine benachbarte, nicht allzu breite Böschung durchstach, konnte es gelingen, ein Wassergerinsel, das unweit vorüberführte, in den Graben zu lenken. Der Lagerraum IV.C musste preisgegeben werden; zum Glück war er schon halb geleert. Toni Muhr bezeichnete auf dem Plan, den er schnell entworfen hatte, die gefährliche Stelle und den Raum, der abgesperrt werden sollte, um die Mannschaft außer Gefahr zu halten.

Die Ruhe, die von Toni Muhr ausging, erweckte Vertrauen, es ergab sich von selbst, dass man ihm Gehorsam leistete. Gefahr drohte nicht nur durch Brand, sondern durch neue Erschütterungen; Toni Muhr wusste, wie viel Sprengmaterial, halbverarbeitet, in seinem Objekt allein zu finden war. Vor kurzem noch hatte man breiiges Dynamit, mit Azeton und Schießbaumwolle vermengt, durch Siebe gepresst und die so gewonnenen dünnen, blonden Strähne in den Pulverdarren zum Schneiden vorgerichtet; wie durch ein Wunder waren diese Anlagen bisher verschont geblieben. Nun aber bemerkte Toni Muhr, dass auf den nahen Wällen, die sein Objekt als Sicherung umgaben, vergilbte Rasenspuren zu brennen anfingen.

Vor allem musste das Barackenlager geräumt werden. Die Leute wehrten sich, sie glaubten an eine List: dass man die schreckliche Gelegenheit ausnützen wollte, um sich ihrer zu entledigen, sie alle zu verjagen, brotlos zu machen und andere Arbeiter einzustellen, Kriegsgefangene vielleicht, denen keine Wahl blieb.

Die Frauen schrien und weinten, klammerten sich an ihre Habseligkeiten, ohne auf die Kolbenstöße der Soldaten zu achten; die beiden Töchter des Vorarbeiters Magrutsch trieben es am ärgsten, sie warfen sich zu Boden und ließen sich schleifen. Als sie Toni Muhrs ansichtig wurden, ballten sie die Fäuste und spien vor ihm aus.

Er jedoch eilte an die Unglücksstätte zurück; der Erfolg hing von der Raschheit ab, mit der sein Plan durchgeführt wurde, und von der Stärke der Erschütterung, falls der preisgegebene Lagerraum von den Flammen ergriffen werden sollte. Toni Muhr prüfte in Gedanken die explosive Kraft des Materials, das da aufgespeichert lag, es konnte nicht allzu weit tragen. Doch wenn seine Erinnerung trog, wenn seine Berechnung sich als falsch erwies!

Nun trafen andere Ingenieure der Katlein'schen Betriebe ein, die mit der Bahn gekommen waren, stellten sich Toni Muhr zur Verfügung. Einzelne bemängelten seine Anordnungen, doch jeder Widerspruch verstummte, sobald man Toni Muhr an der Arbeit sah. Er stand dem Brandherd zunächst, auf dem bedrohten Wall seines Objektes, nahm selbst den Spaten zur Hand, zerstampfte die kleinen verräterischen Flämmchen, die schon hier und dort das Gebälk ergriffen hatten, führte die erste Schlauchlinie an den Feuerherd, zeigte der Rettungsmannschaft, wie er seine Weisungen ausgeführt sehen wollte. Und wurde doch bei all diesem atemlosen verantwortungsvollen Schaffen den einen quälenden Gedanken nicht los: Warum nimmst du solches auf dich, warum bringst du andere in Gefahr, für wen tust du es? Für Theodor Katlein und die Seinen? Knechte sind wir, im Knechtssinn geboren, im Knechtssinn sterbend.

Er hörte die Worte Dr. Hengels, und mit einem Male wusste er: Dies ist sein Werk, diese Flammenzeichen seine Tat, furchtbare Auflehnung. Er jedoch, Toni Muhr, rettete das Eigentum Katleins, er kämpfte für den Verhassten, kämpfte für den Krieg, für die Welt, die gegen ihn stand und ihn dem Jammer preisgab. Knechte ... Toni Muhr fühlte einen neuen heftigen Stoß, gewaltiger als vorher im Automobil Theodor Katleins. Es war eine Erschütterung, die ihn erfasste, Körper und Seele zugleich; keuchend warf er sich auf die Erde und wartete angsterfüllt: Hatte es mit diesem Schlag sein Bewenden, oder ging die Vernichtung weiter ihren Weg?

Aber Stille war ringsum, nur unterbrochen von dem bösen katzenartigen Zischen und Fauchen der Flammen gegen herannahende feindliche Wasserflut.

Als der Morgen dämmerte, übersah man den Schaden im rauchenden Trümmerfeld. Er war eng abgegrenzt, die Vorkehrungen Toni Muhrs hatten sich als wirksam erwiesen; ein Oberst notierte seinen Namen zur allerhöchsten Berichterstattung. Später erschien Herr Alexander Katlein an der Unfallstelle; er hatte die Gräfin Ethelka in seinem Automobil mitgebracht und versammelte gleich eine Gruppe Offiziere rings um den Wagen: »Die Herren sind übernächtig ... ein Imbiss gefällig ... habe alles vorbereitet«, rief er in seiner lauten anstößigen Weise, während er schon die ersten Weinflaschen entkorkte. Gräfin Ethelka teilte die Gläser aus und entblößte lachend ihre weißen Zähne. Breitspurig erzählte Alexander Katlein, dass man die Explosion bis nach Wien gehört habe, und ahmte mit geblähten Backen das Geräusch nach. Dass der Brand schon gelöscht sei, war ihm nur schwer begreiflich zu machen, er bedauerte es offenbar, der Gräfin Ethelka nichts mehr bieten zu können.

Plötzlich bemerkte er Toni Muhr. »*Vitám vás*«, begrüßte er ihn von weitem in tschechischer Sprache. Es war dies ein Zeichen seiner besonderen Gunst; sicherlich hielt er in diesem Augenblick Toni Muhr für einen Landsmann aus Mähren, er konnte sich überhaupt nicht vorstellen, dass etwas Gutes anderen Ursprung haben sollte als seine eigene Heimat.

Toni Muhr hielt nach den Verwundeten Umschau. Es waren glücklicherweise deren nicht so viele, wie man ursprünglich angenommen hatte. Dass die Explosion während des Streiks und zur Nachtzeit erfolgt war, hatte größeres Unheil verhütet. In einer Seitenkammer des schnell eingerichteten Lazaretts aber lagen vier arg verstümmelte Leichen: zwei arme Teufel der Bewachungsmannschaft, eine alte Frau, von der niemand wusste, wer sie sei, und ein Knabe, der, in seinem Bette schlafend, von einem Sprengstück getroffen worden war. Toni Muhr kannte ihn wohl, er hatte oft im Vorübergehen das Wort an das liebe und aufgeweckte Kind gerichtet und ihm vor kurzem erst ein Stückchen kostbare Schokolade geschenkt. Nun kniete eine Mutter vor dem armen leblosen Körper.

Toni Muhr gedachte des Kellners Eduard, der von Schlachtfeld zu Schlachtfeld reiste, um den Leichnam seines Sohnes zu finden. Wie verkettet dies alles war, und doch wie sinnlos.

Der doppelte Knall, Kampfansage ungebändigter Elemente, war in Wien nicht nur von Herrn Alexander Katlein gehört worden, er hatte allenthalben viel Gleichgültige aus ihrer Ruhe gescheucht.

Am selben Nachmittag – die Zeitungen wiesen große Zensurlücken auf – verbreitete sich blitzschnell die Nachricht, der frühere Advokat Dr. Hengel habe ein Objekt der Katlein'schen Werke zur Explosion gebracht, sei jedoch selbst vom Luftdruck erfasst und in einen Graben geschleudert worden, wo man ihn des Morgens noch immer schwer betäubt aufgefunden habe. Zündschnur und sonstiges verdächtiges Material in seinen Taschen liefere den unzweideutigen Beweis seiner Schuld.

In der Straßenbahn, in den halbfinsteren Kaffeehäusern, überall, wo Menschen einander begegneten, sprach man von nichts anderem als von der Tat Dr. Hengels. Viele hatten ihn gekannt, viele gaben vor, ihn gekannt zu haben. »An den traut sich keiner heran«, hieß es. Man wollte sogar wissen, dass Dr. Hengel schon früher einmal im Palais Lubecki eine Bombe gegen einen Erzherzog geschleudert habe; die Angelegenheit sei damals vertuscht worden, und man werde es auch diesmal nicht wagen, Dr. Hengel vor Gericht zu ziehen, die gesamte Arbeiterschaft stehe hinter ihm.

Am nächsten Tage durften die Zeitungen schon einiges über den Vorfall berichten. Sie schilderten die Umsicht, mit der Toni Muhr, einer der tüchtigsten Ingenieure des Katlein'schen Betriebes, die Rettungsarbeit geleitet habe. Niemand schien sich mehr seines Prozesses zu entsinnen, niemand sich zu wundern, dass er wieder ein »Mitarbeiter« Theodor Katleins war.

Erst am Schlusse der langwierigen Schilderung des Brandes und aller von der Behörde vorgekehrten Maßnahmen, um ähnliche Unglücksfälle in Zukunft auszuschließen, war von Dr. Hengel die Rede; man nannte ihn einen Entgleisten, dessen Verstand im Kriege schwer erschüttert worden sei.

Die Leute auf der Straße schienen wie verwandelt. Man hätte glauben können, dass auch an sie geheime Weisung ergangen sei: Niemand gestand mehr eine Verbindung mit Dr. Hengel zu, man verlangte seine strenge Bestrafung, man verurteilte die »Sinnlosigkeit seines Verbrechens«.

Gleichwohl hatte die Tat Dr. Hengels zur nächsten Folge, dass der Kriegsminister Herrn Theodor Katlein als den Wortführer der vom Streik betroffenen Unternehmer zu sich bat und ihm mitteilte, man wünsche allerhöchsten Orts, dass der Arbeiterschaft bestimmte Zugeständnisse gemacht würden. Man dürfe die Leute nicht bis zum Äußersten treiben; es sei auch Befehl ergangen, alle Verhafteten unverzüglich in Freiheit zu setzen.

Vor dem Kriegsminister lag ein Verzeichnis jener Forderungen, von denen Herr Katlein bisher behauptet hatte, sie könnten auf keinen Fall in Erwägung gezogen werden. Der Kriegsminister aber ließ durchblicken, dass eine wohlwollendere Beurteilung die Voraussetzung für eine gewisse Rangerhöhung bilde, der man allerhöchsten Ortes lebhaftes Interesse entgegenbringe.

So geschah es, dass Toni Muhr, als er wenige Tage später in die Prinz-Eugen-Straße kam, um sich von Herrn Theodor Katlein dienstliche Weisung zu holen, in der Torfahrt dem Vorarbeiter Andreas Magrutsch begegnete, der soeben mit zwei anderen Vertretern der Arbeiterschaft ein Protokoll unterfertigt hatte, das auch den Namenszug Theodor Katleins trug.

Toni Muhr kannte das Protokoll, und er wusste, dass es sich keineswegs damit begnügte, den Streikenden Besserung ihrer wirtschaftlichen Lage zu verbürgen – durch Beistellung von Lebensmitteln und Errichtung von Gemeinschaftsküchen –, sondern dass es auch eine Reihe prinzipieller Zugeständnisse enthielt, die weit ernster ins Gewicht fielen; missliebige Anordnungen der Verwaltung sollten aufgehoben, andere zum Schutze der Arbeiterschaft neu eingeführt werden. Man hatte auch zugesichert, dass der kleine Oberleutnant, dem es im letzten Augenblick doch wieder gelungen war, seine Versetzung an die Front rückgängig zu machen, nicht mehr in den Kriegsbetrieben der Südbahn Verwendung finden dürfe.

Nun erst glaubte Toni Muhr das vergnügte Blinzeln des Vorarbeiters Magrutsch richtig zu deuten: Du siehst, mein Lieber, schien es zu sagen, wir können eurer Hilfe sehr wohl entraten. Uns nämlich braucht man ... Ihr aber – nun, du weißt es ja –, ihr seid überflüssig ... Eure Zeit ist um.

So ungefähr, nur mit ein wenig anderen Worten, hatte auch Herr Theodor Katlein zu Toni Muhr gesprochen, als dieser nach dem verlorenen Prozesse zum ersten Mal wieder bei ihm erschienen war. Mühlstein von oben, Mühlstein von unten, dazwischen blieb kein Raum.

Niedergeschlagen, verschüchtert, kleinlaut, betrat Toni Muhr das Arbeitszimmer seines Chefs. Dieser schien gut gelaunt wie selten vorher, er beglückwünschte sich zu dem günstigen Ausgang der Streikbewegung, als handelte es sich um einen Sieg, nicht um Niederlage. Herzlicher, als es sonst seine Art war, sprach er von Dank und Anerkennung, die Toni Muhr gebührten, und teilte ihm mit, dass er für die Stelle Frimmels in Aussicht genommen sei.

Es war Toni Muhr nicht entgangen, dass sein Chef in Frack und weißer Binde vor ihm stand. Herr Katlein lächelte einigermaßen verlegen, als er den erstaunten Blick bemerkte. »Ich gehe heute Abend in Gesellschaft«, sagte er, und Toni Muhr fand, dass dieses verlegene Lächeln irgendein Menschliches aufschloss, das ihm bisher verborgen geblieben war.

Herr Theodor Katlein aber zog seine Uhr. »Es ist höchste Zeit«, rief er, »verzeihen Sie … ich kann nicht zu spät kommen … es handelt sich um einen Erzherzog, der mir zu begegnen wünscht … ich glaube auch, es gibt eine Art politischer Versöhnungsfeier zwischen der Hausfrau und der kaiserlichen Hoheit … nicht wahr, Sie entschuldigen mich.«

Toni Muhr stand schon an der Tür, und wie aus weiter Ferne drangen die letzten Worte zu ihm: »Ich bin nämlich bei der Fürstin Lubecka eingeladen.«

4

Am ersten Mai wurde Dr. Hengel begraben. Auf dem Weg vom Garnisonsarrest zum Untersuchungsrichter war er von einem neuen Blutsturz befallen worden, der in wenigen Stunden seinen Tod herbeiführte. Nur seine nächsten Angehörigen durften ihm das Geleite geben. Wieder einmal musste sich Toni Muhr bei einem Wachkordon Abweisung holen, man verlangte von ihm vollgültigen Ausweis über seine Beziehungen zum Verstorbenen; aber die ließen sich nicht amtlich beglaubigen.

Wie verirrt stand Toni Muhr auf der Straße, er schämte sich der freien Zeit, die ihm plötzlich geboten war. Als er langsam über die Ringstraße schritt, bemerkte er, dass die Kastanien blühten. Da kam es ihm wieder zu Bewusstsein: erster Mai. Er entsann sich der Praterfahrt von einst, Kutscher im gelben Überzieher mit der Zunge schnalzend, wohlgenährte Pferde weiß ausgebunden, Wagendecken mit prunkvollen Kronen, Gummiräder, die hüpfend über die glatte Bahn der Hauptallee rollten. Und weiter glaubte er, die dunklen Reihen feiernder Arbeiter zu sehen, wie sie mit Inschriften und Bannern durch die Praterstraße zogen. Es hatte eine Zeit gegeben, wo sich in Wien beides nebeneinander vertrug, wo noch für Feste aller Art genug Raum war im Frühling.

Heute nun trug man Dr. Hengel zu Grabe, heimlich scharrte man ihn ein, und Wachleute verlangten von den Leidtragenden Ausweispapiere.

Dieses Bemühen der Obrigkeit, alles im Dunklen zu halten, was den Unbotmäßigen betraf, der, irdischer Gerichtsbarkeit misstrauend, sich höherem Spruch anheimgegeben hatte, blieb indessen vergeblich; immer weiter schlugen die Wellen seiner Tat und übten allenthalben neue aufrührende Wirkung.

Toni Muhr gedachte oft des kleinen runden Kieselsteins, der im Salon der Fürstin Lubecka vor die Füße des Erzherzogs gerollt war, als gerade das Trio Dr. Hengels aufgeführt wurde; die Musik hatte gleichsam den Kieselstein angezogen, ihn von der Straße emporgeholt und klirrend durch das Fenster gerissen. So war es auch jetzt: Die Tat Dr. Hengels löste Wirkungen aus, die scheinbar ganz ferne lagen. Toni Muhr war überzeugt, dass sein toter Freund keiner Zündschnur bedurft hatte, um das Frimmel'sche Objekt in die Luft zu sprengen. Sein Wille stand am nächtlichen Himmel der Zeit als ein weithin sichtbares Fanal.

Überall regte es sich, Toni Muhr glaubte zu bemerken, wie die furchtbare Maschine, deren Aufgabe es war, alle Kraft aus dem Boden zu saugen, Menschen und Vieh und die Frucht des Feldes, immer deutlicher ins Stocken geriet. Widerstand mehrte sich, Hunger war nicht mehr Gebeugtsein und dumpfes Verharren, so schien es Toni Muhr, sondern Aufbegehren und trotziger Wille zum Leben.

Getreideschlepper fuhren von Rumänien donauaufwärts, man plünderte sie, verteilte das Brot, ein neuer Vorstoß gegen Italien misslang, und hinter verschlossenen Türen verlangte der Abgeordnete Grabner im Parlament Rechenschaft für so viel neues, sinnloses Blutvergießen.

Sogar Lauretta, die Sanftmütige, die niemals aufbegehrte und sich mit keinem Menschen überwarf, bekam einen höchst drollig wirkenden Wutanfall, wenn sie der feindlichen äußeren Verhältnisse gedachte, unter denen es »ihrem Sohn« bestimmt war, das Licht der Welt zu erblicken. Auch sie hatte jenen dumpfen Schlag verspürt – Botschaft des Aufruhrs in den Katlein'schen Werken. Es war ihr nicht verborgen geblieben, in welcher Lebensgefahr Toni Muhr geschwebt hatte, und seither erschrak sie jedes Mal, wenn er von ihr Abschied nahm, fuhr entsetzt auf, sobald eine Glocke schrillte. In einem Buch ihres Vaters, des Herrn Ermete von Saluzzo, suchte sie astrologische Geheimmittel zur Meisterung des Geschehens, sie holte sich Rat bei der rumänischen Zeichendeuterin Radulescu und machte sich liebevoll werbend mit den Sternbildern vertraut, dem geistig erhöhten Wassermann, dem Krebs, der oft genug in niedrigem Genuss versinkt, der ausgeglichenen Waage und dem Skorpion mit dem leuchtenden Blick.

Das Ministerium stürzte, viel wurde dadurch nicht geändert, nur in den Präsidialbureaux gab es mächtige Aufregung. Der neue Herr, so hieß es, wünsche nationale Widerstände zu beseitigen, indem er bei Besetzung wichtiger Stellen der slawischen Beamtenschaft den Vorzug gab. Ähnliches war schon oft erprobt worden.

Ministerialrat von Franck ging zum Angriff über; er wusste es so einzurichten, dass ihm die Aufgabe zufiel, die Exzellenz mit einer Ansprache zu begrüßen, und da er auch am vorhergegangenen Donnerstag bei den »Finken« hospitiert hatte, dem Chefredakteur Pepi Lang bei jedem neuen Glas mit Todesverachtung Bescheid tuend, wurde es ihm nicht schwer, seiner Rede mit all ihren klug verstellten Schmeichelworten und Bosheiten das nötige Gewicht in der Öffentlichkeit zu verschaffen. Der neue Herr konnte es kaum vermeiden, dem Ministerialrat von Franck seinen Dank, der schon in den Zeitungen vorweggenommen war, noch einmal unter vier Augen zu bestätigen, und so war auf leichte Art eine Frist gewonnen, die nur mit Geschick weiter ausgenützt zu werden brauchte.

Ein Zufall fügte es, dass gerade damals ein Aktenstück aus der Kabinettskanzlei, das die Erhebung des Herrn Theodor Katlein in den Freiherrnstand betraf, auf den Schreibtisch des Ministerialrats von Franck geriet. Dieser ließ das Stück, statt es dem Minister vorzulegen, einige Tage »dunsten«, das heißt, er schob es als Letztes unter den mächtigen Hügel des Einlaufs. Ihn verdross, dass er beim Aufstieg Onkel Theodors gleichsam Handlangerdienste leisten sollte.

In steter Angst, seine jüdische Abstammung entdeckt zu sehen, hatte Ministerialrat von Franck seine verwandtschaftlichen Beziehungen zu den Brüdern Katlein bisher sorgfältig geheim gehalten und nur in der Panik der letzten Tage die Fürsprache des einflussreichen Verwandten bei der Fürstin Lubecka erbeten. Jetzt, da er weiterer Hilfe entraten zu können glaubte, hielt er es für angemessen, durch sein Zögern vor dem Minister zu betonen, dass er persönlich gar keinen Wert auf die Nobilitierung Theodor Katleins lege.

Dieses Zögern aber wurde zur Entscheidung, es hatten sich nämlich inzwischen Ereignisse zugetragen, die das mühevoll aufgerichtete Lebensgebäude des Herrn Theodor Katlein, so nahe am Ziele, umzustürzen drohten. Der Fähnrich Vicki Urban – vor Asiago zum Leutnant befördert – war vor kurzem, und diesmal mit regelrechtem Urlaub, in Wien eingetroffen und hatte gleich in den ersten Tagen den Besuch des ihm unbekannten Viktualienhändlers Simon Lamm erhalten, der sich nicht abweisen ließ und ihn mit bitteren Klagen über die Unbilden des Geschäftsganges langweilte, bis er sich endlich zu näher umschriebenen Mitteilungen entschloss, denen allerdings die volle Aufmerksamkeit Vicki Urbans gewiss sein konnte.

Simon Lamm war bei seinem letzten Besuche in der Prinz-Eugen-Straße statt Herrn Alexander Katlein dessen Sohne Walter begegnet, der mit einer Deutlichkeit, die nichts zu wünschen übrig ließ, jede Aussprache ablehnte und mit dem Wachmann drohte. Schriftliches gab Herr Simon Lamm nur ungern aus der Hand; denn er wusste: Die Katleins sind mächtig, durch einen Brief ist man ihnen ausgeliefert. Zweimal hatte er gleichwohl versucht, Herrn Alexander Katlein und seinem Sohne klar zu machen, dass es nicht ratsam sei, alte Freunde vor den Kopf zu stoßen. »Gemeinsame Erinnerungen verbinden uns«, hieß es in dem Briefe, und diese Stelle war rot unterstrichen. »Das Andenken meines Vaters ist mein letztes Gut auf Erden« – das Wort Andenken war gleichfalls unterstrichen. »Sie sind in Gefahr«, schloss der Brief, »ein Freund warnt Sie.«

Doch keine Antwort kam, Simon Lamm war tief innerlich entrüstet. »Es tut ihm leid um das bissel Geld, mit dem er mir ausgeholfen hat«, erzählte er jetzt dem Leutnant Vicki Urban. »Ich hab nichts von ihm geschenkt verlangt, nur Beteiligung an meinen Geschäften hab ich ihm angeboten, sicheren Gewinn, hundert Prozent, tausend Prozent; ohne Kapital kann man heutzutage keine Geschäfte machen, mein ganzes Vermögen steckt im Geschäft. Der Schmutzian aber glaubt genug für mich getan zu haben, er ist sehr stolz geworden, sein Bruder fühlt sich schon als Baron. Eile mit Weile, bester Freund: Ohne meine Zustimmung gibt's keine Freiherrnschaft.«

Simon Lamm hielt noch rechtzeitig inne, um nicht zu verraten, dass es ihm eigentlich lieber gewesen wäre, Herrn Theodor Katlein persönlich mit seinem Anliegen zu befassen, und dass er diesen Plan nur aufgegeben hatte, weil jeder Versuch, bei dem Allgewaltigen vorzukommen, aussichtslos schien und weil hier alles Schriftliche erst recht Verderben bringen konnte. Vor kurzem hatte Herr Wessely einen früheren Angestellten der Albumin-Werke wegen eines harmlosen Schmähbriefes der Polizei übergeben.

Zur rechten Zeit war da Herrn Simon Lamm der Name Vicki Urbans eingefallen, den er unlängst in der Zeitung gelesen hatte; nicht gerade in einer großen Zeitung. Herr Simon Lamm bevorzugte die kleinen, er meinte, man finde da leichter die Nachrichten, die man brauchen könne, um Geschäfte zu machen. Die großen Zeitungen leben von der Politik, die kleinen vom lokalen Teil, und im lokalen Teil hatte Herr Simon Lamm die Rückkehr Vicki Urbans erfahren; auch gewisse Anspielungen auf die Gräfin Ethelka und Herrn Alexander Katlein waren ihm keineswegs entgangen.

Junge Leute sind freigebig, junge Leute lassen mit sich reden, dies alles überdachte Herr Simon Lamm noch einmal, während seine kleinen rotumränderten Äuglein den jungen Menschen, der vor ihm saß, lauernd beobachteten. »Der Herr Leutnant wird nicht zulassen wollen«, fuhr er nun wieder

fort, »dass ein Mann wie dieser Alexander Katlein in den Freiherrnstand erhoben wird. Das heißt, er kommt gar nicht in
die Freiherrnschaft, sondern sein Bruder, immerhin, es ist die
gleiche Familie. Wir beide sind im Feld gestanden, und die
Katleins lassen sich adeln.« Sogleich erschrak er über die eigene Vertraulichkeit. »Ich bin nämlich auch draußen gewesen«,
entschuldigte er sich, »sogar verwundet bin ich worden.«

Vicki Urban wehrte ab.

Simon Lamm spielte seine letzte Karte aus: »Die Katleins
haben gar keinen Grund, so eingebildet zu sein«, sagte er,
»der Alexander zum Beispiel ist noch bei meinem Vater selig
in Prossnitz hinter der Pudel gestanden, und er hat ihn sogar
bestohlen.«

Herr Simon Lamm zog das Dokument mit der Unterschrift Alexander Katleins aus der Tasche, das mit den Worten begann: »Ich gestehe reumütig, meinen Chef durch Unterschleif und Betrug um mehr als vierzehnhundert Gulden
geschädigt zu haben.« Das Papier war schon an mehreren
Stellen brüchig geworden, weil Simon Lamm es stets in seiner dreiteiligen Brieftasche aus rotem Leder trug, und an den
Rändern hatte sich Schmutz angesetzt.

Vicki Urban aber zeigte sich gerne bereit, es gegen einen
Haufen neuer Banknoten umzutauschen, die er aus dem Felde nach Hause gebracht hatte und mit denen er doch nichts
Rechtes anzufangen wusste. Er fügte sogar noch einen Ring
hinzu, der ein Erbstück seiner Familie war – wozu knausern!
Einmal um das andere betrachtete er die wertvolle Urkunde,
schlug sich befriedigt auf die beiden Schenkel und lachte laut
und herzlich. »Sie sind ein kostbarer Mensch«, sagte er zu
Herrn Simon Lamm. Dieser nickte geschmeichelt.

Am selben Abend noch gelang es dem jungen Vicki Urban,
Herrn Alexander Katlein in einem neu gegründeten Klub
ausfindig zu machen, wo dieser gerade bei einem Spielchen

saß. Es ging um hohe Summen, Zuschauer standen respektvoll umher. Vicki Urban hatte sich eine Gastkarte verschafft, was niemandem auffiel, denn man war es gewohnt, dass viele junge Leute sich neben den alten Klubmitgliedern zu den Spieltischen drängten. So groß wie die Wut, Geld zu verdienen, war auch die Sucht geworden, sich seiner zu entledigen.

Vicki Urban also nahm zur Rechten Alexander Katleins Aufstellung, er wartete, bis eine Pause im Spiele entstand und die Karten neu verteilt wurden. Das Blut war ihm in die Wangen gestiegen, wodurch er noch jünger aussah, als er wirklich war.

»Verzeihung, Baron«, begann er und lachte verlegen, »es ist mir nicht angenehm, Sie hier zu stören, aber ich muss schon darauf bestehen, dass Sie zunächst eine alte Rechnung in Ordnung bringen, eine alte Spielschuld sozusagen – Spielschulden – Ehrenschulden.«

Die Partner des Herrn Alexander Katlein fuhren von ihren Sitzen auf. Er selbst schrie: »Was will der Mensch von mir, ich kenne den Menschen nicht. Man soll nachsehen, ob er keine Waffe bei sich trägt, bei solchen Leuten muss man auf alles gefasst sein.« Er streckte die Hand vor, wie um einen Angriff abzuwehren.

Schon waren ein paar Diener herbeigeeilt, man hatte Vicki Urban erkannt und sprach auf ihn ein: Er solle sich doch beruhigen und offenen Skandal vermeiden. Aber Skandal, das war es gerade, was der Leutnant Vicki Urban wollte. Die Voraussicht Simon Lamms bewährte sich: Junge Leute sind nicht nur freigebig, sie gehen mit dem Kopf durch die Wand.

»Seht, wie der Herr Baron seinen gekrümmten Arm vor das Gesicht hält«, rief Vicki Urban, »er muss in seiner Jugend viel Prügel bekommen haben, das haftet einem fürs Leben an.« Und zu Alexander Katlein: »Fürchten Sie nichts, Baron, ich schlag Sie nicht, da hab ich nämlich ein kleines Brieferl gefunden, das schlägt für mich.« Und er schwenkte das vergilbte Papier in der Luft.

»Was haben Sie gefunden?«, unterbrach ihn hustend und schnaufend Alexander Katlein, »gar nichts haben Sie gefunden.«

Doch Vicki Urban wandte sich an die Umstehenden: »Meine Herren«, rief er – schon diese Anrede kam ihm sehr männlich vor –, »meine Herren, spielen Sie nicht mit dem Baron« – seine Stimme klang ungemein treuherzig – »ich warne Sie. Der Baron hintergeht alle, er treibt falsches Spiel mit jedermann, sozusagen aus Gewohnheit; von Jugend her.« Wieder schwenkte er seinen Zettel. »Ich kann den Wahrheitsbeweis antreten, meine Herren«, er stolperte über das Wort.

»Hinaus«, schrie Alexander Katlein, seine fleischigen Lippen bildeten einen dicken Wulst, es sah aus, als ob er einen Schlaganfall erleiden sollte.

Vicki Urban, in seiner gewinnenden jungen Art, grüßte nach allen Seiten hin. »Bitte vielmals um Verzeihung«, sagte er, »aber es musste sein«, und zu Alexander Katlein: »Stehe jederzeit zur Verfügung« – er nannte seine Adresse.

Herr Alexander Katlein schimpfte hinter ihm her: »Was sich die jungen Leute jetzt herausnehmen, er soll sich die Nase putzen lassen. Durchpracken soll man ihn.«

Aber zur Fortsetzung der Spielpartie kam es nicht mehr.

Am nächsten Tage fühlte sich Vicki Urban recht unsicher, er wusste nicht, was nun geschehen sollte. Die großen Zeitungen schwiegen über den Vorfall oder begnügten sich mit allgemeinen Andeutungen, das Leibblatt Simon Lamms jedoch schilderte ausführlich den ganzen Hergang und bezeichnete die Namen mit den Anfangs- und Endbuchstaben, so dass kein Zweifel bleiben konnte, wer gemeint sei.

Dieses Blatt lag, von Herrn Wessely mit blauen Rufzeichen versehen, auf dem Schreibtisch Theodor Katleins. Hart gerieten die beiden Brüder aneinander, und Alexander, der zunächst in seiner gewohnten Weise aufzubegehren versucht hatte, wurde immer stiller und gedrückter, bis zum Schluss nur noch die Stimme Theodors zu hören war.

Weit ausholend, streng, belehrend, unerbittlich brachte Herr Theodor Katlein all das in geordneter Rede vor, was er sonst insgeheim dachte und was kaum mehr ausgesprochen worden war, seit jenem fernen Tage, da die beiden Brüder, gemeinsam über Land fahrend, ihre Stöcke aneinander zerschlagen hatten. Auch jetzt war es eigentlich nur ein Selbstgespräch, das Theodor vor seinem Bruder Alexander hielt, als vor dem lästigen Zerrspiegel seiner selbst.

Während Herr Theodor Katlein sprach, sah er die Lippen des Bruders sich bewegen, und es waren bekannte Lippen, scheußlich entblößt, ohne mitleidige Barthülle. Er sah auch, dass sein Haar spärlich geworden war und dass tiefe Tränensäcke unter seinen Augen lagen. Erschreckt stellte er die müde Lüsternheit fest, die über das gedunsene Antlitz gebreitet war, sowie die Zerstörungen, die Alter und herzlose Gier verursacht hatten. Welcher Abgrund von Gemeinheit! Stand es so schlimm um ihn? Sollte er nicht in den Freiherrnstand erhoben werden? Warum stellte man ihn bloß, warum hielt man ihm diesen teuflischen Spiegel vor! Wer hatte sein Innerstes nach außen gewühlt, wer wagte es, ihn zu verraten!

Theodor Katlein redete nicht mehr seine mühsam erlernte Bildersprache, er lachte laut und keuchend, wie sein Bruder Alexander, wenn er in Zorn geriet. »Bestie«, schrie er mit wutverzerrter Stimme und hob die Faust gegen den Verhassten. Im nächsten Augenblick aber hielt er betroffen inne, als spürte er kaltes Glas unter seinem Griff und müsste fürchten, wenn er losschlug, die eigene Hand an klirrenden Scherben zu zerfleischen.

Alexander Katlein war unwillkürlich zurückgewichen. Die vornehme Rede des Bruders hatte ihn nicht überzeugt, aber die Naturlaute, die ihm seltsam nahe kamen, packten ihn wie längst entwöhnte Liebkosung. Die Grobheit des Bruders, die ihn nach so viel Jahrzehnten der Entfremdung nun wieder unverhüllt ansprang, empfand er als Zärtlichkeit. Mitleid erfüllte ihn; mit sich selbst und mit dem Bruder, auch seines Sohnes Walter gedachte er, der voll Zuversicht hoffte, der Adel würde von dem kinderlosen Onkel auf ihn übergehen.

Heftig begann sich Alexander Katlein zu schnäuzen und sagte: »Also gut, ich hab Unrecht gehabt, also gut, ich seh es ein«, und er streckte dem Bruder die Hand entgegen. »Lass mich nur machen, ich bring's auf gleich, ich hab schon andere Dinge auf gleich gebracht«, und noch immer sich schnäuzend, stolperte er aus dem Zimmer. In seiner Aufregung geschah es sogar, dass er seinen Hut vergaß, doch er wagte nicht mehr, umzukehren und dem Bruder noch einmal ins versteinerte Antlitz zu blicken.

Alexander Katlein fuhr sogleich zur Gräfin Ethelka und brachte ihr einen Schmuck, den er mit großem Apparat auf den Tisch legte, worauf er ins Stottern geriet. Wenn er nämlich schnell reden wollte, schleuderte er ein Wort gewaltsam gegen das andere.

Aber Ethelka verstand doch, worauf es ankam: Sie sollte den jungen Vicki Urban besuchen und in Gottes Namen bei ihm bleiben, wenn er sie noch behalten wollte.

Alexander Katlein setzte der Gräfin Ethelka eine Rente aus und schenkte ihr obendrein die Hietzinger Villa, in der sie jetzt wohnte; dies alles nur, falls es glückte, ihrem ehemaligen Freunde den verdammten Brief abzuschwatzen. Vicki Urban sollte Herrn Alexander Katlein eine Ehrenerklärung ausstellen, so, als habe er sich in der Aufregung zu unbedachten Verleumdungen hinreißen lassen.

Es war eine schwierige Aufgabe, von der sich Gräfin Ethelka ebenso belustigt wie angezogen fühlte. Sie wollte doch sehen, ob es nicht gelang, den kleinen Vicki dahin zu bringen, wo sie ihn haben wollte. Der arme Bub, wie würde er sich freuen, wenn er sie nur wiedersah! Sie spielte ihre Rolle mit so viel Überzeugung, dass sie selbst am Ende von ihr gerührt war, genauso wie Alexander Katlein, als er aus dem Munde seines vornehmen Bruders längst entwöhnte Schimpfworte der Knabenzeit vernahm.

Sie glaubte an ihren eigenen Edelmut, sie fühlte etwas wie Güte, da sie nun unversehens in das bescheidene Hotelzimmer Vicki Urbans trat und ihm sagte: »Hier bin ich, wenn du es noch erlaubst, bleib ich bei dir«, und da Vicki Urban ihr weinend die Hände küsste, als der liebe dumme Bub, der er war.

Es fiel nicht schwer, von ihm das Schriftstück zu erhalten, auf das Herr Alexander Katlein so großen Wert legte. Was hätte er ihr nicht geschenkt in diesem Augenblick! Auch die Ehrenerklärung für seinen Todfeind schrieb er unter Ethelkas Diktat.

Am nächsten Morgen freilich, als diese noch schlief, lag er schon lange mit wachen, traurigen Augen da und begann nachzudenken. Das Ergebnis solcher Überlegung war, dass er leise aufstand, sein Kofferl packte und alles auf den Tisch legte, was sich noch an Wertvollem in seiner Brieftasche befand. Wie ein Dieb schlich er aus dem Zimmer und nahm doch nichts mit als eine große Enttäuschung.

Das Opfer Vicki Urbans aber blieb zwecklos; es verpuffte wie die beiden Kugeln, die er mit dem Rittmeister Walter Katlein der Form halber im Prater zu wechseln gezwungen war. Das Schicksal der Brüder Katlein ging eigensinnig seinen Weg, ließ sich nicht durch knabenhaften Eingriff beirren.

So geschah es auch, dass Simon Lamm seinen neuen Reichtum in wenigen Tagen bei einer Fettspekulation verlor, die ihn mit den Interessen des Herrn Nagy in Konflikt brachte, und sich genötigt sah, sogleich neue Summen zu beschaffen. Es galt einer Strafanzeige zu entgehen, die von der Unbarmherzigkeit des Herrn Nagy wohl zu fürchten war. In dieser Notlage fiel ihm sein Leibblatt ein, mit dessen Herausgeber er schon des Öfteren kleinere Geschäfte zu gedeihlichem Abschluss gebracht hatte. Und da Herr Simon Lamm ein gutes Gedächtnis besaß, konnte der Wortlaut des Briefes, der an Vicki Urban veräußert und von diesem an Alexander Katlein zurückgelangt war, doch noch in einer der nächsten Nummern des Blättchens erscheinen mit der plakatartigen Überschrift: »Aus der Geschichte eines freiherrlichen Hauses«.

Wutschnaubend stürmte Herr Alexander Katlein die große Treppe der Albumin-Werke hinauf. Herr Wessely wollte ihn aufhalten, doch der Gewalttätige überhörte den warnenden Anruf und prallte so im Zimmer seines Bruders mit dem alten Exzellenzherrn zusammen, der zum festen Inventar der Fürstin Lubecka gehörte und nun gekommen war, Herrn Theodor Katlein seine guten Dienste anzubieten. Er hatte mit der Kabinettskanzlei Fühlung genommen, sein dünnes weißes Bärtchen, das aussah wie Altweibersommer, tanzte vor lüsterner Aufregung.

Alexander Katlein vernahm noch die letzten Worte eines Gespräches, das offenbar schon eine ganze Weile gedauert hatte. Denn der Exzellenzherr war aufgestanden und wandte sich eben zur Türe. »Seien Sie versichert«, erklärte er, »dass man allerhöchsten Ortes die Anwürfe, die sich gegen Ihren Herrn Bruder richten, keineswegs ernst nimmt. Es wird indessen notwendig sein, die Verleumder einer gerechten Strafe zuzuführen und die Öffentlichkeit zu beruhigen.«

Herr Alexander Katlein, der wusste, dass die vermaledeite Schulderklärung seiner Jugendzeit im Kamin zu Asche verbrannt lag, und der sich wohl getraute, eines Simon Lamm wie seiner übrigen Widersacher Herr zu werden, trat dem

Exzellenzherrn mit so viel Würde entgegen, wie er nur immer aufzubringen vermochte: »Sagen Sie Ihrem Auftraggeber«, rief er und streckte die Hand vor, »dass Ihr Wunsch dem unsern auf halbem Wege entgegenkommt; wir werden die Schuldigen zu treffen wissen.«

5

Toni Muhr erhielt von all diesen Zwischenfällen nur durch gelegentliche Gespräche jüngerer Ingenieure Kenntnis, denen er mit halbem Ohr zuhörte. In den Katlein'schen Betrieben gab es mehr zu tun als je, das Frimmel'sche Objekt musste neu aufgebaut werden, und in der Zwischenzeit galt es, die Leistung der anderen Objekte zu verstärken; auch die eigentlichen Erzeugnisse der Albumin-Werke, insbesondere Tierkohle, wurden jetzt viel bestellt.

Wenn Toni Muhr spät abends nach Hause kam, fand er Lauretta zumeist in tiefer Niedergeschlagenheit, sie weinte halbe Nächte lang, Frau Johanna saß neben ihr und rang die Hände: »Ein so gutes Kind, ein so prächtiges Kind. Du wirst sehen, es geht vorüber, ehe es noch recht angefangen hat. Als ich den Gino zur Welt brachte, war es so und auch bei dir, mein Liebling. Wann hättest du mir Schmerz bereitet! Nur der Rudi ist gleich von Anfang an ein schwieriges Kind gewesen.«

Aber Lauretta klagte: »Sieh dir meine Füße an, wie geschwollen die sind und wie unförmig, und mein armes Gesicht, all das nimmt kein gutes Ende.«

Frau Johanna, ihres Glückes als Großmutter gewiss, schlug lachend die Hände zusammen und rief: »Ein herziges Pupperl wird es geben.« Und sie holte blaugebänderte Kinderwäsche, die sie vor Lauretta schwenkte.

Diese aber wehrte ab, es war ihr schrecklich, das Geheimnisvolle, das in ihr vorging, so offen besprochen zu sehen, als etwas Alltägliches. Sie wollte nicht, was sie vor sich selbst verbarg, von anderen entschleiert wissen, erniedrigt, ausgeliefert, schamlos gemacht. Was mit ihr geschah, in ihr geschah, wollte sie niemandem anderen preisgeben, es erfüllte sie ganz mit Wonnen der Vernichtung, sie wollte allein sein mit dem Unnennbaren, ihm entgegenbangen ohne störenden Trost; darum weinte sie. Frau Johanna lief als ängstliche Henne am Ufer dieses scheinbar maßlosen Empfindens hin und her, ohne sich den Seelenzustand ihrer Tochter deuten zu können.

Sie begriff nicht, warum diese, sonst gewohnt, in unzähligen Plänen sich zu verlieren, nun das Ausmalen einer freundlichen Zukunft von sich wies, hatte sie doch in früheren Monaten ihre ganze Erfindungsgabe auf vergnügliche Vorbereitung des großen Ereignisses verwandt. Aber je näher dieses Ereignis heranrückte, umso weniger wollte sie seiner Acht haben; versteckten Anspielungen setzte sie zornigen Widerstand entgegen.

Nichts in der Wohnung sollte mehr verändert werden, Anordnungen, die von ihr selbst getroffen worden waren, hob sie nun wieder auf. Einmal hatte sich ihr Vater, Herr Ermete von Saluzzo, der im Allgemeinen wenig zu zärtlicher Aufmerksamkeit neigte, herbeigelassen, persönlich ein Kinderbett zu bestellen, fand indessen keineswegs die Anerkennung, auf die er Anspruch zu haben glaubte. Lauretta geriet in unerklärliche Erregung, es schien ihr höchst vermessen, dem Fragwürdigen, Jenseitigen schon jetzt in dieser Welt eine sichere Liegestatt zu bereiten, es war ihr wie Frevel, dass man vorausberechnete und als Schuldigkeit, nicht nur von ihr selbst, sondern vom lieben Gott forderte, was ihr bis zum letzten Augenblicke jeder menschlichen Voraussicht entrückt schien.

Toni Muhr war der Einzige, der begriff, was jetzt an Widerspruchsvollem sich in der Seele Laurettas ereignete. Er ging auf alle ihre Wünsche ein und vertrat sie auch gegen Frau Johanna, die verzweifelt klagte, sie überlasse ihrem Schwiegersohne die Verantwortung für alle üblen Folgen, die sich aus so viel Unvernunft ergeben mochten.

Lauretta wusste Toni Dank für seine stille, behutsame Art, die von der eigenen Besorgnis kein Aufhebens machte. Mit Ungeduld erwartete sie ihn des Abends, wurde zuversichtlicher, sobald sie nur seine Schritte hörte; er setzte sich zu ihr, fasste ihre Hand, streichelte sie, sprach kein Wort, aber Lauretta fühlte so viel stille Güte von ihm zu ihr überströmen, sie spürte: Da war jemand, dem man das Unerklärbare nicht endlos erklären musste, der Schwebendes und Gleitendes nicht anzutasten versuchte und alles in der Tiefe sich Erfüllende sein und gewähren ließ. Da war einer, der ohne Frage begriff, was in ihr vorging, und es durch mitteilsam schweigsame Nähe zu entwirren verstand.

»Zum Trösten gibt es keinen zweiten Menschen in der Welt wie den Toni«, sagte Lauretta. Mit einem Male war sie wieder vergnügt und lachte, wollte Geschichten erzählt haben, und ihr Bruder Rudi Saluzzo musste ausführlich über die letzte Wendung des Katlein'schen Ehrenhandels berichten.

Alexander Katlein hatte gegen das Leibblatt Simon Lamms die Klage erhoben. »Man macht sich schmutzig an den Leuten, aber es muss sein«, hatte er Rudi Saluzzo erklärt, der mit ihm jetzt häufig im Klub frühstückte, vermutlich nur aus Mitleid, weil der Gesellige und Gastfreie zurzeit nicht viel Tischgenossen fand. Rudi Saluzzo holte ihn zu Hause ab, führte ihn spazieren, erzählte ihm den Klatsch der ganzen Stadt und horchte ihn selber aus, was natürlich wieder viel zu schaffen gab.

Ob der fatale Jugendbrief Alexander Katleins echt oder gefälscht war, wollte Rudi Saluzzo lieber gar nicht untersuchen; er rechnete damit, dass es Herrn Katlein schon glücken werde, die Angelegenheit irgendwie zu ordnen, ja er hatte sogar persönlich den Widersacher Simon Lamms, Herrn Nagy, in seinem Kaffeehaus aufgesucht und zu einer vertraulichen Besprechung in die Prinz-Eugen-Straße eingeladen.

Immer deutlicher kehrte sich jedoch die öffentliche Meinung gegen die Brüder Katlein und gegen die Albumin-Werke. Die geplant gewesene Erhebung Theodors in den Freiherrnstand gab zu zahlreichen Witzworten Anlass, die tiefer verwundeten als direkter Angriff, die Unzufriedenheit der Menge hatte einen Namen gefunden, an den sie sich halten konnte und den sie für die gemeinsame Schuld aller Mächtigen verantwortlich machte.

Und dann geschah es, dass ein Gerücht sich verbreitete, schrecklicher als die Beschuldigung, deren Opfer Alexander Katlein geworden war, aus feindlichen Schützengräben kam es herbei und fand Glauben, so unsinnig es schien. Die Blutkohle in den Albumin-Werken werde aus Menschenleichen bereitet, so erzählte man, beruhigende Erklärungen halfen nichts, Gerüchte waren stärker als amtliche Erlässe, die kleinen Zeitungen siegten über die großen. Man hatte sich gewöhnt, die Wahrheit durch Hintertüren schleichen zu sehen.

In einem Gespräche Unbeteiligter hörte Toni Muhr eines Tages die Albumin-Werke als »Blutfabrik« bezeichnen; ohne jede Erregung, wie man vom Krieg sprach, dessen Schrecknis auch längst keiner besonderen Feststellung mehr bedurfte. Die geheimen Zusammenhänge zwischen den Brüdern Katlein und dem Krieg schienen an die Oberfläche zu dringen, die Menge spürte, dass man in der Gestalt Theodor Katleins Größeres treffen konnte als eine zu anstößiger Macht emporgewachsene Sippe.

Es war Herrn Theodor Katlein gelungen, wenn auch mit großen Opfern, den Streik beizulegen, der sein Unternehmen bedroht hatte, nun aber stand er Feinden gegenüber, die

ebenso unsichtbar blieben, wie er selbst all die Zeit mit seinem Tun und Treiben unsichtbar gewesen war. Es galt gegen
eine Macht zu kämpfen, die keinen Körper hatte, die sich
nicht greifen ließ und an der alle Rechenkünste versagten.
Eine Stimme stand wider ihn, ein Wille, der in den Menschen war und über den Menschen.

Dann kam der Tag, an dem Toni Muhr in der Fabrik die Nachricht erhielt, Lauretta verlange nach ihm, man habe auch
schon um den Arzt telefoniert, aber dieser sei leider verreist.
   Dr. Wolfgang Grabner hatte in der letzten Zeit nicht mehr
so oft wie früher Lauretta besucht, weil diese alles, was sie an
ihren Zustand erinnerte, von sich fernzuhalten wünschte;
nun antwortete seine Haushälterin, der Herr Doktor sei vor-
gestern zu seiner Mutter nach Mähren gefahren und werde
erst am Nachmittag zurückerwartet. Toni Muhr beschloss,
ihn sogleich vom Bahnhof abzuholen, damit nicht kostbare
Zeit verloren ginge.
   Lauretta, in der Erregung der ersten Wehen, stieß alle von
sich, die ihr nahe zu kommen versuchten, insbesondere die
weise Frau, die jetzt in der Küche beleidigt ihren Jausenkaffee
schlürfte; man hatte eine kostbare Büchse Kondensmilch geopfert. Angstvoll flatterte Frau Johanna in der Wohnung
umher wie ein Huhn, das gejagt wird, und trug neben manchem Nützlichen auch viel Überflüssiges herbei, schaffte es
wieder fort, irrte sich, stammelte Entschuldigungen, verlegte die Schlüssel und klagte lauter als ihre Tochter, weil das
arme Kind so viel leiden müsse.
   Mühsam schob sich Toni Muhr auf dem Nordbahnhof
durch das Menschengewühl. Hier hatte dereinst das große
Abschiednehmen begonnen, nun schien man an der gleichen
Stelle den Frieden zu erwarten. Es gab wieder Expresszüge
aus Russland, Gatten, Väter, Söhne kamen aus der Kriegsgefangenschaft, abgezehrt und erdfarben. Toni Muhr erinnerte

sich, dass er selbst vor zwei Jahren so heimgekehrt war, ein Frösteln lief ihm den Rücken hinab. Er sah Männer in Schafpelzen, deren Fell nach außen gekehrt war, hörte slawische Laute; Frauen mit großen, in rote Tücher geschlagenen Bündeln saßen auf dem Boden, verteilten Obst an schreiende Kinder.

Toni Muhr gedachte Laurettas; wie es ihr wohl ergehen mochte und was geschehen sollte, wenn der Zug Dr. Grabners nicht rechtzeitig eintraf. Es gab keine verlässlichen Fahrpläne mehr, und es war auch nicht möglich, irgendeine bestimmte Auskunft zu erhalten; langsam schritt Toni Muhr unter dem buntbemalten Glasdach der Halle auf und nieder. In dieser Halle waren die Brüder Katlein zum ersten Mal mit Wien in Berührung gelangt. Alexander Katlein hatte Toni Muhr oft genug das starke Erlebnis jener frühen Fahrt beschrieben, das donnernde Geräusch, als der Zug zwischen den Bogen der großen Donaubrücke hindurchgerollt war, das Rauschen des Stromes in der Tiefe und das Aufsteigen des Kahlenbergs. Toni Muhr selbst war der Fürstin Lubecka über die nämliche Brücke nachgereist. Dies alles vermengte sich: Bauern, Juden, Gutsbesitzer und feilschende Händler.

Mit einem klingenden Hammerschlag verkündete die große Uhr in der Mitte der Halle das Vorwärtsrücken der Zeit. Toni Muhr suchte ein Telefon, er wollte Nachricht haben, wie es Lauretta erging; vielleicht war es besser, anderswo Hilfe in Anspruch zu nehmen, wenn der Zug sich noch mehr verspätete. Beim Verlassen der Zelle stieß er mit dem Abgeordneten Grabner zusammen, dem Onkel des Arztes. Dieser war erstaunt, Toni Muhr hier anzutreffen: Es sei das Eigentümliche des Nordbahnhofes, dass er nur jene Menschen anzog, die mit dem Lande, das er aufschloss, auch innerlich zusammenhingen. Und er begann von den langen und schmalen Feldern zu erzählen, die so durchaus charakteristisch für Mähren seien, er kannte da jeden Flecken und die Geschichte jeder Familie; in Napajedl die Baltazzis, weiter gegen Hullein die Thuns, und er zeigte Toni Muhr die hagere Gestalt des Grafen Ossendorf, des Gutsherrn seines eigenen mährischen Heimatsortes.

Ein schriller Pfiff verkündete das Herannahen des Zuges. Der Abgeordnete brach seine Erzählung ab: »Ich würde mit Ihnen gerne einmal in einem ruhigeren Augenblicke sprechen«, sagte er und winkte Toni Muhr noch einmal herzlich zu: »Es kommen schlimme Zeiten, die letzten Österreicher müssen zusammenstehen.«

Als Toni Muhr mit Dr. Grabner zu Hause anlangte, begegnete ihm schon im Vorzimmer die weise Frau, die übellaunig meldete, der Fall sei schwieriger, als sie habe annehmen können, und in Gegenwart der aufgeregten alten Dame sei ein sachgemäßes Arbeiten überhaupt nicht möglich. Der Herr Doktor solle Ordnung schaffen, sonst müsse sie weitere Verantwortung ablehnen.

Während sich der Arzt zu Lauretta begab, versuchte Toni Muhr die zürnende Frau zu beruhigen und hatte sie gerade so weit gebracht, dass sie versprach, Lauretta in ihrer schweren Stunde nicht zu verlassen, als Dr. Grabner zurückkehrte und zu verstehen gab, es sei das Beste, Lauretta sogleich in ein Sanatorium zu schaffen. Ein Spezialist müsse verständigt werden, man dürfe Lauretta nicht überflüssigem Leiden preisgeben.

Was folgte, spielte sich so schnell ab, dass Toni Muhr gar nicht mehr zum Bewusstsein der Angst kam, die seinen Körper durchschüttelte. Bestimmte Aufgaben waren ihm nun vorgeschrieben, ein Wagen musste herbeigeholt werden, dann galt es Lauretta in den Aufzug zu schaffen; als Toni Muhr die Stöhnende vom Bette hob, fühlte er ihr Herz gegen das seine schlagen, sie schmiegte sich an ihn, als erwartete sie von ihm allein Hilfe und Rettung, und er spürte die Verantwortung solchen Vertrauens, das sich rückhaltlos darbrachte.

Im Sanatorium wurde Lauretta entkleidet und auf ein kleines Wägelchen gelegt. Weißgekleidete Schwestern führten sie fort, voll lächelnder Ruhe, geräuschlos schritten sie dahin. Lauretta umklammerte die Hand Tonis: »Du wirst mich nicht sterben lassen«, hauchte sie, dann entglitt die Hand, dann schlossen sich breite Doppeltüren, niemand durfte folgen.

Frau Johanna begann sogleich herzerschütternd zu schluchzen. Es war in dem Zimmer, das man Lauretta zugewiesen hatte, ihre Kleider lagen noch umher; ein Unterrock, in Eile abgestreift, bildete auf dem Boden einen kreisrunden grünen Reif. All das war unendlich traurig, und Toni Muhr empfand Dankbarkeit gegen Frau Johanna, weil sie so laut weinte und schrie. Es tat ihm wohl, dass jemand für das Peinigende, das in ihm selber vorging, so heftigen Ausdruck fand.

Dr. Wolfgang Grabner öffnete wieder die Tür, er trug jetzt einen weißen Mantel, der ihn größer erscheinen ließ und ihm einen fremden Ausdruck verlieh. »Es geht alles gut«, rief er, und Toni spürte, wie fremd auch diese Stimme klang, als ob der Arzt nun auf einer fernen Bühne stünde und eine Rolle spielte, ihm selbst wohl vertraut, überraschend nur für den Zuschauer. Toni Muhr durchschritt an seiner Seite einen kleinen Vorraum, wo er weiße Kinderwäsche bemerkte, einen winzigen Korb statt einer Wiege und eine kleine Badewanne.

»Darf ich Sie begleiten?«, fragte Toni Muhr. »Ich möchte in der Nähe bleiben, vor der Türe …« Toni Muhr hatte mit Entschlossenheit gesprochen, wie man ein Recht verlangt; der Arzt nickte.

Vor dem Kreißzimmer stand eine schmale Holzbank; die Knie hochgezogen, die Stirn gegen die Knie gepresst, erwartete Toni Muhr das Unbekannte, Kommende. Man hatte ihm Lauretta fortgenommen, sie war allein, wie er selbst, fremden Menschen überantwortet. Von Zeit zu Zeit hörte er sie stöhnen, es war das Einzige, was ihn nun mit ihr verband; er konnte nicht Antwort geben, aber vielleicht spürte sie doch seine Nähe. Er war ja immer schweigsam gewesen all die Jahre, und sie hatte die Gefangenschaft dieser Stille geduldig ertragen.

Toni Muhr hörte, wie der Professor im Waschraum Toilette machte, Dr. Grabner leistete ihm dabei Gesellschaft. Der Professor spritzte das Wasser um sich und erzählte Anekdoten, von Zeit zu Zeit hörte man ihn auch kauen; eine Pflegerin musste ihm belegtes Brot in den Mund schieben. Warum beeilen sie sich denn nicht, dachte Toni Muhr; warum lassen sie Lauretta allein, warum stehen sie ihr nicht bei, warum bleiben sie taub ihrem Klagen? Und weiter dachte er: Dies alles ist meine Schuld, ich habe es verursacht, ich habe es herbeigewünscht, herbeigerufen. Wie konnte ich solches auf mich nehmen, wie durfte ich es wollen, dies Furchtbare.

Er kam sich jämmerlich vor, unendlich überflüssig und läppisch, wie er so dasaß mit hochgezogenen Knien, während es jenseits der weißgestrichenen Türe – oh, alles war hier weiß, gleichgültig, teilnahmslos – um Tod und Leben ging. Er glaubte, die Türe aufreißen, Lauretta helfen zu müssen.

Nun stieß sie einen gellenden Schrei aus und noch einen, vielleicht rief sie ihn. Toni Muhr war aufgesprungen und hatte sein Ohr an die Türe gepresst; jetzt hörte man die Stimme des Professors, der Befehle erteilte, und das Klirren metallener Instrumente auf Porzellan. Der widerlich süße Geruch von Äther drang durch die Türspalten. Um Himmels willen, was ist geschehen, dachte Toni Muhr, sie schweigt, was ist geschehen?

Da vernahm er mit einem Male wieder einen hellen, kreischenden Laut, aber er wusste, das war nicht Lauretta. Dr.

341

Grabner riss die Türe auf und sagte: »Ich gratuliere, Sie haben eine Tochter bekommen.«

Die Zähne aufeinandergepresst, fragte Toni Muhr: »Wie geht es Lauretta?«

In dem schauspielerischen Tonfall, der Toni Muhr vorhin so sehr überrascht hatte, erwiderte der Arzt: »Es war schwer, aber nun ist alles Schlimme vorüber, nun braucht die Frau Mama nur Ruhe.«

6

Am dritten Tage hatte Lauretta Fieber. Toni Muhr stand hinter dem Zimmerarzt, der umständlich eine steile rote Kurve auf ein weißes Blatt Papier zeichnete. Frau Johanna half gerade im Vorraum der Schwester Agathe das Kind baden. Lauretta hatte ihre Tochter niemandem anvertrauen wollen außer der Kinderschwester, die ihr durch Tonis Erzählung bekannt war; die junge Frau Katlein hatte ihre Adresse mitgeteilt.

Da schaltete Schwester Agathe nun in ihrer schnellen, sicheren Art über dem kleinen schreienden Wäschebündel, packte es auf, klappte es wieder zu, nahm von ihm Besitz, war ihm die Welt. Bewundernd standen die vielen sachkundigen Frauen umher, an denen es hier nicht fehlte, bis zu den Nonnen in ihren breiten weißen Hauben; sie alle schienen untereinander wie im Einverständnis. Gestern hatte auch Toni Muhr verstohlen das anmutige Schauspiel auf sich wirken lassen, obzwar es ihn verlegen machte, wenn man seinem Blick folgte oder ihn gar »Vater« nannte; jede dieser Frauen, die hier Rat oder Handgriff boten, gar nicht zu reden von der Kinderschwester Agathe, hatten mehr natürliche Beziehung zu dem kleinen Geschöpf als er selbst, der sich von seiner Nähe beängstigt fühlte.

Es war ihm, als käme Lauretta zu Schaden um des Kindes willen, er suchte bei Frau Johanna Trost, zeigte ihr die rote Linie auf dem Blatt Papier, die langsam in der Ebene hinkroch, um plötzlich emporzuzüngeln wie eine Schlange, die beißen will.

Toni Muhr, der sonst stets Ruhe bewahrte, geriet ob dieses ersten bedrohlichen Anzeichens in fassungslose Bestürzung; argwöhnisch verlangte er, dass neben Dr. Grabner und dem Spezialisten, der Lauretta in ihrer schweren Stunde beigestanden hatte, auch noch ein berühmter Internist zu Rate gezogen werde. Das trügerische Gerede der Ärzte erregte seinen Zorn; als Dr. Grabner erklärte, kleine Fieberschwankungen kämen öfters vor und hätten wenig zu bedeuten, traf ihn ein Blick kalten Hasses.

Nichts vermochte Toni Muhr aus dem Zustand dumpf hinbrütender Verzweiflung zu reißen; nur in Laurettas Gegenwart bezwang er sich, ließ es an Scherzworten nicht fehlen oder trug im angstvoll vorgestreckten Arm das Kind herbei und beratschlagte mit Lauretta, wie es heißen sollte. Sie kamen überein, es nach Tonis Mutter Christine zu nennen.

Und das Fieber stieg. Toni Muhr wollte keine Sekunde mehr von Lauretta getrennt sein, zweimal sandte ihm Herr Theodor Katlein einen Boten: Er habe mit ihm dringend zu sprechen – Toni Muhr antwortete nicht.

Nur für die Nachtstunde hatte er Frau Johanna seinen Platz am Fußende von Laurettas Bett eingeräumt, er sah ein, dass die Gegenwart der Mutter nicht zu entbehren war, auch verstand sich Frau Johanna auf Krankenpflege, hatte jahrelang ein Kriegsspital geleitet. »Du bist nur darum so ängstlich«, erklärte sie ihrem Schwiegersohn, »weil du niemals einen Schwerkranken gesehen hast. Zu meinen Soldaten hast du nicht kommen wollen, und so begegne ich dir hier, an Laurettas Bett, zum ersten Male gleichsam im Amte.«

Frau Johanna gab sich rastlos ihrer Aufgabe hin, voll Ver-

trauen auf den Erfolg, vorausgesetzt, dass man alle Anordnungen der Ärzte richtig befolgte. Sie wachte darüber, dass
zur bestimmten Zeit die Medizin eingeflößt, die Speise ver-
abreicht, die Körperlage geändert wurde. »Ich bin so müde«,
sagte Lauretta, »lass mich schlafen, Mama.« Aber diese bat:
»Du hast sicher Kopfschmerzen, Liebling, darf ich dir einen
Umschlag geben?«

Tagsüber verharrte Toni Muhr stets in unmittelbarer Nähe
Laurettas, er saß auf einem niedrigen Schemel und rührte
sich nicht; sobald sie aufwachte, lächelte sie ihm zu, und darauf wartete er. Wenn man ihr das Kind brachte – in den ersten Tagen hatte sie es gestillt, nun musste man es mit der
Flasche aufziehen –, hatte sie eine Art, es zu streicheln und
dabei traurig anzublicken, die ihn tief erschütterte. Sie küsste die kleine Christel nur selten, weil sie fürchtete, dem Kinde mit ihrem Fieber zu schaden; alle Zärtlichkeit war in ihrem Blick.

Des Nachts stand Toni Muhr an der Türe des Nebenzim-
mers, das er gemietet hatte, und horchte. Er hatte den Eindruck: Wenn er auch nur eine Sekunde sich entfernte oder
einschliefe, könne es verhängnisvoll sein.

Bewegungslos still war Lauretta, ihr leichtes Atemholen
ließ sich nicht fassen, man hörte das Ächzen der Diele, sonst
nichts … Doch ringsum schien die Welt der Frauen, in die
Toni Muhr jetzt eingefangen war, geisterhaft lebendig.

Irgendwo schrie eine Wöchnerin, und es war nicht das
Wehklagen eines Menschen, der Schmerz empfindet, sondern der Ruf aus irgendeiner furchtbaren, plötzlich aufge-
schlossenen Erkenntnis, der in die Nacht scholl, immer wieder, in jede Nacht, einmal hier aus dem Dunkel, dann wieder
dort. Und immer wieder war es der Schrei eines Kindes, der
aus der Ferne Antwort gab, heftig und schrill oder lang gezogen wimmernd, und auch diese hilfesuchende Stimme eines Neugeborenen, das aus dem sicheren Bezirk des Mutter-

344

leibes sich in die Welt ausgestoßen fühlte, war viel mehr als Botschaft ersten Leidens, es war ein Schrei, der Toni Muhr unvergesslich schien: Klage des Lebendigen, Klage des Schuldlosen vor Gott.

Und Toni Muhr vernahm seine eigene gequälte Stimme, die anklagte: Ich habe es gewollt, ich habe es gefordert, als ein Recht habe ich es gefordert ... Dr. Grabner hatte ihm einmal von der Wallfahrtskirche seines mährischen Heimatsortes erzählt: Es sei da auf dem Altarbild ein zürnendes Jesukind zu sehen, das, vom Schoße der Mutter Gottes sich wendend, mit seiner kleinen Faust den Blitzstrahl zur Erde nieder- schleudere. Dieses Bild stand nun lebendig vor Toni Muhr; aus der Finsternis wuchsen die Felsenstufen des Jüngsten Gerichtes, er selbst harrte tief unten, als armer Sünder des himmlischen Rufes, und er trug einen großen und langen Bart, wie auf den Heiligenbildern zuweilen Gott Vater dar- gestellt wird.

»Das ist ja Tollheit«, sagte sich Toni Muhr und fasste an seine Schläfen.

Nebenan weinte Lauretta. »Ich will nicht sterben«, rief sie, »mir ist so schwach, ich will nicht sterben.« Mit einem Sprung war Toni Muhr in ihrem Zimmer. Beide Fäuste stemmte die Fiebernde gegen das Bett, versuchte sich aufzurichten, ihr angstvoller Blick ging ins Leere, ihre Wangen glühten. Frau Johanna stützte ihr den Rücken. »Ein so liebes Kind«, sagte sie, »ein so gutes Kind, wer wird denn solchen Unsinn reden.«

Schon war der Zimmerarzt herbeigeeilt, der ein weißes Pulver ins Glas schüttete, Lauretta beruhigte sich und schlief ein. Der Arzt hielt noch eine Weile prüfend den Puls fest und bedeutete dann Toni Muhr, mit ihm das Zimmer zu verlas- sen. »Ein kleiner Aufregungszustand«, sagte der Arzt ge- schäftsmäßig im Vorraum und gähnte. »Das Herz ist gut, Sie werden mich wohl nicht mehr brauchen, Schwester.« Er tor- kelte von unterdrückter Müdigkeit.

Der ratlose Blick Toni Muhrs fiel auf die kleine Christel, die ahnungslos in ihrem weißen Körbchen lag. Den rechten Arm hatte sie aus der Windel befreit, die ihr Schwester Agathe des Nachts um die Schultern zu binden pflegte, und saugte befriedigt an ihrem Daumen.

Am nächsten Tag erklärte Dr. Grabner: »Es ist ernst, lieber Freund, ich kann es Ihnen leider nicht verhehlen, es ist sehr ernst. Aber auch schwere Fälle werden gut, man darf nicht den Mut verlieren.«

»Natürlich«, erwiderte Toni Muhr, »zweifellos«, und er fühlte sogar, dass er »verbindlich« lächelte, wie es Lauretta genannt hätte.

Das Konsilium trat wieder zusammen; die Ärzte schlossen sich eine halbe Stunde im Nebenzimmer ein, dann riefen sie Toni Muhr zu sich und sagten: »Die Natur muss helfen.« Auf dem Tisch lag die Fieberkurve mit hohen Spitzen und tiefen Abgründen, es war so, als irrte der Lebensfunke geängstigt hin und her.

Man zwang Frau Johanna, die Pflege an eine Krankenschwester abzugeben: »Es ist besser für die Patientin«, meinte der berühmte Professor; Frau Johanna fügte sich, aber sie war von diesem Augenblicke an wie gebrochen, so, als habe man ihr verboten, Lauretta am Leben zu erhalten. Für ihren Bewegungstrieb war keine Verwendung mehr; sie saß viele Stunden lang bei der kleinen Christel und weinte.

Am Nachmittag kam Herr Ermete von Saluzzo und brachte ein Nelkenbukett, das unbemerkt liegen blieb. Lauretta war ohne Bewusstsein. »Man muss die Blumen ins Wasser stellen«, sagte Herr von Saluzzo. Dann klopfte er seiner Frau auf die Schulter und mahnte: »Fasse dich, Johanna … Eine gewisse Haltung …« Schließlich nahm er sie beiseite und erklärte, es müsse sogleich ein Priester geholt werden: Wenn sein Schwiegersohn als Heide zu leben wünsche, so möge er dies mit seinem Gewissen ausmachen. Lauretta aber dürfe in diesem Augenblicke der religiösen Tröstung nicht entbehren.

Auch Rudi Saluzzo kam – nach unzähligen anderen Besuchen, die man abwies; Toni Muhr schrieb die Namen auf ein Blatt Papier, denn sobald Lauretta aus Fieberträumen erwachte, galt ihre erste Frage diesen Besuchen, es freute sie, dass viele Menschen an ihrem Schicksal Anteil nahmen, es waren derer niemals genug, und Toni Muhr fügte der langen Reihe noch erdichtete Namen hinzu mit immer neuen Wendungen des liebevollen Interesses.

Rudi Saluzzo hatte frühmorgens den berühmten Professor von der Klinik geholt, wollte aber noch immer nicht glauben, dass es so schlimm um Lauretta stand. Er schritt mit seinem Schwager den engen Gang vor dem Krankenzimmer auf und nieder. »Du wirst sehen, morgen geht's besser«, sagte er voll Bestimmtheit, »ich hab ein gutes Gefühl.«

Toni Muhr hörte ihn nicht, er zählte die Mosaikfelder des Fußbodens, gelangte jedoch niemals bis zehn. An einer Tür hing eine weiße Tafel: »Besuche verboten«. Im Vorübergehen fiel sein Blick auf diese Tafel, er fasste den Sinn der einfachen Worte nicht auf. Rudi Saluzzo versuchte seinen Schwager zu zerstreuen, er begann von dem Prozess des Herrn Alexander Katlein zu erzählen und war beinahe ärgerlich, weil Toni Muhr so wenig Interesse für den Hergang verriet.

Gestern hatte der Prozess stattgefunden, und Rudi Saluzzo war natürlich dabei gewesen: Die Katleins seien tote Leute, vom Adel war keine Rede mehr. Der Simon Lamm habe wohl seinen Freund, den Herausgeber der angeklagten Zeitung, ohne Überlegung im Stiche gelassen und sei für Alexander Katlein eingetreten, jedoch in einer so überschlauen und läppischen Weise, dass es dem Verteidiger nicht schwer fiel, die Unredlichkeit des Zeugen darzutun und ihm Widersprüche nachzuweisen. Habe sich doch Simon Lamm nicht hindern lassen, immer wieder die Großmut und Freigebigkeit Alexander Katleins zu rühmen. Im kritischen Augenblick sei zum Glück die Verhandlung unterbrochen worden, und Herr Alexander Katlein habe noch zuletzt mit dem Herausgeber des Winkelblättchens einen Ausgleich abschließen können, der ihm wenigstens die offene Feststellung seiner Schmach durch Urteil ersparte.

Toni Muhr vernahm den plätschernden Redefall, versuchte durch einzelne Kopfbewegungen und indem er von Zeit zu Zeit den Mund verzog, sich anzustellen, als hörte er zu, aber nichts von alledem, was Rudi Saluzzo berichtete, drang bis zu ihm. Unausgesetzt zählte er die Mosaikfelder des Fußbodens, und nach der Zahl fünf tat sich vor ihm ein großes schwarzes Loch auf, er kam nicht weiter. Hilflos hob er den Blick und erkannte die verhasste Tafel mit der Aufschrift: »Besuche verboten«. Endlich begriff er ihren Sinn, wie fremd das klang, wie strenge und abweisend. Es war Laurettas Tür.

Und wieder kam eine Nacht, in der Toni Muhr einsam vor der Türe Laurettas saß. Sie hatte seit Mittag das Bewusstsein nicht wiedererlangt, und es gab niemanden mehr, nicht Ärzte noch Pflegerinnen, der an die Möglichkeit einer Rettung glaubte; alle hatten sie Toni Muhr scheu von der Seite angeblickt, wie einen Menschen, den man hintergangen hat und der nun doch die furchtbare Wahrheit entdecken wird.

In ihm war jetzt keine Unruhe mehr und keine Qual, er saß da, kalt und wie ohne Gefühl, so dass er vor sich selbst erschrak. Gläsern durchsichtig schien ihm die Welt, er hätte die schwierigsten Rechnungen anstellen können, die Gedanken stürmten auf ihn ein, aus den entferntesten Bezirken seiner Erinnerung sprangen die Funken ihm zu. Alles um ihn war von unheimlicher Helligkeit.

Wort um Wort wusste er mit einem Male auswendig, was Rudi Saluzzo nachmittags erzählt hatte, obgleich es ihm damals leerer Schall geblieben war. Er besann sich sogar gewisser Einzelheiten, die unmöglich von seinem Schwager herrühren konnten, er vernahm die unangenehm schneidende Stimme des Vorsitzenden, die keuchende, bellende Rede Alexander Katleins und das singende Gestammel Simon Lamms. Es war ihm auch, als sehe er die beiden Brüder, Theodor und Alexander, nach dem Zusammenbruch, aschfahl beide und angsterfüllt, zur demütigen Haltung kleiner Leute zurückgekehrt, wie sie vor Jahrzehnten auf dem Nordbahnhof in Wien eingetroffen waren, scheu und geduckt und in der Menge verloren.

Ja, es war Toni Muhr, als hörte er Herrn Theodor Katlein persönlich an seine Tür pochen und ihn rufen.

Seine Stunde war gekommen – sagte man nicht so –, man erwartete gewiss, er werde nun Genugtuung empfinden, weil seine Feinde Schiffbruch litten, weil ein tölpelhafter Zufall sie niederriss. Aber er wusste es besser; er allein begriff, dass seinen Feinden Unrecht geschah, wie ihm selbst Unrecht widerfahren war: ein Leben der Arbeit, aus dem Hinterhalt vernichtet – dies also war die Genugtuung. Was hatte er damit zu schaffen – welch ein Jammer! Und wie spät war es geworden – viel zu spät!

»Gerechtigkeit« erschien jetzt Toni Muhr als etwas Unmenschliches, Gerechtigkeit hieß die ganze Welt in kleine Teile zerstücken und die Gnade verwirken. Er hatte nur immer gefordert statt zu geben, von Lauretta wie von den andern, vergiftet waren seine Wünsche gewesen. Wie gerne hätte er jetzt alles Recht fortgeschleudert – wenn nur Lauretta am Leben blieb! Ich muss neu anfangen, dachte Toni Muhr, es muss einen Ausweg geben, Verzeihung muss möglich sein. »O, es wird alles wieder gut«, sprach er vor sich hin wie zur eigenen Beschwichtigung, »es wird alles wieder gut.«

Da hörte er Lauretta, die im Nebenzimmer seinen Namen rief. Schon war er bei ihr, saß auf dem kleinen Schemel neben ihrem Bett. Der Morgen graute, Lauretta war jetzt bei vollem Bewusstsein, sie verlangte das Kind zu sehen und sagte: »Lieb, lieb«, und dann: »Es ist doch Erfüllung.«

Auf ein kleines Tischchen hatte man Champagner gestellt, Lauretta bestand darauf, dass Toni von dem Wein koste. »Auf mein Wohl«, flüsterte sie, »ich kann nicht allein trinken, wir müssen anstoßen«, und sie lächelte. »Erzähle mir«, bat sie und kuschelte sich in ihre Decke ein, wie sie oft des Abends getan, wenn sie schlafen wollte und Toni neben ihr auf dem Bette saß.

»Ich hab dich immer lieb gehabt, o, so lieb«, begann dieser, und die Worte formten sich von selbst. »Ich hab es dir nur viel zu wenig gesagt. Andere Frauen gehen vorüber, nichts bleibt von ihnen und man wünscht, dass nichts von ihnen bleibe. Aber von dir, Lauretta, hab ich mir ein Kind gewünscht, damit wir in ihm uns zusammenfinden und auch beisammen bleiben. Ich bitte dich um Verzeihung wegen des vielen Unrechts, das du erduldet hast, nicht nur jetzt, sondern in allen den dunklen Jahren an meiner Seite, ich habe dich immer zu mir ziehen wollen, statt dir zu folgen; denn bei dir war die Freude. An Nichtigkeiten hab ich mich verschenkt, und da ich sie aufgab, glaubte ich ein grenzenloses Opfer zu bringen. Aber nun weiß ich es besser, jedes bunte Band eines deiner lieben Kleider ist mehr wert als die Torheit, der ich nachgejagt bin. Wenn du erst gesund bist, und es kann jetzt nicht mehr lang dauern, hat der Arzt gesagt, machen wir jeden Sonntag einen Ausflug, manchmal allein und manchmal mit vielen Freunden, wie du es gerne hast, und die Christel nehmen wir jedenfalls mit. Meinetwegen schieb ich den Wagen, wenn auch die Leute lachen. Oder noch besser, wir unternehmen eine Reise, du bist so gerne gereist. Erinnerst du dich an unsere Fahrt nach

Südtirol vor dem Kriege – wie mutwillig warst du damals und wie tollkühn! Der Bergführer in San Martino war gewiss verliebt in dich, er hat dich überall mit hinaufgenommen: Gestehe es nur, dass er verliebt in dich war, ich will gar nicht mehr eifersüchtig sein, ich begreife es so sehr, dass jeder dich lieb hat, der in deine Nähe kommt. Niemals werde ich mehr ein ›verbindliches‹ Gesicht machen, unser Haus soll voller Lachen sein.«

Immer weiter sprach Toni Muhr und immer hastiger, alles Versäumte wollte er nachholen. Stille war Lauretta, mit starrem Blicke lag sie da und rührte sich nicht.

Auf einmal hörte Toni Muhr leises Weinen, zuerst glaubte er, die kleine Christel klage so, aber das Weinen war nahe und erfüllte den ganzen Raum. Und er spürte, dass er selbst es war, der weinte. Neben ihm stand Dr. Grabner im weißen Mantel und legte die Hand auf seine Schulter. Toni Muhr wollte noch weiterreden, »der Schauspieler« – wollte er von dem Arzt sagen, weil Lauretta solche Scherze liebte, aber als er sich umwandte, bemerkte er, dass hinter dem Arzt ein Priester vortrat und dass die Stube voller Menschen war und alle knieten und alle weinten.

»Ich bin wahnsinnig geworden«, dachte Toni Muhr, aber es entging seinem spähenden Blick nicht die Bewegung des Arztes, der Lauretta die Augen zudrückte. Da wusste Toni Muhr, dass von nun ab ein Unwiederbringliches in seinem Leben war und dass es keine Verzeihung mehr für ihn gab, wie in Kindheitstagen, und dass nichts mehr sich zum Guten wenden konnte.

7

Toni Muhr beschloss, seinen Vater zu besuchen.

Schwester Agathe, die aus dem Belvederepark zurückgekehrt war, hatte erzählt, die Straße sei voller Menschen, man spreche von Revolution, unter den Arbeitern seien Waffen ausgeteilt worden, sie habe den Kinderwagen stehen lassen, wo er stand, und sei nur schnell mit der kleinen Christel im Arm nach Hause gelaufen. Nun legte sie das lebende Bündel auf den Wickeltisch, lachte ihm zu, gab ihm hundert verliebte Namen, sagte: »Mein Kind.«

Toni Muhr hörte im Nebenzimmer nur diesen letzten Ruf der Zärtlichkeit, der ihm schmerzlich nahe ging; sein umflorter Sinn war stumpf für alles Geschehen der Außenwelt; müde und fremd schritt er seit dem Tode Laurettas durchs Leben, und teilnahmslos blickte er nun zum Fenster hinaus: Halbwüchsige Jungen rissen den vorübergehenden Offizieren die Kokarden von den Mützen, an der Straßenecke hatten sich aufgeregte Gruppen gebildet wie zu Beginn des Krieges. Einzelne Worte waren deutlich vernehmbar: »Die Ungarn haben die Waffen gestreckt«, hieß es, und dann: »Der Wilson wird schon Ordnung machen.«

Zur Mittagsstunde hatte der Burggendarm, mit dem jetzt die Poldi, das frühere Stubenmädchen Laurettas, verheiratet war, Toni Muhr besucht, um für verschiedene Pakete zu danken, die Frau Johanna der Poldi zum Andenken an die tote Herrin hatte zukommen lassen. Der Gendarm schilderte umständlich die gedrückte Gemütsverfassung der Poldi, die nicht den Mut aufgebracht hatte, ihn zu begleiten, schien jedoch im Übrigen sehr zufrieden mit sich und seiner klugen Voraussicht, die ihn schon vor zwei Monaten den Dienst quittieren und als Billeteur in der Hofoper ein neues Unterkommen hatte finden lassen. »Mit dem Militär is sich zu Ende«, sagte er böhmakelnd: Alle

Garden seien aus Schönbrunn davongelaufen, auch der größte Teil der Dienerschaft – der Kaiser sitze allein in seinem Schloss.

Toni Muhr ließ seinen Blick über den herbstlich entlaubten Belvederepark schweifen. Die kahlen Äste der Bäume waren wie in stummer Klage zum Himmel aufgereckt; dieses Bekenntnis zum Schmerze bedeutete für Toni Muhr irgendwie Beschwichtigung. Er wohnte jetzt nicht mehr in der Stallburggasse, Vergangenes bedrückte allzu schwer; so war es ihm willkommen gewesen, dass man ihm eine Amtswohnung im Gebäude der Albumin-Werke anbot.

Theodor Katlein hatte sich in eine Villa nach Baden zurückgezogen, die ihm von Frau Lella Türckheim über den Sommer vermietet worden war. Er selbst nannte kein Stück Boden sein Eigen; was er besaß, hatte er stets als den Albumin-Werken dienstbar betrachtet. Sein Bruder Alexander war nach Holland verreist, und zwar in Gesellschaft einer älteren Witwe, die, wie manche behaupteten, von ihm ein Heiratsversprechen erpresst hatte; andere wieder meinten, die geschäftskundige Braut helfe ihm sein Vermögen rechtzeitig ins Ausland schaffen.

Die Albumin-Werke sollten in eine Aktiengesellschaft umgewandelt werden, und Toni Muhr war die Aufgabe zugedacht, das gefährdete Unternehmen »durch die Klippen der Übergangszeit zu steuern«. So ungefähr stand in einer Zeitungsnotiz zu lesen, die von Herrn Theodor Katlein veranlasst war. Die bisherigen Besitzer wurden in diesem Bericht überhaupt nicht erwähnt: Man gedenke das Unternehmen auf ganz neuen Grundlagen aufzubauen, so hieß es, junge Kräfte sollten zur Leitung herangezogen werden, es sei ein Gebot der Stunde, den Überlebenden der Schützengräben nun auch daheim verdienten Raum zu schaffen. Da habe man vor allem an Dr. Muhr gedacht, den bekannten Erfinder der Blutkohle, der, selbst ein Kriegsopfer, sich vor wenigen Monaten erst bei der großen Explosionskatastrophe als ein Held, im bürgerlichen Sinne, erwiesen ...

Vom »Recht der Jugend« war jetzt allenthalben viel die Rede, »freie Bahn dem Tüchtigen« hörte Toni Muhr auf der Straße rufen. Im spiegelnden Glas der Fensterscheibe gewahrte er sein eigenes Bild: verhärmt das Gesicht und früh gealtert; die Adern an den Schläfen traten hervor, und graue Fäden spannen sich durchs Haar.

Toni Muhr schickte sich an, das Haus zu verlassen, die Arbeit ruhte, die große Maschine des Krieges war zum Stehen gekommen, die Welt verlangte nach Feierabend. Nur Herr Jamnitzer, den man allgemein den Prügelknaben nannte, stand aufgeregt im Flur und verneigte sich tief vor seinem neuen Chef: »Der Herr Wessely hat mich hergeschickt ... wenn der Herr Direktor etwas brauchen ... er bittet, ganz über ihn zu verfügen.«

Das einsame Hinschreiten durch die Straßen beschwichtigte die Unruhe Toni Muhrs. Er war jetzt zumeist allein, saß bei der kleinen Christel, schüttelte den Kopf, sprach tagelang kein Wort und mied jede Begegnung, sogar die Frau Johannas, die täglich ihr Enkelkind besuchen kam und dabei reichlich Tränen vergoss.

Manchmal nur kehrte er als stummer Gast im Kaffeehaus seines Freundes, des Kellners Eduard, ein. Der Saal war leer und finster, es gab keinen Kaffee mehr und keine fremden Zeitungen, Eduard hatte Muße genug, sich mit Toni Muhr auszusprechen, der schweigsam vor sich hinstarrte; gestern erst hatte er ihm das letzte Geheimnis seines armseligen Schicksals anvertraut. »Ich weiß gar net, ob der Bub von mir war, Herr Doktor ... aber was liegt daran, wann er nur noch leben tät, der Bub. Die Hauptsach' is, dass einer lebt, Herr Doktor ... dass einer lebt ...«

Auf dem Schwarzenbergplatz, dort, wo die Prinz-Eugen-Straße in die Lastenstraße mündet, bot sich Toni Muhr ein seltsames Schauspiel. Der Platz war von den Demonstranten geräumt, ihr Lärmen verklang gegen den Parkring zu, aber ein lautloser Menschenstrom ergoss sich durch die beiden Straßenzüge, die alle wichtigen Bahnhöfe der Stadt untereinander verbanden.

Da waren Soldaten in schadhaft gewordenen Uniformen, denen der Hunger aus den Augen sah, da waren Gefangene, einträchtig neben ihnen herwandelnd: Russen, Serben, Italiener, auch Zivilgefangene, die Einwohnerschaft vieler evakuierter Dörfer, Männer, Frauen, Kinder, Bauern in Schafpelzen und in Opanken, Bauern mit südlich brauner Hautfärbung.

Sie wussten nichts vom Weltgeschehen, sie hatten nur bemerkt, dass die Lagerwachen ihr Gewehr hinwarfen und zu wandern begannen, da waren sie ihnen gefolgt, von den letzten Habseligkeiten hastig zusammenraffend, was jeder zu tragen vermochte. Früher ging's in den Krieg, nun ging's in die Freiheit: Eines war so schwer wie das andere und voller Traurigkeit.

Toni Muhr erinnerte sich, wie oft in den letzten Jahren er auf diesem Platze dunkle Massen hatte warten sehen, angestellt um Brot und Kohle, um irgendein Notwendiges, das Leben weiter zu fristen. Finstere Nächte, dunkle Tage war eine ganze Menschheit hier stillgestanden, nun aber setzte sie sich mit einem Male in Bewegung. Denn nicht nur Fremde nahmen an diesem Kreuzweg Abschied, Flüchtige des eigenen Bodens zogen dahin, die gestern noch zusammengehörig sich gefühlt hatten und erst heute einander völlig fremd wurden, Völker des gleichen Landes hasteten vorüber, ohne Gruß, als hätten sie sich nie gekannt.

Die vom Norden wollten nach dem Süden, die vom Süden nach dem Norden, es war, als habe sich hier mit einem Male eine Wasserscheide aufgerichtet, und alle Quellen und Bäche und Flüsse versammelten sich hierhin und dorthin nach einem geheimnisvollen Ruf, der sie für immer teilte. Wegmüde Menschen rasteten eine Weile auf den schwarzen Militärköfferchen, die kleinen Särgen glichen, standen dann auf mit einem Ruck und wanderten weiter.

Die Völker Österreichs rannen auseinander.

Toni Muhr nahm den gewohnten Weg durch die Herrengasse. Vor dem Palais Lubecki standen zwei Automobile zur Abfahrt bereit, in aller Eile wurden Gepäckstücke aufgeladen. Mit den ruckweisen Bewegungen eines mechanischen Spielzeugs stelzte Fürst Adam zum vorderen Wagen, ihm zur Seite nahm die alte Fürstin Platz. Im letzten Augenblick sprang der Kranke noch einmal von seinem Sitze auf, schleuderte die Faust in die Höhe und schüttelte sie drohend gegen das Haus.

Das zweite Automobil war für die junge Fürstin bestimmt; als sie Toni Muhr bemerkte, hielt sie den Wagen an.

»Ich habe Sie längst besuchen wollen, lieber Freund«, rief Maria Jadwiga und streckte Toni Muhr beide Hände entgegen, »wie viel müssen Sie gelitten haben! *Cette pauvre chère Laurette, je l'ai tant aimée.*«[1]

Unwillkürlich zuckte Toni Muhr zusammen, als er Laurettas Namen von Maria Jadwiga aussprechen hörte, seine Hand glitt nieder.

»Auf Wiedersehen«, sagte die Fürstin, und sich besinnend, dass es wohl nicht so bald ein Wiedersehen geben werde, fügte sie hinzu: »Wir fahren jetzt nach Polen ... den nächsten Winter dürften wir in Warschau verbringen.«

»Gewiss«, bestätigte Toni Muhr, »nun muss es sich entscheiden, wohin jeder gehört.«

Noch einmal nickte die Fürstin ihm zu: »Gott beschütze Sie.«

»*Do widzenia!²*«, riefen die Prinzessinnen Stasia und Duma im Chor ... Das Übrige verschlang das Rasseln des Motors.

Toni Muhr verneigte sich; in ihm war keinerlei Erregung. Er hatte einmal zum Hofstaat dieser Frau gehört, für die der Zerfall eines Reiches nicht mehr bedeutete als eine lästige Übersiedlung. Sie kannte nur dies eine: Man diente ihr, oder man diente ihr nicht, man gehörte zu ihrer Hausmacht, oder man fiel in Ungnade; nicht sie verließ die Stadt, sondern die Stadt wurde von ihr entlassen.

Beim Landhaus war an kein Weiterkommen zu denken. Im Saale drinnen tagte zum ersten Male die Nationalversammlung, aber auch draußen unter freiem Himmel wurden Reden gehalten.

Auf einem Baugerüst stand ein junger Mensch, der hatte da oben die Fahne des Sturmjahres 1848 zum Flattern gebracht und schrie nun Worte in die Tiefe, die man nicht verstand. Nur der Schlussruf klang, zwischen den alten Palästen widerhallend, Toni Muhr entgegen: »Es lebe die Republik!«

Ein paar Herren traten aus dem Landhaus, Toni Muhr erkannte den Abgeordneten Heinrich Grabner und hielt sich an ihn, um aus dem Menschengewirre hinauszufinden, das immer dichter sich zusammenschloss.

»So begegnen wir uns wieder auf der Straße«, sagte der Abgeordnete, »ein stilles Gespräch ist uns nicht bestimmt ... Das Geheimste wird öffentlich in dieser Zeit ...«

Toni Muhr erwiderte: »Ich erinnere mich Ihrer Rede, kurz nach Einberufung des Parlaments; alles ist so gekommen, wie Sie es damals voraussagten.«

Der Abgeordnete zuckte die Achseln. »Welch jammervolle Genugtuung«, meinte er. »Das Gefühl, Recht zu haben, mag vorwärts bringen, Recht behalten ist immer schmerzlich.«

Sie waren auf einen freien Platz getreten, und nun erst bemerkte der Abgeordnete, wie gebeugt die Haltung Toni

Muhrs war und wie grau seine Gesichtsfarbe. »Sie sollten an Ihre Gesundheit denken«, riet er freundschaftlich besorgt, »jetzt, da Sie am Ziele angelangt sind.« Und gleich erklärte er: »Ein Erfolg, wie der Ihre, ist für uns alle wichtig. Sie sind nämlich« – der Abgeordnete lächelte – »etwas ganz Rares hierzulande … so eine Art wienerischer Kohlhaas.«

Toni Muhr wehrte ab: »Man hat mir das schon einmal gesagt«, entgegnete er, »aber ich glaube nicht, dass es gut ist, als Michael Kohlhaas durch die Welt zu rennen, oder besser, ich glaube es nicht mehr. Und seien wir nur aufrichtig – ein wienerischer Kohlhaas ist ein Ding wider die Natur: Er muss im Jammer enden … Sehen Sie«, schloss Toni Muhr bitter, »der wirkliche Kohlhaas stirbt durch Henkershand, doch seine beiden Rappen, auf die es ihm ankam, an denen seiner Seele Seligkeit hing, werden dickgefüttert. Sein wienerischer Vetter kann sogar Amtmann werden, vorausgesetzt, dass er zum Postmeister taugt, die armen Pferde aber verrecken.«

Der Abgeordnete Grabner schüttelte Toni Muhr die Hand, sie wollten jeder ihres Weges gehen. Da sprang ein kleines Männchen sie an, das grüne Steirerhütel zum Gruße schwenkend. Toni Muhr erkannte sogleich den geschwätzigen Fremden, der ihn beim Leichenbegängnis des alten Kaisers auf dem »Neuen Markt« angesprochen hatte und dem er seither immer wieder begegnet war.

»Hab die Ehre, Herr von Grabner«, wandte sich der Mann mit dem Steirerhütel an den Abgeordneten. »A großer Tag, was! Ja, der Weaner geht net unter, wie man so sagt. Der Wilson wird scho' an Frieden für uns auspantschen. Ist all's so gut wie abg'macht, i waß's von an, der's waß.« Da er bemerkte, dass der Abgeordnete Grabner ihn erstaunt anblickte, klopfte er ihm vertraulich auf die Schulter. »Na, kennens mi nimmer? Aber, Herr Abgeordneter, denken S' do' an die Versammlung im ›Grünen Baum‹. Ihnern Freund da hab ich kennt, wie er no' …« Er hielt die flache Hand zwei Fuß hoch über den Boden, besann sich indessen und fuhr zu Toni Muhr gewendet fort: »Wir woll'n net nachrechnen, was, Herr Direktor. Alsdann, ich hab's ja immer gesagt, nur schön g'mütlich, nur net justament, nur net mit 'm Kopf durch d' Wand, leben und leben lassen. Komm her da, Bub«, mahnte er seinen Sprössling, »mach an schön' Diener und gib 'm Herrn Direktor 's Handerl, vielleicht nimmt er di' amal in sei' Fabrik. Alsdann, warum geht's denn jetzt?«

Toni Muhr war allein. Vom Schottentor fuhr er nach Grinzing, schritt dann über den kleinen Platz, den man das Grätzel nannte, und bog in die Himmelstraße. Bald war er beim Hause seines Vaters angelangt. Schon sah er den vorspringenden Giebel, trat durch die breite Torfahrt; aus dem Presshaus drang der Duft der frischen Maische, vor kurzem erst war gekeltert worden.

Am Ziehbrunnen traf er die Magd und fragte sie nach dem Vater. Der war noch im Weingartel bei der Arbeit, obgleich es dämmerte; sein Hemd war vom Wind gebauscht. Der Alte mühte sich mit dem »Vergruben«: Von jedem Stock wurde eine Rebe seitwärts unter die Erde geschoben, damit sie im nächsten Frühjahr neue Triebe gebe. Toni Muhr entsann sich des Rätsels seiner Kinderzeit: »Der Vater ist eingegraben, die Mutter ist angebunden, der Sohn geht in die Welt und wirft die Leute um.«

»Was gibt's Neues?«, fragte der Alte, ohne seine Arbeit zu unterbrechen.

»Neues genug«, erwiderte der Sohn. »Viel zu viel Neues.« Und er begann von dem allgemeinen Aufbruch zu erzählen, dessen Zeuge er gewesen war, wie jeder seines Weges ging und es den Anschein gewann, als sollte nichts Dauerhaftes zurückbleiben. Der Maler Zdenko Hlusin wurde jetzt in Prag als Held gefeiert, er hatte lange Zeit mit dem Ausland in Verbindung gestanden.

Auch von Herrn Ermete de Saluzzo, seinem Schwiegervater, der nach dem Süden gereist war, und dem Frau Johanna bald nachfolgen sollte, erzählte Toni Muhr. Nur der Rudi
weigere sich mitzutun. »Ich kann doch um Himmels willen
nicht italienisch werden«, hatte er ausgerufen, »ich versteh
nur Wienerisch, und man braucht mich hier.« Zum ersten
Mal geschah es, dass Rudi Saluzzo aus einer schwierigen Lebenslage keinen Ausweg wusste.

»Alles ist auf den Kopf gestellt«, schloss Toni, »die ganze
Welt ist anders geworden in den letzten Tagen.«

Der Alte hatte schon bei den letzten Worten seine Ungeduld merken lassen. »Anders worden«, rief er jetzt zornig,
»gar nichts is anders worden. Was fallen muass, das fallt. Der
Wind lasst sich von denen Herrschaften nichts anbefehlen,
das eine Mal blast er vom Kahlenberg, das andere Mal von der
Spinnerin.« Kräftig stieß der Alte den Spaten in die Erde. »Da
soll nur aner herkommen und mir das Gartel anders machen!
Wann's Wetter danach ist, treibt der Stock, ob's den Herrschaften passt oder net, und wanns no' so viel reden, davon
wird mein Wein im Keller net kahmig.«

Langsam räumte der alte Muhr sein Werkzeug zusammen,
klopfte dem Sohn auf die Schulter und zog ihn mit sich in die
Stube, wo unter dem freundlichen Schein der Hängelampe
ein bescheidenes Mahl bereitet war.

Ende

Zu dieser Ausgabe

Grundlage für diese Ausgabe ist die Originalausgabe von 1923:

Paul Zifferer: Die Kaiserstadt. Berlin: S. Fischer, 1923.

Orthographie und Zeichensetzung wurden behutsam modernisiert. Der Wortlaut wurde beibehalten, auch bei Begriffen, die heute als diskriminierend gelten.

Anmerkungen

Erstes Buch

4

1 *Fammi piacere*: Ital.: ›Tu mir den Gefallen‹.

7

1 *Quelle charmante surprise, ma chérie, de m'avoir amené votre mari:* Frz.: ›Was für eine bezaubernde Überraschung, meine Liebe, dass Sie mir Ihren Gatten mitgebracht haben.‹

2 *Des gens qu'on ne toucherait pas avec des pincettes:* Frz.: ›Solche Leute würde man nur mit der Kneifzange anfassen!‹

11

1 *la Princesse Lubecka sera chez elle:* Frz.: ›Die Fürstin Lubecka wird zu Hause sein.‹

12

1 *Mais vous avez mauvaise mine et vous fréquentez la mauvaise société: tant pis pour vous:* Frz.: ›Aber Sie sehen schlecht aus, und Sie haben schlechten Umgang. Geschieht Ihnen recht!‹

2 *Nous causerons:* Frz.: ›Wir werden plaudern.‹

Zweites Buch

1 *Ah, c'est vous, mon cher:* Frz.: ›Ach, Sie sind es, mein Lieber.‹

2 *c'est moins póetique:* Frz.: ›das ist weniger poetisch‹.

3 *Pourquoi insister:* Frz.: ›Wozu insistieren?‹

4 *une histoire à dormir debout:* Frz.: ›was für ein Ammenmärchen!‹

5 *mon pauvre petit:* Frz.: ›mein armer Kleiner.‹

6 *Mais il est fou, le petit:* Frz.: ›Aber er ist verrückt, der Kleine!‹

7 *laissez moi donc:* Frz.: ›lassen Sie mich doch!‹

1 *Oh, combien je les méprise, ces hommes irrésistibles:* Frz.: ›Oh, wie ich
sie verachte, diese unwiderstehlichen Männer!‹

2 *Etes-vous enfin réconcilié:* Frz.: ›Sind Sie nun endlich versöhnt?‹

1 *petit bonhomme autoritaire:* Frz.: ›kleines autoritäres Männchen‹.

2 *Mon pauvre ami:* Frz.: ›Mein armer Freund‹.

3 *C'est mon affaire:* Frz.: ›Das ist meine Sache.‹

4 *eh bien, passons, c'est une brute:* Frz.: ›ach, sprechen wir nicht von ihm,
er ist ein Rüpel‹.

1 *Justitia regnorum fundamentum:* Lat.: ›Gerechtigkeit ist die Grundlage
der Herrschaft.‹

2 *Mais je ne vous en veux pas:* Frz.: ›Aber ich bin Ihnen nicht böse.‹

1 *Il faut s'y faire:* Frz.: ›Man muss sich damit abfinden.‹

2 *Quel spectacle, mon cher:* Frz.: ›Was für ein Anblick, mein Lieber!‹

1 *Vicium cordis:* Lat.: ›Herzfehler‹.

1 *Caracter indelebilis:* Lat.: ›untilgbares Mal‹.

1 *quelle trouvaille:* Frz.: ›Was für ein Fund!‹

Drittes Buch

1 *Cette pauvre chère Laurette, je l'ai tant aimée:* Frz.: ›Die arme liebe Lauretta, ich habe sie so geliebt.‹

2 *Do widzenia:* Poln.: ›Auf Wiedersehen!‹

Nachwort

Self-made Wiener

Am 30. November 1916 bestattete eine Kaiserstadt, die bald keine mehr sein würde, ihren Monarchen Franz Joseph I. Dieser »alte Kaiser« verkörperte nach 68-jähriger Regierungszeit für die einen ein »goldenes Zeitalter der Sicherheit« (Stefan Zweig); für die anderen schottete er sein Reich gegen die modernen Ideen des 20. Jahrhunderts ab, wie es der katholisch-autoritären Tradition der seit 600 Jahren herrschenden Kaiserfamilie Habsburg entsprach. Viele, die dem prunkvoll-düsteren Leichenzug folgten oder ihn vorüberziehen sahen, ahnten jedenfalls an diesem Novembertag im Krieg schon, dass dort nicht nur ein Menschleben, sondern eine »alte Zeit« begraben wurde. So auch der 37-jährige Dr. Paul Zifferer, den die folgende zweijährige Umbruchzeit bis zur Ausrufung der Ersten österreichischen Republik dermaßen faszinierte, dass er sie in seinem Wiener Roman *Die Kaiserstadt* (erschienen 1923) erzählen wollte.

Paul Zifferer beobachtete die rituelle letzte Fahrt des Kaisers durch Wien wahrscheinlich zusammen mit seinem Bruder, dem Mediziner Alfred Zifferer, vom Fenster eines der Adelspalais an der Ringstraße aus. Die *Neue Freie Presse* vermerkte später, dass die beiden Brüder (wie zahlreiche andere) je 20 Kronen für diese »Fensterplätze zur Besichtigung des Leichenzuges« an die Aktion »Bekleidung von Soldatenkindern« gespendet hätten. In der Wiener Welt der Kriegsfürsorge, die Adel und Großbürgertum seit Beginn des Krieges mit großem Engagement gestalteten, war Zifferer seit 1914 ein wichtiger Mann. Als geschäftsführender Vizepräsident des Kriegsfürsorgeamtes »Kälteschutz« organisierte er im Lauf des Krieges zahlreiche Lesungen, Theateraufführun-

gen (u. a. mit dem Hof-Burgtheater), Erntefeiern oder Kranz-
niederlegungen. Im Winter 1914/15 leitete er die »Kälte-
schutzexpedition zum nördlichen Kriegsschauplatz«, brachte persönlich Material an die vorderste Front – und schrieb
selbstverständlich darüber. Viele dieser Aktionen standen
unter dem Protektorat von Erzherzögen und Erzherzogin-
nen, die Zifferer offenbar geläufig für seine Anliegen gewann
und während ihrer Besuche vor Ort gut unterhielt – unter ihnen vielfach die künftige Kaiserin Zita.

Ebenso gewandt wie in Adelskreisen bewegte sich Paul
Zifferer während der Weltkriegsjahre in der Kulturszene
Wiens. So hatte er nicht nur beste Kontakte zu den wichtigsten Theatern und Zeitungen, sondern pflegte auch persönliche Beziehungen zu etablierten Wiener Autoren. Mit Raoul
Auernheimer, dessen Familie bereits seit Generationen –
sein Onkel war Theodor Herzl – tief in der Wiener Szene
verwurzelt gewesen war, war er schon länger gut befreundet.
Um Arthur Schnitzler begann sich Zifferer um 1914 verstärkt
zu bemühen; er besuchte mit ihm zusammen etwa Verwun-
dete im Secessionsspital. Überhaupt taucht Zifferers Name
in dieser Zeit häufiger in Schnitzlers Tagebuch auf, in dem
unter anderem die Unternehmungen der einst »Jung-Wien«
genannten Autorenclique dokumentiert sind. Ganz besonders bedeutsam für Zifferer wurde aber während des Weltkriegs der von ihm hochverehrte, fünf Jahre ältere Hugo von
Hofmannsthal. Der 1910 begonnene Briefwechsel der beiden
Männer, der eine der wichtigsten Quellen zu Zifferers Leben
und Werk ist, intensivierte sich gegen Ende des Krieges.
Selbstverständlich tauschten sich die beiden über ihre Arbeit
aus (wobei Hofmannsthals Werk immer im Vordergrund
stand); darüber hinaus wird deutlich, wie wichtig Zifferer
für Hofmannsthal wurde, wenn es um berufliche Organisa-
tionsarbeit, familiäre Dinge sowie alltägliche Angelegenheiten (etwa die Kohlenversorgung) ging.

Hofmannsthal wiederum war Zifferers engster Vertrauter, als im Juni 1917 die anfangs gemeinsam konzipierte Idee einer »österreichischen Revue in französischer Sprache« konkret wurde. Kaum ein Jahr nach dem Tod des Kaisers erschien erstmals die Halbmonatsschrift *Revue D'Autriche*, die »dem Abbau des Völkerhasses dienen« und im feindlichen Ausland um »Verständnis und Würdigung österreichischer Art« werben sollte. Zifferer hatte sich als Herausgeber finanziell und strukturell die Unterstützung des österreichischen Außenministeriums gesichert und eine eindrucksvolle erste Ausgabe gestaltet. Darin schrieben abseits von Hofmannsthal, Schnitzler und anderen Literaten aus unterschiedlichen Teilen der Monarchie auch einflussreiche Politiker wie Ministerpräsident Heinrich Lammasch oder der Sozialminister Viktor Mataja, dem Zifferer durch die Tätigkeit beim »Kälteschutz« eng verbunden war. Die Herausgabe der *Revue D'Autriche* zeigt, dass Zifferer 1916/17 in Wien in Politik, Kultur und Gesellschaft bestens vernetzt und ein gemachter Mann war. Neben all seinen anderen Aktivitäten sollte die *Revue*, die Kunst mit (Identitäts-)Politik verband, für ihn zeitlebens ein wichtiger Knotenpunkt seines Wirkens bleiben.

Hauptberuflich war er freilich nach wie vor Feuilletonist, Redakteur und Kritiker, vornehmlich bei der *Neuen Freien Presse*, mit dem zusätzlichen Ehrgeiz, als Schriftsteller wahrgenommen zu werden. Paul Zifferer war schon immer viel gereist und hatte seine Eindrücke tagesaktuell verarbeitet. Auch im Ersten Weltkrieg schrieb er nach Besuchen vor Ort über die Schweiz im Krieg, über die Lage in den Karpaten oder in Montenegro. Es kränkte ihn dabei, dass die »Zeitungsschriftstellerei« in Wien Autoren abwertete, während berühmte französische Kollegen wie Émile Zola und Guy de Maupassant ebenso für ihre Feuilletons gerühmt wurden. Als Schriftsteller jedenfalls bemühte er sich, über die Beschreibung des aktuellen Zeitgeschehens hinauszukommen, und suchte die Auseinandersetzung mit sich selbst, seiner Herkunft oder seiner Entwicklung – heute würde man von Autofiktion sprechen.

Im Juni 1916 erschien sein erster umfangreicher Roman dieser Art, *Die fremde Frau*, im renommierten S. Fischer Verlag in Berlin. Während die Kritiken im gesamten deutschsprachigen Raum – besonders in Deutschland – sehr positiv ausfielen, zeigten sich die Wiener Autorenfreunde verhalten bis ablehnend. Hofmannsthal »achtete« Zifferer für seinen »menschlichen Blick« und »schriftstellerischen Anstand« – viel mehr konnte er sich aber nicht abringen. Schnitzler notierte im Tagebuch, dass er Zifferers Roman »(vom Autor zugesandt) mit Widerwillen« zu lesen begonnen habe, und fragte sich mit dem Snobismus eines etablierten Autors: »Muss auch Herr Z. einen Roman schreiben? Nur weil er (sozusagen) deutsch kann und ›so wie so‹ Feuilletons für die N. Fr. Pr. verfertigt –.–«

Dabei wurden in Zifferers Buch, ähnlich wie in Schnitzlers Wiener Roman *Der Weg ins Freie*, extrem heikle Fragen der Zeit behandelt – es ging um Hierarchien der jüdischen Akkulturation, um (jüdischen) Antisemitismus, um das selbstverständliche und doch konfliktbeladene Nebeneinander von Nationen, Ständen und Milieus sowie die Position der jüdischen Bevölkerung darin. Das Ganze spielte aber nicht wie bei Schnitzler im vornehmen Wien, sondern im durchaus brutaleren Milieu eines mährischen Dorfes wie jenem, in dem Zifferer aufgewachsen war.

»Der Begriff Heimat ist leer ...«

Der Anlass für Zifferers autobiographischen Roman über seine jüdische Herkunft und Familie war womöglich seine eigene Familiengründung in den Jahren des Ersten Weltkriegs gewesen. Bereits im Juni 1913 heiratete er nach jüdischem Ritus im Stadttempel die um zehn Jahre jüngere, jedoch bereits verwitwete Wanda Boral. Sie war als Tochter des Apothekers Leo Rosner und seiner Frau Anna in Krakau zur Welt gekommen. Wohl in den 1890ern übersiedelte ihre Familie nach Wien, wo ihr Vater Mitinhaber der Apotheke »Zum heiligen Geist« in der Nähe der Staatsoper war. Wie es von bürgerlichen Töchtern erwartet wurde, heiratete Wanda mit 19 Jahren einen Mann, der sie versorgen konnte – nämlich Dr. Leo Boral, Advokat und Gemeinderat aus Stanislau in der heutigen Ukraine. Dieser starb allerdings schon nach knapp über einem Jahr Ehe in Wien. Seine junge Witwe schloss sich wieder enger an ihre Eltern an – sie war das einzige Kind. Offenbar hatte sie genug Geld und Unternehmungslust, um als Mitglied des Alpenski-Vereins neumodische Sportarten auszuprobieren oder sich sozial zu engagieren – so unterstützte sie etwa den Israelitischen Frauenverein »Greisinnen-Fürsorge«.

Es ist nicht bekannt, wann und wo Wanda Boral Paul Zifferer begegnete – auch eine Vermittlung der Ehe ist nicht ausgeschlossen. Das Paar war sich wohl rasch einig in seinem Willen zum gesellschaftlichen Aufstieg in die höchsten Kreise und im Glauben daran, dass dies in der multinationalen, -ethnischen und -religiösen Habsburgermonarchie vor dem Hintergrund einer gemeinsamen deutschen Hoch- und Bildungskultur auch Juden und Jüdinnen quasi uneingeschränkt möglich sei. Mit dieser Haltung waren sie keineswegs allein, und ihr Erfolg gab ihnen Recht. Ohne ihr Jüdisch-Sein je formal aufzugeben – also aus der Kultusgemeinde auszutreten oder zu konvertieren wie die Hofmannsthals –, bewegten sich die Zifferers ebenso mühelos in bester Gesellschaft wie Lauretta in *Die Kaiserstadt* – obgleich diese es als Kleinadelige einfacher hatte.

Das junge Ehepaar lebte nahe der Innenstadt in bürgerlich-nobler Umgebung in der Marokkanergasse 11. Ihr attrak-

Wanda und
Marielore Zifferer,
fotografiert von
Helene von
Zimmerauer 1918

tives Äußeres, ihre Kultiviertheit, ihre Verbindungen und nicht zuletzt ihr soziales Engagement machten die Zifferers wohl bald zu einem ›It-Couple‹ der Wiener Szene – beide erhielten 1916 das »Ehrenzeichen zweiter Klasse vom Roten Kreuz mit der Kriegsdekoration« für ihr verdienstvolles Wirken in der Kriegsfürsorge. Kinder waren natürlich erwünscht, aber das Paar hatte vorerst kein Glück. Im November 1914 brachte Wanda Zifferer ein totes Mädchen zur Welt. Bald darauf war sie jedoch erneut schwanger, und am 1. September 1916 wurde Maria Eleonore Charlotte geboren.

Im Frühling 1918 fotografierte Helene von Zimmerauer Mutter-Kind-Paare der High Society für *Sport & Salon. Illustrierte Zeitschrift für die vornehme Welt* – unter ihnen ist »Frau Wanda Zifferer mit ihrem Töchterchen Marielore«. Diese inszenierte Fotografie, die neben jenen etlicher adeliger Mütter mit Kind abgedruckt wurde, dokumentiert wiederum, dass es Wanda und Paul Zifferer auch in Zeiten andauernden Krieges, Hungers, Streiks und Kohlenmangels gelungen war, Teil einer komplexen »guten« Gesellschaft zu werden, die sich am Vorabend ihres Untergangs zu modernisieren versuchte. Das zusammenbrechende Gefüge dieser alt-österreichischen Elite war es auch, das Zifferer in seinem zweiten großen Roman *Die Kaiserstadt* besonders interessierte.

Bemerkenswert ist, dass Paul Zifferer (ebenso wie seine Frau) keineswegs in jenes Milieu hineingeboren worden war, in das er bereits als junger Mensch aufzusteigen begonnen hatte. Er war auch kein gebürtiger Wiener, sondern kam in einer mährischen Kleinstadt – bis 1864 ein Dorf – zur Welt. Sein Vater Josef besaß eine Branntweinbrauerei und Rosolio-Likörerzeugung in Bistritz am Holstein (heute Bystřice pod Hostýnem in Tschechien). Die im Zentrum von Zifferers *Die fremde Frau* beschriebene Familie Grabner, die sich mit Maria-Theresianischem Privileg und Fleiß über 200 Jahre hochgearbeitet hatte und Bierbrauerei, Mühle und Spiritusfabrik besaß, bildete wohl recht genau seine eigene Familie ab, wie in der Korrespondenz mit Hofmannsthal mehrfach angedeutet wird. Pauls Großeltern Lotte und Bernhard Zifferer zogen in den 1840er Jahren in ihrem großen Bistritzer Haus, in dem alle Gesellschaftsschichten verkehrten, fünf Kinder groß. Sein Vater Josef übernahm Haus und Geschäft Mitte der 1870er, während seine Onkel Max und Donat in Zwittau und Wien Karriere machten.

Pauls Mutter Julie wiederum dürfte das Vorbild jener bildungsbeflissenen, aus der ärmsten jüdischen Unterschicht stammenden *fremden Frau* gewesen sein, die in die wohlhabende Familie Grabner alias Zifferer einheiratete. Ihre familiären Hintergründe sind weder in Datenbanken noch Matriken nachvollziehbar, was bereits darauf hindeutet, dass ihre Familie »hausierend« umherzog. Wie Beate im Roman übernahm Julie nach dem relativ frühen Tod ihres Mannes 1897 dessen Betrieb, die Firma »Josef Zifferer«. Paul war damals erst 17 Jahre alt. Als sie 1920 schwer erkrankte, gestand er seinem Freund Hofmannsthal, dass mit ihr »mich viel tiefere Beziehungen verknüpfen als sonst zwischen Mutter und dem dritten Sohn auf so weite Entfernung hin, bei einem Leben, das uns nur selten zusammenführte«. Ohne sie fühlte er sich »so recht ›Luftmensch‹, nirgends wurzelnd«. Ihr Tod 1924 schlug eine noch tiefere Kerbe als alle Verluste zuvor und höhlte ihm den Begriff Heimat aus.

In einem Brief an Hofmannsthal aus dem März 1924 versucht er, »alles, was war« und nun »versunken« ist, nochmals zu fassen:

> Meine ganze Vergangenheit und nicht nur meine, sondern die Vergangenheit all jener, von denen ich mich herschreibe, ist nun eigentlich sinnlos geworden. [...] Im alten Österreich war ich zu Hause, und da wieder gerade in Mähren mit der Hauptstadt Wien – und mehr noch als in Mähren, in dem kleinen Orte, wo ich zur Welt kam, wo mich ein natürliches Verhältnis mit allen Menschen verband, wo ich jeden kannte und jeder mich, wo ich zum Inventar gehörte [...] Immer hat mein Ohr zugleich zwei Sprachen vernommen, und wie für andere die Einsprachigkeit, ist für mich die Mehrsprachigkeit, nationaler Hader und nationale Verbindung die unvergeßliche Musik der Kinderzeit. Als Österreich auseinanderfiel und ich eine Grenze passieren mußte, um in die Heimat zu gelangen, blieb doch wenigstens das alte Haus im alten Ort.

Pauls Bruder Bruno, der als Ältester das Bistritzer Erbe hätte antreten sollen, starb wenige Wochen nach der Mutter, doch ihn erwähnt Zifferer in seinen Briefen nicht – wie er überhaupt kaum je von seinen Geschwistern sprach. Besonders auffällig ist das im Zusammenhang mit seiner nur wenig jüngeren Schwester Ida, die ebenfalls als Autorin unter dem Namen Zifferer auftrat. Ihr Schreiben war schon zeitgenössisch einer Missachtung und Verdrängung ausgesetzt, wie sie für »Frauenliteratur« recht typisch ist – völlig unklar bleibt aber, wie ihr Bruder sich zu ihr und ihrem Werk verhielt. Seine vielfältigen Netzwerke konnte sie offenbar nicht nutzen, doch bemühte sie sich durchaus um eigene Kontakte und etablierte in ihrem Hietzinger Haus einen künstlerischen Salon, in dem unter anderem Mitglieder der Wiener Künstlervereinigung Hagenbund zusammenkamen. Ihre Ehe mit dem Oberstaatsbahnrat Dr. Karl Waldek blieb kinderlos, bot ihr jedoch finanzielle Unabhängigkeit; ab 1918 konnte sie als Witwe frei über ihr Vermögen verfügen. Ida Waldek wurde – wie zahlreiche andere Verwandte Zifferers – in der Zeit des Nationalsozialismus deportiert und im Holocaust ermordet.

Vom Werden eines »Feuilletonbuben«

Im Sommer 1897 schloss Paul Zifferer das K. K. Staatsgymnasium in Krumau mit Matura ab und bezog als angehender Student eine Wohnung in der Althanstraße 3 im Wiener Alsergrund. Im folgenden Wintersemester begann er das Studium der Rechtswissenschaften an der Universität Wien – in den Studienbüchern ist sein Onkel Donat Zifferer als Vormund anstelle des verstorbenen Vaters angegeben. Dieser Onkel hatte in Wien große Karriere gemacht. Er war Stadtbaumeister und als Vertreter der Liberalen 1895 in den Wiener Gemeinderat gewählt worden. Aufgrund seines sehr sichtbaren Engagements in Sachen Freimaurerei zog er sich den Spott des Satirikers Karl Kraus zu – ein Schicksal, das sein Neffe Paul bald teilen würde. Donats Frau Rosa Zifferer war ebenfalls stadtbekannt – sie war Präsidentin zahlreicher Wohltätigkeitsvereine und gehörte zu den engagiertesten Feministinnen Wiens. Der Neffe aus der Provinz zog aller-

Paul Zifferer
als junger Mann

dings nicht in die noble Ringstraßenwohnung der Verwandtschaft ein, und es ist unklar, wie weit dieser Wiener Teil der Familie sein studentisches und künftiges Leben bestimmte.

Die nächsten beiden Jahre waren ganz dem Studium gewidmet, und die Studienbücher der juridischen Fakultät verzeichnen zahlreiche belegte Lehrveranstaltungen. In den Verzeichnissen der philosophischen Fakultät sucht man Zifferers Namen hingegen vergeblich, obgleich er auch Philosophie studiert haben soll. Möglich, dass er Lehrveranstaltungen besuchte, ohne inskribiert zu sein, oder dass er erst in Paris an der Sorbonne Philosophie belegte. Die Quellenlage zu Zifferers Frankreichaufenthalten ist extrem dünn und unsicher. Man ist auf seine spärlichen eigenen Aussagen angewiesen – beispielsweise erläuterte er Hofmannsthal 1925, dass dessen Sohn sich ruhig »voll« an einer französischen Universität einschreiben solle, auch wenn er ordentlicher Hörer in Wien sei: »Ich selbst habe es einstmals so gemacht.« Nicht zuletzt sei ein »Semester auf französische Art« – mit täglicher Anwesenheitspflicht – sehr lehrreich. Vermutlich kam Zifferer 1900 erstmals für ein Jahr nach Paris und lebte ab 1903 nochmals einige Jahre dort, nachdem er die für den Abschluss des Studiums in Wien notwendigen Lehrveranstaltungen absolviert hatte. Erst im Juni 1905 promovierte er in Wien zum Doktor der Rechtswissenschaften.

In diesen ersten Jahren des 20. Jahrhunderts trat Paul Zifferer in die alte Welt des französischen und österreichischen Adels ein – er war zuerst der Sekretär des Grafen Foucher de Careil in Wien, einstiger Botschafter am Wiener Hof, und dann bei dem französischen Senator Baron de Caze. Den Grafen beschrieb Zifferer später als »Unikum« – er habe es sich in den Kopf gesetzt, seine Landsleute mit deutschen Philosophen bekannt zu machen. Also wurde der österreichische Sekretär eingesetzt, um Friedrich Schelling und Arthur Schopenhauer ins Französische zu übertragen, und schrieb sich in deren erste französische Werkausgaben ein. Überhaupt begann Zifferer nun mit dem Schreiben – oder hatte eigentlich schon in Wien begonnen. Bereits 1899 hatte die *Arbeiter-Zeitung* Paul Zifferers ersten literarischen Text *Das Märchen des Lebens* publiziert. 1902 wurde in Leipzig sein erstes Buch gedruckt – *Der kleine Gott der Welt* handelte von einem Gemeindekind in Zifferers Herkunftsgegend und eröffnet so als Vorläufer die Reihe seiner Autofiktions-Romane. Auch Gedichte, die *Pariser Kantilenen*, entstanden in diesen Jahren.

Trotz dieser ersten literarischen Erfolge und wichtiger Verbindungen in die Welt der Diplomatie und Politik dürfte die Familie – wie bei vielen angehenden Autoren dieser Zeit – Zifferer irgendwann gedrängt haben, sich einen Brotberuf zuzulegen. 1905 trat Paul Zifferer eine Advokaturkandidaten-Stelle an und begann also, in den folgenden drei Jahren den Anwaltsberuf praktisch zu erlernen. Er tanzte sogar am Konzipientenkränzchen, aber erkannte in diesen Jahren offenbar, dass er die Welt sehen und schreiben wollte, anstatt in Wien Advokat zu werden. Und die Wiener Presse nahm seine Artikel, Kritiken und Feuilletons bald gerne und regelmäßig genug auf.

Im Frühjahr 1907 begleitete er als Spezialkorrespondent des *Neuen Wiener Journals* die Amerikafahrt eines Männergesangvereins, der über Amstetten und Genua nach New York, Washington und Philadelphia reiste und Wienerlieder sang. Und er fand:

Eigentlich sollten die Amerikaner Österreich mehr Interesse entgegenbringen als sie dies wirklich tun. Die Einwanderung aus Österreich-Ungarn war im Monat April größer als je zuvor und bildete mehr als den vierten Teil der Gesamteinwanderung. In der Tat wurden im letzten Monat über 34 000 Österreicher auf Ellis Island ausgeschifft. Auch werden die Vereinigten Staaten von denselben Problemen durchschüttert wie die Monarchie der Habsburger. Klassenkämpfe hüben und drüben! Heißes Ringen um das Recht der Muttersprache.

Er selbst brachte den USA allerdings ebenfalls kein bleibendes Interesse entgegen. Die französische Kultur stand ihm weiterhin am nächsten. Daher blieb er bei seiner Übersetzungstätigkeit aus dem Französischen und arbeitete im ersten Jahrzehnt des 20. Jahrhunderts vor allem an der Übertragung der Werke des für ihn zeitlebens vorbildhaften Gustave Flaubert. Verständnis für eine französische Sicht der Dinge

brachte er auch im Fall der des Mordes an ihrem Mann angeklagten Marguerite Steinheil auf – die skandalumwitterte
Salonière wurde von den französischen Gerichten freige-
sprochen, obgleich es viele Anzeichen für ihre Schuld gab.
Zifferer verteidigte diese Entscheidung und wurde dafür von
der oft antisemitisch auftretenden christlich-sozialen *Reichs-
post* beschimpft: »Eine Dirne, die in allem das vollkommene
Ebenbild […] der Judenpresse ist, konnte wohl auf die be-
wundernde Huldigung der Federn des Freisinns rechnen.«
Paul Zifferer mochte zwar darum bemüht sein, es sich nicht
anmerken zu lassen, doch das »Jüdische« war in ganz Wien
derart aufgeladen und kulturell kodiert, dass sich jeder auf
die eine oder andere Art als jüdisch geltender Mensch mit
Zuschreibungen – bis hin zum offenen Antisemitismus –
auseinandersetzen musste.

Um 1910 wurde der Satiriker Karl Kraus auf den »sprossen-
den Nachwuchs« der *Neuen Freien Presse* aufmerksam – wiederum ein Indiz, dass Zifferer es beruflich zu etwas gebracht
hatte. Zifferer zählte für ihn nun zu den »Feuilletonbuben«.
Beachtliche hundert Mal wird Zifferer namentlich in der *Fackel* aufgrund seiner Verbindungen zum Adel oder seiner zur
Schau gestellten Welt- und Sprachgewandtheit verspottet,
wobei Kraus in seiner Satire gegen Zifferer um 1912/13 zur
Höchstform auflief. Ab Herbst 1912 war Letzterer zusammen
mit seinem Kollegen Ernst Klein als Kriegsberichterstatter in
den ersten Balkankrieg entsandt worden. Anstatt ihrem Publikum eine realistische Darstellung der modernen Kriegs-
führung und ihrer Gräuel zu geben, lieferte Zifferer roman-
tisch-heroische Stimmungsbilder aus Adrianopel (heute
Edirne):

Seit zwei Tagen nun schon kann ich mich an dem Schau-
spiele nicht sattsehen, wie in der Ferne aus dem silbernen
Morgen die Festung Adrianopel auftaucht, mit ihren Wäl-

len und Türmen als ein Schimmer am gewundenen Ufer der Maritza hingebreitet... Früh am Tage umhüllen die flatternden Nebel, dann später Pulverdampf die Stadt, wie lichte Schleier das Antlitz einer schönen Frau ... man fühlt sich selbst mit geheimer grundloser Sehnsucht zu dieser fernen Stadt hingezogen, man will zu ihr hineilen, sie gleichsam selbst erobern [...]. Es ist etwas ganz Merkwürdiges um diesen Kampf von Menschen gegen eine Stadt. [...] Sind's dieselben Raben, die im Park von Sophia so überlaut ihr Wesen trieben, als man die jungen Leute zu den Waffen rief? ... Hier und dort blüht die Herbstzeitlose ...

Karl Kraus druckte diese Texte fast in voller Länge ab und kommentierte sie pointiert. Speziell Zifferers blühende Herbstzeitlose, sein distanzierendes »c'est la guerre« und das Vergleichen von Städten mit Frauen wurden zu mit ihm assoziierten *running gags* in der *Fackel*. Zudem machte Kraus Zifferer in etlichen kurzen Szenen, die bereits auf *Die letzten Tage der Menschheit* hinweisen, zu einer satirischen Figur, die sich etwa mit dem Prestige der *Neuen Freien Presse* am Balkan brüstet:

Sie hätten sehn sollen, den Respekt, wie ich gesagt hab, mein Name ist Zifferer und ich brauch den Draht für ein dringendes Feuilleton. Zuerst war man ja frech, da hab ich nämlich noch nicht gesagt gehabt, wer ich bin und für welches Blatt. [...] Man hat also zuerst Ausreden gehabt, sie brauchen die Linie für die Staatsdepeschen, an den König über den Verlauf der Schlacht und so. Wird sich gedulden, hab ich gesagt, ich bin Zifferer, fragen Sie beim Koburger oder beim Battenberger an, ob er nicht selbst will, daß die Presse den Vortritt hat. Man hat angefragt. Und was glauben Sie hat er gesagt? Selbstredend! hat er gesagt. Zuerst die Neue Freie, hat er gesagt, dann lange niemand, dann Bulgarien!

Als Kraus im Ersten Weltkrieg seine furiose Kritik an der kriegsverherrlichenden und -treibenden Presse fortsetzte, war Zifferer nicht mehr unter den Angegriffenen. Mag sein, dass er sich zurückhielt oder dazugelernt hatte, nachdem er schon 1912/13 derart intensiv von Kraus »abgewatscht« worden war, wie man in Wien sagte. Kraus' satirische Bearbeitung der Balkankriegsfeuilletons ist übrigens bis heute ein Lehrbeispiel seiner Medienkritik, das die Gefährlichkeit von Stimmungsbildern anstelle von Faktenberichterstattung zeigt. Zifferer war mit solchen Angriffen von Kraus keineswegs allein. Auch Auernheimer, Hofmannsthal und Schnitzler waren zu Figuren seiner Gesellschaftssatire geworden und tauchten immer wieder in der *Fackel* auf. In ihren Kreisen fand Zifferer Aufnahme und Anerkennung, er ist aber nicht – wie oft behauptet wurde – dem Jungen Wien zuzurechnen. Dafür war er zu jung oder auch die Jung-Wiener zu alt, denn dieser Kreis war zu Beginn des 20. Jahrhunderts eigentlich schon wieder Geschichte. Das Zusammengehen mit diesen Wiener Kollegen war allerdings hilfreich, wenn Zifferer sein schriftstellerisches Werk, an dem er unermüdlich arbeitete, gut positionieren wollte. 1911 erschien sein Novellenband *Das Kleid des Gauklers*, 1912 sein dramatisches Gedicht *Die helle Nacht*, 1913 ein reich illustrierter, durchaus hagiographischer *Napoleon*-Almanach, 1916 *Die fremde Frau* und 1919 *Das Feuerwerk* – eine weitere Novellensammlung, »meiner lieben Frau Wanda gewidmet«. Immer wieder las Zifferer – teils zusammen mit Kollegen – aus seinem Werk, und *Die helle Nacht* wurde im März 1914 zusammen mit einem Einakter von Stefan Zweig zur Aufführung gebracht. Raoul Auernheimer schrieb sogar zwei hymnische Rezensionen.

Ein Alt-Österreicher in Paris

Wenige Monate, nachdem in Österreich die Erste Republik ausgerufen worden war, wurde Paul Zifferer vierzig Jahre alt. In Österreich erscheine der Journalismus als »Schicksal und Bestimmung«, bemerkte sein Schriftstellerkollege Hugo Bettauer, während er in anderen Ländern nur ein Sprungbrett sei, um in Politik oder Verwaltung zu gelangen. Offenbar hatte Zifferer die internationale Perspektive genügend kennen gelernt, um sich über den Journalismus hinaus entwickeln zu wollen. Seit seiner Studienzeit, aber besonders seit den Kriegsjahren war er in politischen und diplomatischen Kreisen bekannt und beliebt. Dennoch waren viele überrascht, als im September 1919 publik wurde, dass im Zuge einer generellen Neubesetzung der österreichischen Gesandtschaftsposten in Paris Paul Zifferer als Presseattaché mit speziellen Zusatzaufgaben im Kulturbereich bestellt worden war. Erstaunt war man deshalb, weil – wie das *Neue Wiener Journal* festhielt – »der Journalist in diplomatischer Stellung [...] hierzulande mindestens, wo der Mensch beim Baron anfängt, ein Novum« war. Tatsächlich ist es beachtlich, dass Zifferer in eine sonst der Aristokratie vorbehaltene Position gelangte – offenbar hatte er, noch während er für die *Neue Freie Presse* von den Verhandlungen zu den Pariser Vorortverträgen berichtete, dortselbst seine Bestellung angebahnt.

Um die Jahreswende 1919/20 war Zifferer ganz damit beschäftigt, sich im Pariser Vorort Neuilly einzurichten und sich, wie er Hofmannsthal berichtete, »wieder einmal in meinem Leben in vollkommen Neues gestellt, wieder einmal gezwungen ›anzufangen‹ – [...] zurecht zu finden«. Er dachte dabei viel über das »arme verstümmelte Österreich« nach, mit dem ganz Europa Mitleid empfinde, und bemerkte:

Ich glaube, daß jetzt so ziemlich alle ›Österreicher‹ sich zu dem alten Österreich in einer schiefen Stellung befinden. Die einen fluchen ihm und schwätzen, es habe zerfallen müssen, [...] weil es ihnen an Phantasie mangelt, um sich vorzustellen, daß etwas, das geschehen ist, ebenso gut nicht hätte geschehen können. Oder gar: daß die Wahrscheinlichkeit des Nichtgeschehens weit größer war als die des Geschehens – daß es eines besonders vielfältigen Zusammenwirkens von Dummheit und Tatenlosigkeit bedurfte, damit es geschah.

Immerhin gebe es in Europa aber »wirkliches Mitleid« mit »uns Niedergebrochenen«, und auch die Neubildung des Begriffes »Europa« machte Zifferer Hoffnung. Schon in Wien drängte es ihn, das Schicksal Österreichs in einem Roman zu fassen, den er noch dort zu schreiben begann:

Der Schiffbruch Österreichs ist der Mittelpunkt des Weltuntergangs [...]. Dieses Schicksal eines Landes oder einer Ländervielheit noch weiter in menschliche Einzelschicksale aufzulösen oder besser; einen Wiener Roman zu schreiben, der am Tag beginnt, da man den alten Kaiser begräbt und am Tage schließt, als man die Republik ausruft, hatte für mich etwas Faszinierendes. Die Handlung meines Buches ist ohne jede Absicht und doch mündet sie in jenes Schicksal, das alle Handlungen unserer Zeit erfaßt.

Zifferers Wiener Roman sollte auf *Die fremde Frau* aufbauen, sich also wiederum stark aus eigenen Erfahrungen speisen – »in einer sehr geraden und doch verwandelten Form, aber wirklicher Fäden mich bedienend«. Obgleich es also ein Roman und keine Autobiographie werden sollte, beabsichtigte Zifferer, jene »schwierigsten und precärsten Dinge« zu berühren, die viele – wie er selbst meinte – nur autobiographisch gestalten konnten. Der »unwienerische« Wiener Toni Muhr, der so oft von vorne beginnen muss und so vielen entgegengesetzten Lebensformen und Schicksalen begegnet, ist dabei sein Alter Ego. Um die Jahreswende 1920/21 lag wohl der erste Teil »Lauretta« im Wesentlichen vor. Da der Autor jedoch in viele Verpflichtungen eingebunden, von »ewiger Unruhe« umgeben war, in der nur wenige Stunden für die Arbeit zur Verfügung standen, auf die es Zifferer eigentlich ankam, kam der Roman in den folgenden Jahren nur langsam zu einem Ende. Erst Oktober 1923 erschien *Die Kaiserstadt*, teilweise noch mit dem Titelzusatz »Die Geschichte des sterbenden Alt-Wien«.

Feuilleton wie Buchhandel nahmen das Buch gut auf und lobten Zifferer als »österreichischen Balzac«. Arthur Schnitzler urteilte gewohnt hart, aber immerhin in der (vorläufigen) Privatheit seines Tagebuchs: »Las Zifferers Roman ›Kaiserstadt‹. Wie man, ohne jede wirkliche Begabung, einen durchaus correcten Roman schreiben kann. (Und in wenigen Jahren wird er unlesbar sein.)« Schmerzhafter war da schon das Urteil Hofmannsthals, das Zifferer um Weihnachten 1923 übermittelt wurde – er antwortete darauf: »Ihr Geständnis, lieber Freund, mir *nichts* sagen zu können, Ihr Bedauern, daß mein Buch *nichts* sei, hat mich so ernstlich getroffen, daß es mir seither schwer wird, auch nur einige Ruhe und Sammlung zu finden. Dennoch fühle ich dunkel, daß Sie mir unrecht tun.«

Hofmannsthal hatte von Zifferers neuer Arbeit erhofft, dass sie »seinem eigentlichen Selbst« noch näher sei und dass er das »Kraftvolle, Wirkliche, schwer zu Benennende«, das sein Leben auszeichne, nun endlich literarisch fassen werde – *Die fremde Frau* sei schon der erste Schritt dahin gewesen. Tatsächlich traf aber Zifferer eine Entscheidung, die seine (jüdischen) Freunde und Kollegen irritiert haben könnte:

Toni Muhr, die Hauptfigur, die Paul Zifferer mit vielen Wesenszügen und Erfahrungen seiner selbst ausstattete, ist – so bezeichnete es eine Rezension – nicht nur ein »bodenständiger Wiener«, sondern auch ein katholischer Grinzinger Weinbauernsohn. Seine unsichere Zugehörigkeit zum Wienerischen, sein Kampf um Gerechtigkeit, sein steiler Bildungs- und Karriereweg und sein analytischer Blick auf die Gesellschaft waren jedoch in der österreichischen Gesellschaft und Literatur derart jüdisch aufgeladen, dass diese Setzung auf ebenso seltsame wie interessante Weise schief wirkt. Auffällig ist zudem, dass es in dem Roman zentrale jüdische Figuren wie die Brüder Katlein gibt, diese aber als kapitalistische Aufsteiger, als Kriegsgewinnler auftreten, deren Hässlichkeit mehrfach stereotyp antisemitisch beschrieben wird. Den Katleins durch Heirat verbunden ist wiederum eine jüdische Familie namens Grabner – wie jene in *Die fremde Frau* aus Mähren stammend –, deren Mitglieder Heinrich oder Wolfgang Grabner auf höchst positive, rechtschaffene Weise in Toni Muhrs Leben eingreifen und somit eine Gegenkraft zu den Katleins darstellen.

1922 hatte der sozialkritische und feministische Populärautor Hugo Bettauer in seinem ebenso witzigen wie dystopischen Stadtroman *Die Stadt ohne Juden* die österreichischen Zuschreibungen und Haltungen zum Jüdischen – von Juden und Jüdinnen, Nicht-Juden und Nicht-Jüdinnen ebenso wie von Antisemiten – nahezu komplett versammelt und parodiert. Mit Blick auf diesen zeitgenössischen Roman und vor dem Hintergrund des sich radikalisierenden Antisemitismus ist es auffällig und interessant, dass Toni Muhr auf geradezu satirische Weise nicht-jüdisch ist. Vielmehr ist er dem von Bettauer ironisch beschriebenen provinziellen Österreichertum zuzuordnen, das die antisemitischen Politiker in *Die Stadt ohne Juden* beschwören: »Unser Volk […] ist ein naives, treuherziges Volk, unfruchtbaren Idealen nachhängend, der

Musik und stiller Naturbetrachtung ergeben, fromm und bieder, gut und sinnig!« Zifferer spielte also sehr subtil mit komplexen Codes, Vorurteilen und Erwartungshaltungen.

Gleichzeitig war es damals nicht leicht, offen über solche Dinge zu sprechen, die – da waren sich Hofmannsthal und Zifferer einig – zu den »schwierigsten und precärsten« zählten. Heute ist es allerdings nicht nur notwendig, sondern lohnend, *Die Kaiserstadt* auch als historische und autobiographische Quelle zu »Jewish Difference« (Lisa Silverman) zu lesen – und dabei Gender als Kategorie mitzudenken. Denn Zifferers zentrale Frauenfiguren Lauretta und Maria Jadwiga wie auch Toni Muhr selbst verhalten sich zwar im Grunde vielfach noch den Geschlechterdynamiken des 19. Jahrhunderts gemäß, zeigen dabei aber oft überraschende, moderne Facetten beziehungsweise die Widersprüche einer Zeit, in der sich Geschlechterhierarchien radikal im Umbruch befanden.

Einen eigenen Charakter – wenn auch nicht mehr als plumpe Frauenallegorie, wie sie der junge Zifferer vielleicht noch gesetzt hätte – entwickelt nicht zuletzt die Kaiserstadt selbst, deren Straßenzüge mit ihren historischen Brunnen, Denkmälern und Prachtbauten Toni Muhr immer wieder durchwandert. Sie sind nicht nur Kulisse, sondern geben ihre Geschichten preis – verknüpft mit denen der sie bewohnenden oder gestaltenden Menschen.

Sosehr sich Paul Zifferer Hofmannsthals Kritik zu Herzen nahm – sie konnte ihn doch nicht davon abbringen, »sein Haus« aus Romanen weiterzubauen, in dem er sich selbst und die Probleme des österreichischen Menschen schriftstellerisch verarbeitete. 1927 erschien *Der Sprung ins Ungewisse* gewissermaßen als Dach des Hauses und Abschluss seiner biofiktionalen Trilogie, passenderweise auch in französischer Sprache. Wie sein Autor ist Toni Muhr als »technischer Beirat der österreichischen Friedensdelegation« nun in Paris gelandet und taumelt – anfangs akut suizidgefährdet – durch die vom Krieg gezeichneten Metropolen Paris und Wien, wiederum umgeben von außergewöhnlichen Frauen und in aufsehenerregende Ereignisse (wie einen Mordfall) verwickelt.

Hofmannsthal beeilte sich, das Buch zu lesen und als »modernen Roman« zu loben. Die Freundschaft der beiden Männer hatte nach dem Erscheinen der *Kaiserstadt* eine ernste Krise durchlaufen. Nun war es Hofmannsthal wichtig, seinen Freund zurückzugewinnen. Zifferer hatte sich nicht nur stetig für Hofmannsthals Werk eingesetzt, sondern auch privat viel für die Familie getan und etwa die Hofmannsthal-Kinder bei ihren oft mehrmonatigen Paris-Aufenthalten wie eigene Kinder bei sich aufgenommen. Im Lauf des Jahres 1924 gelang es, die Kränkungen zu überwinden. Im Februar 1925 brach das Ehepaar Zifferer mit Hofmannsthal sogar zu einer gemeinsamen Marokkoreise auf, und als Hofmannsthal in den folgenden Jahren Unterstützung in Sachen Salzburger Festspiele brauchte, konnte er wieder fest mit seinem Freund rechnen.

Paul Zifferers Einsatz für die österreichische Kultur in Frankreich war auch abseits seiner Bemühungen um Hofmannsthal und seiner andauernden Übersetzer- und Herausgebertätigkeit bemerkenswert – und wurde bemerkt. 1927 verlieh die Französische Republik Zifferer den Ordre des Palmes Académiques (eine der höchsten Auszeichnungen für Verdienste um das Bildungswesen); er wurde zum Chevalier und 1928 dann zum Offizier der Légion D'Honneur ernannt. Selbstverständlich trug er inzwischen auch den Titel eines Hofrats. Inmitten dieser konsolidierten Erfolge erkrankte Zifferer im Sommer 1928 an Nebennierenkrebs. Er verbrachte seine letzten Monate in Österreich, jedoch offenbar im Unwissen über die Art und den wahrscheinlichen Ausgang seiner Krankheit, wie Hofmannsthal an eine Freundin schrieb –

»so wenig reif und bereit zum Sterben, der arme Kerl«. Am 14. Februar 1929 starb Paul Zifferer in Wien. Zwei Tage später wurde er auf dem Hietzinger Friedhof begraben. Raoul Auernheimer hielt die Gedenkrede vor der politischen und literarischen Elite Wiens, die sich am Grab versammelt hatte.

1955 wurde in Wien eine Gasse in Wien-Eßling nach Paul Zifferer benannt, doch dieser einzelne Akt der Erinnerung in entlegener Gegend verdeutlicht eigentlich nur, wie vergessen Zifferer heute ist. In den Rezensionen zu seinem letzten Roman wurde er als »Biograph seiner Zeit« bezeichnet. Sein eigenes Leben, an dem er sich so intensiv abarbeitete, bleibt allerdings hinter der Fassade eines konservativen Hofrats weiterhin verborgen. Weder die Zifferer'sche Großfamilie in ihrer Vielfältigkeit, noch seine Erfahrung des Jüdisch-Seins in der Wiener Moderne, noch sein immer wieder aufblitzendes Verständnis für »neue gesellschaftliche Ideen« machten Paul Zifferer sichtbar und zum Bestandteil seiner Erzählungen, obgleich all das zum »Kraftvollen, Wirklichen, schwer zu Benennenden« seines Wesens gehörte. Der Hinweis auf sein Begreifen »neuer gesellschaftlicher Ideen« stammt übrigens aus einem Nachruf der *Arbeiter-Zeitung*, in der Zifferer seinen ersten Text veröffentlicht hatte. Solch eine andere, linke Perspektive findet man in der *Kaiserstadt* in den Figuren des Anwalts Dr. Hengel oder des Vorarbeiters Andreas Magrutsch, sie ist aber auch in die Schilderung um die Arbeiterstreiks in den Katlein'schen Fabriken eingeflossen. Und abseits des Romans gab es den Paul Zifferer, der Gedichte von russischen Revolutionärinnen im *Grazer Arbeiterwillen* übersetzte, der in der *Revue D'Autriche* über Leo Trotzki berichtete oder 1918 das Begräbnis des bekannten Sozialdemokraten Engelbert Pernerstorfer besuchte.

Solche Ambivalenzen, die moderne Menschen in gesellschaftlichen Umbruchzeiten ausmachen, faszinieren auch aus aktueller Sicht ungemein. Sicherlich war Zifferer dem bis heute wirkenden Habsburg-Mythos und einer alten Zeit, in deren Gesellschaftsordnung er sich hochgearbeitet hatte, verpflichtet. Sicherlich litt er unter der Auflösung Österreich-Ungarns und der damit einhergehenden Unsicherheit der neuen Zeit. Paul Zifferer jedoch darauf zu reduzieren wäre falsch, denn sowohl in seiner Biographie als auch in seinen Texten schwingt auch die andere Seite der Moderne immer mit, finden sich viele Zwischentöne und Erkenntnisse eines klugen Beobachters, der sich leider zu sehr im Hintergrund hielt. All das wird sichtbar, wenn man *Die Kaiserstadt* mit diesem Wissen und einem neuen Blick liest.

Katharina Prager

Quellen und Literatur

AAC-FACKEL. Online Version: Die Fackel. Hrsg. von Karl Kraus. Wien 1899–1936. https://fackel.oeaw.ac.at/

ANNO (AustriaN Newspaper Online). Historische Zeitungen und Zeitschriften der Österreichischen Nationalbibliothek. http://anno.onb.ac.at/

Architektenlexikon Wien 1770–1945. https://www.architektenlexikon.at/

Balàka, Bettina: Kaiser, Krieger, Heldinnen. Exkursionen in die Gegenwart der Vergangenheit. Innsbruck 2018.

Bettauer, Hugo: Die Stadt ohne Juden. Wien 1922.

– Der Kampf um Wien. Wien 1922/23.

Broch, Hermann: Hofmannsthal und seine Zeit. Eine Studie. Hrsg. und mit einem Nachw. von Paul Michael Lützler. Frankfurt a. M. 2001.

Burger, Hilde (Hrsg.): Hugo von Hofmannsthal – Paul Zifferer. Briefwechsel. Wien 1983.

Frauen in Bewegung 1848–1938. https://fraueninbewegung.onb.ac.at/

Gen Team. Die genealogische Datenbank. https://www.genteam.at/

Nationale und Studienkataloge der Juridischen Fakultät. https://phaidra.univie.ac.at/o:688263.

Nationale und Studienkataloge der Philosophischen Fakultät.
https://phaidra.univie.ac.at/o:783713

Pfoser, Alfred / Weigl, Andreas (Hrsg.): Im Epizentrum des Zusammen-
bruchs. Wien im Ersten Weltkrieg. Wien 2013.

Schnitzler, Arthur: Tagebuch. Digitale Edition.
https://schnitzler-tagebuch.acdh.oeaw.ac.at

– Der Weg ins Freie. Berlin 1908.

Silverman, Lisa: Becoming Austrians. Jews and Culture Between the
World Wars. Oxford 2012.

Torggler, Elisabet: Rosa Zifferer. Philanthropin auf dem Weg zur Emanzi-
pation. In: Der Standard. Oktober 2021. https://www.derstandard.at/
story/2000130410103/rosa-zifferer-philanthropin-auf-dem-weg-
zur-emanzipation

Wienbibliothek digital. https://www.digital.wienbibliothek.at/

Wienbibliothek im Rathaus. Tagblattarchiv. Paul Zifferer [Sign.:
TP-058380].

Wien. Geschichte Wiki. https://www.geschichtewiki.wien.gv.at/
Wien_Geschichte_Wiki

Wolf, Norbert Christian: Eine Triumphpforte österreichischer Kunst.
Hugo von Hofmannthals Gründung der Salzburger Festspiele.
Salzburg/Wien 2014.

Zifferer, Ida: Aus dem Selbstbekenntnis einer Frau. Dresden 1905.

– Die Offenbarung. Erzählungen. Dresden 1907.

– Ihr Kind. Berlin 1909.

Zifferer, Paul: Zwei Märchen aus dem Böhmerwalde. Dresden 1898.

– Das Märchen des Lebens. In: Arbeiter-Zeitung. 10. Dezember 1899.

– Der kleine Gott der Welt. Leipzig 1902.

– Pariser Kantilenen. Leipzig 1904.

– Das Kleid des Gauklers. Berlin 1911.

– Die helle Nacht. Ein Gedicht. Berlin 1912.

– Napoleon. Mit Illustrationen von Felician Myrbach. Wien 1913.

– Prolog in Kriegszeiten zu Kleist's *Prinz von Homburg*. Wien 1914.

– Die fremde Frau. Berlin 1916.

– Das Feuerwerk. Eine Rahmenerzählung. Berlin 1919.

– Der Sprung ins Ungewisse. Berlin 1927.

Zweig, Stefan: Die Welt von Gestern. Erinnerungen eines Europäers.
London/Stockholm 1942.

Wiener Konfusionen

30. November 1916. Neun Tage, nachdem Seine Majestät Kaiser Franz Joseph I. sechsundachtzigjährig verstorben war, erlebte die Wiener Bevölkerung ein Ereignis, an das man sich noch Jahre später lebhaft erinnern würde. Eine von acht Rappen gezogene Kutsche brachte den Sarg des »alten Kaisers« durch den äußeren Burghof zur Ringstraße, über den Franz-Josefs-Kai und die Rotenturmstraße zum Stephansdom, umringt von mal aufrichtig trauernden, mal sensationsgierigen Schaulustigen. Auch der Schriftsteller Joseph Roth nahm an dieser Zeremonie teil: »Als man ihn begrub, den Kaiser Franz Joseph, stand ich, einer der zahlreichen Soldaten seiner Armee, ein namenloses Glied des Spaliers, das wir damals bildeten, knapp vor der Kapuzinergruft, um seinen hohen Leichnam zu begrüßen. Es war Herbst, ein dunkelgrauer Regen regnete auf unsere Felduniformen, auf die blanken, bläulichen Läufe und die braunen, polierten Schäfte unserer Gewehre, auf die Kappen und die Gesichter und auf die frisch gewichsten Stiefel, auf die weinenden Frauen und Männer in Zivil hinter unseren Rücken und auf die umflorten Laternen.«

Mit *Radetzkymarsch* (1932) und *Die Kapuzinergruft* (1938) verfasste Roth Romane, die regelmäßig genannt werden, wenn es gilt, das nostalgisch umflorte Nachwirken der Habsburgermonarchie in der österreichischen Literatur des 20. Jahrhunderts aufzuzeigen. Der Triestiner Germanist Claudio Magris schrieb darüber seine 1963 veröffentlichte Dissertation *Der habsburgische Mythos in der modernen österreichischen Literatur*, die jahrzehntelang den Diskurs über die Eigentümlichkeiten, ja das »Wesen« der Literatur Österreichs prägte.

Paul Zifferers *Die Kaiserstadt* scheint sich auf den ersten Blick ganz in diese Traditionslinie einzureihen. Der Roman setzt mit der Überführung des Leichnams Franz Josephs ein, doch der Protagonist Toni Muhr, der als »Austauschinvalide« aus dem Krieg heimkehrt, in seine Wohnung in der Stallburggasse strebt und zufällig in den Massenauflauf gerät, zeigt sich von der historischen Dimension des Ereignisses ungerührt. Denn er sieht die Inszenierung des Procedere: »Nun besann er sich, dass er vor acht Tagen schon irgendwo die ganze Zeremonie beschrieben gelesen hatte. Alles, was sich da zutrug, war nach uralten Vorschriften genau vorherbestimmt: alle Feierlichkeit und Trauer, vielleicht sogar die Tränen. Als der Kaiser geboren wurde, wusste man schon, wie man ihn begraben würde.«

Der promovierte Chemiker Muhr hat andere Sorgen. Seine Gesundheit macht ihm zu schaffen, und er sieht dem Wiedersehen mit seiner Frau Lauretta, an deren Treue er Grund zu zweifeln hat, mit Bangen entgegen. Auch diese bringt, wie sie später ihrem Mann beichtet, dem Leichenzug nicht den nötigen Ernst entgegen. Sie verfolgt das Geschehen in kleiner Runde aus einem angemieteten Zimmer in der Kärntnerstraße und hat für lang andauernde Trauer keine Zeit. Stattdessen sieht man sich in einem Modehaus die neuesten Pariser Modelle an und geht vom Tee umstandslos zu Diner und Tanz über: »Aber ich bitte dich, sprich mit keinem Menschen davon, sonst werden wir am Ende noch eingesperrt. Es ist ja eigentlich eine Majestätsbeleidigung gewesen oder so etwas, nicht?«

Der frühzeitige Kriegsheimkehrer Muhr hat – ungeachtet der zunehmend unerfreulichen Nachrichten von der Front – vor allem ein Ziel. Er will von seinen Versuchen profitieren, die er vor seiner Einberufung als Angestellter der Firma Katlein unternahm. Er experimentierte erfolgreich mit Blutkohle, um Darmerkrankungen zu heilen, und als er hört, dass die Brüder Katlein inzwischen sein Patent angewandt und damit Reichtümer angehäuft haben, ist er sich sicher, bald ein wohlhabender Mann zu sein. Die Katleins sehen das anders, sie lassen ihn abblitzen.

Von Muhrs Scheitern erzählt *Die Kaiserstadt* en détail. Der Geschädigte, der es als seine »Pflicht« ansieht, gegen das ihm widerfahrene Unrecht vorzugehen und gegen die einflussreichen Brüder Katlein vor Gericht zu ziehen, ist – der Vergleich wird im Text selbst angestellt – ein Nachfahre des unerbittlichen Kämpfers Michael Kohlhaas. Muhr lehnt Vergleiche ab; er hegt keinen Zweifel daran, die Katleins in die Knie zwingen zu können, und merkt nicht, dass selbst seine Frau seine Position schwächt und ihn zum Kleinbeigeben überreden will. »Zu unbedingt« sei Muhr, da er »immer mit dem Kopf durch die Wand« wolle.

Muhr braucht lange, um zu begreifen, dass in dieser Welt mit klaren Unterscheidungen zwischen Schwarz und Weiß, zwischen Gut und Böse nichts anzufangen ist. Dass er im Recht sei, wird ihm gern zugestanden, doch alle außer Muhr wissen offensichtlich, dass gegen die Katleins nicht anzukommen ist. Auch die Presse, von der sich der einsame Kämpfer Muhr erhofft, dass sie das Unrecht lautstark anprangert, hat nur vordergründig Interesse an seinem Fall. Viel mehr Auflage verspricht sich Chefredakteur Lang davon, Muhr zum Kriegshelden zu stilisieren und dessen Erlebnisse – etwa seine Begegnung mit dem serbischen König Peter I. – aufzubauschen.

Welche Prinzipien in Wien wirklich herrschen, erfährt Muhr, als er bei einem sichtlich gelangweilten Minister vorgelassen wird und erkennen muss, dass seine eindeutigen Auffassungen von Recht und Gerechtigkeit nicht mehr gelten: »Der Minister klopfte Toni Muhr freundlich auf die Schulter. ›Bei uns in Österreich‹, sagte er, ›gibt's nur eines: dem Amtsschimmel ausweichen. Man muss die Sache modern anfassen. Die Katleins sind Heereslieferanten, da kann man gelegentlich die Daumschrauben ein bisserl anziehen.

Sie verstehen. Nur ja nicht den Amtsschimmel reizen, sonst schlägt er aus ... Mit der Bureaukratie ist nichts anzufangen.‹«

Die Sache modern anfassen – das ist die zentrale Kategorie, eine, mit der der wackere Muhr nichts anzufangen weiß. Alles ist ihm »fremd«; er steht einer »unsichtbaren feindlichen Macht« gegenüber. Intrigen schmieden, Abhängigkeiten ausnutzen und »Freunderlwirtschaft« praktizieren – das sind die »modernen« Grundsätze, die sich allein nach Macht und Einfluss richten. Paul Zifferers Roman beschreibt ein gesellschaftliches und politisches System, in dem nichts von Bestand ist, moralische Prinzipien im Munde geführt, aber nicht umgesetzt werden und alles sich von heute auf morgen ändern kann.

Darin liegt die Botschaft des Romans und wohl auch seine Modernität. Alles ist fluide, nichts ist so festgefügt, als dass es nicht binnen kurzer Zeit in sein Gegenteil verkehrt werden könnte. Gerade noch verliert Muhr seinen Prozess gegen die Katleins; wenig später steht er bei ihnen wieder in Brot und Lohn. Gerade noch scheinen die Katleins die Stadt zu beherrschen; kurz darauf verlieren sie an Boden und müssen die Firmenleitung an Muhr abgeben, dessen finanzielle Probleme nur wenige Monate zurückliegen. Nachdem dieser im Krieg vermeintliche Heldentaten vollbrachte, steigt er durch sein entschlossenes Handeln bei einer Explosion auf dem Firmengelände plötzlich zum echten Retter auf. Muhrs Widersacher Alexander Katlein macht inzwischen gemeinsame Sache mit Muhrs Vater, einem Grinzinger Weinbauern, und ist ein gern gesehener Gast in dessen Buschenschank. Die Menschen wechseln die Berufe, trennen sich, werden wie der Anwalt und Cellist Dr. Hengel zum aufrührerischen Volksredner und Brandstifter. Und wo gerade noch Kaiser Franz Joseph alles Auseinanderdriftende mühsam zusammenzuhalten schien, brechen nun die Dämme. Die »spanische Seuche« und die Hungersnot versetzen den »Moloch«

Wien in Aufruhr; die Arbeiter melden sich zu Wort und rufen zu Streiks auf.

Paul Zifferer geht es darum, die Auswirkungen des Krieges in Wien nachzuzeichnen. Konfusion herrscht dort allenthalben. Auf nichts ist Verlass – auch nicht in der Liebe. Muhrs Frau Lauretta dreht ihr Fähnchen nach dem Wind und sucht vor allem ihren Vorteil. Zuerst weist sie Tonis Kinderwunsch brüsk zurück, ehe sie sich anders besinnt und eine Tochter gebiert. Als sich ihr Mann in Maria Jadwiga, die Fürstin Lubecka, verliebt, meint er die Frau seines Lebens gefunden zu haben. Ein Irrtum, denn sein kurzes erotisches Abenteuer endet im Fiasko und in einer Demütigung: Maria Jadwiga serviert den aufdringlichen Verehrer ab.

So sprunghaft es im Leben der Romanfiguren zugeht, so schnell sie Auf- und Abstiege erleben und von den Unwägbarkeiten der Liebe betroffen sind, so offenkundig folgt Paul Zifferers Erzählen diesem Hin und Her, diesem Durcheinander, das keine Orientierung zulässt. Immer wieder brechen Rückblenden die fortschreitende Handlung auf, und immer wieder hat Toni Muhr mit seinen Träumen zu ringen. So schlägt der Roman einen bewusst gehetzten Ton an. Er folgt weitgehend der Perspektive Muhrs, ohne – sicher eine Schwäche des Textes – darin konsequent zu sein. Mehrmals nämlich gibt er nicht nur Muhrs Gedanken wieder, sondern verfällt in eine auktoriale Sichtweise, die vorgibt, auch die Gedanken anderer, etwa die von Laurettas Bruder Rudi oder von Maria Jadwigas Mutter, genau zu kennen.

Alles schwankt in der Welt des Romans, und doch gibt es Augenblicke, in denen diese Labilität kurz aussetzt. Es sind Augenblicke des Innehaltens, in denen sich etwas offenbart, das über die Alltagskonfusion hinausweist. Sichtbar ist das in den Passagen, da Zifferers Sprache spätexpressionistische, quasi religiöse Züge annimmt. Als Toni Muhr zum Beispiel in seiner Wohnung in der Stallburggasse auf den Balkon tritt, um sich an der Aussicht zu erfreuen, zeigt sich der Stephansdom in ungewohntem Licht: »Auf der anderen Seite aber stand im Abendglanz der untergehenden Sonne die Stephanskirche; nicht so, wie man ihr sonst begegnete, wenn man durch die Stadt schritt, sondern wunderbar verwandelt. Da unten konnte man immer nur ein winziges Stück von ihr erhaschen, einen Bogen, ein Tor, und auf dem kleinen Platze vor der Kirche musste man vollends steilauf blicken, wollte das liebende Auge den Turm betrachten. Hier aber war der Dom gleichsam über die Dachfirste all der Häuser ringsum von der Faust Gottes emporgehoben und stand einsam wie auf einem Bergrücken. Die bunten glasierten Ziegel des Daches leuchteten in ihrem flammenden und blitzenden Zackenmuster. Und jenseits dieses vielfältigen Glanzes stieg – selbst farblos, doch in einen Glorienschein goldig leuchtender, klarer Winterluft getaucht – der Turm zur Höhe. Die steinernen Figuren und Spitzen, die ihn umgaben, schienen nur Weggenossen, die irgendein Unnennbares, Körperloses aufwärts und immer weiter aufwärts begleiteten. Immer spärlicher wird das Gefolge, immer steiler der Weg. Der Stein wird durchsichtig, vermählt sich der Luft, ist nur noch Sehnsucht und Aufschwung; hoch oben der Knauf wie eine goldene Weltkugel, darüber ein Adler als Wetterfahne – Himmelsweite.«

Da plötzlich sieht Muhr ein »großes Glück in seinem Herzen« aufsteigen, und es tritt Ruhe ein. Es sind kleine Epiphanien der Zeitlosigkeit, die dem getriebenen Protagonisten zuteil werden. Solche ausgewählten Momente gibt es für Toni Muhr sogar mitten im Krieg, in der albanischen Wildnis, als er eine Orangenschale findet, die ihn über den Soldatenalltag erhebt: »Und da habe er plötzlich auf einem Hügelrücken eine frische Orangenschale gefunden, mitten in der Wildnis, wo es nichts Lebendiges gab, nicht Tier, noch Pflanze, noch Frucht. Er habe die Orangenschale aufgehoben und sich an ihrem Duft gefreut, viele Tage lang, und es sei ihm gewesen, als begleite ihn irgendein Warmes und Leuchtendes, von der Sonne goldig Gefärbtes durch das fremde, unwegsame Land.«

Glückserfahrungen sind das, doch sie sind nicht von Dauer. Geschickt baut Zifferer solche Momente in seinen Text ein, denn vor dem Hintergrund dieser Offenbarungen erst ist die Turbulenz dessen, was Toni Muhr in der Folge durchzustehen hat, umso eindrücklicher spürbar. Die letzten Kriegsmonate in Wien schenken solches Glück der Versenkung nicht mehr.

Die permanenten Veränderungen, die Toni Muhr und die anderen Romanfiguren erfahren, spiegeln sich natürlich auch in der untergehenden Monarchie. Schon früh zeigt sich, dass der Treueschwur zur »Kaiserstadt«, die bald keine mehr sein wird, vor allem rhetorischer Natur ist. Mit sicherem Gespür ließ Theodor Katlein, der die Ermordung des Thronfolgers 1914 als großes »Glück« empfunden hatte, sein Anwesen an einem hochsymbolischen Ort errichten: »Da hatten die beiden Söhne eines armen mährischen Schächters ihr Haus neben das Haus des Thronfolgers gestellt, neben das Belvedere, des Prinzen Eugen Haus. Zwei Welten grenzten aneinander. Und Herr Katlein frohlockte, dass seine Welt die stärkere war.«

Rhetorisch sind die Beteuerungen, dass die »Wiener Gemütlichkeit« nicht untergehen dürfe und dass die »liebenswerte Wiener Art« aus der »schmerzlichen Prüfung des Krieges in eine bessere Zukunft« hinüberzuretten sei. Allein Worthülsen werden dem Chaos der letzten Kriegstage entgegengehalten, etwa wenn der Abgeordnete Grabner Toni Muhr beim Abschied zuruft: »Es kommen schlimme Zeiten, die letzten Österreicher müssen zusammenstehen.«

Am Ende stirbt Lauretta und lässt ihren Mann als Witwer zurück, während draußen in der großen Welt kein Stein auf dem anderen bleibt: »Die Völker Österreichs rannen auseinander.« Diese widerstreitenden Erfahrungen, diese (Wiener) Konfusion eingefangen zu haben, macht die Qualität von Paul Zifferers ungewöhnlichem Roman *Die Kaiserstadt* aus. An der habsburgischen Mythenbildung hat er keinen Anteil.

Rainer Moritz

Inhalt